后浪·陕西省第二期"百优"作家丛书

惹尘埃

刘国欣 - 著

陕西新华出版
陕西人民出版社

图书在版编目（CIP）数据

惹尘埃 / 刘国欣著 . —西安：陕西人民出版社，2024.1
ISBN 978-7-224-14929-6

Ⅰ.①惹… Ⅱ.①刘… Ⅲ.①中篇小说－小说集－中国－当代 ②短篇小说－小说集－中国－当代 Ⅳ.① I247.7

中国国家版本馆 CIP 数据核字（2023）第 082487 号

出 品 人：赵小峰
出版统筹：王亚嘉　党静媛
责任编辑：程家文　党静媛
责任校对：周惠侠
装帧设计：白明娟
版式设计：蒲梦雅

惹尘埃
RE CHEN'AI

作　　者	刘国欣
出版发行	陕西人民出版社
	（西安市北大街 147 号　邮编：710003）
印　　刷	中煤地西安地图制印有限公司
开　　本	880 毫米 ×1230 毫米　1/32
印　　张	11
字　　数	245 千字
版　　次	2024 年 1 月第 1 版
印　　次	2024 年 1 月第 1 次印刷
书　　号	ISBN 978-7-224-14929-6
定　　价	68.00 元

如有印装质量问题，请与本社联系调换。电话：029-87205094

代序

时代向前,后浪奔涌

陕西省作家协会主席、陕西文学院院长　贾平凹

纵观中国当代文学的发展格局,陕西文学创作底蕴深厚,果实丰硕。一代又一代作家的继承与接续,使陕西文学在众声喧哗的多元文化轰鸣中,有着振聋发聩的独特力量。

时代的呼唤,激起层层后浪。对中青年作家的扶持和培养,是加强陕西文学人才队伍建设、特别是做大做强"文学陕军"品牌的必行之路,也是陕西省作家协会响应陕西文化强省建设的重要之举。2021年底,陕西省第二期"百优"作家遴选完成,集结了一批有担当、有作为、有学识、有激情的中青年作家。这些年轻一代作家在汲取优秀传统文化的基础上,不断打破写作土壤板结,在创作视野、题材和手法上寻求新的突破,展现出新时代的精神气象。

为了加大精品扶持和宣传推介力度,集中展示并扩大

"百优"作家优秀作品的传播力和影响力，激发作家的创作活力，由陕西省作家协会指导、陕西文学院具体组织编选了这套"后浪·陕西省第二期'百优'作家丛书"。丛书从第二期"百优"作家近三年创作的作品中遴选出10部具有代表性的优秀作品，涵盖了长篇小说、中短篇小说、报告文学、诗歌等体裁，充分展示了第二期"百优"作家对文学艺术的坚守与追求，展现了年轻一代"文学陕军"蓬勃的创作活力与丰厚的文化情怀。

时代向前，后浪奔涌。第二期"百优"作家虽还年轻，但在文学追求和写作技法上，已经积蓄了强大厚实的力量。愿我们的年轻作家承前浪之力，扬后浪之花，秉承崇高的文学理想，赓续陕西文学荣光，勇挑陕西文学事业由高原向高峰攀登的重担，让源远流长的陕西文学之河浩浩汤汤、蔚然奔流！

2023 年 7 月

目录

给艳蛾的信或世界末日 / 001
过故人庄 / 034
租来的生活 / 075
雨烟的良辰 / 111
纸魂灵 / 153
寻人启事 / 164
空年 / 203
颠倒歌 / 239
三千里 / 268
莲花落 / 302
未尽之欢 / 322
后记 / 343

给艳蛾的信或世界末日

1 世界末日

艳蛾,你相信世界末日吗?现在的日子像世界末日之前的一段日子吗? 2012 年 12 月 21 日你在哪里呢?这是我想问很多人的问题。被疫情圈起我不敢四处晃的日子,这个问题每天折磨着我,我又想起了世界末日的问题。大多时间我都一个人,这么多年,从你我分开的那一年之后。最近我妈妈骨折了,又因为疫情,不得不和我较为长久地住在一起。右手,为了打一只天花板上的蚊子,她从凳子上摔了下来。那凳子实在太矮小了,你知道,甚至都没有火车上人家带的那种折叠的小凳子高,还是木头的,但可能因为年久失修,凳子晃摇,她才摔了下来吧。就在我眼前,我立即去抱她的时候,她已经疼得失声。很快就到了医院,那医院还是我专门打听的,叫红会骨科医院,说是接骨好。但即使接骨好的医院,也无法让她立时就用上她的手。因此,这些日子以来,她一直是用左手当右手。看起来真的疼呀!她坐在我给她买的那个可以折叠的小床上,哼哼唧唧,每天愁眉苦脸唉声叹气,对我表示着她的抱怨。我开玩笑，说："一个蚊子两千元，这打得可亏了。"确实，光接骨就花了一千多，还不带药物和后续费用，应该最后得两千多了。听了我的话，她很失望。她不能正常运作的手让我想起你，这些年来我也有好几次想起你。我们有十多年没有见了吧。我最后一次见你还是高中呢，你在我所读高中的校门口不远的车站旁叫住我，然后我们一起顺着一条街走到新桥市场，接着我们就分开了。我记得当时你在市场外的那块空地上站着，你的样子很美，唇很红，你正在人们说的女人最好的年纪，你还和我认识你的时候一样漂亮，只是这之间已经隔了四五年。

我们在1997年认识，离现在过去了二十三年。我们相处的时间是1997年下半年和1998年上半年。然后，我去了叫作清水的初级中学，你去了叫作海庙的初级中学。（我们的乡土缺水却喜欢水，即使甚至称不上一个小湖泊，我们也习惯叫海。你看，我们成长的地方是因为缺乏所以弥补，也许这也导致我们的灵魂缺水，你后来嫁到临黄河的乡镇，我后来不断往南。）我还收到过你的贺卡，会发出好听的音乐的那种，贺卡上的字迹和我认识你的时候一模一样，身形修长，如同你的形体。我太穷了，没有钱，就用胶水涂了名字重新写了你的名字回你，那张贺卡也不知道谁送我的。我托人给你送的，人家还说起我的穷，我听见了呢。但是，这些事又有什么办法。你没有笑我就是了。我知道你不会笑我，就如你现在不会笑我一样。不过，这是我想的，你不知道我的现在，当然就不会笑我。大约你也是不知道的。近二十年，你不知道我的消息；应该至少十多个年头，你是几乎不知道我的。从我离开那座小县城之后，已经十五年了，这十五年你应该是一点都不知道我的。我知道你一点消息，就一点，还是以前的那一点。

艳蛾，我无法想象你是个妇人了。就如我已经三十多岁了，还是无法想象我作为一个妇人是什么样子，想想真让人脸红。这些方面我一直没有成长，还和你我认识时候一样。你比我走得快，转眼就不见了，让我觉得难过。你比我大两岁，那一年我十三岁，你十五岁，紧接着我十四岁，你十六岁。你懂得低眉婉转，懂得腮红，懂得回眸，懂得脉脉含情……这些都是你教我的，你没有说，但你教会了我，很多个日子之后我也学会了这些。

还是说 2012 年那一天吧。我一个朋友告诉我："要知道在某些平行宇宙，人类 2012 年已经灭亡了，还有些退化成了小灰人，一种半人半机器的基因改造物。"我常想起我的 2012 年，也常常想起我的 1997 年。1997 年是因为家庭发生了很大的变故，我失去了父亲，也是那一年，我认识了你；2012 年，谁都不知道我的世界发生了什么，当时也不觉得有什么可以值得记忆，但 12 月 21 日那一天，好多年了我常想起，想起的时候就觉得眼睛酸酸的，鼻子也酸酸的，突然间温热的脆弱就会遍及整个身心。也许，2012 年 12 月 21 日在睡去醒来的时候我真的是毁灭过了的，成了小灰人，所以现在的我也不是以前的我了，是小灰人的我。当然你也不是从前的你了。所以我说的这些话是不存在的，我的哀伤也是不存在的。

我记忆里你还是那样的样子。

2012 年 12 月 21 日你在哪里呢？和谁在一起？真希望我那一天一个人待着，一个人度过那个日子，这样我就是再脆弱再悲伤也不必怀念什么人。是不是零比一好呢，我偶尔想。生命里太多日子我一个人度过了，包括有一年的日全蚀，太可怕了，我在租来的小屋子里坐着，突然间天就黑了，那么好几分钟，然后就慢慢亮了起来。白天里天彻底突然黑下去，是我们不常经历的，但天亮起来的程度，像咱们小时候西北的黄风，乌云蔽日，天就像个黑洞，但亦有朦胧的光线。然而彻底暗无天日的那几分钟，还真是让人害怕呀，又不在梦里，我还一个人。那时候，我一样是在无名之地，做着无名之人，一个人讨生活，辛苦却不自知，无人疼爱，亦不觉如何慌张，但还是害怕那突然的黑。以至想起2012年的那一天，不得不说起这一天。可这个日子我已经忘却了。应该是2009年的夏天，因为我推算时日，推算房间，突然想起的。其实也不能说是这样，准确地说，应该是想起这一幕场景的时候房间里的布置让我想起的。那房间里靠墙摆着一张单人床，我一个人睡的时候还能滚下去；靠床是寻常办公室里那种廉价却很稳的木头桌子，上面放着台式电脑；紧接着过来就一扇窗户了。我已经忘记了是几楼，只记得楼外吵，但窗户那边不吵。我在那间屋子里睡眠还不错，所以一直记得。应该是2009年的夏天，七月份，我记得应该准确的。这些年和那些年一样，我总是不断搬家，过得不开心我就想搬家试一试，我过得一直没有那么开心，就一直搬家。日子始终没有开心起来，我始终还是喜欢搬家。我觉得我应该保持这份搬家的热情，这可以证明我热腾腾地活着。你觉得应该这样吗？我记性不大好，人说拔掉牙齿人的记忆就会逐渐消失，牙疼的时候，我就一颗又一颗拔掉，现在，我已经完整地拔掉了三颗牙齿，其他三颗处理掉了一半，还做了牙髓处理。其实我还想拔掉下面的两颗智齿的，我看牙的那家医院拍不了清晰的片子，让我去大医院拍，我太懒了，又太穷了，就一直没有去。

你看，成年之后我仍然没有富裕起来，一直受着钱的磨难，但这又有什么关系，我毕竟还喘息着，还能四处搬迁，还不至于衣食欠缺到需要救济。不过，我记忆力没有你认识我的时候好了，那时候我可以记住很多事情，你说给我的那些悄悄话，你写在作文里的信，你在课堂上的发言，你……你应该把这些都忘记了，因为你一直不知道你的美，你美得让人心襟荡漾。

如果记忆全部毁灭了也好，这样我就不会一次次想到世界末日，想象世界末日。世界末日与我有什么关系？如果末日是所有人的末日，众生平等的恐惧不算恐惧，就如这众生平等的疫情就不算疫情。你觉得呢？但即使是这样，我仍然不会经常到大街上溜达，只是偶尔报复性地一出去就是一天，坐着公交车随意晃悠，从一辆公交车的终点站坐到另一辆的终点站。我来这座城市四年了，艳蛾，也就是疫情期间报复性地坐公交车随意晃悠，才对这座城市熟悉起来。

我们都是无名之地的无名之人。我们所住的房子，我们自己。我已经说了，那时候和现在也一样，我租住在一间很小的房子里。不过，那时候我是和人合租，两人共用两室一厅，而她那段时间不知跑到了哪里。她的一只猫我喂着，另外她还临时托付我照管一条狗。看起来日子混得不错，对吧，有猫有狗，虽然不是自己的，但我可以陪着它们。那是我第一次知道什么是边牧，那种长长的尖下巴脸的狗，你应该也知道，这些年咱们的小县城突然因为煤矿发达起来，很多有钱人家养起了宠物。那条狗毛色发黄，眼睛很温和，总是喜欢在我身上蹭来蹭去，有时也蹭我的脸，如一个长毛的孩子。它真是一条可爱的狗呀！说起狗，我总会有很多奇奇怪怪的幻想，想起奇奇怪怪的故事。这些年，我看过很多寺庙，也看过很多书，这些年我靠故事为生，必须不断讲故事我才能活下去，人们才会给我钱，我才会有食物。我知道我应该小心，我的故事会把我拖累，就像你的身体会把你拖累。你比我懂得语言的魅惑，你那时候就会说好听的句子写好听的话语，让我觉得我比不过你。那只猫也是只可爱的猫，眼里盛着琥珀，和我所见过的其他很多目光呆滞的猫不一样，它的眼睛会说话。我的室友很喜欢往房间里捡流浪猫狗，有时我们会有好几只猫好几条狗。最少的时候我们只有一只猫。就是这只拥有天蓝色琥珀眼睛的猫，长久地陪伴着我们。二十多岁的日子总是漫长的，就像我们的十多岁一样，而三十多岁，一年里的日子就像在不断缩短，一晃我就三十五了，现在你三十七了，这几年你也是这样的感觉吧。

我的房子里一直没有电视，好像有过两台，但不在我的卧室，因此可以说我的房子里一直没有电视。现在停顿一下努力在大脑里确认，我租住的房子里，现在想确实有过两台电视。一次是我和一个老年人合租，她有台大彩电，一天到晚播放着，她怕老也怕死，那时候她已经八十出头了，给我经常说的话就是："每天早上推开房门看看我，或许可以救我。"她有两个儿子，只有一个孙女，已经老大了。他们只过节的时候来看看她。我确实救过她一命。夏天的一个夜里她摔倒了爬不起来，黑夜里大声地哭，吵醒了隔壁的我……不过我很快就搬走了。我受不了她屋子里的气息，还有声响，最受不了的就是那台大彩电，一天到晚不断轰鸣。她其实已经耳背了，但我的耳朵如同我的视觉，你知道的，除了牙齿，这些器官这么多年和我认识你的时候一模一样，我是咱们那山里出来的兽，靠捕猎为生，我得照顾好我自己的零件。这个房间里有一个小花园，老太太总是种很多花，月季常开着，还有棵石榴树，她硬是一个人砍掉了石榴树的头，让其长旁枝。我无法揣测她的心理，她说长得比她高她就心慌，其他会开花的也是矮的，比如绣球，比如牡丹，比如二月兰……老太太喜欢低处的植物，低处的天空，低矮的房子。我们住一楼。在那间房子里一直有花香。现在近十年过去了，老太太不知还活着没有。我猜测她也许已经不在了。那时候她就已经很老，尤其还摔了一跤，腿脚不再灵便……我后来租住过的一个房间里有一台笨重的大彩电，因为很占地方，我一直想把它搬走，看着真是碍眼呀，而且，电视在那里，不管开不开都会影响我的睡眠，夜里在床上，我都能听到客厅无止尽的声响。最后当然不被允许扔掉，我就搬走了。以后换过很多房子，带电视的总让我觉得不舒服，一个都不会定下来，即使租金便宜。我无法解释自己的这种心理，小时候我家里是没有电视的，所以觉得这东西简直就是储存了全世界的噪音然后放出来，想都无法想，不可忍受。

我没有电视，对2012年的那一段时间的新闻却记得清楚，许是因为铺天盖地的报道，毕竟我有电脑嘛，毕竟出去吃饭还可以在人家桌子上看到报纸和电视嘛。但是我一直讨厌新闻，不管任何报道，只要看见西装革履的面孔出现，一板一眼报道某一件事，我就觉得这是一条被选择过了的新闻，播放人知道自己在说什么，突出什么。假如什么新闻也没有，我们的今天就不会被大面积的新闻淹没，即使我们现在被自己关在房子里，因为疫情不敢在大街上像以前一样四处乱跑，我们也不会像现在这样焦虑不安，至多像2003年，对，"非典"的那一年。你一定记得那一年，你觉得那一年对咱们的县城有什么影响吗？没有。那时候好多人家没有电视也没有电脑，人们买不起手机，而且那时候手机还不是智能的。这为我们提供了一种安静。我不喜欢新闻，世界太吵了，夜晚不像夜晚，白天不像白天，很多新闻被推送到我们面前，让我们眼花缭乱。说起来，我差点就去做了记者，你肯定不知道。我甚至算是个曾经做过记者的人，因为记者做的事我一样不落地做过，搜集新闻，写稿，然后发表，就差在线报道了，如果学校里的运动场的通讯员也算，那我也算是做过在线报道的记者了。我很清楚新闻是如何生产的，怎样获取人们的关注，如何哗众取宠，如何收获眼泪和掌声，在哪几分钟煽情，哪几分钟要赢得人气。

这些年，我关注特殊学校（你知道的，咱们县城就有这样的学校，各种残障的孩子），关注精神病（你知道精神疾患，但你未必知道躯体障碍，有那么一些人，就是不满意自己的耳朵或眼睛或某个部件，他们不满意到让自己崩溃，不得不对这些部件做修补手术，或者，不得不让自己连年吃药，以期离开镜子，离开自己在大脑里对这些部件的不断想象……），关注流浪汉（我喜欢流浪汉，我希望可以天涯海角地流浪，但我又怕被强奸，我的身体太差了，不能接受有人随意进入，不能接受男人某个部位的突然肿胀，以及他们脸部的扭曲，还有声音的"痉挛"），关注孕妇和老人，关注被抛弃的儿童，关注弱者被强奸，尤其是未成年人……我是个精神上的记者，我比那些撰写新闻播放新闻的人更像个新闻人。他们确实干得不错，让世界有声有响，扰乱了很多人的睡眠。他们在这方面确实比我成功。而我，就如我关注的人，经常居无定所恍惚不安。但我真诚，你应该知道我是真诚的，我自那时候就一切都可以说出了，我们会说女人大起来的肚子，突然扁下去的衣服，比如说语文老师的老婆。人们不应该杀害胎儿，可是我们生活的那些地方，到处都会因为性别杀掉孩子。也许我应该说胎儿、婴儿（毕竟一些已经出生了，只是被扣死在尿桶里）。我们出生在80年代，农村也至多允许二孩，但很多人是要选择性别的。我不知道你是否经历过。谢天谢地，你有个男孩儿，我在朋友圈看到了。否则你要受多少罪，我无法知道。艳蛾，人们对这种罪行保持沉默，甚至好多家庭有杀人犯，不管是城市还是农村，甚至自己的父母自己的兄弟姐妹。可是，从来没有人审判他们，他们用不着为此坐牢。比起生出他们不喜欢的性别而活下来让他们承担相应的罚款后果，也许死亡更合适，死亡就不必承担社会责任。何况死的又不是他们。女人的肚子可以再次大起来，早就有人说了女人是土地，人们敬拜地母，而不是地父，就是因为土生万物。

艳蛾，你结婚了应该有电视吧，放在卧室还是客厅？每天播放新闻也播放电视剧？你总得哄孩子，现在人们把孩子叫吞金兽，真是奇怪。哄吞金兽的最佳神器应该是电视，对吧？我不知道。我从来没有想过自己有个孩子会如何，简直太遥远了。艳蛾，我也无法想象假如我现在结婚了会怎样。你知道这是假话，你肯定会像我们童年时候认识的那样否定，就像你否定我的否认，你说我也喜欢你喜欢的那个写"的"字写得像个圆圆的憨娃娃的男老师，他教咱们语文。我当然不会承认我喜欢他，因为他是你们的，我是后来转学才来的，你比我抢先认识了他三年，你四年级就到这里了，其他人大多比我抢先认识了他五六年，他们一开始就知道他，他们是一个地方的。艳蛾，如果我说自己从来没有想过有个孩子会如何，你也许相信，但如果我说我从来没有想过结婚会如何，你肯定不相信，因为每个女孩从小就想过了，不止一次两次，想过了很多次，你了解女孩子的心理。我确实想过，我想过很多东西，过去想，现在想，结婚并非其中之一，孩子亦然。就如小时候我很渴望像我妈妈现在打着石膏的右手一样，我希望是左手，这样又能引人注意又不影响我写字和吃饭。我还想过我小时候如果是小儿麻痹症多么好，你让我羡慕了这么多年，你一直让我羡慕呢。你告诉了我什么叫小儿麻痹症。你说这远不至于要人命，对生小孩也不会有影响，或者只有一点点影响，加以注意就好了。

　　我真想告诉你，认真告诉你，这是真的，我左手骨折碎裂过，没有看医生，肿疼了一阵子，自己长好了，现在，手臂会在睡醒的时候隐隐作痛，十多年了。那时候我和现在一样穷，和现在一样喜欢拿自己身体不重要的器官冒险。只是，这一次冒大了一点。
　　有很多人有暗伤，尤其很多女孩子，可能说出来的没有多少。我谁也没有告诉，一次都没有告诉。这一次的暗伤是因为我在实习，急于求成，想学会骑电动车，结果会骑了不会按停，撞上了墙摔了下来。说明还是不会骑，对吧？现在我可以骑自行车，可以骑电动车，还拿到了小汽车驾照，另外还自学了游泳，一个人可以独自游过深水区……你看，我还是愿意去冒险，并且一直甘之如饴。

　　你我皆来自无名之地，不被人认识，不被人接纳。但你天生就有这能力，你很吸引人，除了你的美，还有这些，对不对？尽管你一次次对我哭，可是我暗暗羡慕着。你也许还会像小时候一样，觉得我嘲笑你，觉得我是假的，并不羡慕一个瘸子。可是我还是没有改变，我觉得一个瘸子或一个手臂上打着白色石膏的人，显得那么与众不同，他（她）是有故事的，可以让人坐下来讲半天。残疾让他（她）缺乏一定的攻击力，人们可以把自己温暖的一点爱心送给他（她），并且可以从他（她）那里获得故事，或者友谊，这多么好。

我一直渴望故事，也许那时候靠近你就有这迹象了，我希望你给我一个故事，温暖的或悲伤的，甜蜜的或充满缺憾的。我是个故事匮乏者，渴望把自己活成一个故事，但更急于寻求别人的故事。是不是那时候就有这征兆呢？后来很多年，我一直读书，饕餮般地从一个省的博物馆溜达到另一个省的博物馆，再换一个省，我甚至去看过干尸，不止一处，湖南和新疆。那两个沉睡的古代女人令我觉得恐惧又亲切，新疆的看起来还年轻，可陪我同去的本地姑娘说她前些年去比我看到的时候的还年轻，那时候嘴唇似乎还有弹性。湖南省博物馆里的女人，则看起来是个老妇人了，而且地坑挖得很深，我们只能在很远的上空看，不像新疆那么近，你甚至伸出手可以触摸，只隔着一层玻璃，你甚至觉得她的唇是眩晕的粉色。许是新疆出土了太多干尸，所以不以为意。不过，新疆的那个姑娘真是漂亮，她的帽子和服饰甚至还闪着光，许是我看过她复原的画像，所以记得如此清晰。她令我想象，甚至相思。她那么美，有过怎样的爱情呢，怎么就死了。我简直无法想，一想都觉得要落泪，那么遥远之地那么遥远过去的一个女人，令我有亲人和恋人般的相思，我连我自己都奇怪。我叫她小河姑娘，别人叫她小河公主，她从楼兰走来，那微笑的样子令人倾倒。你应该也是看过图片的，我们的历史书上有，我忘记我们有没有讨论过，那时候我们总是讨论很多奇奇怪怪的东西，简直难以想象我们那么小，就讨论那么多东西。我一直读书，所以一个省又一个省地换图书馆，我需要故事。故事越与众不同，我越兴奋。就如我需要雨一样，前面已经说过了，你知道吗？离开咱们干旱的西北小县城之后，我专挑常年落雨的地方落脚，我像个灵魂缺水的人，要补，不断补。你是这样的吗，你会不会常年感觉干渴？那时候我们总在一起，我们互为维他命，互为雨水，就连我们的班主任语文老师都觉得奇怪，我们为什么总在一起，就是你喜欢的那个男老师（难道我不喜欢？我想我还是会向你否认）。

那时候他已经有一个小姑娘了，二十八岁的男人，用我今日三十五岁的眼光看，我比当时的他痴长七岁，我甚至能理解当时他的心理。但是，咱们那时候看错了自己，自以为了解他的，实际一点都不了解。他对咱们都很好，好到令小女孩们都不由自主向他争宠。很久之后我才知道，我在这里上了最早的男女这门课。这门课你比我发现早，学习早，参与早，享受早，承受早……我从来没有感受过怀孕的恶心，想吃酸就吃酸，而不会因为怀孕而吃酸。我从来没有怀孕过，以致有时怀疑自己能不能怀孕。我从来没有要求一个男人在夜里托起我，从来没有因为阴部撕裂嚎叫过，没有经历很多女人经历的大出血，没有小孩子在宫内，也没有小孩子在宫外……你太容易脸红了，那时候，我不能说这些，我们甚至不知道什么叫子宫，我们只说肚子，小孩子，婴儿。现在你还是会脸红，我知道，你太害羞了，一些事只能做不能说，你已经生过小孩了，也许不止一次，但你应该还是那么害羞，害羞是一种魅力，你早就无师自通。我这样说会被你说不礼貌吗？可是这是一种文学手法，我很想写一本书，关于怀孕关于孩子的书，但是我没有这经验。你如果来写，应该比我写得好。我记得你的文字和你写的字给我的感觉，还有你的长相、你的形体、你渐行渐远的背影，总能把人带入美好的境地。

2　小蚂蚁、小蘑菇和巨伞

1997年的秋天，我们开始并不熟悉。那时候我矮矮瘦瘦的，你比我高，谈不上胖，但是看起来比我健康。我太瘦了。近两年我才突然增了三十多斤，像个矮胖子。二十多岁，我还总被人说瘦得出奇，手臂和手的脉络清晰可见，蓝色血脉像地图。人们没有打开我，否则他们可以看见我身上清晰的血脉，像海洋。那时候，作为你的陪衬，又像是你的拐杖，我总是站在你左手边，我太瘦了，像一根拐杖，你挂着我。也许是因为你给我培养的习惯，以后的这些年，我总是习惯于站在别人的左手边，作为陪伴和烘托出现。

我已经说过了，你比我美，可能你不知道。你总是穿得漂漂亮亮的，像父母对你的补偿，作为他们的大女儿，你被养在外婆家，养得很好，非常好。你的衣服总是新新的，当你穿上了新凉鞋，我们进入了夏季；当你穿上了长毛的暗红色小靴子，我们就进入了冬季。你还有各色的围巾，你总是喜欢穿粉颜色的衣服，你还有裙子，各种样式的裙子，你的头发长长的，比我们每个人都长都柔顺，贴附在你的后背上……你可以不穿校服，那丑陋的校服。你也可以不剪头发，而好多学生被要求剪成刘胡兰头型。你一直被允许梳辫子，有时你散开来，有时你编成麻花辫，有时你将头发分成两部分扎在左右两个头顶，有时你就梳成一个小丸子……你怎样都是被我羡慕的。何况你有很多头花和发卡。你喜欢蝴蝶，一度头花上有蝴蝶，发卡上有蝴蝶。有好几个月，你把所有的头发都梳在脑后，然后脑门上别一只有蝴蝶的发卡，发箍有时是玫红，有时是天蓝，有时是鹅黄，总是那种少女们喜欢的亮亮的颜色。你的鞋子也好看，也是有各种图案的，不像我们，至少不像我。你总能让自己显得耀眼，我和你走在一起觉得很骄傲，因为人们总是喜欢看你，这样就不会有人注意到我了，我因不被注意而失落，也因不被注意而安全，但我身边人被注意，我真是骄傲。

你一定忘记了当时我们做的第七套广播体操吧。我是村小学转来的学生，我们不是完小，我以前就读的小学没有喇叭，只有哨声，而进入你所在的这所完小，一切都是正规的，同学们在第二节课上完之后要做广播体操，以及第四节课后要做眼保健操。眼保健操是很容易学会的，但广播体操对我来说太难了。我会很多事呢，我可以割猪草、放羊，我也可以爬上很高的男孩子都不敢爬的大杨树上端下各种鸟巢，我还可以因为无知捉青蛙和蛇玩，虽然总被家人打，可是我是村庄里小伙伴的领头人。但我到了你所在的学校，一样都用不上。我不会做第七套广播体操，自己一个人跟在后面又学不会，那时教育局经常来学校检查教务，乱摆又会影响检查。于是，我也躲在了教室里，和你一样。你因为你的原因不需要做操，而我是因为不会而不允许去做操。于是，我们就慢慢靠近了，我们在每天大家去做操的二十分钟靠在一起，有时在窗玻璃内偷偷观看他们做操，有时就单纯坐在一起做作业，或者说话，或者听知了或鸟叫。我们主要做语文和数学作业，其他小升初也是考的，但作为常识考，语文和数学是重点，总分三百分，语文一百，数学一百，常识一百。你的语文比我好，我的数学比你好，也许你总是在看书，而我迷恋于上树掏鸟，下地割草逮兔子，还有七八月挑着小筐在公路畔上卖西瓜，所以我无师自通懂得运算。

你还记得你写过的那些句子吗？也许你忘记了，而我还记得一些。语文老师总是会念咱们的作文，一个一个当堂会审，从来不顾面子。小学生能有什么面子？可是人人都爱夸奖的。我们敏感又紧张，却又倔强。小学语文，开始是拼音和组词，同义词和反义词，以及造句，那属于低年级。而我们是高年级的学生了，高年级有高年级的内容。小学三年级就有了作文，规定的五十字，然后逐年增加，到六年级我们就得写几百字的作文了，有时要写满两三张方格子的作文纸。在课堂上，我们要学习比喻和夸张，学习排比句。现在看多么平淡无奇，但对我们来说，那时候太惊心动魄了，语文课就像每天给我们展示神迹。那个当时二十八岁的年轻男老师，后来我们陪着他进入了他的二十九岁，他陪着你进入了你的十五岁，陪着我进入了我的十三岁。

记得有一次，课堂作业，练习比喻句。太平常了，对吧？你现在陪孩子读书也会看到类似的题目，对吧？你还会像那时候那样充满神奇的魅力吗？随意一说，然后全班都静下来，让同学们觉得你不光人美，你造的句子更美。人们会暗暗地嫉妒，同时内心给自己开解，正因为你太聪明了，所以上天要剥削你，要让你受苦，要让你疼痛。

我还记得有一次写这样的句子，题目提供了含有喻体喻词的后半句，同学们书写前半句，就像谶语，像《红楼梦》里给十二钗的判词，但咱们那时候不知道，包括现在很多人肯定已经忘记了，也不会这样认为。世界多么奇怪，命运简直在暗里就为我们写好了。我已经忘记了我的，却记住了我同桌江海生和你的。我在第一排，你在第三排靠窗的第二个位置，我迄今还记得回头看你，总能看见太阳斜斜落在你身上的阴影，像我多年之后在电影上看到的那些有光的女孩，美丽流淌在你脸上，你安静地做作业，或想问题，很少回应我。你是个乖学生，上课是不做鬼脸的，你一直有你的端庄。

那是两个句子，题目如下：

比喻练习，请写出喻体的前半句。
1.……，就如潮退后平静的大海。
2.……，就像一把撑开的巨伞。

课堂的即时作业，我们总是被要求背诵，尤其是古诗词，像这样的练习也是咱们的语文老师喜欢的，他喜欢训练咱们的思维，喜欢一次又一次要求咱们写日记、写作文。多年之后我还有这习惯，强迫自己在笔记本上写下每一天的日期，可能什么都不记，但是，如果四月没有写，五月想起了也要补上，对着日历看有没有31号，星期几，我不允许自己在这些方面出错。当然，天气阴或晴总是写错，事后补记嘛。有时我能把几十个日子一行一行写下去，其他什么都没有，只为了让日子看起来是连续的。我怀疑就是这一年给我留下的强迫症，就是这个老师，你喜欢的，班上所有女孩子都喜欢的，这个男老师。我们模仿他的字迹，把"的"写得像个画出来的胖小孩。迄今我还很喜欢这个"的"字，觉得它微笑着把自己团成一个圈，像一只猫的写意。你如此认为吗？我们的语文老师给我的感觉。他写事情的"事"也是奇特的，会写成"3"在下面的翅膀上打一撇。我现在还保留着这习惯，和他一样，学习他，让"3"折翼为"事"……太多微妙的事，太多微小的习惯在那一年被培养并保留了下来。我在此之前不认识这样的"的"与"事"，他站在讲台上给咱们抄作业，出现了无数次，最初的最初，我问你们，才认识了他的这些写法。我知道你们一直学习他写字，只要有机会我都会看你们的笔迹的。那时候也许我就是个粗中有细的人了，敏感纤细，只是我自己不知道。

每一个句子都被念出来。也许语文老师是看过《红楼梦》的，一定看过。他办公室墙壁上就有林黛玉在园里葬花被贾宝玉碰见的画。我现在还记得，用图钉钉着，塑料的画，好几张。其他画我已经忘记了，就这张那么清晰。我家里有《红楼梦》这本书，很小的时候妈妈给我姐姐读，我也跟着知道了很多故事。也许因为这个原因，我现在写下这些句子。那间有直筒炕的办公室，就像在我眼前，那幅画还让我熟悉，仿佛我当时的手指还触碰着宝玉披着的那件猩红斗篷，指尖还落在他的眼睑畔。那是我少女秘密的心思，我喜欢这个书本里的男孩儿。

老师就像海棠诗社那样进行评点，他那孩子王的派头令人觉得像个帝王。每念完一个人的，这个人就离开座位去取回课本。你记得咱们班当时多少人吗？十六个。我一直记得清晰。是我在此之前读的班级人数最多的班，是我在此之后读的班级人数最少的班。咱们那时候一级只有一个班，一个班只有十六人，村庄里的小学，还是附近几十个村庄最大的完小了。在我眼里那么大的一个地方，是以后我走过很多很多地方，说起这个地方连名字都无法提的，包括咱们那个县城，如果不说神府煤田没有人能知道。

他是个好以表扬的形式来加持学生的人，即使平淡无奇，在他口中都是灵气十足的，以致每个上去拿自己所写的句子的人都笑逐颜开，缓缓走回座位。我很不安，又很好奇。在此之前我们村庄的小学不是这样的，随时都可能被打，教鞭在老师桌上放着三四条，是红柳做的教鞭。这些年我走过很多地方，几乎没有再见过咱们县城的红柳，当然也就再没有见过那样细细软软打人却一条又一条红印子的红柳教鞭了。

我很不安，已经忘记自己写什么了，只知道等待，再等待。我没有想到压轴的是最好的，就如演出，老师将最差的放在了前面，但是他没有说。至少是分了等级的。因为掌声是越来越响的，最初那几个都疏疏落落。

"鲜血流淌在战场，就如潮退后平静的大海。"猛然听到这句话，我觉得有点害怕。我从小就是一个对疼很敏感的人，晕血，一点点的疼痛都让我觉得无法忍受（是不是因为如此，即使是做爱，即使是想到生孩子，我有时都产生抗拒心理，觉得疼比爽快更令我关注）。老师读完这句话，站起来的，居然是我的同桌江海生。他那时候应该就差不多一米八了，块头大，结实，给我的感觉，他走路就像风吹过来吹过去。他那么高呀，居然被安排和不到一米五六的我坐在一起。语文老师也是咱们的班主任，我不知道他是怎样的想法给我安排这样一个高个子的同桌。如果不是想起你，许久了，我都记不得他的名字。因为想起你的句子我突然就记起了他的名字和句子。他平时总是倒数的，我早就听说了。和我坐在一起，他倒不像其他那些本校的学生结伙欺负我这个外校的，但是他总是嬉皮笑脸吊儿郎当，坐着的时候似乎两条大长腿无处可放，总是架成二郎腿。关键他太高了，后桌的同学就不得不给他留出足够大的宽度。他后面的男同学叫赵滑，数学非常好，我也是突然才想起，但我完全忘记我后面的赵滑同桌是谁了。此刻我记起了赵滑的数学非常好，他总是跟我争数学的第一名，但是他又太草率了，似乎每一次考试都如此，不到半小时他就交卷了，因此他总是比我低一点点，偶尔平分。现在的教学模式已经改了，很多人即使做完了卷子老师也不让他早早出去乱晃，吃好东西，逗猫戏狗，对此我真是觉得开心。我那么辛苦到下课才交卷，还比不过他半小时。不过也许他的名字让他受苦，我总记得历史上有滑铁卢战役，看到这个名字，前些年我经常想起他。刚才我并没有，我只是想到江海生突然想起这个当时总给我制造数学比拼困境的男生了。不，我又突然连片式想起好多了，我想起了他同桌是谁，就那个给我座位上放图钉还敲断我桌腿以及拿套兔子圈子套我的小个子同学，你还记得吗？他都长得没有我高，那时候却是带头欺负我的第一个人，其他的好几个同学因着他欺负我也合伙戏弄我，我迄今不知道我怎么就把这个人惹下了。也许仅仅是因为我是外来的，最后一年加入，你虽然也是外来的，但你早我两三年就加入了，何况你外婆就是这个村子的，你每天在这个村子住，班里还有你舅舅家的小孩，你的表弟。没有人欺负你，他们的一致目标是我。还有一个外来的我们村子的同学，他有一个好听的名字，叫春天，但他是男孩子，而且姑姑家也在这里，不必每天走十几里路回家。班里的男同学，很快就和他玩成了一片。

江海生站起来，他甚至只要伸长手就可以拿过老师手中他的本子了。但是，他还是往前走了两步。他比老师高，比老师壮。然而，那天他居然半缩着身子拿过老师递给他的还展开的本子。我觉得他的手是颤抖的。他后来回到座位好一阵子腿都是抖着的，不像之前那样跷着二郎腿，而是规规矩矩放着的腿，我明显感觉他身体抖得厉害。我们做了好几个月同桌了，那一天起，我才觉得他也是有信仰的一个人，有自己的赤诚。他后来果真如他的句子所暗示的，去当了兵，在一场抗洪救灾的故事里成了英雄……

文字充满魔术，世界就像一个大比喻，一切都可以组装进这个比较里面，一个物象可以既是喻体又是本体，文字是如此好玩，我第一次如此感觉。也许就是从这里开始，我觉得文字是有生命的，它会进行自己的呼吸。

"树脚下的一朵小蘑菇，对于前来避雨的小蚂蚁们，就像一把撑开的巨伞。"当老师念出这个句子的时候，我还记得你涨红了的脸。不是你走上去，而是老师走过去，递给你的。全班人都很惊讶，大家看着你。你是最后一个，一定等久了。你像个童话里的小女孩，眼睛大大睫毛长长，眨巴着眼睛，皮肤是那么白皙，头上别着有粉色蝴蝶结丝带的卡子。那句子让我心底流过一股甜蜜，至今二十几年过去了，那甜蜜仍在。你现在有了属于你的小蚂蚁和巨伞的世界，你可能早就忘记了这个句子，但我一直替你记着，直到记成了我的。

如果语文老师一直教着我们，你后来没有去别的学校，我也没有，也许我们还一直在一起。主要如果他一直教着你，你就会不断试飞，长出你的翅膀，我知道。他一直有一颗很慈悲的心，尽量照顾着我们这些孩子的自尊；他一直试图不要厚此薄彼。以后很多年我才知道什么叫因材施教，什么叫高屋建瓴，什么叫教学相长……是不是我们也给过他一些东西，而不是全部索取？

是不是还有一些什么东西，我隐瞒着没有说出，而你也感觉到了呢？我们太小了，却已经懂得取悦自己也取悦他人。你的脸颊上扑着粉，而我对气味又太过敏。也许在一篇温良恭俭让的散文里，我该把我们的语文老师写成那种"圣人"，就像那些享受着"敬爱的""可佩服的""令人赞美的"一类廉价词汇的圣人，没有爱，只不过看起来被人爱着，但属于在庙里而不是房间里。但你的脸是绯红的，除了腮红的红还有自然的红晕，属于女性春潮的红晕，就像讲台上阳光的返照。你喜欢他，对不对？你喜欢他把手伸过来握着我们的手，喜欢他冬天烧起办公室的炉子呵护着你不能过度运动但容易麻木的腿，你喜欢他伸出手去抚摸你衣服的厚薄，你喜欢……你认为这是你私人拥有的，是属于你的产权，对不对？有很多个夜晚你煎熬着睡去再醒来，很多个课间操你精神恍惚，很多次你欲言又止……你是不是要对我说出？

是在好几年之后，你才有了一个胸膛，有了一双撩起你裙子的双手，那双手灵活地翻转着你的身体，深入地进入你，在一角窗帘之后，一切合法化之后……这时候的一切都只是幻想。

我不是故意的。我也已经是个三十多岁的女人了，没有想过做谁的妻子和母亲，但是也已经是过来人。我突然间了解了你脸上的绯红，那为我们其他几个所没有的，那幸福又难受的颜色，那温度。你是不是怕那灼烧把你吞噬，你是不是渴望那灼烧猛烈一些……这是成年人的事，互相叠加在对方身上，彼此奉献又彼此索取。你不该想，但你想了，所以你无数次红起脸来。

你很美，比我大两岁，你已经懂得，乡村里十六七岁就有嫁人的。你十四岁，后来你十五岁，再后来你十八岁。应该比这更早吗？我不想再推测，那时候我高中了。那个我遇见你的夏日黄昏，你与我在我就读的中学的围墙外不远的街道上遇见，我们十指交缠，行了一段路，和从前一样，最后你依着我，将身体的重心交付我，一边走一边说着你的订婚，比你大几岁或好几岁的男人……语文老师比我大十六岁，比你大十四岁。那个男人似乎比你大十一岁，也或者是九岁。具体多少我已经忘记了。是黄河岸边人家的儿子，离街镇远，但吃得上蔬菜，因为不缺水……介绍人牵的红线。你的口红已经理直气壮了，头上别着那年头小街流行的时尚大牡丹花，像个艳俗的妇女，却很撩人。你说着为我所陌生的一切，我知道我们不可能再一样了。那个男人在讲台上写的字依然让我心动，我还写着那样的"的"字，而降临在你身上的洪流已经改变了路径。

后来的一些年，我才知道什么叫同床共枕，什么叫融为一体，什么叫渴望，什么叫等不及，什么叫天雷勾地火，什么叫……

你比我过早享受了这一切，也过早承受这一切的后果。

你还记得那只有天下大雨飞进来的蛾吗？有着宽大翅膀就像一只蝴蝶但是比蝴蝶看起来身子宽的褐紫色的蛾，飞进教室里东奔西跑。你尖叫着不让那些男生去捕捉它，但是你的尖叫在他们看来是做作的，其中一个男孩子，可能因为经常套兔子，眼力好，顺手就瞄准了它。他说如你所愿，不会杀死它，但得给它点小小惩罚。随后，我们都见证了那小小惩罚，在所有在场男同学的喝彩声里，他撕下了蛾子的左翅，然后将蛾子放到了开着的窗子外边的窗台上……你的哭声持续到放学。我能觉察到你的受伤。你无法想象一只断翅的蛾承受的痛苦。但是，小孩子的心性总是那样调皮，我可以用卑劣形容吗？小孩子的心性有很多是卑劣的。他们会踹路边的猫，会用开水浇灌蚂蚁窝，会端掉鸟巢里的蛋……

那天我怎么都无法哄你回家。其实有很多个午后放学我无法哄走你。你总是心情不好。我不知道有个词叫抑郁。咱们在山村里读书，似乎没有抑郁的权利，那时候抑郁这个词还没有被广泛应用。但我能经常感觉到你的不开心，你总是郁郁寡欢，经常向我发火，但也同时会向我示好，你允许我放学后等待你，课间操我陪伴你，去厕所的时候我跟着你。我是在多年之后的这个夜晚想起，你或许是抑郁的，经常哭泣，陷入一种无助状态，我陪在那里，却不知如何安慰。可能在你眼里，我也是幸灾乐祸的。因为当同学们，尤其是男生们起哄你的时候，我一次都没有维护你，半次都没有，甚至还做了围观者。

3　亲爱的火，亲爱的灰烬

在这个世界上，你是第一个给我写信的人，你买得起邮票。你父母比较宽裕，最主要，他们总想着在一些事情上补偿你。所以，你可以拥有花花绿绿的信纸和信封还有邮票。

那时候已经是初中了。你的信从远方而来，通过邮局寄给我，信封上方写着我的名字，下方写着你的名字。你字迹工整，却有小孩子的可爱，将每个字都拉伸到比正常人写的字长一倍多，以致那些字像长了长脚一样涌向我，奔跑的姿态让我羡慕，也令我感动。

你叫我"亲爱的"，当这三个字还没有被世界滥用的时候，你以英译过来的这种亲切称呼来称呼我。你不知道我多么震动。"亲""爱"，"的"是"亲爱"的归宿。内容我多不记得了，只留下一个朦胧的印象，你向我描述新的学校新的环境，以及你说你被环境所排斥，你说你想念我给你的友谊。

那时候我是个暴躁的人。可能我内心一直是个暴躁的人，我不知道，我早就无法定义自己。如果你和现在的我相处，也许你会说我没有什么变化。但除了你，只有对你。一切认识以前的我的人都会认为我变了。那时候我与全世界对抗，随时准备炸毛。但不知道为什么，只有你对我发火而不是我对你。而你对别人是温和的，你只是对我。你经常会嫌弃我，会突然甩开我的手，会独自走一段路，然后我走过去，可能不用话语哀求你，只是表情，你选择接受或不接受。而第二天，又可能是个重复。我琢磨不清你为什么发脾气，只感到迷茫和不知所措。所有人都是排斥我的，而我深深感觉到你会需要我，所以我向你伸出手。哪怕你挡住我，甩开我，我也总是继续。除过小女孩的抱团取暖的小心思，我想是因为你的美，你对其他人的温和，还有你虽然攻击我但不会伤及我的根本，也或者，夹杂着我内心深处的共情，我渴望获得你的怜悯，就如我对你的怜悯一样，可怜的人需要相互扶持。这些年我依然如此，行走在社会的边缘，就如当时行走在班级的边缘，我与边缘为伍，是人群里的影子。

  2012年12月21日下午，有一个男人从很远的地方赶来，就像你所写的"亲爱的"，他对我说了这三个字。他说如果真有世界末日，应该和"亲爱的"死在一起。

  我们很少过夜。我总是对和人太过接近有恐惧心理，那时候就已经排斥了。他叫我"亲爱的"，似乎晚上没有理由拒绝让他留下来。在此之前我并不认为这是个特殊的日子，我的心一直都是那样的，早点炸吧，一起毁灭吧，所以从来没有过害怕。无论在哪里，无论哪天是末日，我都可以接受，都不急着去与谁团聚。你知道吗？离开小学六年级的这些年，我几乎没有什么特别渴望的事特别爱着的人。这一辈子似乎都是如此了，包括你。那时候我寻求你的友谊，也喜欢你从另一所几十里外的初中寄来的信，但是你叫我"亲爱的"让我紧张发麻，这太亲密了，我无法承受。

  "亲爱的"这个词太重了，不知道为什么，我一直觉得就像一种可怕的诅咒，这种太过甜蜜的幻觉不是我能承受的，就像一种欺骗。也许我过早就识别了词语的重量，所以尽量讲究精准而不是滥用。

现在他离开了。不仅仅是离开了我，而是离开了这个世界。世界末日过去不到十多个月，他就遭逢了他自己的世界末日。这些年我几乎不会想起他，偶尔有那么一些时候情动不已，但也不觉得如何想念。但是，困在疫情的这些日子里，就像一场什么毁灭过了的幻觉，世界随时都在暗示着末日将近，人们狂欢却又战战兢兢，生怕自己迎头碰上。然而，很多人兴致勃勃地看着那些平行消息，看着新闻和视频发送的死亡快递。就是这些，让我想起他，一天比一天想起他。当我想到做爱，甚至还能感觉他的双手滑在我耻骨的位置，像在提醒我接受一种震颤。大多时候他是乐观的，主动积极，我沉默地接受。我们在世界末日之前认识有一年多了，亲密猝不及防，我太寂寞了，无论在哪里，我满足别人对我的需求，也渴望同舟共济、互相取暖。世界末日的那一晚，他对我说："这样的节日应该和亲爱的死在一起。"那时候"亲爱的"还没有泛滥，但恋人或情人之间会频繁地用这个词，我对这个词仍然是反感。他从远方来，要与亲爱的我死在一起，却令我觉得震动。

我从二十多岁到现在的三十多岁，十多年了，年轻的肉体在走向衰老走向发霉走向荒芜，但这些年也不是如同朽木一般度着。然而，对于爱仍然是慌张的。我的身体光临过不同的人，我不相信什么守身如玉的鬼话，从走出少年那段懵懂初恋（暗恋）就不想相信了。年轻的肉体会老下去，不管守不守都会老成干核桃，那么，就吃，就要吧。这又不会犯什么罪。年轻嘛，即使犯错也充满激情，总有一个明天可以修补，总许自己一个未来去相信。

只是，疫情将人圈在房子里，像是每一天都在重复，我想起了叫"世界末日"的那一天，也想起了你在信的开头叫我"亲爱的"，想起了那个已经离开的男人。想和你说说这些话。

艳蛾，你还好吗？你妈妈喜欢诗词，喜欢那句"淡扫蛾眉朝至尊"，觉得艳极了，给你取名这两个字。你就像那个夏日午后教室进来的一只大蛾被男生折断了翅膀的，瘸着一条腿往光亮处飞，飞。你第一次对我说出那样的医学病名：小儿麻痹症。你受折翼之苦，热爱着学习却无法到处迁徙，过早地嫁了人，然后，生娃。也许应该庆幸，你在一个重男轻女的氛围里长大，你的第一胎就是男孩，这样免受了很多皮肉之苦。你的父母说不上是如何爱你的，但他们补偿你，给你美衣美食，我是从他们过早地把你嫁人得出结论，何况，为了修正你"这个错误"，他们后来又生了一男一女，也就是你的弟弟妹妹。当然，你的弟弟妹妹是完好的，并没有折翼，不必因为怕人笑话或嘲弄寄养在亲戚家里。你的左腿总是疼，我走在你的左边，扶着你，当你的拐杖。我放弃放学后尽快跑回另一个村子吃饭的时间，每个下午学校的课程结束后，都会将你搀扶回你外婆家的院子。对此，我们的语文老师感觉惊讶，时间久了，全校的师生都感觉惊讶。这是一种牺牲，对于一个十三四岁的小女生，无论刮风下雨或下雪都坚持着，太不容易了。对不对？尤其是下雪，你穿的鞋子得自你父母的愧疚，买来的有绒的暗红小靴子，而我穿着家里大人们不要的旧鞋子，我脚下太过冰冷。你太漂亮了，做生意的父母将你放在外婆家的村庄里，用衣服和美食维持着你的自尊，不让你坍塌。你头上的饰物也令好多同学羡慕呢。我扶着你走着，作为你的陪衬，但你仍然有时会对我尽情责备，认为你的残疾陪衬着我健康的双腿，因此恼怒地甩开我。而如果甩开这条人肉拐杖，没有人给你背书包和扶着你，短短正常人走十多分钟的路，你就得走近一个小时，这还不带下雪和下雨那些特殊时光。那些艰难日子，你会不小心滑倒，污泥会令你变得很不堪，会弄乱你的辫子，弄脏你的漂亮衣服。还有，一些时候会让你受伤，如果是骨折，你很可能连月上不了学。你以前经受过这样的苦难。那一年没有，总是我，也只有我，一路搀扶着你。从背影上看，停下来，我就像一个公主的贴身丫鬟，或你的一根拐杖。我比你矮，你长得美我则不，最主要我身上背着两个书包，你的和我的，像两个树杈，经常因为疲惫和饥饿气喘吁吁，汗流浃背……那时候我不知道这是奉献，就如现在想起这些我仍然不觉得是奉献。与你靠近我赢得了一种友谊，一加一是大于一的，你让我觉得我被需要。

世界末日的那一天也是这样，他留下来，我们挤在我租来的狭窄凌乱的小屋里，喝着我当作早餐买下的牛奶，吃着他带来的老家的腊肉，听着他说末日是应该和爱的人在一起的。这么多年过去了，算来已经七八个年头了，却感觉似乎过了几十年，我因为被需要觉得是爱过的，觉得自己是被爱的，而有时觉得心安。

末日就像祈祷，并不相爱的情人，特殊的日子插入女人的体内，居然如此令人难以忘却。这些年，我就像个流亡者，活在这没有他的旅途中。疫情被圈禁在房间的日子，太像那年的那一天了，只不过，是那一天的重复，将那一天无限延长，日子回旋又回旋，那种绝望又温润的情绪却一次次拜访，仿佛重新经历，让人一点办法都没有。

艳蛾，我从来不知道爱是什么。难道我享受的是痛苦？这当然也不对。我记得亲吻带来的欢喜，他低下身子抚弄我带给我的呻吟，但我无法用语言来形容我的情感，用"亲爱的"是不准确的。后来我似是而非地爱过一些人，和那之前并没有什么两样，和与他相处亦没有什么两样，也就是说，在那之前和在那之后我都不是一个传统意义上的好女孩，我认为身体就像食物，想吃就吃，想要就要。但是，世界末日的那一天将世界切割为两半，我像是一个已经不是我的小灰人了，也像是打上了什么印记的人，却还占据着原来的那副躯体。

这些年来，我在文字里撒谎，爱过这个又爱过那个，他们面目模糊，既不可亲也不可爱，有时年轻有时老，但对一个厌弃世界的人，征用的只是他们的躯体，需要的就是反差制造的断裂深渊，旁人怎么看，又有什么关系。比如在大桥栏杆上打炮，哪里的大桥都行，甚至咱们县城的黄河大桥，就那一座叫作秦晋之好的大桥，连接着陕西和山西的大桥，只要把大桥写好就行了，不需要其他，文字是魔术，男女关系亦然，想要靠故事生活，那么，写一段很逼真的场景白描，读者就会认为是真的，毕竟，能制造真实的文字就是好文字。所以，在哪里做爱都无所谓，世界末日也罢，秦晋之好大桥也罢，只要描写逼真，时间空间无所谓。

然而，为什么我给你写这封信如此悲伤呢，中断了几次感觉无法继续，这一切是那么清晰，发生在你身上的，还有发生在我身上的，都不像是我的杜撰而是一种客观真实，我又何以解释？

似乎我又回到了那年冬天，1997年的冬天，那一年的春天我失去了父亲，那一年的秋天我认识了你。作为一个小儿麻痹症患者，我搀扶着你从秋季的落叶里走进冬季的白雪里，同学们一放学就散光了，只有我搀扶着你往你外婆家的院子走，路途遥远，我们就像《红楼梦》里那两个走在漫天大雪里的出家人。我仍然记得，你上身穿着用来镇邪的大红袄子，你说是算命先生说了，穿这色可以让你在冬天更好地补充气血，在此之前你一直穿的是各种粉色的衣服，你说你喜欢粉色，少女的颜色，你要做永远的少女。那猩红让我现在想起，就如宝玉走在亘古大荒的颜色。但是，我却无法写好这个故事。我只记得你向我喊疼，喊你怕跌倒了双腿都可能落下残疾，你死死地趴在我身上，靠着我，像落水的人，我瘦弱的躯体努力撑着你，做着你的拐杖。那一年离现在已经过去二十多年。那一年之后我只在高中见过你一次，就是你似乎是订婚，眼看着要结婚的那一次，你说那个男人比你大很多，看起来倒是忠厚老实。

而如今，隔着这么多年的时光你通过微信加上我，你说你想听听我这些年如何过的，结婚了吗，是否有了孩子，有过哪些爱情故事……和我们六年级时候一模一样，女人与女人之间的感情，也许人与人之间的感情，就这样充满窥探与喟叹。经你问题的指示，我想起世界末日那一天，想起我可能有过的爱情，我给你写下这些，同时回忆了我们短短一年的交往。

我不打算见你，昔日如花美眷而今枯叶妇人。不管你变得如何美或不美，我都只想停留在那一年。对于个人而言，有太多的世界末日，一个人与一个人，一场爱情与一场爱情。你不是我的世界末日，我们之间过去了，无法回到 1997 年，和 2012 年一样，甚至和眼下的 2020 年一样，各自有各自的末日时光。

世界末日是个捏造出来的日子，但这个日子搅浑了很多人的脑子，就如瘟疫，让很多人歇斯底里地变得疯狂。这些东西就是制造出来让人们感觉到惊恐的，对于住在哪里和谁在一起而充满选择，太俗气也太浑浊了。

离开老家县城的这些年，我看过太多暴力和灾难，新闻里每天充斥着各种消息，我经常在被迫听着各类新闻的时候做着不同的工作。这些年，我换了很多工作也换了很多城市，有体面也有不体面，我做过恋人也做过情人，睡过酒吧也睡过大街，端过盘子也在街头发过传单，履历丰富，朋友们或情人们都可以集起来开一个 party。你微信发来：“一切还好吗？”我不知道你要听甜蜜的还是要看哀伤的。我喜欢饥饿，喜欢流离失所，喜欢无尽的远方。就如那一年我走向你被你一次次甩开但仍然走向你一样，你的身上有一个我没有到达的远方，除了你长相甜美，更因为你的残疾，你的无法健步行走的脚构成了你的魅力，对我发出充满诱惑的邀请……我喜欢一种不对称，从年龄到身体到……我喜欢深渊。2012 年的 12 月 21 日就像个深渊，也像一个茫然的许诺，穿行在我这些年的生活里，还将穿过我的未来。我靠着它庇护却又受着它的诘难，就像你残疾的一条腿，永久将你困在你的身体里。我也是这样，曾经的"亲爱的"造成了一种残疾。

你知道吗？艳蛾，这些年我南船北马地奔波，终于过上了想过的生活，似乎小学时代我就和你说过，我喜欢流浪，喜欢做个浪女，以致我的博士论文的研究对象就是这些浪女，作为一名研究性工作者的学者，当然会有很多夜晚的聚会体验，人们将这叫作田野调查，因此我经常需要进行各种抽样调查，毕竟，无论质化研究还是量化研究，都需要一定的走访。很多场合，我滔滔不绝地给性戴上研究的套子，讲出，我并不是没有藏污纳垢。但是，作为女人，一个所谓文凭上属于上流社会的体面女人，我要表明我属于这个时代，属于一些看起来体面的场合，我经得住调笑也可以调笑别人。往往，险象环生美不胜收，人们享受我的调笑并乐于观看我的讲演。我几乎是这样的人了。我可以几个月足不出户，我的所谓自由职业可以养活我，我在房间里就可以完成我的工作，而我也可以选择每天走出家门，踏上去往一座又一座城市的路，去工作，去寻欢。你知道吗？我几乎可以算是过上了我小时候梦想过的那种生活，几个月大门不出二门不迈，而一旦我推开门，就会拿起行李走向机场，多数时候我不会立刻回来，而且也根本不会想到在一个地方固定，我耽于四处留情，寻花问柳，过无赖生活。我是别人口中的那种游女，那种浪子，有一点钱却不是足够，但有大量时间，博士文凭给了我想要的。可是，没有人知道我生活的真相，我享受着童年以来就跟随我的内心的孤独，追求显而易见的人人羡慕的自由，对生活的意义从不发出诘问，因为我的生活方式就是我的作答。我体面地堕落，没有人会批评什么，人们将这种方式叫作艺术的体验。然而，一想起2012年的这一天，我就像被抛在了那里，不断往下坠。曾经我也不是没有暗暗得意，一个人以死亡的方式结束了一件无聊的事，没有人会对我再说起这些过往，也不会有人知道这段情史，可以将这个偶像抹掉，重新寻找新的玩偶，毕竟，作为一个女博士要尽量履历清白，而清白就是尽量让身体荒芜。只是，然而的然而啊……

2012年的那一天就像分界线，在那之前我随心所欲，趋炎附势，人云亦云，吃喝玩乐无所畏惧；在那之后我戴着时代的面具，虽然还是随波逐流，在假面时代体面下坠，但有那么一些东西不同了。也许，那个人只是我的一个幻想，那一天也只是幻想，我们都是生活里的灰色小人，灰尘在我的前面，灰尘在我的后面，灰尘在我的上面，灰尘在我的下面，灰尘在我的左面，灰尘在我的右面，我们都是灰尘的一部分。即使毁灭过了，灰尘也是不知道的。艳蛾，我始了解了什么是飞蛾扑火，我们都是火，我们也都是灰烬，我们在火与灰中相遇，然后别离……

——原载《钟山》2021年第1期

过故人庄

1

仿佛漂在海上，仿佛重生。一开始并不喜欢这个地方，但重返此地，却又觉得获得一种安慰，漂荡久了，迷恋的还是这里的枣香，海红果香，还有烧熟的土豆的焦香，以及松软的泥土香。黑与白，光与影，亮与暗，热与冷……这里曾经是一切。而在这曾经与现在之间，有一段时期，这里不过就是一堆记忆里的废铜烂铁，沉重却无法毁灭，火送不走，水也送不走，空空荡荡如同风箱，却在风吹草动的时候自动弹唱。有时，闭上眼睛还能感觉到炉火照着窗户，身上裹着的被子还散着热炕的气息；千里之外，一些时候也会遐想站在这里，还是几岁或十几岁。

白色的小小帆船，在夜的湖泊里驶过，两岸是漆黑的夜，竹马为掌舵者，他划得很慢，仿佛怕吵醒这宁静的黑。就是这感觉。她在他旁边坐着，好一阵子不说话。该说的都说了。将她放下之后，竹马会转弯，走上大道，一路沿河边往下，到达那个被枣树林掩映的村庄，躺在土窑洞里，听着炉火嘶嘶作响，闻着炉膛内闷烧着的红色枣木杆发出暖和好闻的香气，沉入睡眠。

那个叫作石马川的村庄，那蜿蜒的枣树林，以及树下一群又一群的珍珠鸡和贵妃鸡，偶尔跑出来闲逛的狗和猫，显得浮夸而奢侈，却是竹马真实的家园。它们仿佛一种禅语，在深山里铺开。全世界几乎都被电灯和网络包围了，以及公园和商场，密密麻麻的楼房……在这里，竹马还过着如此清简的生活，狗吠深巷，鸡鸣桑树，母亲的墓在屋背后的山上，那里埋了村庄祖祖辈辈很多代人，星星点点突起的小墓堆并不会让人觉得害怕，活在地面上的人在这些墓堆旁耕作，有时会说起下面的人，有时又像全然忘记了。就像一份对时代的宣言，竹马大学毕业在苏州、成都、重庆、肥水等城市漂泊十多年之后，回到了自己从小长大的村落，进行耕种养殖生活。已经第四个年头了。他谈不上如何拼命建设，奋力经营，只是日出而作日落而息，循着原始古老的步伐，倔强地把日子一日日如此过下去。

"生活，就这么简单呀，不要想太多。"竹马开着车子说，那时候车到弯路，他打亮左转向灯，开始转弯。他转过去之后，接着说："你以前不是说过哪里安心哪里是家，我就在这里安心。"村庄后山那处小小坟茔，土地之下那沉默又沉默的呼唤，是虚空发出的邀请，可能令人心安，令尘埃落定，所以漂泊十多年之后，也许是因为对母亲的想念，他终于选择回到了这里。

十多年了，高中毕业之后，像到了另一世，却又充满喧嚣，大多人去了遥远的地方，建功立业，只有竹马回到这里。漂泊城市多年的他，回到这里之后，重新开始耕织、播种，养鸡养狗养猫，收获粮食，收获鸡蛋，收他要收获的。这里的生活，藏着他的三观，她却没能看出来。然而，却坚持一年年回来，看他，看他建造在旧日村庄上的家园。有过那样的想法，她想跟着他，心里也不是没有隐隐怀疑，要看竹马能坚持多久。一切早就变了，网络改变了世界，公路四通八达，他隐藏在一个深山里的老村庄到底要干什么？她对他既怀着敬佩又怀着怀疑，一方面她希望竹马安静地在这里过他"绿树村边合，青山郭外斜"的生活，替她守候着一方水土；另一方面，她觉得自己在耐心地等着竹马重新返回城市。现代社会，桃花源处处开着农家乐，一根网线将世界连成了地球村，谁又能悠然见南山？

竹马的母亲去世后，竹马的父亲找了相邻村子的一个寡妇，但始终开着那家在村庄路口的棺材铺，打造一口又一口棺材，以此为生。作为一个当代冥商小贩，他继承了祖辈的事业，坚持着与棺材相伴的纸火艺术，如果说有所改变，也就是将烧纸由麻纸变成了红红绿绿的印刷出来的仿真票子，其他还是一样。"饥年也饿不死手艺人"，这是祖训，放在二三十年前还有效，现在这话有点落后了，相对于当地因煤矿而暴发起来的老板们，棺材铺实在不算什么，日子和几十年前一样，平淡无奇，令人伤感，但这就是生活本身。他们劳作的方式将一切说明：体力劳动并不是耻辱的事情。青梅写这一切的时候，也问过自己，怎么会不是?!然而，竹马以这种方式向她表明，甚至隐含一种藐视，向她开口言说：一切都不过如此，生命本来就简单到尘埃，不必沉溺于外在的幸福和幻觉，不必想象他人的凝视。

与竹马相比，青梅身上有太多来自外界的挫败感。家庭太穷，父母又重男轻女，觉得她的出生是个意外，应该被修正却没有修正，拖垮了家里的经济，尤其，读书时成绩并不突出，甚至考不上大学。好不容易通过自考，然后一路摸索，瞎猫碰了死老鼠，读了硕士，接着靠着死记硬背，撞过了博士考试，算是进了一所人们认为的名校。从此以后，表面一改往日的社会面貌，大家说起来，都说她毕业于名校受业于名师，她自己呢，毕业之后在一所大学里看似谦逊地每天给学生们灌输着心灵鸡汤，其实就如竹马所说：不过如此。一些东西，内心本就是碎的，外在如何圆润都难以粘起来。相对而言，竹马对人生比较看得开。他们是高中认识的，就高考来说，竹马比青梅幸运，也间接证明比青梅聪明，他高中毕业去上了京城的名牌大学，读了四年，地质系毕业。第一份工作分在了薪水很好的北方一家油田，但不到两年，他亲手掐灭这种"幸福"，离开了丰厚的纸币，离开了北方，一路南下苏州。从此一个城市又一个城市漂泊，直到十多年后，回到从小生长的山村一隅，开始过他繁忙而悠闲的养殖和耕作生活。这一切引起了青梅的好奇，到底是什么给了他力量，自证或向空而有，让他放弃这么多？没有人回答她。三十多岁，做着大学教师，被时间、空间、项目、表格和意义困扰着，被死去的一段爱情困扰着，所以，她短暂请辞，来到了竹马的村庄。是不是竹马在城市的多年流浪，也觉察到光阴全然虚度，自己活进网格化的消费漩涡里，所以才逃回深山给自己建立一种理想的生活？她有时在网上也和竹马谈一些问题，但深层是不涉及的。在这仿佛一切都会消逝的世界上，似乎只有陷入对遗迹的欣赏才觉得美，而这种欣赏又令人忧伤。太多的广告引导，让人们往农村去，往野外去，在那里建立一个桃花源。难道竹马也是受了这影响？

不能不说青梅是世俗的，她想找个出口。不知道从什么时候起，她觉得生活像是在错误的跑道上越跑越远，经常被一种要落下悬崖的危险追着。她的人生出了差错，也许严重到无法修补，很多个瞬间，她觉得不能再这样下去，不能再如此生活，但似乎按照世俗的眼光观看，不能不说是健康的，但老有那感觉，生活应该赶快修正。——只是不知如何纠正。三十多岁是个尴尬的年龄，如果你还没有结婚，如果你还是个女人，如果你还在为是否结婚和是否生孩子困扰，如果你的学校每年春秋都给你发两次表格——未婚青年教师基本情况登记表，如果你的领导你的同事你的长辈你久不联系的同学和随便什么稍微对你知情一点的人，见你的面总会露出那样探询的眼光，吞吞吐吐地问你："个人情况解决了吗？"一次次。尤其，如果你的工作还不过等同于一个高级知识搬运工，随时面临着失业的危险，而你自身轻度或早就重度厌倦这一切，所以主动离开了，试着在不断漂泊中寻找一个出口，试着不让自己死于一场情欲的突然截断的惶恐，你当然觉得哪里出错了……然而，当青梅站在竹马面前，看着他养的成群的贵妃鸡和珍珠鸡围栏啄食，觉得确实一切就如此，可以很简单……在绝望之间，卑微渺小的事物之上，忽然间仿佛就获得了力量……也许因为如此，竹马才回到这里，回到一片坟茔之上，甜蜜又钝痛地品尝对死去多年的亲人的想念。

"太晚了。"竹马把车掉了个头，准备开离街市。车开得很慢，但方向已经转过去了，看得出他要把这事了结，回家。她站在路口，看着他开着车子走过县城新区的街角，通向那条朝往县城的大马路，看着他为了变道打起的左转向灯，知道有些事早就无法挽回，何况一切已经无从说起，以前就无法说。她心里掠过一层苦涩，却又觉得甜蜜，仿佛寻到了什么力量，又可以重新远走高飞。毫无疑问，竹马身上有一种另外的坚韧刚强的东西。从他身上，青梅一次次获得赖以远行的力量，他们当然从来不是情人，虽然也曾经拥抱着睡过一个房间，但那是男女之情之外的事情，那种拥抱毫无情欲之感，是一种祈祷，继续去活着的一种渴求，所以要拥抱。两性关系从来没有真正抵达过他们。她暗暗地汲取他的坚韧和耐力，并且以此远行，一年又一年。有时候，她觉得竹马在山村里过着的田园生活，是专门替她过的，替她守着生活的另一种可能，包括他的恋爱，他的耕作，他的养殖，他的猫狗。他身上有另一个自己。青梅坚信，这是她灵魂的双胞胎，好多年了，一直在别处以星星闪耀的方式存在着，不是那么夺目，却是那么不可或缺。

　　世俗关系其实很简单，竹马与青梅是高中同学，竹马的初恋女友，也是他们的同学，她叫彩虹，现在在苏州有了自己的孩子自己的丈夫，竹马留在了这里，还有他新交往了三年的女朋友——一凡，肥水人。他等着准丈母娘的同意，然后领证结婚，其实一凡愿意两人做主结自己的婚，但竹马总想等等，再等等，也许她母亲会同意她嫁给他这个生活在村庄里的养殖户，同意她为爱千里而行。竹马的母亲过早去世了，但仍然在意念里影响着他，让他不想伤害另一个母亲的心，他希望得到她父母的祝福。在单身汉的私巢里，十多年的漂泊生涯，竹马肯定还有过很多年轻女孩子，给过很多人温情的关爱。然而这一次，他认真了，不作假，不虚伪。

　　一直以来，他们都太自由了，毫不庄重。然而，这件事上，两个人内心是一样的。所以，这一次，即使一凡不在这里，回了肥水，青梅仍然没有留下来过夜。一些东西是要尊重的，虽然一凡也知道她的存在，仿佛一个无处不在的影子，一凡想探究自己爱情的安全度，青梅则愿意给她这份透明，因此两人之间加了微信。其实他们之间平时也几乎毫无联系，甚至青梅对竹马的点赞还没有对一凡的多。一年一次的相见，也只是青梅回老家的时候，见一次，也至多半天或一天。透明如白纸，却像是另一种宣示，这个男人她爱着，一凡是这样的猜测。然而实在没有什么，仅仅如此了，就如此，竹马是她生命的常数，他们都懂得欲望有时仅仅需要一个夜晚，一切都会被摧毁，有比欲望更值得珍惜更害怕亵渎的东西，虽然彼此也说不清是什么。每一次，当一凡试探着和她说一些竹马在学生时代的事情时，她都会告诉说那时候两个人并不是很熟悉，慢慢一凡也就像是放心了，还有时给她发一些村庄图。

2

中午时分，锣鼓吹打，在后山。竹马说对面村庄的老人死了，今日下葬。竹马说后晌去家门口背后这座山上捡枣，那老人就将埋在这山上，他问青梅怕不怕，要走很多山路，有酸枣树和蒺藜草，随时可能扎入鞋子，刺入身体。她说小时候又不是没有见过。

他们踏出屋子的时候，那批送葬的人正走在半山，大多身穿白色孝服，偶尔有几个只戴着白色孝帽。吹鼓班子走在最前面，中间是棺木，不用问，青梅也知道是竹马爸爸做的，离得远，看不出是什么样的木料，棺木被漆了油画。

高中时候班上每个学期都要出两三次板报，图画都是竹马画的，他那时候说他父亲是油漆匠人。多年之后，他才告诉她，他爸爸涂棺材和墙围子最拿手，是附近村庄有名的油漆匠，还说他们家是石马川打石世家，这门手艺他爸爸现在仍然会，一度想让他学的。母亲死那年，他才十二岁，终日哭，要去跳黄河，要去寻母亲。那时候，父亲也存了那心，这孩子如果不读书，就学手艺。他讲得平淡，她却听得心惊，那时候两个人在成都，她读书，他打工，约了在锦江边上见，一边喝茶，一边说话，说着几千里之外老家的旧事，她依然记得，三元一杯的坝坝茶，真是便宜，从日落黄昏喝到明月初起，是个夏天，江风凉爽，仿似恋爱。她从来没有忘，灵魂的双胞胎，也就是那时候产生的感觉。那种感受十分特别，黑板报上的图画，竹马配色鲜明，颜色像在流动着前行，即使是红色旗帜，也被他画得像在迎风飘扬，动感强烈，慷慨激昂。

隔着远远的坡路看，那棺木涂满了鲜亮的色彩，让人十分震撼，但又感觉脊背发凉。高中校园，出正大门过马路，左转一百米，是个棺材铺，再走不远，是县城的老汽车站，那些年还运行着。每次去坐车，都得经过这家棺材铺，和看见盛着尸身的棺材给人的震撼一样，就像一种暗号，她头脑里又想起了这一切。竹马肯定也记得，在这个共同称之为高中母校的地方，两个人有太多的记忆。

她和竹马说肯定是个很老很老的人，判定标准当然是孝衫，年轻人死掉是不可能有很多人为他穿孝的。穿孝的人多，说明死的是老年人。他们俩也沿路上山，拿着红柳筐和编织袋，尾随在送葬队伍后面，沿着斜坡一路往上爬。走在半路，已经分不清葬礼的界限从何开始又在何处结束，他们也仿佛成了送葬者队伍里的人。快到坡上的时候，道路分岔，葬礼队伍走了右边，他们走了左边，才走出那些哭泣的队伍，但哭声仍然在耳朵里横冲直撞。竹马说："喜丧，到这年龄一场秋风就可以割了命，咱们碰上了也别怕，县里很多人慕名来送行呢。"

也就是在锦江边，竹马讲了彩虹的故事，青梅是第一次知道。"我们很早就认识了，你知道，我们都是石马川人，她家和我家中间隔着一条河，就是石马川，两岸都是枣树人家，我们靠卖大枣为生。小学和初中都是一个班，高中也是一个班，那时候你已经来了。"她喝着茶听他讲，差点把茶水吐出来。她从来不知道的。印象里，彩虹是个皮肤黝黑的女孩子，高而结实。竹马太纤细了，瘦长如一截甘蔗秆，一直都如此。两个人相爱，还那么小？简直不可思议。

"她很温柔。"竹马接着说，"高中时期就那样，大家都不知道，实际初中就开始了。"她奇怪小小年纪的竹马就已经学会辨识女性，知道温柔是优点。她自己从来没觉得自己温柔过，竹马也从没有说过她温柔。竹马喜欢温柔的女孩子，后面追过的几个也不同程度被他以温柔形容过，却从不把这个词赋予她。

"那后来呢？"

"大学都在北京，就在一起了。你也知道。"

她根本不知道。

那时候，县城一共两所高中，竹马考的是县城公立学校的重点班，高一下半年，班上从私立学校转来一个女学生，叫青梅。就像戏剧一样，同学们经常起哄他们俩，作为副班长的竹马，倒是沉得住气，青梅却总是气呼呼的，几乎不和竹马说话，除非收班费，但班费半年也就一两次。很快，就高二了。高二时，竹马因为学校制定的分数管理规则，宿舍卫生未打扫干净被全部扣完，下放到了普通班，自然与青梅就分班了。竹马到了普通班之后，青梅与他偶尔在校门口碰上了，说说话。后门有个澡堂，竹马往往去那里洗澡，青梅往往在那附近吃饭，因此打过几次招呼，但说的话依然少。高中生活实在太苦了，苦到没有什么话可说。竹马居然认为她知道这些事。

她高考成绩不好，所以几乎没有联系的同学，以后很多年也一样，大学没有合影，硕士没有合影，博士好不容易打起精神去合影了，那天却下了雨，推迟了，等再去时人群已散尽。那时候能记住他，也是因为校园高考榜单里排在前面的几个人里有他。

锦江边，望江楼下，他把可以自动调的竹椅往下放了放，整个人坐得稍深了一点，然后转头看着锦江上朝着九眼桥的方向，对她说："没想到吧？我们准备结婚的。我辞了油田上的工作赶到南方去找她，却已经迟了。也许迟了几天，或者是几周，也或者迟了几个月……迟了一辈子……"

"为什么？"她不明白，大学四年都坚持了下来，那时候毕业已经一年多，快两年，两个人都有了工作，所不同的是在异地而已，一个南方一个北方。

"她一个女孩子,在南方,从来没有分开那么久,小学和初中,高中和大学,至少每周都要见面的……我太拖延了。那时候她初到南方,认识了一个照顾她的本地同事,经常和我说起……"竹马说。语气里没有怨恨,似乎也已经接受了结果,听天由命。

她在QQ空间里看过彩虹的照片,还有她的丈夫和儿子。彩虹笑着面对抱着的孩子,看得出来她对现下的生活是满意的,动荡迷乱的青春并没有在她的身上落下多少痕迹,她已经是一个淡定从容的小母亲了。

"她夹在两个人之间为难,于是我买了车票,到了这里。"竹马接着补充,"也是坚持了半年的,最后才辞了职,从长江下游往嘉陵江上走,重庆成都不断换工作。最差时进过传销组织……"看得出,一方面竹马享受随波逐流的生活,另一方面,过去的那场感情并没有随着时间过去一笔勾销,他身上还落有这场感情的尘埃,但残存的温情不热,不够让人有力气去重振山河。

怪不得竹马说话总像摇竹筒一样,她总说不过他,原来进过传销组织。她曾经在一次去看电影的路上被人带到了传销现场,二十元钱买了一张票,坐下来听了两个小时各种成功人士的宣讲。那一天能抽身而退,不能不说是幸运的,因为她一直被两个女人架着,最后能逃掉也许是因为当时地处市中心,人来人往。她说不过竹马,每次他说完要说的都会自嘲:"我这是传销组织的嘴。"竹马说传销是会改变人的,未必是变坏。他还让她学习传销人员的大胆和勇敢,说在国外传销并不是犯法的,一个人应该懂得营销。当年在电话里知道她要去高校应聘,竹马说你就当去搞推销就是了。对,就是这感觉。偶尔,她觉得之所以能在工作时候完成教学任务，是建立在假装轻松假装热情的基础上，包括对于不得不进行的一些社交活动，也建立在这种假装上，始终有演戏的感觉。不得不应酬去喝酒和交谈的一些夜晚，她疲倦地在深夜里打车往回赶，总觉得是急于回到自己一个人居住的房间卸下套在身体上的面具，那种无形的面具太沉重了，她很怕如果再持续几个钟头，自己就会在那套面具的挤压下支离破碎。那些社交成功的人，大约已经很适应这套面具了吧。在她的认知里，传销人员就是给自己套上面具的人，他们有他们的热情和疲惫。

青梅开始与竹马在同学群联系的时候，竹马正做着成都青年旅行社的登记工作，见面时，又已经在重庆一家化工厂上班了，具体做什么她从来没有搞清楚，只是每次打他电话他那个单位的名字都会播报："歌乐山××化工厂欢迎您……"

"她从小没有了爸爸，需要人照顾的，一直以来没有什么贴心的朋友，找不到人分担忧愁，只有我。妈妈后来再嫁，又生了孩子，勉强上了大学……"竹马继续说着，"我能理解的。那时候我也不太懂如何哄女孩子，又异地，我迟迟没有辞职……就这样了。祝她幸福！"似乎觉得说得还不够，竹马继续："也不能怪她。整日工作疲惫不堪，又没有我在身边，有个男人对她好，而且她觉得合适……最后送我离开，还哭了。"

这么多年在外面，独自飘零，旧日朋友联系少，能一起说起高中时的恋人，也许高中时的同学最合适，她知道。她也是这样才与他联系上的，一路飘零的孤单，异乡异地，他在同学群里应和了她两句。

他是六月份辞职的,结束老家油田里那份工作,接着就去了苏州,利用以前攒下的工资在彩虹单位旁边租住了下来,认真找了一阵子工作,希望与彩虹一起。他不知道早就发生了改变,冰墙已经砌好了,言语虽然还在继续,但早就显出了相见的失败,不过,彩虹也还是去看他的,每周给他洗洗衣服,打理一下卫生,和学生时代周末见面一样,两个人会一起出去逛街看风景。在这里,他们一起去过寒山寺,逛过观前街,也游览过大大小小的几个苏州园林,比如拙政园和狮子园。他后来只记得看过寒山寺离开时靠在枫桥上感受到的风了,夜幕里远远望见的寒山灯火,和小时候课本上学到的寒山寺诗歌所想到的寒山寺完全不一样,但感觉却有很大的相同——夜半钟声到客船,只有他一个人听到,那一千多年前的钟声似乎从那一天开始响在他的耳膜里,让他离开几年之后,还经常会突然听到。阑珊人在阑珊处,夜色美得无可形容,他有一种天涯孤儿之感。有好长时间,他等着她回心转意,因为在此之前两个人在电话里已经冷了下来,他想的是至少她在身边,应该还可以挽救。就这样过了半年。他当然也见过经常照顾彩虹的她的那个男同事,偶尔一起吃个饭,但两个人并没有什么打斗,感情的事情,他希望给她自由,让她选择。

　　他对自己还是太自信了,也或者太高估旧日的爱情。一切都是艰难的。这样的事情,说出来也是不够重量的,不够好笑,也不够悲哀,但有时会要掉当事人的命。爱情也许就是这样的,有人拼尽全力,有人云淡风轻,有人为此魂飞魄散。

　　就这样到了腊月,他求着彩虹和他回老家,回他们叫作石马川的村子,他说回去会去和她的爸爸提亲,两家的长辈一直都是认识的,自然村连着自然村,实际属于一个大队的村庄,不是同一个姓，可以互相嫁娶的，父辈几乎算默认好多年了。然而，彩虹吞吞吐吐拖拖延延又是一段时间，最终在离过年只有一周的日子，宣布跟着那个人回家。两相视，万重心，已不同，对于彩虹，旧戏已经结束，新戏已拉开，只待对他这里做最后的交代了。这次相会他早就发现了，她不知什么时候染上了那种冷若冰霜的客气腔调，像她，但又令他陌生。她经常说的一个词是"耗损"，像一支蜡烛暗下去，也像是月蚀。她读的是经济学，也许认为感情也是有价的，认为这样粘连是耗损她的青春？他不敢问。她早就批评过了，说他总是充满孩子气的快乐，做事好冲动。她喜欢过有规划的生活，他已经在改了，却应该是迟了。他知道她也是艰难的。他怎么可以成为她的艰难？他知道自己应该离开了。彩虹对于动荡的生活害怕了，而且她厌恶从小生活的小镇，包括老家的村庄，那里可见的贫瘠的生活粗俗的话语人们短浅的目光让她害怕，她喜欢这座软语呢喃的南方城市，喜欢这里的山水人文，她觉得自己在这座美丽的城市，找到了理想的生活方式，并且认为自己获得了理想的位置，那个比她小几岁的男同事以及他那份可以让合同工变为正式工的可带家属的工作是她认为这个世界给她的最佳选择，毕竟年龄已经二十大几了。她说她耗不起了，无法与他抵达未来了，耗不起耗不起耗不起，像大海的涛声充满贝壳，回过来荡过去，击垮了他的耳膜。

他连夜买了车票，一刻都不要待，除了证件什么都没有带只身离开。那之后，竹马似乎经常这样，包括每次与青梅见面，两手空空，连牙刷和毛巾都是临时买，不过，总不忘胸前挂他的尼康相机，或者佳能相机，他已经习惯了随手拍下一切。但她从来没有见过他相机里彩虹的照片。如果他不说，她也不问，怕他伤心。

那一年，从苏州到成都的火车硬座上，他的怒气一小时比一小时少，直到真正到达成都，他的心中只剩下对她的渴望，如同对他母亲的渴望。他知道，当时就知道，只有彩虹，唯有彩虹，才能和他一起记得他母亲的面容，才和他称得上是青梅竹马。她是唯一一个了解他一切过去的人，童年的悲伤，学生时代的无力，初工作时的忐忑，肯定也包括，处子的身体……而现在，他已经不想再听任机缘与她再有任何相见，不想再与另一个男人共同拥有她，最主要的，不想再让她为难。最后一次见面，他想尽办法告诉了她这一切。她已经不再骂他胆怯，不再骂他并不爱她所以拒绝与她结婚，不再说他大学一毕业不结婚就是找理由……不再控诉的她也就不再给他希望，一切都糟到了极点。少了她，他感觉失落和悲伤，感觉到无法呼吸。但是，那时候确实是这样的，他觉得还年轻，两个人有的是时间，不必在乎那样的一纸证书，即使是异地，也可以独自奋斗，两个人有爱情，就是走在一起，不必守在一起。然而，爱情需要时间和身体的投入。他是多年之后才明白。

他不是不怨，不是不怨，他想责怪她为什么打着为他好的名义，分批分期分阶段地一步步才让他知道真相，一步步掐灭他的幻想。他很想责问她为什么不一次性让他来个痛快，为什么不能给他一点最后的体面，为什么将一切都逼到眼前才展现早就决定的结果。然而，他一句也没有说，已经无法问出了，他怕她的眼泪，宁愿认为即使是分手，她也是不忍心的，怜他少年失母，悯他跋涉过高中的丛林，所以最后才图穷匕见。她身上藏着他的童年，少年恋人，那么多年，他又一次体会到了失去母亲时的那种撕裂……

要离开了，无法承受同城月，无法同吹一地风，地上的口音，天上的云影，还有走过街头那叶子的呢喃，以及一起吃过的饭菜的召唤，一切都可以挤压他，让他难以呼吸，更别说成双成对的人，街头那些感伤的情歌。一切支离破碎了，他的心是罗网，比死还苦。

他其实并不是开始就想到成都的。看票的时候，北方已经厌了，往西是回家，简直难以做到，而东南离彩虹太近，他怕自己再去打扰她，也怕她太冷静的句子如匕首，一刀一刀扎进他的身体，不被爱的人即使还爱着别人是可怕的，也不该给自己骚扰别人的权利，那就去西南，而直达昆明的票是没有了的，因此选择了成都。三十七八个小时的车程，正好可以让时间慢慢啃噬自己，油煎火燎地陷入某种焚烧。

到达成都第一天，他选择住青旅。学生时代和彩虹出去玩，青旅提供了太多便捷的福利，也果然如他所愿，尽管成都在过年时节酒店生意火爆，但青旅还是可以订到的。他想过四处走走，散心一段时间，但直到一个人在旅馆里过完了年，他还是哪里都没有去。他只离开过旅社一次，就是去网吧看有没有彩虹的信息，想看看她有没有发表什么博客。那时候他用的还是不能联网的非智能手机。什么都没有，一个字也没有。他学着适应雾蒙蒙的经常下雨的蜀日，就如学着适应在不稳定中稳定自我，心情越消沉，雨仿佛下得越多，他逐渐喜欢上了这个多雨的地方，像每个失恋了感觉自己在急速衰老的年轻人，他逐渐许诺自己一些好吃的和好玩的，逐步许诺给自己一些随遇而安的快乐，有时仅是一夜狂欢，年轻的身体需要拥抱，需要亲吻，亲吻能让人安静下来，重整自我。成长被打碎，需要重建，他知道自己要走向中年了，至少不再是青年，就是那感觉，苍老来得那么快。

那个年他在青旅过的，青年旅行社，便宜又实惠的所在，廉价的食物，不同的室友来来往往，就像一个流动的临时宿舍，各个国家各个地区的人，各种各样的故事，不同的男女……

竹马在这里过着他完全崩溃的生活，放弃了原来的所有，包括对于整洁和有序生活的追求，也就是从那时候开始，他不再剃掉他的胡子，也不再剪掉他的头发，长达几年的时光。一直是这样，直到青梅见到他，惊异于他的发型和长相改变了很多，只眼神和从前一样，山村里长大的孩子，一副害羞的模样，似乎要把自己的眼睛藏进睫毛里。

青梅见他的时候，他的长发已经超过了她的长度，他内心的火焰已经不再灼人，看得出，他是毕恭毕敬地接受了一切的，承担了该承担的痛苦，而没有回头去反复纠缠。她是后来才明白，他们这些在童年就几乎经历一切的人，愿意自己去托住一切，而不是为难别人，因为早就在童年的生离死别以及各种冷遇里承受过了，不是哭和纠缠就可以改变结果的，虽然会对生活做出微小的修改，但通常，大局已定。

过年那天，旅店的大堂摆满了各色的气球和丝带，一群陌生的人围坐起来，吃饭，说笑，猜谜语。菜品都是一般的，但有肉有素，也有水果，最后一道菜是烤鱼，主食则是饺子。竹马想着彩虹，过了年之后她会和那个男人回老家去，会在接下来的一年内订婚和结婚，再过一些时日就会有自己的小孩，他们同床共枕肯定早就理所当然。他不觉得是背叛了，从来没有觉得是背叛，但感觉到难过。他对青梅说过那种难过的感受，说就像怀念一颗拔掉的龋齿，继而又说："这样也好，尘归尘土归土。"他说现在的日子也不是没有享受。青梅是在经年之后自己失恋才体会到这种享受的，深爱过一个人，然后分离，那时候的自由恐怖又惬意，生命在不断坠落，一直不到底，无有希望和期盼了，却也不纯然是痛苦。竹马提前享受了这种感觉，这种不知所以的时光，然后她自己迎头赶上自己的这种劫。

人们打牌，人们猜谜语，人们玩游戏，人们调情，人们喝酒，人们哭泣……青年旅行社，来自各地的人，外国人不过中国年的，但他们顺便蹭这个热闹，而那些独自一人并没有拖家带口的，每个人都有一个故事。然而，他们聚集在这里，喜欢讲话的不断讲话，喜欢唱歌的一首又一首唱歌。反正有舞台，反正有观众，天涯零落，且歌且欢，相逢何必曾相识。青旅，流浪者的天堂。——这也是几年之后，知道青梅不回家过年，竹马为什么将她托付给青旅的原因。

他后来就在这家青旅住了下来，做起了他们的店员。开始只是顺便帮着接电话和登记的，日子久了老板和其他店员希望他留下，他也就留下了。他喜欢这种大合唱的气息，似乎每个人的孤独都可以在这里找到他的休憩之所，这里的流动人员多，又是私营的，人们来去匆匆，因此不必费尽力气矫饰自己。

竹马说着与彩虹别后的日子，看得出是经过一番自我勉励的。告别彩虹之后，母亲仿佛不请自来，在梦里一次次与他聊天，而他，还是那个没有长大的小孩。她的面庞和身形如此清晰又亲切，很多年了，他没有这样感受过。梦里残留的声音让他觉得这是母亲在给予他力量，他又觉得那么难过，老家在千里之外，皓月冷千山，母亲在梦里来回也是累的。他开始遵照母亲在梦里的吩咐，给自己饭吃，给自己衣穿，给自己一些额外的欢乐，尽管这种欢乐实在太过奢侈。四季交替，就这样过着。

他告诉青梅，联系上她的时候，还处于他的失落期，他只是感觉到了她的落魄。一种物伤其类的悲哀浸染了他，也或者是想到彩虹一个人在异乡时也曾经那样孤苦无依生发出的怜悯之心，让他联系了她，开始买她的产品。他并没有其他多少心思的，不像一些心眼很多的男同学，多年之后联系起旧日的女同学，既送温暖也送寒……

兜兜转转，几年之后，竹马还去山西的平遥专门考察了一次，他希望在那里开一家青旅。当然他拍了很多照片，踩点了一段时间，也是问过租金的，那时候他已经攒了一笔钱。最后并没有继续下去，也许是因为当时新起头的那场恋情。

3

之后几年，竹马失恋了，竹马又恋爱了，总是这样。那几年，竹马恋着住在望江区的一个女孩子，而当时，她租住在望江区。每次竹马从重庆来，住的都是以前工作过的青年旅行社，他喜欢的女孩子在那里。已经是另一个人了，她从来没有记住那个女孩的名字，却总记得她的样子，个子不高，长着一张倔强的脸，是那种做了事"虽九死其犹未悔"的面容,谈不上如何漂亮,却自有一种震慑力。她很奇怪竹马居然喜欢的是这样的女孩子,就嚷嚷着问竹马为什么不喜欢自己。竹马莞尔,说:"一些温柔你不懂。"

那几年都是和竹马一起过年,两个人去过阆中,去过重庆,去过海南岛,去过……有时住一间房子,有时住两间——从来没有故事。灵魂的双胞胎兄妹,也牵手也拥抱,路走到崎岖处,人在开心时,或伤心时,需要借一下同伙的力。

电脑硬盘里,放着的都是竹马拍摄的照片,她以前没有拍过那么多个人照。竹马喜欢摄影,而且喜欢在户外摄影,所以有了这么多照片。那时候,竹马就兼职为一家杂志社提供摄影作品了。得到的报酬很少,但是他乐此不疲。就是这样,喜欢户外,喜欢河水,想跳进黄河找妈妈的竹马,如此过着他的青年时代。——也许正因为如此,多年之后竹马才回了老家的山村,少时生活,让他懂得如何种庄稼,在田间领悟生死,领悟种子的天命。

竹马只要说到彩虹和他妈妈的时候就会非常感伤,但他很愿意和青梅说起她们,这让青梅很感动。在生他之前,他妈妈已经有一个女儿一个儿子,他是最小最小的孩子。竹马说起母亲,每次都泫然欲泣,仿佛还是一个需要怀抱的孩子,有幺儿的悲伤。其他时候,只要不提这些,他就像一个走遍了山水的人,没什么可以让他震动。所以,青梅很少和他主动提起他母亲和彩虹,为的是不要让他一下子跳入童年的陷阱,否则她怎样捞都捞不上来,她不属于那里。偶尔她会嫉妒彩虹,觉得如果她在身边,定比她会安慰竹马。

"妈妈死得惨哦。"关于他母亲的死,竹马只说过这么一句,从来没有透露太多死因（多年来她一直猜测竹马母亲因丈夫外面有人而自杀，但总不敢求证，虽然她去过他家多次）。那时候她为他哭过。他不要再说下去，一句话也不要。她就只是静静地听着。忘记哪一次了，应该是在说过他的初恋之后，就那个在锦江边喝茶的傍晚，那一天他们持续到深夜，还要了毛豆和花生吃，最后喝了好几瓶啤酒，直到人家将露天摊子收了，他们还沿着锦江走了很久。两个二十多岁的人，漂泊在异乡，说着很久以前的生活，像几辈子的事，像一起看别人参演的电影，跟自己无关。伤感却是真的。她一直是喜欢水的，所以固执地租住在水边，锦江边的三年，沿着这条河流搬了八次，虽然城里的府南河，很污浊，然而仍然是江河呀。成都的天气总是多云沉闷，一切都泛着湿气，街道上多是那种根须很长的老榕树，更低处也长满了各种灌木，高楼是有的，但城市仿佛随时都可能一夜之间被杂草包围。她在这里的生活谈不上快乐，也谈不上不快乐。竹马来看她的时光，将她在这里的生活一分为二，就好像一个人漂在茫茫的海上，忽然有人和你说起乡音。普通话是另一种感受，走出家乡之后，他们都已经学会了用普通话生活，用普通话思维，用普通话谈情说爱……竹马是属于方言的，他来看她，在方言里确认她，确认他们曾经生活的土壤以及那里的悲伤，两个异乡人在他乡却成了兄妹，用共同的方言诅咒曾经生活的土地，诅咒这块土地留在他们身上的悲伤，却浑然忘记，正是曾有的这块土地将他们联结。

竹马最初的记忆都是在户外，关于妈妈的记忆也几乎都是在房间外。他说妈妈最爱他，他说吃了农药的妈妈还叫着他的名字，最后的最后……当他从学校里跑回去，四五年级了，听到学校老师惊骇地叫着他的名字他从学校里跑回家，妈妈在院子的牛圈旁，吐着白沫……院落里围满了人。——一些事情他永远都不清楚，不会知道，也无法讲出。

他们在锦江边喝着茶，茶已经凉了，那个夏天，江风吹着。那时候她还没有进入那场命中注定结局会死的恋爱，还没有认识那个人。他们在锦江边喝着茶，喝到无人来续水。竹马后来也一次次提起过他的母亲，有时是一些场景，有时仅仅是一声呢喃。她应不上的。他只是找个合适的人说说，不需要有任何回应。那些场景他一个人装了太久太久，需要有个人对着，让它们在话语里流淌。

他说家门口的那条小河，说春天跟着母亲点种玉米，爬到枣树上去捉鸟，跟哥哥打了架也爬到枣树上去。黄河滩畔的大枣树，粗枝斜伸，母亲养的猫在树的枝丫上卧着。经常那样，爬到树上去，看父母赶着牛车从田野里回来，经过树下，叫着他的名字。他说母亲叫他的名字时发出的声音他从来没有忘。他说母亲会让他从树上下来……他闭上眼睛，在锦江边望江口的榕树下，仿似还趴在家门口那棵枣树上，聆听着父亲赶着牛车回来的声音，等待牛蹄走过小径，走过树下，听着母亲和父亲应和着，母亲去接过父亲递过来的鞍子，然后等待着母亲牵着已经卸下平板车的黄牛缓慢地走向牛圈……他说吃饭吃到美味的食物会想妈妈，坐飞机在飞机上看到云霞会想妈妈，去到商店里看到和妈妈差不多年纪的妇人会想妈妈……

两个人潸然泪下。

"我什么都没有给妈妈买过,什么都没有让妈妈享受过,连一句像样的话都没有和她说过……她肯定不会想到我可以考上大学……那样的生活,一大家子,从来不知道妈妈快乐不快乐?"竹马似乎是自言自语,似乎又是对着她说的。

仅仅因为她在班级群里发了产品售卖,仅仅因为她说为了要凑齐学费,仅仅是出于一种物伤其类的怜悯,他回应了她,要二十份,说是送给同事们。多年之后她才知道,他根本不需要购买那些东西。紧接着,在群里,名字叫彩虹的女同学,也买了一份,说是要让她芙蓉城销出的口红点亮她在婆家姑苏的日子,擦亮她在江南的生活,说是老同学之间就该互帮互助。彩虹留了她的电话,加了她微信,有一搭没一搭地聊过一些事,在她们锦江边见面之前,也有一些话说在那之后。彩虹从来没有提起她和竹马在少年时代的爱情,只说竹马腼腆、害羞,只说竹马一人生活在西南,他们可以多见面。青梅当然没有告诉她她后来知道了一切事情,她的不得已的背叛,爱情疲惫厌倦之后的挪移,也或者本来就只是少年情事,进入真正的生活之后,发现一切不合适。

彩虹一直没有向她说出这场爱恋,也没有告诉她他们是否有联系,彩虹有的只是探问。她猜测过彩虹的心情,少年时代的恋人,再无可能之后,总有那么一些角落里藏着他,藏在她自己都不敢想起的地方。彩虹也是个生性害羞的人,过于投入生活,需要日常男女的关切和爱,需要抚慰,需要性,需要稳定。然而,青梅有时愤愤地想,如果不是彩虹,也许竹马就不会漂泊,更不会最终漂泊回自己的故乡。但是,这是竹马的选择。有什么地方比漂泊在故乡更遥远吗?连竹马都是不怪罪彩虹的,何况自己。

他们在成都锦江边见面喝茶，距离离开老家县城，已经过去了七年。这七年里她又一次准备了高考，然后一路南下，有过一些恋爱，有过一些失恋，一切都似是而非。太过年轻的游戏，总是一玩又玩。他约了她在江边见面的，距离她当时就读的学校仅仅几百米。

已经说过了，令人惊讶的是，他的长相发生了"翻天覆地"的变化，只是眼神还是山村里那样，藏在睫毛下。不过，和高中时期一样，他依然瘦削而苍白，只是看起来非常温和，属于那种毫无杀伤力的温和。高中时期他身上带着少年成长起来的那种戾气，总好像在愤怒之中。想不到，多年之后他穿着一条蓝色牛仔裤加一件黄色T恤出现在她面前的时候，竟那么温煦。岁月当然也改变了她，一如他的温和，她表面看起来也是平和的，慵懒而不修边幅，令人感到亲切。——就是这一次会面，才连接了一切，和高中无关，却又似乎有那么一点关联，但印象完全是新的。

实在是太相似了，漂泊着的两个人，不足以相爱，或者不能以相爱来亵渎，却可以相亲。他们默契和沉默地开始了一年至少见一次的交往，有时长久不打电话，有时深更半夜说一两个小时。也就是这次见面，让彼此知道，重逢甚过初识，意义如此珍贵，同是天涯沦落人，又是旧相识，于是就亲近了。

已经说了，却还是不由自主陷入回忆，他们在锦江边一直聊到深夜，眼看着凌晨。他们说起高中时代的经历，班里那些漂亮的城里出生的女孩子，还有那些总能赢得这些女孩子青睐的男孩子，主要说的是当时沉闷的生活，以及，之后几年的大学岁月。他不知道她去了南方，但她知道他到了北方。隔着用竹子编造出来的小桌子，他们彼此确认着这么多年的异乡流浪，一种同是天涯沦落人的感慨，在两个人之间展开，晚饭也是在这家河边的坝坝茶店铺解决的，两碗面条。他们的胃早已是百变金刚，可以适应一切，所以四川辣子倒像是一种舌尖上的烈酒，让两个人庆祝着多年之后的重逢。

竹马的右臂上系着一根红绳。
"你为什么戴这个？"她问。
他慢慢旋转着绳索，仔细地看着："不为什么。很久了。"她后来总是想着他戴的红绳子，替他想起他的母亲，她不认识他母亲，也无法想象，但可以想到的是她为他戴过红绳索，一年又一年的生日，都会给他戴上的，小孩子嘛，魂魄不全，要戴到十二岁，这是他们老家的乡俗。他一定记得，母亲来不及等他到十二岁，走掉了，红色是属于母亲的。竹马总让她伤感，仿佛伤感着的另一个自己，一点办法都没有。

隔日他独自去爬了峨眉山，返回成都的晚上给她看了照片，是在第三日了。他是夜里爬山的。没有任何劝说。她是隔了很多个日子才知道为什么如此，为什么不能如所有温柔的女性对他说出她的担忧，甚至亲昵地劝阻他。她知道他是不可说服的，就像她自己。

以后的几年都是这样，相聚，别离，一起过年，或者一起过一个周末，一起旅游。直到竹马去了肥水，直到竹马确定了与一凡的关系。再次见面就是在石马川了。如果说以前是竹马在追随她，那么，找了一凡之后，则是她在追随竹马。一年一度，青梅成了追随者,从遥远的地方归来,每年看望一次。这是第四个年头。然而这一年又别有意味。一切似乎变了,既轻盈又沉重了,一切无所系,爱或怨,却仍然藕断丝连。没有了爱情,没有了那么一个人,一切都是尘埃了。青梅感觉到无欲无求,几近于死亡,所以回到这里,找寻一场安稳的睡眠,找寻一个安全之所,像死去的人那样睡去,像死去的人那样一动不动。而时间在这里,分明是死掉的,可以任人一动不动躺下,忘记一切,好像从没有长大。只有竹马可以营造这感觉,只有竹马才能提供这种灵魂酣睡无拘无束的场所。那么就回到这里躺下吧,就回到这里睡着吧,像死亡一样睡着,不再梦想这世界是亲的爱的亲爱的,不再渴望这世界流动的风,南来北往的云,不再渴望一场邂逅,不再期待对谁进行虚构,不再深思虚构的旅行,旅行的孤单,孤单里的倔强,以及人生的无可奈何。好想躺下来,就此躺下来,躺成一个土堆一座小小坟茔,一阵风就吹没了,多么好……

从成都重逢之后,每年过年两人都要互相通气,在一起还是不在一起。一起过了好几个年。记得最深的是三个年。一个年是在重庆的十八梯过的,一个年是在阆中,另一个在海南岛。最后一个年,青梅已经失恋了,却并没有和竹马提起。还有一年并没有和竹马一起过,竹马回老家了,但青梅被托付给了他的朋友,他让她过年的时候去青旅,青旅会给住宿的人准备游戏,会吃饺子,随时可以打牌,可以抽奖,根本不要任何花费,天南海北的人聚集在一起。竹马在此之前就把他在青旅的朋友介绍给了她,不管男女,他让她去找他们。事实上,那个独自在成都过的年,她熬到下午就觉得不可承受了,去找了他们。翌年是在阆中过的。

也就是过了这个年之后,她开始的那场恋爱。

仿佛每一年都是即兴的,虽然在彼此的生命里都不算什么,却已经占据了某种位置。他们住过极其便宜的旅馆,也享受过五星级酒店的海景房,吃过昂贵的螃蟹和特别大的龙虾,从来没有跟过团,都是竹马做的旅游线路规划。走累了就休息,想逛了就继续,完全即兴,完全随性。竹马会拍一些照片,数目不多,仿佛还是胶卷年代,他怕浪费。有时,他也会以青梅为模特。都是好天气,即使下雨也是好天气。重庆的十八梯、解放碑、歌乐山,阆中的琉璃小木屋。从海口到三亚,一片海又一片海玩过去,一路往上,然后坐着火车返回,最后乘轮船回到陆地,在广州的白云机场告别。

此后的近两年没有见面。她耽溺于失恋,在那场恋情里崩塌;他忙于换工作,网恋,换城市。彼此在电话里说着,轰隆隆听到耳朵里都是他乡的车流和人声,陌上楼头,都向尘中老。

说是恋爱其实谈不上,所以说失恋也太重,承受不住,与事实完全不符,其实不过就一场偷情,甚至连偷情也谈不上,充其量只是通奸,用这个词称呼最准确。事实证明,不过是那个人众多奸情事件里的一桩,毫无神圣可言,也没有什么地方值得肝肠寸断过度抒情。然而,青梅以为是爱情了,直到一切明晰,她还不要醒来。然而,他死了,一切被截住了。

她没有向竹马提他,一切都和竹马说的,包括陪着竹马去看过一个又一个他喜欢或可能喜欢的女孩子,但是她就是无法向竹马开口说这一劫。——那段感情漫长到让她觉得自己是离了婚或者守了寡的女人,直到不得不成为过去,毫无办法地看着它成为一个丑闻，接着成为一个悲剧却还是无法向竹马铺陈。分手六年的恋人，他的影像早就是压在心上的骨灰盒，所有记忆也都是压缩饼干的形状，而且早就过期，令人再无食欲，但因为体积和形状仍然让人感到伤感。接受所爱的人对自己的感情只是一场游戏，接受这个残酷的现实，接受这种连背叛和不忠都谈不上的游戏，也许可以勉励本就厌世的人活下去。尽管很难，但可以由此不再对别人产生妄想，否则就是让别人为难。蛇，蜥蜴，泥鳅……嗯，就是这样的感受，一场感情将她的生命一截两半，前一截随了别人远去，后一截却在这里扭动……世界还有一个地方，可以收留她这种人，所以她回到了这里，过故人庄，嚼着竹马家门口的枣子，吃着竹马自己养的鸡下的蛋做的西红柿鸡蛋面，享用不尽的山色，也有不尽的悲哀。是不是竹马也一样？守护着母亲小小的坟茔，就如一个孩童，我们都还只是孩子，我们活着，如同一条哀泣的狗。

他死了，用不着她动手，时间收割了他。那时候，她还在一方面想着他，一方面要忘记他，他还能系着她全部的悲欢。要如何极尽遮掩，要如何和盘托出？以为你只是生病了，蚀下去，诅咒着你是报应，以为有闹就有静，有历史就有未来，以为分手也是别有深意……

有好几个年头，竹马不喜欢刮胡子，将头发留得比她的长，让他显得年龄特别大。他们一起回老家的时候，她的家人总说："你那个长胡子大叔同学。"他们把他视为异类，就如其后几年，竹马的准岳父母也把他视为异类。那时候他已经为爱情屈膝，剪掉了大胡子和长头发，生活让他低头，但心还是野的，他有一个山野，一片庄园，她的故人庄。

在海边，披着一头乱发和一脸胡子的竹马偏好在不同海滩挖坑，然后看着波浪漫过来，如同一个孩子。他跳进自己挖的坑中，然后嚎叫着拼力挣扎，海水呛得他不断咳嗽，她在近旁看着……那时候她并不知道他为什么如此喜欢水，如此喜欢海。直到几年之后她为了寻找他，去了他所在的石马川，看到这个枣林掩映的村庄，夏天流水潺潺，靠的就是黄河，他家石头垒砌的窑洞下面，就是一条河，才明白一切。竹马说六十年代初发过一次大水，淹了整个窑洞，人们跑到了坡上。也就是在那一次，将爷爷最小的弟弟五爷爷送了人。五爷爷是竹马爷爷的亲弟弟，当时正在院子的窑洞前挂着拐棍坐着。竹马指着他给她说，那个老人的脚底下生着蛆。几分钟后她就看到了，其实前次来就已经看到了。其实前些年竹马就说过了，这个送出去给人家的他爷爷的弟弟，他说他的命运极其悲惨。送出去几十年，各种被虐待，归来为养老，分明还不满六十岁，住进了空着的窑洞里，等死……竹马辗转多年从外地回来，也许有这些因素，血缘真是个很神奇的东西，何况他是么容易被生活刺痛的人。老去的父亲，还有逐渐陷入昏睡的亲爷爷，以及这个被抱养出去几十年了仍然返回村庄的五爷爷，还有坟茔里母亲的召唤，都应该在他的心上。所以游子回头吗？她不敢问。

这时节，红枣那么红，叶子如手指长，整个秋天都是这样的布景。一颗颗往下掉，然后秋风扫落叶，荒凉而无可名状。积雪会覆盖一切。然后就是来年春了，枣子已经烂在了地里，惊雷打起，又是一年春秋。

总是这样，人也是这样，一茬茬。

那个不能说老的老人的死亡是显而易见的，不会很久了，日子是数着的，却还在熬着，熬着，简直无法想象他的疼。竹马一边往糠盆里倒水，搅拌鸡饲料，一边对她说："早就没有疼痛的感觉了。冬天也不用烧炉子。"经过交谈得知，老人在抱养去的幼年到现在，这么多年屋子里没有烧过炉子。

"不能烧。暖了身体更不好。"竹马说。她是后来反应过来，那些蠕动的虫……

"也许烤脚底会有所缓和。"她想的是烤死那些爬动的虫子。不知道为什么没有说出来。反正记得是没有说出来。

应该一切办法是想过了。如果要治疗，不得不锯掉腿。还有其他，比如找个人伺候。村庄里的生命属于天看管，竹马也未必有能力。一种无可奈何早就形成。一种残疾仿佛在我们每个人身上，或心上，不是每个人都既有过去又有未来的，很多人看不到未来，或者每个人都谈不上生命的未来。生命如果不能正面体验，那就负面体验。

疼痛仿佛是参照，会传染，能移植。老人已经死去了，一年或两年了。这是写下部分的修改和补充。文章是可以修改的，可生命不能，死亡就是死亡，你无法唤醒一个已经属于尘埃的人。

亲爱的亲爱的亲爱的，尘埃里有过一个亲爱的，亲爱的也如同这一个老人成了尘埃了。

这时候很悲伤。写下又删除再写下的死亡，令一切悲伤。一次次编造着：亲爱的亲爱的亲爱的。最后的分手是厌倦了还是因为命定的死亡，所以要提早结束？永远不会有答案了。爱情怎么那么快，快得都像是演戏，但悲伤是真的，结果是真的，这时候很孤独，这时候很悲伤，这时候一切都这样了，当时就这样了呀。

竹马靠着河流的石岩，向她说："小时候妈妈就在这里洗衣服，用石头敲着洗被套床单，我在她旁边游来游去，就是个蝌蚪。"她以前就知道竹马水性很好，一直以为是他大学学了游泳，不知道是小时候打下的基础。《小蝌蚪找妈妈》，她推算着时间，学这篇课文的时候，竹马的妈妈还在不在人世，这篇课文有没有伤害到竹马。

从海口到三亚，一路都是海滩，不同的海滩，不同的去了又回的波浪。他们每天傍晚都会去玩沙子，看夕阳沉入海中，整整半个月。海水涨潮时怒吼，落潮后平静。竹马偏好在海里游泳，游着游着就偏离人群。青梅喜欢水，但不信任水。竹马每次对她说的话都有一句重复："就像躺在床上。你如何躺在床上你就如何躺在水上。"可那种感觉明显不一样，躺在床上不会想着水灌进鼻孔，漂在水上则不一样。对竹马来说，也许在水里游，如同母亲的子宫，所以他才需要大海这张床。竹马曾经给她说过一个梦，说他梦见五爷爷钻到了鱼肚子里，原因是为了愈合脚后跟下那颇大的口子，他说梦里五爷爷开开心心对他说，鱼肚子里养伤快，可他自己明明记得的，伤口不能碰水，会化脓。临了，竹马还强调："我清楚地记得五爷爷在大鱼嘴里，不好进入，鱼头鼓鼓的，而且旁边还有几条鱼。鱼张嘴的时候，看见五爷爷在里面坐着，就像在一列车里……"

就是这样的梦里，竹马还说看见了鱼肚子里的妈妈，他说和活着时一模一样，没有变老也没有变年轻，还是旧式农村妇女那种齐耳短发。他叫她,只是妈妈似乎没有看见他。他喊着母亲要爬进鱼嘴里,却看见那条鱼合上了嘴巴。

就像一部科幻小说,这是竹马说给她的,让她总也忘不了。那些躺在鱼肚子里的人,就如躺在床上,躺在水上。这一定是竹马日思夜想才孕育的梦,甜蜜又伤感。她喜欢水,却不敢随意游来游去,不像竹马,内心一直有个温暖的海洋。

青梅保留着一张照片,大风吹在她的脸上,她穿着夸张的波希米亚风格的碎花长裙,手里提着蓝色的拖鞋在沙子里走。这是竹马拍的一张极好的照片。看不清她的脸,却让她整个人看上去似乎御风而行。她记得当时竹马躺在一株椰子树后面,却不知道他何以拍下这张照片。竹马总是让她放松,让她随意,竹马说人的生活就应该向水学习,放空一切。

海南行的照片里,竹马还拍摄了很多高大的椰子树,岛上人家散养的黑猪,还有那些有着丰富色彩的商店橱窗。海是最主要的,还有荒芜的地平线,大片的凤凰花。她从来没有见过凤凰木,书本上也是不认识的。那时候与亲爱的在攀枝花,第一次遇见这种高大又繁茂的树,第一次看到河对岸成片的这种花。当时与亲爱的在喝茶,对面一色的红,像一片红色的海洋。问当地人,当地人叫出了那听来颤抖的三个字:"凤凰花。"这是第一次啊!也就是那两三天,与亲爱的去了金沙江边,在路上捡了好多木棉。木棉花已经开过了,木棉也掉落在了地上,却还可以捡到,握在手里还能感觉到那毛羽般的轻盈,两个人捡了一大把,握在手里像握着一只鸟,感受着那心跳,所以轮流握着,轮流感受小鸟的心跳突突突。两个人听着金沙江的水声，捡着岸边的木棉，当时就知道一切要惘然，美得不像样子，爱得不像样子。如果当时一起死掉多好。凤凰花呀木棉树，曾经相思又相思的爱情。竹马把这一切也都发给她了，包括这该死的凤凰花图片。借着这种方式，建立共同的历史记忆，有意或无意。她知道他交往过很多女孩子，他也知道她有一些故事。然而，又毫不奢望如何改变，他们知道这种感觉会继续存在下去，不进一步，也不退一步，像是相依为命，却又简简单单。一切都是清白的，没有被黏腻的液体玷污。喜欢与对方做伴，却不是因为爱情，就是这感觉，友谊已经逐渐消逝，爱情却从未产生，但是一种来自内在的孤单观望，让两个人结盟，灵魂的兄妹。她对他毫无身体的欲望，他应该也是，这反倒造成了一种自在。她在他身边哀悼分手的恋人，却还担心着他的身体。他说是为了不耽误她才离开她，当时还当是一个笑话，以为是厌烦了她。甚至想到他死可能都是那样的想法，是不是真的厌烦了她，宁愿死也不要她？

　　她从来没有和他提起那个人，一次都没有提。那段感情在当时正走向结束中，但她还在期待着破镜重圆鸳梦重温，这种期待还持续几个月甚至几年，她当时以为那种绝望的感觉会追着她一辈子。难道不是吗？几年之后的现在，那个人彻底远行，熄了在人世的灯，留她独自。他以他的死获得了永久的位置，在她内心修建了一个牢固的墓地。开始不知道，是后来，是时间的渐变，是一秒又一秒一分又一分，一天又一天一月又一月，一年又一年，她才看见他垒砌在她心上的墓地的。她有未亡人的悲哀。所谓的亲爱的亲爱的最亲爱的，已经说过了，以为她好的名义远离她，在一种思念的诅咒里不断迫近，又在一种见鬼的自尊下望而却步，以为还在时间的等待中，相互的怨怼中，以为分手也别有意味，还可以获得一种久违的解释或安慰，却猝不及防地等来了那样的消息，永生永世的骨灰盒。

不该写下去，不该说出来，永生永世的秘密。停下来，不要构想。没有死亡，没有骨灰盒，没有鲜花也没有坟墓，没有凤凰木也没有木棉树。

亲爱的不该忧伤不该如此说不该有分离哪怕是纸上的分离也不该想不该念——想说亲爱的再说一遍亲爱的再说无数次亲爱的，就如一首回旋的歌，可是亲爱的他说到十点了打到车回到家里是十一点多就快凌晨了应该走了，不然就午夜了，午夜会引起怀疑的。这是最后的分开，他说他得了重病要回归家庭……他的唇还落在她的唇上和发上，却已经去伸手拉门，腿已经朝着门口迈步，虽然当时已经发生萎缩，在病变中，却还能提起脚离开。一切的一切都显示了爱情的破碎，破碎的破碎，他却说这是因为爱她才如此的，他要她好好生活。

他已经是尘埃了，获得了所有尘埃的体积，在脑海里挥之不去。

尘埃是风暴也是幻觉，一整夜又一整夜无法入睡，感觉尘土淹没到了脖子上，整个人无法喘息。无法在爱欲的沙河里起身，那个已经变成尘埃的人，仍然席卷围困着她。太多个夜晚无法入睡了，只记得过往种种，他一丝不挂地站在她的床头……记得亲吻的颤抖，记得在亲吻里失去理智——不顾羞耻，顺从欢愉，听天由命。

是的，那些时光里，为了一个偷来的男人，她顺从了自己的欲望，变坏了，不好了，在黑暗里往下沉，沉，沉，又像荡秋千，浮来浮去。身体是饥饿的，要吃。每个细胞都是浅滩，需要浪来打上岸，去了又来，来了又去，填满。

所有陌生的人都会认为他们是情侣，但是他们会说："我们一个村子……"人们用那样的眼光看着他们，一个村庄走出来的兄妹俩，其他过多想法都是乱伦，就这感觉。有时也会说："我们的高考，我们的村庄，我们的枣树……"外人眼里，他们对世界的看法是双胞胎看法，彼此补充，互为印证，却又各自在彼此伤口的窟窿里沉沦。

一句话也不能说，一句话也没有说。她不要告诉他这些乱七八糟的。

4

一襟晚照，天起了冷风，飘了一点雨。竹马说死的人是有福之人，雨打墓是好事，此地的吉祥说法。如果雨打灵堂，家人则会又出事的。看她冷得哆嗦，已经捡满了五大编织袋红枣，竹马喊着回去。

竹马在村里的房子是新盖的，类似城市的建筑，八十多平，有两个小卧室，中等偏小的规模，住两个人不够大，但客厅的灯打开，却又显得空旷。一无长物，电脑在门口左手边的一张白色桌子上搁着，是屋里标明生活在现代的唯一标志。没有空调，没有冰箱，没有电视。一张铺着白色床单的双人床靠墙摆着，不大，算作卧室了。洗漱台上空空的，一只白瓷面盆在那里放着。厨房仍然在老屋，走一百多米，上个坡。竹马就在这张有电脑的桌子边修图，过一过现代人的生活，其他时光，回到古代，回到农耕时代，回到牛羊很慢鸡鸣桑树的时空。

"最困难的是厕所，一凡总不习惯旱厕，所以才接了一根水管。"竹马说着，指着远方的一处小砖房。

一凡哦。

大多的女人需要钱，买自己的房子，生两个或三个孩子，让他们读名牌学校。如果不行，私立学校；再不行，城重点；再再不行，实在没有了。房子呢，一套不够，两套，最好三套，能来一座别墅当然是锦上添花。家具呢，中式和西式，都要有。要有花，四季都变着开的那种；要有盆栽，既除甲醛又能增加氧气的那种。这是她们衡量男人的标准，这甚至也是她，青梅，衡量一个好男人的标准。时代的幸福主妇三标准，好房子好老公好孩子，她衡量一个女人是否幸福，也看这三点的。说实话，她并没有完全舍身其外，否则，也不会紧紧抓着高校这一片象牙塔土壤，把自己挤进去，揉进去，融进去，直到因为所谓深爱之人突然猝亡，做不下去，不得不离职。而一凡是个例外。她认识竹马之后，让竹马千里而行，一段时间两个人在肥水创业，后来竹马想养鸡，最好有狗有猫，想过童年父母过的生活，她就千里而行，跟着他了。已经三年多，马上就四年。对于她的父母来说，竹马能赚一点小钱，却不是个好男人，尤其面子上挂不住，他们需要城市机关的某个职务，再不行，下乡村官也行，而不是一个彻头彻尾的农民，不是一个生活在深山老林的养鸡汉，不是一个胡子长长头发长长浑身充斥着鸡屎味的山民……然而，一凡哦，她挑战了青梅的认知，他们才是一体的，他们才是灵魂的双胞胎。青梅不言不语，跟着竹马，听他介绍他在村庄的生活，介绍他的猫他的鸡他的庄稼，介绍他在村庄里男耕女织的生活。

趁着夕照的光，他得给鸡拌饲料，收蛋，做饭。夜风吹着枣树林，将河滩湿润的泥土气带了过来，她又一次想起锦江边的那个傍晚，隔着几千天了，多少个故事，多少个村庄和城市，多少个夜晚。那个重逢的夜晚让所有的感觉迄今都敞开着，各种景色都收入眼底，各种感觉，幸福的和痛苦的，主要是自由，无限下坠的那种。灰蓝色的成都的天，河岸边不断起飞的白鹭，一角脱落了皮的茶桌，那脱落的样子像一片云朵，被水渍污染了的云朵图案，却仍然是云朵。

到了旧院里，一个小男孩一摇一晃地向竹马走过来，跌倒了又站起，也不哭。花狸猫在土豆秸秆上卧着，旁边弯道上，是一些火红的蜀葵。一些鸡野惯了，不懂得回去，尤其那种贵妃鸡，双翼轻飘飘的，人走近就飞，似乎要飞上树去住着。小鸡也有很多，人工机器孵化的。靠鸡抱窝太慢，但也有一些母鸡固执地偷偷跑出去在草丛里下蛋，然后抱窝。太多鸡了，竹马会给一些特别的鸡取名字。那些特别的，要么性格有特色，或暴躁或温和，要么一直黏着他，要么特别有灵性。有时是相同的昵称，有时则单纯跟着他叫一个名字，起他自己的小名，小马哥，有时则按颜色划分。他站在暮色里叫着那些晚回的鸡，草虫低鸣，像一幅古画，神仙一般站在朦胧夜色里。有几只鸽子，老要来，也赶不走，就当鸡养了。竹马解释着，指给她看。野鸽子发出咕咕的叫声，似乎一种确认，它们有时飞起有时落下。唯一的敌人是散养的猫，而不是拴着的黄狗,也不是走动的人。青梅记得他发来的视频,偶尔也有文字说明,将山里村庄生活描摹一番,也告知他的作息,一日两餐,修筑栅栏,拾捡鸡蛋,孵化小鸡,制造虫子……镜头里,偶尔有他自己的身影,陶醉于周围的环境里,彻底忘我地在这些细碎的忙碌里往出活着自己。青梅有时难以理解,竹马为什么回到这个地方?但是她来过几次,也有那样的恍惚,热爱这个地方,不想离去,想跟着竹马一起生活——"暧暧远人村,依依墟里烟。狗吠深巷中,鸡鸣桑树颠。"世界上存在着一个竹马,他懂得亲近自然,也懂得亲近动物。然而,就是他这样,成了她心头的一种失落,让她牵挂着,总觉得哪里落下了什么,似乎自己的一个分身,似乎三魂走丢了一魂。是的,青梅知道,竹马用间接的方式指责她,像是嘲笑,又像是怜悯。当地有人养太岁,一种谈不上动物也谈不上植物的生物,据相关人讲,太岁是完整的,从太岁身上取走太岁,太岁又自成一体,却还是那一个太岁,还是"五饼二鱼"那种。所以,但凡有人有太岁,他和别人的是一样的。从太岁身上取走太岁,一个又一个,却还是那一个,独一个,千千万万亿亿个化身,都是它。这就像个神话,但又是现实。竹马是她的分身,怎么可以相亲相爱,明明已经相亲相爱?不要说,一个字都不要讲。

竹马很节俭,但不像是为了省钱,只是这是一种生活方式。晚饭是西红柿鸡蛋面,竹马烧柴火做的。面是做好的面,放着的,下进锅里去就可以;西红柿是竹马院子里摘的,鸡蛋是竹马在栅栏里拿的……看得出,他对这种生活已经很熟悉,安稳早就形成,也就无所谓别人怎么看。他对此刻的生活情有独钟,浑然不想可能到来的灾难,比如鸡瘟,也或者国家的某种管制。此外,工商局有各种对食品的证件要求。也或者，遇上天灾了，饲料被拦截在途中，或无法将产品运输出去。疫情期间，有过很多这样的事。太多的人，自视乞丐，或者表现如同乞丐，为了生存怎样都是可以的，为难着别人，也在为难着自己。然而，看得出，竹马也是没有想通的，他只是当下此刻要践行自己的主张，并不管以后。她又起了那心思，仿佛自己是一个监控器，看他到底要怎样，人怎么可以这样？

　　黑色的剪影映在夜幕下，那些没有来得及回到栅栏的鸡只要看见电光就会停下来，它们不喜欢这种人造光。但夜晚是危险的，黄鼠狼会来拜访散落在野地里的它们。远处石山上有黄鼠狼的窝，竹马说经常在夜半听到它们的叫声，也看见过它们夜里来吃鸡留下的毛。

　　也许该谈些什么，可是却说不出口。青梅感觉到一种被摇撼的冲动，这种感觉在吃着西红柿鸡蛋面的时候就有了。下次有机会再深谈吧，她在心里对自己说。竹马从来没有承认过自己的孤独，一次都没有，但她不知道为什么，每次面对他都想张开臂膀拥抱他，和他说点什么。然而，真的张开双手又怎样？简直做不到，在这个山村。那像是一种假惺惺的虚伪，一种施舍。竹马一定会鄙弃的，他要的不是同情，青梅明白，他自己在心里暗暗同情着那些看不清世界的人，他肯定清楚自己生活的冒险性，但这是一种稳定。把头低下，回到大地。他希望获得她的赞同。

　　"一凡是那样的人，服从，爱上一个人可以千里奔赴，完全是爱情的冲动。她不像你。我们如此独立，如此分明。"灵魂的双胞胎哥哥，又回来了。舟子在水里划过，竹马说出这句话。他也许在女朋友身上得到性的满足，还有爱的满足，建构了自己完整的自我，进而摆脱金钱的控制，所以要强化这种生活的认知；他感受她的衣着和气息，依赖着她的依赖，所以将她揉进自己的生活，赋以爱的意义。一种象征已经形成。一凡才是他的共同体，他的合作者，他的追随人。他的恋爱，也是她的。那样的女孩子她也喜欢着。她很感激一凡，无法说出的感激，一凡比她更懂得日常生活，懂得跟随，懂得陪伴，懂得如何救护一颗被遗弃的心，懂得竹马的纤细和孱弱，懂得他的珍贵，而她要流浪，流浪，去他妈的世界与规则，一定要漂泊，像无主的船，不系之舟，生活呀，美呀，要无依无靠，要不被绑缚。

竹马划着他的船，在夜的湖泊里，就是这感觉，像一场梦境。青梅看着他驶离街头，消失在河边，仿佛自己也走入了那片天地。

还会有那样的旅程吗？一半是天，一半是海，两个人踏着波浪的漩涡飞跑，互相信任，无有羞愧，等着潮水漫过来漫过去。

青梅在街心站着，浸在北方八月的凉爽气息里，视野尽头是一张长凳，竹马早就远了，看不见了，那片枣林也仿佛是个梦境，一同消失在视野里的还有那些鸡鸣声。蚊虫忽上忽下，仿佛受着命运的牵引，围着街头路灯翻飞。前方有条小白船划了过来，近了，又近了，接着穿了过去。她以为是竹马折返，实际上并不是，只是车子的颜色一样。她感觉自己在夜的街心里飘，飘，飘，如同一片叶子，又像游在一片水域上，放松，再放松，还是要放松，像没有生命，像退出自己。

白色车子像小小的白色帆船一样消失在大海里，不见了。青梅想着一切从头来过，就当没有悲伤过，既然竹马可以，狗吠深巷鸡鸣桑树，她也可以，凤凰花呀木棉树，为时还不晚，为时还不太晚。到明天还有很多时间,到终点还有几十年,还可能有一百年……浪吧,漂吧,不系之舟在荡漾。

——原载《延河》2021 年第 4 期

租来的生活

1

有必要去关上窗子，窗外的水滴溅落在她窗边开着的电脑上，伴随着一阵阵的水管水流动的声音，冒进来的水滴越来越多。有一滴落在了她手臂上，惊醒了她困倦的睡意。夜里常常睡不好，所以在上午会坐着小憩，水滴清凉，像不小心碰到夜露。她注视着水珠干掉的样子，似乎闻得见空气里干燥的泥土碰到水珠散发出的泥腥味，当然还有草有树叶，有水泥地板，有……水会改变物体原来的味道，总能制造一种湿润的清香味，如果你细细闻，尤其是春天，当然最好是春末，也就是现在，因为空气里本来就有花香，水混合着花，那种香味让人迷醉，触碰感更让人刻骨铭心，一种自然赋予的雀跃欢喜，形成文字是美的，但生活里似乎根本无法与人分享。

很久了，她暗暗爱着很多花草树木，爱着它们的颜色声响，以及气味；她也爱着那么一些毛茸茸的动物，自然，冰冷的癞蛤蟆也爱着的，它有一身斑驳的衣服，摸上去的凉意让她总想到夏天的冰激凌。孩提时代，她总会逮了癞蛤蟆来玩几个钟头，然后送回到野地里。实在太寂寞的童年，家里没有其他孩子，父母忙于吵架。不知道为什么，植物和动物总能让她瞬时回到幼年，回到那段很想去触摸什么去感知什么去唤醒什么的时光里。她常常纵容自己去模仿植物，也能暂时沉浸在一种物我两忘的状态里。她喜欢那种逃亡感，连自己也忘记了，真好。生活里的每样东西被单个拎出来都会有价值的，即使那些微不足道的东西，甚至是一滴水珠，也可以价值连城，因为它曾经可能是一片大海，也可能是恋人的一滴眼泪，还可以是琥珀，晶莹剔透里闪着光。而此刻，它是彩虹，顺着水管蜿蜒，喷射，溅落进她的世界，很快就干了，像一场短暂的旅行。

因着疫情，日子似乎冻住了，但气温确是在一天天升高，年轻女孩子们穿起了裙子，也有小伙子只上身着件紧身的背心，她在五楼上住着，窗前一条小道，经常人来人往的，热闹得很，仿佛移动的《清明上河图》。从楼上看，发现修剪园林的工人在抽烟休息。过年到现在，看见最多的就是他们和环卫人员。只要能见着这些人，无论怎样关在房子里，总还觉得日子在正常地过。

水在空气里飘，老小区改造，告示里说了，她所租住的房子二十六号，正属于改造的范围。一个中年眼看着往老年走的男人嘴里含着烟，口罩拉在了下巴下，正起身拿水管浇灌着花园栅栏边的灌木丛。水从亮白的软管中喷出，管子里像是住着关不住的蛇，那些水蛇经过灌木丛旁边那道用来装饰的铁门，然后跃上铁门上的那一大团攀缘的蔷薇花，往高空里去了，有几滴经过她的窗前，其他形成一幅美丽的彩虹图画，然后消失不见，她想到书里说的海市蜃楼，还有玩过的万花筒。

她记得书上有过这样的记述，忘记是哪一本书了，说用喷洒的水管就可以在阳光下制造出彩虹。读书年代，她算不得一个好学生，但这样的一个镜头却记住了，每次看见有人在阳光下拿着喷水管劳作，她就控制不住自己涌起一股微小的激动。那些水滴在空气里飘，仿佛有它们自己的意志，一些平稳地落在了灌木上，她甚至听得见草木的吸水声，一些在高处互相拥抱着制造彩虹，阳光下飞舞又飞舞。一群小孩子从旁边往过走，口罩明显是戴不住了，却还挂在耳朵上，当然也有中规中矩的，戴得整整齐齐。

按照惯例，应该开学已经两个多月了，可这些学生这几天才出来。去年三月搬来这里，那时候书声琅琅，由于夜里睡眠总不好，她不得不在上午补觉，但总被小区楼下不远的那两所学校的音乐铃声吵醒，有时是做操，有时是播音，一所幼儿园一所小学。早就不是学生了，但听着学校的播音还是觉得怪异，当初决定租住在这座大学校园旁边，只是为了贴近校园，留恋着曾经的二十岁，何况这里文化氛围好，属于这个城市的中心区，对现在的工作和想追求的梦想都便捷。想不到这附近居然有小学和幼儿园，后来才知道隔条街还有初中和高中，几所呢。一些人就在这附近的几条街从幼儿园上到博士毕业，想想真是不可思议。搬到这里的一个隐秘目的，说白了，是这里有一个著名的外语培训机构，因附近有一所外国语大学的缘故，所以比较出名。前几个月她对出国感兴趣，凑热闹学了几个月英语，那个外院培训班上的女班主任，居然就是这样的经历，从小到大再到结婚生子，到现在五十多岁，托了父母的福，一条龙服务，在这几条巴掌长的小街上悲欢离合，生儿育女。

虽然眼看进夏天，部分叶子还未来得及换完春装，浇灌草木的工人似乎无聊,将水管对着她窗前的树,一个劲地胡乱喷洒。树头接受阳光早,是深浓的;中间一路往下,虽然绿,却绿得越来越粗糙,越来越单薄,看得出,叶子还没有长好,还在努力完善自己。她也是这个被关在房间里的春天才发现树叶是从树冠上最先往出生叶子的,也许接受阳光雨露的博爱更多的原因,楼下背阴处的人家门口栽种的玉兰就没有在无遮拦的卧室窗外的小花园里的玉兰开得早开得好——植物也是要光的。大片斑驳的阴影将阳光割裂着,似乎像刻意装饰。喷水的软管发出汩汩流动的声音,如一个人在不停地清理喉咙。一些水滴不断往上冒,她似乎能感受到那凉意。浇水的工人不会想到五楼的房子里有人看着他,也应该不会关心楼上的房子里有人看着他。也许他只是一时兴起,才对着一棵树猛喷,或许他也发现了喷洒水珠制造的彩虹,忽然起了玩心。

窗前这一排树去年这时节已经郁郁葱葱了,她叫不出这种树的名字,前面一排是槐树,再前面一排是银杏。那条银杏小径在秋季叶落时候似乎接到了指示,没有人打扫,整整两个多月,每天都有人慕名而来,一些人拍婚纱,一些人拍日常,周边房子都几十年了,一种沧桑的诗意加满地银杏叶的那种像是小鸡一样的娇嫩黄,让世界显得朦胧可爱。正是三月天,一排杨柳一排桃花,煞是好看,而这条无名小径,最好看的是秋日,层层次次的落叶,以银杏为主,美得太过令人荡漾。很多孩子抱起银杏叶子拍那种银杏花雨的照片,她看了总觉得羡慕,自己的童年跟着外婆在大山里度过,也曾赏过山谷沟底泉眼边那些大树的叶子,却未曾这样结伴而来,有这样的欢声笑语。乡村人对花对草对树叶,司空见惯,并不会如此集体沉迷,人们忙着劳作忙着赚钱忙着生活,如果这样专门去拍一地叶子是会被人笑的。

一辆红色的小三轮车停在道路尽头，车上用红布围拢做了遮阳篷，远看像旧式女子嫁人乘坐的轿车。仿佛秋景的补白，刮风下雨它都在那里。拍下的照片里它就像专门摆放的道具，好像等着浓妆艳抹的女子靠过去，也或者，坐进去。那是小区里卖花人家的车子，几乎没有动过，一直摆放在那里。那户人家的女主人做生意，做得风生水起，建立的微信群几乎囊括整个小区，她也是加了的，只不过不常买花，只搬来时买过两盆吊兰以及买过几次玫瑰和康乃馨、百合花。后三种是母亲喜欢的花，所以不管母亲来不来，见了总买几枝插在喝剩的矿泉水瓶子里，加点水，任它独自开且落，然后丢弃。买不起自己的房子，总是搬家，或主动或被动，让她对一切东西都尽量去做到"无所住而生其心"，谈过一次失败的恋爱结过一次失败的婚又火速离了之后，似乎对男人也是这样的处置态度，租赁制，不占有不收藏，随时可以搬迁，看起来对自己的人生太不负责任了，但有一点好，不在男人身上安身立命，也就不受来自男人的罪，离了一次婚的感觉，简直就是脱缰的野马，她并不急于给自己再找一个圈一条绳子。

窗外有树是幸福的，可以看见不同层次的绿，不同的果实，无论卧室还是厨房，都可以看到满目葱绿；窗外还有小花园，无论春秋都可以看见举着的花朵，比如这个春天，腊梅打头，迎春跟着，玉兰接续，然后一路往下，桃花、樱花、李花等，现在是牡丹、蔷薇、紫槐、楸树花、马褂木花，这些花开起来，已经有入夏之感。说起马褂木花，她真是觉得欢喜，以前的单位里有喜欢花的同事，一到马褂木开花就搬了梯子去欣赏，去拍照，马褂木树真是长得太高了，人到中年的女同事，婚姻里的女人，大约太出格的事也不能做了,便只有养花和赏花,做出生生世世想在花里住的样子,她不再年轻也不够老,同事微胖,却勇敢地爬上绛红的梯子,然后与一朵马褂木花相视。她说马褂木花才应该是佛花,开起来如同点着的灯盏,模仿荷花的模样却比荷花更诱人,只有高树上才开得了。荷花开在水上,是水上的灯盏,而马褂木在陆地土壤里,不可比的。今春她几次与马褂木花照面,仰过好多次头,想到那个中年好花草的女同事,很想和她攀谈,却又并不想联系。生活里的很多事,只能自己感知,专门去说花开,简直是无聊。

疫情最严重的时候,人们被封在小区里,每家只有一张出入证,两天出小区一次,小区的菜场刚好满足人们的饮食需要,只要能吃饱,应该就没有什么非出门的需要。小区毗邻景区,附近就是古都有名的大雁塔和开元广场,以前人流如织,车声不断,音乐声亦不断,广场上设置了很多展台,每晚必有演出,海内外各种地摊音乐家登台表演。身着华丽唐装的古都网红"不倒翁"小姐姐就是在这个广场上出名的,她的纤纤玉手曾经被世界各地的很多人握过,她笑靥如花的样子曾经迷醉过很多人……因着疫情,她也不知哪里去了。连月不闻丝竹声。

后来,居然有人在夜里拉起了二胡,就在楼下这个小花园的石凳上,月光掩映,一个长着婆娑长胡子的老者,连着三个夜晚盘腿坐在石桌上,自顾自弹奏。他随身携带一个很破旧的军用挎包,再就是乐器了。因为是夜晚,她根本分辨不出他是多老的老人,但从那宽阔的背部能感受到他的沧桑,以及,某种洒脱不羁。她想起了房东阿姨,说这座小区里住着的人杂,有江湖小贩,也有学院派;有退休官员,也有携儿带女的小夫妻(他们当然大多是为了附近的学校)。江湖小贩为做生意,学院派是因为附近有好几所高校,美院和音乐学院就在周围。退休官员呢?房东阿姨给出的解释真是奇特:"他们住在老年干部中心太过空旷了。一整个地方就像个陵园,只节假日热闹,因为有人慰问,要拍照上新闻。又因为有很多重量级的人物,所以平时门卫把守严格,里面进去一只鸟都难,实在太寂寞了。老干部食堂倒是吃得好,但就如秦城,也像旧时的冷宫,白头宫女说玄宗,他们即使想说自己曾经的辉煌,也没有几个人听。因此,喜欢住到这里来,图个人气和热闹。"

也是在那些与房东的交谈里,她知道小区还有很多艺人,有一些上了年纪,却还经常早上吊嗓子。这个出来拉二胡的人,也许就是房东阿姨所说的艺人。她在楼上窥探他,猜测他有过哪些丰富的经历,是不是因为疫情阻隔,而无法与自己的相好一枕鸳鸯,还是仅仅出于被圈禁的愤懑,要在几个月光之夜拉上几曲?她到最后也没有想出答案,但是却记住了这么个人,这个面目模糊有着长胡子、个子还挺高、肩膀还挺宽阔、离开时拎着拎包步履蹒跚的人,他曾经让她在他拉出的二胡声里飘到空中,凄美婉转愁肠百结却又酣畅淋漓不想回到现实。——后来的很多夜晚,她像个痴情的女子暗暗地在窗前等过他,想迎接他带着自己的乐音踏过花园小径走来,迎接他在石桌上盘腿坐起。他却再也没有出现。一连好几个夜晚,她觉得怅然若失,即使是现在,她还总觉得他可能会突然出现。但疫情让太多往事留在阴影里了,见面,隔离,至少轮回十四天,哪有那么多十四天呢?人和人,有时候太难了。没有多少人给得起别人十四天。即使有人愿意给,还得有人愿意要。那个老年男人在小花园早春时节的弹奏,暮春时节看来，像是隔了几世了。她希望他没有生病，希望他健康如意，如果如意很难，那至少健康就是了。陌生的人，我也祝福你……

2

光辉在记忆里，恐惧在现实中，仿佛一道明晰的分界线，谁敢跳过去？她不是没有庆幸把婚离了，否则简直无法想象，和那么一个已经不爱或者原本就不爱的人二十四小时吃喝拉撒绑在一起是如何的痛苦，而且很难管得住一个长腿的大活人乱跑。婚姻只维持了四个月，一段闪爱的结果。两个人一起生活了一百二十天，然后热情洋溢地去进行羊水穿刺的产检，结果是超雄综合征，她第一次听说这名字，相信大多人没有听说过，尤其年轻人。但看到这几个字的组合，一定可以绘制出一个画面，那画面里肯定有医院有婴儿。一想到肚子里孕育着一个不断往大长的畸形胚胎，她就觉得瑟瑟发抖，那些时日简直是数着分秒度过。然而，做丈夫的却用各种信仰伦理迫她就范，让他生下他的子嗣。夜里跪在床头的丈夫如同一个幽灵，她现在还是一点都不愿意回想他的模样，他哭着对她说他家三代单传，父亲又死得早，自己在这个年龄好不容易让一个女人怀孕，而她却要打掉。他说她是杀人犯，他求着她不要让他也做杀人犯。一个字又一个字，都是匕首投枪，行伍出身的他很懂得如何主动出击，不过，他已经是转业人员了，离婚不算是挑衅法律。

又过了很多时日，才拿掉让她恐惧的那个胚胎的。她不是没有心疼，但觉得自己整个人生被算计了。一个男人，可能明明知道自己是弱精，却还要她去验证自己的子宫道德。她恨他，那些日子恨不得同归于尽，以至分开之后有很多个夜晚都在梦里咬牙切齿。然而，不离开这个人难道等着他报复，等着他再次把自己的身体当作试验田？怀孕让之前的一切柔情蜜意显形，整个的结合就像个骗局。

　　离婚后，一种什么被污染了的感觉如影随形，所以，她辞了职，来到了现在这座城市，随便找了一份旱涝保收但工资很低的策划工作混日子，然后开始捡起许久抛掷的书本，一一购回以前学生时代读过的专业书，准备通过一门英语考试，然后想出国留学，或访学，这两者应该没什么区别，因为目的只有一个，她想逃离当下的环境，逃离普通话，逃离汉语，她甚至想逃离人群。那么，就只有出国了。唯有母亲，也只有母亲是支持她的。离婚多年的母亲拿出了一大半积蓄，让她去完成自己的梦想。难道是看见了她可能的劫难？拥有一个去国离乡的女儿总比拥有一个骨灰盒好。她的母亲也许过早透视到了这点，所以对于她离婚又离开所生活的城市竟然没有一声怨言。而那个所谓给过她一颗精子让她出生的父亲，在电话里说她让他丢尽了脸面。三十多岁，好不容易嫁出去却被休了，怀孕了不生孩子，你还是个女人？这是父亲的原话。父亲可惜她肚子里的孩子，比可惜她更甚，因为他自己没儿子，所以即使生个有可能是精神病或暴力狂也或者智障的婴儿，他也是愿意的，毕竟女婿家迫切地希望生下来。

　　很多人去医院检查，明明都是死胎了，做母亲的坚持生，最后还可以活过来。何况新闻报道过那么多，胎检只是医院的一门发财渠道，很多被检查可能生出来有问题的孩子，最后还不是好好的？这些是他们的话。最主要的，父亲和丈夫——现在已经是前夫说过一样的话："凡事要积德，积德的人不打胎，即使孩子有问题，现代医学那么发达，还是可以治疗的。"当时经历最荒诞可怕的事，是来自看起来贴着长长的假白胡子的算命老先生，他是丈夫的母亲请来的，算出了已死去二十多年的丈夫的父亲新修的墓地出了问题。那个逝去二十多年的人一直在隔了省的乡下埋着，近些年由于拆迁，前夫家发了点财，于是就由前夫的娘做主，将坟迁在了城郊的南山里，一图上坟方便，二图风水好。算命先生说新修的墓地依山傍水是好的，但冥人动了阴土有不安，投靠当地城隍庙又遇上了地头蛇，阴间打官司，阳世送钱慢，所以导致年轻妇人孕育的孩子出了问题。

算命先生说："一命二运三风水，沾了南山福，命是好的，但运得改改。"全家人不信医学只信算命先生，就连丈夫学医出身的妹妹也是如此，他们相信新迁的墓有问题，孕育在肚子里的婴儿没问题，是现代医疗检查体系出了问题。在很早就守寡的母亲抚养下长大的一对儿女，凡事都是母亲说得对，没有人来过问她的意愿，只有胁迫。算命先生说阴土克阳水，丈夫属阳水，而阴金生阳水，最配丈夫的是属阴金的人，而她，五行缺金。——这是在离婚的时候丈夫才说出来的，丈夫说只因为她怀孕了才领的证，说他母亲本来反对他娶一个小县城出生的人，离异家庭且不说，父母都没有养老金。她开始就知道，他那很早就守寡早就把自己的生活过成一截朽木的母亲不大满意，认为她小县城出生没见识，最后的妥协不过是看儿子年龄太大了，她肚子里又有了胎儿。那时候所有的理智在突然而到的恋爱里昏了头，又因为意外怀孕不想非婚生子，才去打了结婚证，真是女人昏了头才结婚，笑话验证在自己身上，终于明白读书时代老师说的话，笑话深究下去是悲剧，不过是对当事人，对别人仍然是喜剧。她没有想到自己把自己活成了现代社会的笑话，悲剧里的女主角。

其实也不是没有想过妥协，或许可以呢？认识的几乎所有人都劝说她生下这个测试羊水时候显示基因染色体有问题的孩子，读书年代她生物学得不好，但也知道物种遗传与基因突变，也知道心诚则灵，也曾经有过一些小幸运。说不定就运气不错呢，她一辈子没有做过亏心事，人说每个人的福分是等同的，那她幼年和少年时代吃尽了来自不恩爱的父母甩锅给外婆抚养她的苦头，中年就该有个幸福的人生，孩子不至于是个怪物。丈夫从来不知道原因，她忽然的心灰意冷，一个胎儿为什么突然成了问题。两个睡在一张床上的人，最开始因为一个孕育在肚子里的胎儿欢喜地结合，后来因为这个可能出生就畸形的胎儿很快陷入对彼此的仇恨之中。她也不是没有陷入某种物种进化论的怀疑，进化论不总是正确的，一个孩子该是因爱而生的，不能因为检查胚胎缺陷就放弃。如果这样，一个家庭就应该放弃那些残疾人，不管身体残疾还是精神残疾，再广义而言，一个社会就应该放弃那些有病的人和衰老的人……推理下去简直可怕。

真正让她下了决心的是后来的一次上坟。丈夫说上坟为祈祷，祖先们或许会有个好祝愿，宁可信其有。一起去的还有他的母亲和妹妹。丈夫开了车子，一路出门，天是秋天的艳阳天，什么都好，一路的风景好，路况好，就像去山里吹风，野山花也好，由于是秋天，远山有参差的美，颜色红黄苍绿，她本不信风水，但也觉得此山是好的。只是，回来的路上，丈夫做主让母亲坐在了前排，她和他妹妹坐在了后排。一路往回走，他们母子欢声笑语，倒像是情侣，居然一路没有人和她说过一句话，难道真把她当成了传宗接代的工具？她记得不知有多少次，下班了给丈夫打电话，只要有他母亲的电话来，他就会立即挂了说他妈妈来电话，或许有要事。也曾经有好多个早晨，住在她用公积金买的房子里，丈夫接到他母亲的电话，让他赶回去吃早饭。

她后来对敲门声都是厌倦的，包括手机铃声，一切都太吵闹了，也太可怕了，他总是自己想要的时候索命追魂，不断咆哮，不管是夜里三点还是五点，来敲她的门。一个男婴不要也是好的，即使是自己的儿子，她觉得自己也无法承受他旺盛的生命力，何况医生说了超雄综合征患者的临床表现，她迄今记得那些文字："男性表型一般正常（这也是前夫要求生下来的一个理由），身材高大（前夫认为她一米六自己一米七八可以生个个头不错的娃），智力多低于平均水平（前夫认为两个人都智商没有问题，孩子不会基因突变），脾气暴躁，易激动（前夫认为男孩子都这样，像自己）；偶尔可见尿道下裂，隐睾，睾丸发育不全并有生精过程障碍和生育力下降（前夫认为现在的孩子吃转基因食品，很多人有问题，然而会形成抗体）；但大多数男性可以生育，个别患者可生育XYY子代，然大多数子代正常，其生育时，女方妊娠期间应做产前诊断（前夫认为生完这个，以后考虑再生二胎三胎。他难道当她是生育机器？不过，这一切都过去了）。"

有很长一段时间，她会想象那个曾经孕育在肚子里被医学检查出来的男性胚胎，高中课堂上她生物学得不好，但染色体这章还是明白的，那个多余的染色体Y，大家都叫它罪犯，课堂上老师开玩笑，把生出这种罪犯的母亲叫罪犯孵化器，高中嘛，课堂总要活跃气氛。她现在还记得当时听到这种说法的愉悦感，从来不会想到这种情况可能发生在自己身上，自己也可能成为一个罪犯孵化器，也许希特勒就是这种变异的染色体的产物，据说牢里罪犯很多是这种呢。那么犯罪也并不全是后天的，有先天之命理的可能。她不相信命理说，但嫁了丈夫之后，一切都仿佛是暗示，童年轮回，她又活在了一种不断吵架的暴力氛围里，父母在她小时候就经常吵架，她放学后常常不能按时吃饭，只能挨饿，家里常常坐满了劝说的看笑话的人，隔一阵子他们觉得实在无法过下去了，就会把她送到乡下外婆家，然后一对不负责任的狗男女分居，各自偷欢。能考上大学是多少个夜晚熬出来的，小时候动不动三天两头就被拉回乡下了，完整的学籍都是高考时没办法求着老师补的，因为小学和初中缺过太多课了，跳着升级，有时大半年无法去上学……好不容易过来了，她不想再过那样的日子。

　　当然还有其他原因，交往之初嘛，青年男女饥不择食，他又是她研究生毕业之后第一次交往的男人，因此很快就上了床怀了孕，头脑发热领了证，没有仔细考察彼此真正合适不合适。"买猪看圈"，话糙理不糙，老生常谈有常谈的理由，那时候她太年轻了。还没有结婚时她就不喜欢走进丈夫家在城中心的那一间老房子，因为她非常讨厌那间房子里散发出的尘埃气息——可是当时眼睛就像驴子被蒙上了一样并没有放在心上。实在是太难以形容了，她第一次走进去就感觉到一种寒意。客厅里四面墙上挂着不同时期的伟人照片，有一个下面还设立了案桌，摆着水果敬献。他在交往之初就知道她尘螨过敏，却对这间住了几十年的房子，在她来之前未做任何改变，居然还摆出这些东西。她开始也是理解的，毕竟，这是他的家，他和他母亲的，以及已经出嫁但经常回来小住的妹妹的家。他给她解释，母亲是旧时代过来的人，有自己的信仰，又是大家庭出身。如何豪华的大家庭却没有人给她解释过。历史上有那么多名人，很多人喜欢攀附呢，说不定只是沾了个大户人家的姓氏，阿Q毕竟也姓赵，但赵老太爷可不承认他。再说龙身上都有跳蚤，何况其他。可一头栽进爱情里的女人，向来是昏了头的，以为伸手可摘星辰，以后的日子都是幸福……

离婚前她就已经偷偷去打掉了孩子。那个男人面目可憎到抬着自己晕厥的母亲大闹医院，还上过当地电视台新闻呢。几乎所有舆论都偏向他们，而她，是个手持刀剑的刽子手，新婚不久，就杀死了腹中的男婴，仅仅是因为一张羊水穿刺的报告单，仅仅因为一个基因排序可能出了问题而不同于常人，可能生一个痴呆或抑郁或暴力的孩子，她就毁掉了那正在长成自己的肉身……他说她是他的杀子仇人，他恨不得剐了她为儿子陪葬。但孩子是做掉了，他也拿到了医院不该给但仍然给了的一笔息事宁人的补偿费，事情暂时消停了下来。只是为了不再沾惹这家人，也怕再黏过来，她连夜在网上挂出了房子（离婚的时候，婚前财产，这套两室一厅的房子是保住了的），然后逃离。

当然，他提出了要情感损失费的，为了迅速地把婚离掉，躲开他们一家几口的咆哮和哭闹，她补偿了他一笔钱，本科和研究生毕业之后的工资的一部分，还借了一些。房子呢，除过婚前财产的原因，最主要的是她母亲出了大部分钱，银行卡上有流水记录，婚后也是她母亲在还款，与他并没有什么关系，何况才领证四个月。一个可能被降生但最后血肉模糊的胚胎，毁掉了一切，她的子宫就像一个骨灰盒，此后好多个日子里，她庆幸自己做了无比正确的选择，不让一个可能畸形的孩童跟着她，一辈子叫她妈妈。但是，阴影留在那里，疼痛在肌肉里储存下来，那个可能出生的活物，在肌体里喘息过，和她共用过同一具躯体，给过她短暂的欢喜，以为要为人母了。那种成就感突上心头，制造一个人，多么伟大的事，她曾经觉得神奇。最神奇的事情最后变得最恐怖，丈夫幽灵一样跪在床上的嚎哭，堕胎制造的疼痛就像戴着口罩的艰难喘息，让她午夜梦回常觉得无法再活下去。对，疫情期戴着的口罩唤起了她对这段时光的追忆。

3

租这个房子的时候，房东阿姨说当初选择买这间房子："完全是因为窗外的树珊珊可爱，窗外的小花园花开不断。"房东阿姨当时六十七岁，现在过个年，是六十八岁，医院里认识的。去年春三月房东阿姨过敏，她咳嗽，两个人都在小区医院的住院室打点滴，每个人都是上午去，下午回，晚上人家医院不值夜的。一大间里很多床，四面通风，吊针一般都是至少三天一个疗程，所以很多病友会"回头再见"。与房东阿姨认识，就是因为回头的两见三见，与此同时，还认识了她那每日来接她的老先生。阿姨的先生比阿姨大十一岁，已经是七十八了，却因为自己是个医生，保养得好，看起来也就刚过六十。老先生戴一副眼镜，文质彬彬，话不多，总是笑眯眯的，眼睛眯成一座桥，两鬓灰白，似青苔丛生，眉毛却又浓又黑，没有胡须，让他嘴边的皱纹显得特别清晰，说话不温不火，从来不急。同病相怜，阿姨很照顾她，让自己做过医生已经退休多年的先生戴着老花镜给她看医院拍的检查的各种片子，到底是什么病一再咳嗽。也是这个退休的老人，让她知道自己不该往身体里输那么多抗生素。老先生说有一种咳嗽是心因性的，和身体的病变无关，需要的是自我调节，锻炼和营养跟得上，心境放开，自然会好。她这是第一次听见"心因性"三个字，内里暗暗佩服的。一场恋爱加婚姻，再加上一次不期而然的怀孕、打胎，让她的心境即使经过几年了，仍然沉在自己打下的井底里。

而这些，又怎么能和人说得出口？他们只知道她还单身，情感受过点小伤，大学毕业几年考了研，然后在老家的县城工作几年，觉得年轻人还是应该打拼一番，又来到了省城，在一家培训机构兼着职，准备着自己也好好培训一下英语，然后出国或考博。她看起来是坦诚的，最开始，一五一十交代过自己的来历……很多个时日过去，她才知道只是因为他们善良，看她一个人每天独自打吊瓶，所以关注她，和她多说话。也是很多个时日过去，通过住进阿姨空置的一间五楼的房子后，知道他们的很多人生经历，才体会到一种同体大悲之感。不是她，而是他们，他们给了她这感觉，他们身上有这种悲悯。那时候，已经又是一年春又是一年夏了。这中间时间缓缓地流着，他们住进了她原来租住的那套房子，搬离了在这个小区另一处他们拥有的高楼上的房子，租住进了她恐惧地急速搬走的那间屋子，为的是那一楼，方便进出……还有过好几次见面，在那间她曾经逃离的房子，她穿着厚厚的衣服去找他们，和他们谈论天气和人情，谈论整个世界……时间仿佛过了很久，感觉仿佛认识了很多年。

总是这样，房东阿姨站起又坐下，爽朗地笑着，说起年轻时代的经历，偶尔会流泪，有时也会叹息大学时代的恋人，毕业之后由于分在南北两个省的单位，一个黄河边一个长江边，一年都见不了一面，遭到双方父母的强烈反对，最后不得不分手。她说起他的信，远天远地地找来，最后的道别，说着他移民之后某个夜晚的突然而至的联系，这中间隔着二十多年，隔着一整个年轻岁月。那时候她已经离婚又再婚了，而他，在异国短暂婚姻妻子死于一场车祸之后一直踽踽独行。他说起大学时代的恋爱，仍然是期待的。他在那些年不是没有等她，最开始的一些年，一等就是一整个青春。而她在父亲的安排下，嫁给了单位领导的儿子，很快就生了孩子。当文雅的丈夫露出他嗜赌又暴力的一面的时候，孩子已经好几岁了；婆婆享受着单位里专家级的待遇，住着只有专家才可以享受的大别墅，对于她提出离婚的要求，只会一遍遍找到直接管理她的领导进行劝阻……她还记得婆婆坐在领导办公室的样子，优雅得体，是个时尚的老太太，人人都尊敬她，慑于她的名声以及为单位做的贡献而更倾向于劝阻小家庭不要离婚，息事宁人。似乎一切都是儿媳的错，曾经有过一个大学时代的恋人，放不下，要离了婚去找他……婆婆的嘴就像一个播音喇叭。

很快，认识不认识她的人都知道了，一个已婚女人作风不好，心里暗暗记挂着曾经的恋人，让自己的丈夫全身冒绿光；从妻子身上得不到温暖和欣赏的男人过得太憋屈，于是就举起了拳头，实在打不下去，就走进了赌场……可怜的是，做祖母的将这样的说法也告诉了孙子，孙子再哭哭啼啼添油加醋告诉保守的外公："妈妈不要我和爸爸了，要去找别的男人。"一辈子在单位里上班中规中矩的老父亲，本就不支持她学生时代的恋爱，觉得南方男人花心靠不住，尤其想诱拐自己的女儿千里而走，这不亚于私奔，卓文君也只有一个，那司马相如还守着丈人领地当垆卖酒呢，养一个女儿总比养个鸡强，养一只鸡还要落一点毛。做母亲的自然也向着丈夫，对于女儿提出离婚觉得大逆不道，尤其已经生了儿子，给人家扎了根。她不是没有哭过也不是没有挣扎过。可是，她还是向现实妥协了……大学恋人最后出了国，两人一度失了联系。然而，过到四五十岁，好赌的丈夫又开始在外找起了女人，夫妻俩在一个单位，甚至同单位新来的小姑娘，也能看见他给人家买的礼物……日子过不下去了，终是新人新，这一次，是丈夫提出了离婚。她丝毫没有犹豫，立即领了证。

此后十多年，辗辗转转，遇上现在的丈夫，已经是五十多岁时的事情了。不过，比较有趣的是，离婚后的好几年，她被家里和同事等好心人安排着相亲，居然还安排过现在的丈夫。只是，她听说人家比她大十多岁，她就停下了心思。后来，十多年之后又有好事者安排，与以前不是同一个媒人，这次他们见了面，把话说上了，才知道他在十多年前就偷偷看过她，想着和她相亲呢。时光兜兜转转，她觉得也算是良缘，很快就答应了。最主要其实还是感动于他的心诚，第二次见面，就带了离婚证户口本还有工资卡给她，说让她保管。她说起来还眼里有泪花呢，但已经完全不同于说起大学时代的恋人那样愁肠百转才下眉头却上心头了。明显，这次是生活所迫，两个孤独的人要在一起，也不是没有那么一点爱情，更多是合适，是投缘。

看得出，他们的日子是暖的，可能未必相知，但有相亲。她说的时候，他笑着看着她，空气里明显有依赖的味道。房东阿姨指了指耳朵，说她家先生的耳朵已经不大灵敏了，上了年纪。她心想未必，只是人老了不想说话。生活的底大多人摸不着，但总有人喜欢给出解释，很多事情完全不是那么一回事，可能更复杂，更微妙，就比如他们的关系，人到老年的一段感情，有多少是爱情？但真的不该去否认；这也包括她和他们之间的感情，陌生的医院里认识然后熟悉起来的路人，然后她租了他们的房子，因此有了来往，像是生活在社会边缘的人的互助。那一点温暖随时可能被不期然的生活的突变拿掉，但那一点温暖就像生命里突然点起的星光，已经可以照亮接下来要走的路了。看得出，房东先生并不是个善言辞的人，也或者可以这样说，世界在他那里就像一张空白的纸，他觉得不要再写下什么了，也不要再解释什么了，就这样吧。这是他脸上泄露的感觉，不是万念俱灰，不是欣欣向荣，只是一种不再作为。

房东阿姨也说了他以前的生活，在认识她之前他的生活。他曾经有过一个富足的少年时代，家族势力很大，从商又为官，商务一度做到东南亚，山东的一家煤矿曾经属于他家的，上海现今著名的退任高官住的一处宅子也是属于他家的，桂林亦有一处，更别说南京路那些高楼了……新的政权来临的时候，他的大好日子虽然说是结束了，但大户毕竟是大户。家里让他学了医，也是从其志。并不是没有受过特殊年代政治的波及和影响，但那时候财产已经交公了，他只是过起了普通人的生活……后来下放到乡下，爱上了当地人家的"小芳"；等到有机会返城，也带着"小芳"回到大城市，把她安排进市里的单位。以后的故事就是生育和养育，紧接着就是"小芳"因为长得太漂亮，在大城市里开阔了视野，有了大志，转身谈起了自己在城市里活色生香的恋爱，甩了他……

房东阿姨的口中，后夫的前妻是个热热闹闹的女人，如大多漂亮的女人一样，只要给她们创造条件，她们就可以离离原上草，生出无限野心。灰姑娘最后可能也成为狼外婆，只要条件适合转变，就必然生成结果。这个喜欢热闹的女人，爱权，爱钱。从小生于钟鸣鼎食之家见惯各种繁华最后被下放在农村好多年的男人，返城之后即使为了生活会往来于声色犬马，但肯定内心更喜欢谈笑有鸿儒往来无白丁，于官场和商场不可能如鱼得水，被"休"也是命里注定的。虽然看起来房东先生像是不在听着，但房东阿姨还是压低了声音向她靠拢了一下说："你简直难以想象，那时候他爱那个女人爱得发疯，差点就自杀了，也许可能和伤了面子也有关系。这种家庭出身，从小管教严格，容易感情用事。"

房东阿姨话锋一转，接着扯到了她身上了："我那时候在医院见你，也觉得你是受了情伤，爱情嘛，过去了就如一场风寒，活下来就再不会死掉了，就如这次疫情，也就如他，后来遇上我，他是孤独的，我也是孤独的，他文文静静，我大大咧咧，我们凑成了一对，这十几年还真是快乐的。"接着，房东阿姨又把话题转回了那个女人身上，她说那个女人后来得了癌，还联系过房东先生让他去治疗呢，毕竟两个人之间有一个女儿，他也给介绍了医生。她钦佩房东阿姨的敞亮大气，如果是自己，明知道后夫和前妻有一个孩子，晚年可能涉及财产瓜葛，以及亲戚朋友的面子，很可能没有这么通融，未必纯因为钱，只是情感洁癖，不想有过多来往。水至清则无鱼，她恍然知道自己的人生之路越来越窄的原因。

通过在房东家几次与房东先生的见面，她能感觉到房东先生是个简单的人，简单到"颓废"，但并不是青年那种常常说的"颓废"，而准确说是一种撤退，对生活放弃任何进攻，是人到一定年龄的通达，但很多老年人又并非如此。她知道之所以房东阿姨信得过他，也是这个男人赋予了她足够的安全感。不知为什么，房东先生就是给她这种感觉，一种很安心的感觉。他应该给过很多人这种感觉，像一个参透世界的人。大多时间他是沉默的，但那种沉默不形成任何压力，属于风平浪静的沉默，祥和的沉默，像飞鸟流云群山大河的沉默，枯枝败叶的沉默，独自喘息独自远行的沉默，却并不造成任何一种紧张，而这种沉默却又是神秘的，像一种启示。

房东阿姨说："正是因为有过那样的生活，他的父母都活了九十多岁，大约是因为生活质量一直保持得很好。大户人家从小就注重饮食搭配，知道如何有质量地活下去。"话语里，她对现在先生的父母曾经有过的生活极其羡慕，看得出，她的很多品味是后婆婆培养的。大家族的奢华不在了，但骨子里的优雅与对生活品质的追求还在，后来也影响了她，房东阿姨注重吃，注重穿，注重房间的布置……一切都给她传过来了，现在，她很注重吃穿，尤其吃，如何健康营养地吃是第一要务。

这一对六七十岁的夫妻，给了她很多在这个世界没有获得的东西，他们给得那么慷慨却那么不动声色。不是物质，不是任何可以拿得出来让人看见实体的东西，但确实是又可以看得见的东西。她知道自己改变了。她在模仿着他们的那份从容，模仿着他们的那种祥和，也模仿着他们的那种低调制造的华贵。她知道自己是缺乏华贵的，但她通过接触他们，她知道自己也有这种可能，华贵是可以传染的，就如病毒一样，美的东西和丑的东西一样，都具有传染力。

只是，她不知道，留给她的时间那么少，少得让她写下这些字句时深深叹息。她有些愧疚，当听到那个消息的事后，她心里涌上来的是不断的叹息声。如果不搬房子，也许就……如果可以劝阻，也许就不会……

4

在医院碰到现在的房东阿姨那时候,她租住在一间一楼的平房里。这座老旧小区的房子都二十多年了,属于上世纪九十年代末的建筑,脏而乱,下水道经常被堵,电路老化。市政规划说是要拆除,所以很多人家也不敢装修,大多原住民都搬走了,只简陋地糊弄一下表面,然后租出去。有钱人也多购置房屋了,不会租到这里。不过因着小区的一所幼儿园一所小学,很多年轻人会凑合着租住在这里。但仍然空置着很多房子,因为实在是租出去有风险,随时可能倒掉。小区里的一些老树也是被砍掉了的,有的老树来不及砍掉,树头被风吹着倒下来能挡住一整条路。当然,大多路径是好的,只一些偏僻处,如同上了岁数的老人,没有多少人进去,任其自生自灭。小区嘛,毕竟公共所在,不是某一家某一户的私产,没有人敢主动推倒了重来……一切都在等市政规划。她租的那间房子,在小区临街的那一面,卧室外面是大马路,终日里灰尘扑面。之所以搬迁时看上那间房子,是因为租金便宜,另一个内里的原因,是以前的地方住厌了,前夫闹到这个城市,居然找到了住处,又计划着在这一片区的外语培训基地学英语,就搬到了这里来。

三月初搬的,准确说是三月九日,然后三月十七号就莫名开始发起了高烧,以及停不下来的咳嗽,尤其夜半咳嗽激烈,一晚又一晚。租住的房子好像已经说过了,是老破小,两室一厅,房间是清水房,空空如也,如出家人的偈语。她临时购置了一张折叠床躺卧，准备着住下来再一一购买，想不到还没有来得及好好购买整理就倒下了。

这样的情况第一次发生在她身上，没有任何征兆，搬入那所房子很快就不对劲。她做的工作多需要在夜里完成，伏案做规划，配图写文字。文案策划，不必朝九晚五，但要出成果的，毕竟领着人家一份工资。往往，当黑夜步履沉重一分一秒爬上，她总是一分一秒趴在网络上。也许新搬房子的原因，常感觉冷，感觉疲倦。新租房子的卫生间有一面镜子，夜里睡觉前去方便，瞥见自己在镜子里的影子，好几次恍然若惊。

她总觉得屋子有那么一点不对，但具体如何不对劲，却说不上来。她想到城里人搬家总会找一些人来"暖房"，自己也许需要找几个人暖房，但实在想不到邀请谁。房间又不能做饭，煤气灶还没有买，唯一的椅子还是自己随身携带的，一张桌子也看起来有几十年了，油漆脱落，白粉斑驳，也许是房东为了租出去刷房子留下的印迹。人说夜里十二点是不要看镜子的，可是越怕越想看。初搬家那几日真是太可怕了，有那么一两次，深夜里做完公司要的策划方案，用邮件给领导发过去后，走到卫生间想洗漱一下，总会不由自主伫立在那面如寻常宾馆里的镜子前。好几次，她被镜子里自己的样子吓到了。她不会想到自己老得那么快。镜子里就像有一层霜一样从上到下覆着她，但明显又很清晰。然而，那些霜无论怎么看都不会化掉。她觉得自己是陌生又疏远的，似乎有什么东西附在自己身上，借用着自己这副身体。突然，一阵毛骨悚然的恐惹，把她吓得赶紧冲回卧室，掩上房门。有时她甚至不敢夜里去洗漱，于是在卧室里放了一个盆，以供方便，深夜也是不太敢喝水了的。

新搬的房子，住了还没有几天，难道再搬？刚交了押金和房租。前面的房主是个同龄的女人，名叫邓丝情，却不是有丝丝柔情的女人，也许同样身为女人，即使有柔情也不会柔到她身上。因着她毁约，扣光了押金不说，还又找理由倒扣了五千，只象征性给她退了一点。一次性交了一年的房租，到了人家手里人家肯定不好往出退。一个湖北天门的女人，有着一个丈夫一个孩子，养着一只猫一条狗，在另一个城市做着家庭主妇，这里的房子只是用来投资的，生意人的心理，何来同情？初搬家还是生气的，觉得自己被欺负了，等到一场绵延不断的咳嗽到来，哪里还有心力生别人的气……这间破落的房子虽然比那间便宜近一千块，但是她也不忍心再次搬走把交进去的钱再一次被薅羊毛。

还有一件事，也是在晚上，总会突然想到死亡，好几次睡着了仿佛被什么惊醒，醒来又觉得喘气艰难，窗子都开着，两面大窗户，西面和南面，根本不存在什么不通风房间缺氧的原因。夜里却总觉得喘气艰难，很静的夜，但是一入梦就能听见各种声音，关键做噩梦，各种各样的噩梦，总觉得自己的身体在平移着往下陷落。越这样越恐慌。但天明了就好了，仿佛夜晚那样的惊惧从来没有存在过。然而，一到晚上又是前一天的重复。以至她越来越怕黄昏，到后来甚至怕起了下午。那种感觉是很难描述的，并不全然是对死亡的恐惧，因为经历了流产和离婚，前夫家给的琐碎的磨难就像度劫，她对人世的热闹和所谓的温情看透了很多，也就不再多么害怕死亡。当然，惶恐里确实有一点点害怕死亡，但那种惶恐不仅仅是害怕死亡，还包含着一些她从来没有经历过的奇妙感受，难道真有鬼魂？她曾经在事后想用更准确一些的词语来描绘这感觉，可是明显徒劳，没有什么可以相匹配的词。那种高密度的独特的恐惧，生命里从来没有出现过。难道因为前夫家信风水，他们扎了小人？她想他们再下作也不至于如此，但却是因为恐惧，啥都想，甚至想房东之所以便宜出租这间市中心的房子，也许可能这间房子出过事，说不定是鬼屋。

她一个人，在咳嗽发烧到来的前几天，已经感觉害怕了，由于白天睡得足，晚上就会刻意提醒自己保持清醒，甚至很多事在下午就强迫自己做完，不再加夜班干活。初搬家嘛，总会有很多事，接通网络，修理水管，最主要是房间得布置一番，购买一些东西，比如挂钩，比如毛巾，比如拖把，比如马桶刷。她认为一切都只不过是环境不熟悉，猫挪窝都要这里嗅嗅那里看看的，何况是个人。她觉得自己都三十多了（其实她只是三十刚出头），一切可以扛过去。夜里，她偶尔吹吹口哨或大声背几首古诗，也有时会自言自语说几句话，给自己壮胆。那些声音空落，从几面墙上反弹回来，让她觉得自己是个神经病。不过，好在神经病不披衣而起赤裸而歌，还能做一份工作有一份收入，因此在可控范围内。学生时代学过心理学，知道每个人都或多或少不正常，知道疾病也并不总是被治疗，只是被控制，所以也不是特别惊惧自己的反常，只要不被别人知道就好了，调节一段时间，又可以回到正常了。适应了就行，要学会自己与自己相处，才换了一个生活空间嘛。她安慰自己。

不对劲的房子就如不对劲的婚姻。明明在看房子的时候就看不上这间没有空调、没有冰箱、没有洗衣机、没有床，连窗帘以及门和马桶衣柜等都是残破的老旧房子，但因为便宜，又因为靠近市中心，最主要是觉得要锻炼自己的意志，那样差的婚姻都经历过了，还有什么不可以承受？一个人一辈子应该苦其心志的，不然很容易就被生活收买。因此，从58同城联系那个私人房主看房之后的那个傍晚，就付了定金定下了这间房子。不得不说，除了房子破外围条件一切都好，交通四通八达，有公交有地铁，出门就是繁华地段，离新找的工作地点也近。大唐不夜城就在附近，丰富的夜生活，是这个城市俗人们的伊甸园，有美食，有音乐，有年轻年老的来自世界各地操着各种口音的人。她不是没有渴望，三十多岁，不太老也不太年轻，一个离过婚的女人是有欲渴爱的，啥样的生活都该尝试下。

附近的环境她早就利用工作之便打探过了。研究生时代也是租过房子的，比这好不了多少，她觉得自己虽然工作了几年，工资培养了一种对生活的挑剔，但现在回头，完全还可以过苦日子。也或许，在贫瘠的房子里能迎来一份体面的爱情，即使不可以，前面也说过了，就当锻炼自己的心志，啥样的生活都该试一下。两室一厅，母亲如果来也是可以勉强住住的，而现在一个人，一切都那么简单，简单也就意味着自由。出门就是景区，回转，进入一个小巷子就是住处，她觉得生活会变得丰富，内心又可以过一种像大学时代读了一天书倒头一觉到天明的充实的生活了，即使堕落，也是充实的，热腾腾活着。何况，三十多岁，没准遇上什么好戏。最基本的，离开那座伤心之城的时候，心里向自己发过誓：千万不要发疯。那么，怎么堕落只要不发疯都可以接受。母亲不想她是一个骨灰盒，她自己呢，不想自己变成一个疯子。因此，要给自己自由呀，要抓住年轻的尾巴呀，趁着现在身体还可以活动，灵魂还可以奔腾，想怎么活着就怎么活着吧。

一次婚姻，几年人事，让她感觉自己苍老得如同一座破庙，无人问津无人上供，蓬头垢面，不得不如避光兽一样躲起来，却也几乎舔好了精神的伤疤。初搬家还雄心壮志，觉得要好好整理自己，一场婚姻不至于毁掉一个女人，辞掉工作，换一个城市，搬一次房子，重振旧山河。还是那样的誓言，保住基本的生活，不要发疯，不要断了生命的那口气。

也许，正是因为之前的克制，才让人在婚姻里敢那样折腾，抓住她爱面子的软肋要挟她，恨不得揍她。前夫把她的脸皮在那个城市拆光之后，她觉得反正就这样了，所以有时真觉得自己结婚离婚是练了胆子，男人嘛，你强他就弱。离开那座城市搬迁到这座城市不能不说是挺了一段时间，觉得元气耗尽了，要养精蓄锐。现在，精锐都养好了，一切像是往上走，阳气在上升，然后才敢散架，才身体自发软弱下来，生了一场病。前面说了，搬了新房子就是觉得不对劲，然后忽然之间就咳嗽了，三月半停了暖，她以为是受了风寒。疾病只几日就摧毁了她对身体的自信，甚至比流产风波来得更猛。

一切都准备好了，喊配钥匙的工人换了锁，顺便修了一扇门总是倒下来的木头柜子，另外新买了窗帘，购置了一人用的洗衣机和冰箱，扔了旧马桶装了新的，请修理管道的工人来修了厨房和卫生间的下水道，喊了专门打扫卫生消毒的服务人员，齐齐整整打扫消毒了一遍……也许就差个空调了，只因为没有买空调，而三月半房子停了暖，才忽然陷入那场身体的疾风暴雨吗？好多个夜晚，半夜两三点咳嗽一次，四五点咳嗽一次，有时甚至咳出血，她不是没有惊讶自己身体的残破，也不是没有细细地一一盘查哪里出了问题，找过缘由。所以，在医院认识房东阿姨的时候，她也是同意了她说的："你应该是抑郁了。"

到医院不断打点滴的日子，她第一次清晰地看见自己的处境，觉得世界如此赤裸，如此荒谬，如此令人毛骨悚然。有好几个夜晚，她回到那间房子都是撑着的。终于，在一个现在说来平淡无奇但她就是觉得无法活下去的夜晚，晚上十点多，她从房间里出发，带了手机和充电器，以及医生让吃的各种药，尤其枇杷膏，以及水杯，走出小区去住宾馆了。

而现在，离那个夜晚过去了一年多，她还是无法分得清当初为什么那么恐惧和害怕。一个常常那段时间见面的医生应该也感觉到了她那阵子的不正常，告诉她要找个人来陪着过一段时间。然而，能找谁呢？父母各自有各自的生活，她早就是他们婚姻的弃儿。

5

租来的房间，租来的生活，似乎生命也是租来的，死亡亦如此。房东先生是不是不想再过这种租来的生活了，所以放弃了继续喘息？收到电话的时候，是一个晴天的上午。未必是房子，而是整个生命，似乎在无限的无意义循环里。疫情突发在年底，好一阵子封城封小区甚至封门，出行困难，交流亦困难，在那些他被封在房间的日子里，是不是想通了生灭，所以才选择了如此？她忽然想到两个字，过年的时候写的，那时候武汉刚封城，全国风声鹤唳，她一个人坐在室内，年的夜像是亘古，怎么也睡不着，坐起来随手写了两个字，空年。没有想到日子过完春天进夏天，一年中三分之一过去了，全球落入一种命运的共同体，人人体验着空年的感受，似乎一年就要这样过尽。也是在突然之间，坐在房东阿姨租住的她原来租的那间一楼的房子里,她理解了前夫的眼泪与哀嚎,他需要一个孩子,以证明曾经存在过,也是有能力繁衍的,生命要那样的生生不息,一代有一代的运气,何况,只是百分之五十的概率,完全可以赌一赌的。

只是,她不是那个豪赌的人,她宁愿一辈子只是一个人,也不想生命突然闪失,在一种畸形的不得不苟且的家庭里相依为命活下去。她不愿意给自己希望,否则失望太大连此刻都无法承受。不过,她突然对已经断绝关系的前夫心生怜悯,甚至原谅了他的欺骗。婚前并没有进行严格的体检,体检表她都没有看,让已经是前夫的丈夫一应办理这些事,她觉得他行伍出身,又在正规单位上班,不至于有什么病。她还是太年轻了,后来才发现,他家冰箱里不光有胰岛素还有治疗乙肝的药瓶,以及他压在那间充满尘埃的房子里的病历本将一切暴露了,仅仅是结婚之后某个下午突然而兴起的激情拜访,她觉得一个儿媳应该有儿媳的样子,然后就回了他的家。他母亲将她安顿在他住了二十多年的那间卧室里——并不是没有其他的房子,仅仅因为突然的怀孕,觉得正好可以新婚用,就不想大动干戈,领证之后一直住在她买来的房子里。现代人哪有那么多算计,这是她的人生准则,结果就自己活生生进入陷阱里。事后和一个总是不断恋爱又不断失恋的朋友说起,那个人回话:"买猪看圈。"她以前总以为男女相爱是很简单的,喜欢了,觉得合适了,住一起,不必有那么多计较。也正是因为如此,即使离婚了,让他搬出那间房子,还又纠缠了很久。实在太可怕了。他在楼底的嚎叫,以及不断砸门的声响,还有左邻右舍受不了他的咆哮对她的怒目而视,让她觉得把她生命里所有的自尊和体面都用光了。

她就像一个赤裸的人站在天底下，不得不接住熟悉的和不熟悉的人们递送过来的看笑话的眼光。还有什么比这更羞耻呢？一场婚姻似乎把所有的羞耻都用光了。她最后火速逃离，看起来是怕纠缠，更多是恐惧，她感觉自己再也无法像个正常人一样在曾经工作生活的那座城市活着。然而，偶尔想起那间房子，以及曾经亲密的人，还是落入忧伤的深渊里。她记得初相识时的那些笑语，但更多是想到走近他家那间落满尘埃的房子的尴尬，但是寡妇生活制造了一种凄冷的温情，让那间房子像油画一样与周围的房子相区分，涂抹上一层孤寂的色彩，独立而落寞。难道她从来一次都没有想过，试一下，留下那个胎儿？他们是一个世界，她明白自己挤不进去。但失去也并不是一件开心的事，只是对死亡现场的打扫，让她觉得自己的身体是一个大型的骨灰盒了。在一些无法安眠的夜晚，她一次次用想象力重塑他们拥有过的一点爱情，那个小婴儿似乎在想象里生了出来……永生不灭地在合眼处哭着，叫着，笑着。

——她曾经也可以是一个母亲。

只是她没有想到，那个老人留在了春天，那个对她微笑的老人，房东的先生，鼓励她不要急着结婚急着谈恋爱的老人，对她说："世界广阔，要多长见识，多让各处的风物滋养你，多受高人指点。"他似乎懂她的寂寞。她以为是因为房东阿姨才与他有一种联系，而现在，当房东阿姨告知她他已经独自上路一个多月之后，她深刻地知道，那个人横在了那里。一条曾经温暖炽热的生命，连接着她与那个老妇，在她以后的生命里，她会想起他们，不知道会想念谁更多一些，他们在她的世界，活成了一个整体，就像太阳和月亮。她知道，即使以后搬离房东阿姨的房子，她还会去看望她，已经预感到了，她们就像一对不谋而合的杀人犯，充满愧疚和眼泪，却不能彼此拥抱；互相体谅和理解，却无法互相敞开。阴影和光明，温暖与寒冷，多少感受可以叠加在同一个人身上。是不是，如果留在那间房子，死去的人就是她呢？坐在她曾经租住而此刻房东阿姨租住的房子里，她很想拜托房东阿姨去问一问有一天她所说的算过她婚姻算过她父亲死亡又算过她近期这场血光之灾的那位算命先生，却顿了顿口打住了，而说了别的话："人生就是既济卦和未济卦，但行好事，莫问前程。"她是说给自己听的。

那个人他哪里去了？他似乎还分明坐在桌前的床上，对着她笑眯眯，建议她不要想着结婚，把生活过好就行了。然后是房东阿姨建议她，有合适的还是要找找，也不要老像那些传统女人，想什么生孩子，丁克就好。房东阿姨近七十岁，居然知道丁克，她对电脑的熟悉也许导致她对网络极度熟悉，九十年代初电脑刚兴起的时候，她就已经靠着修电脑吃饭了。不得不说，她是佩服房东阿姨的。然而，房东阿姨说："找一个，省得晚年寂寞，一个人孤零零的，到过年不知和谁过，父母也会老的……"她正想着房东先生的事，房东阿姨又开始说了："临殁的那几天，真还有人说的回光返照，每天吃喝都不用我担心。一天夜里我在厨房给他热牛奶，听见他声响，似乎是哭。那时候他嫌热，在地上躺着，许是心火旺，本来就数他怕冷，人却变了。我热了牛奶给他喝，才想起身搁碗，就觉得脚一把被抱住了，他说我瘦了，说自己大限已到，无法陪我了……"

屋子里静极了，她听着只想哭，却又不想引出房东阿姨的眼泪。房东阿姨接着说："因为疫情，也没有通知多少人，一切从简。初火化那几夜,儿子带来的小孙孙一直哭,我也似乎经常听见门和窗户的响动,总觉得是他回来了,就请人作法,活人总还要安的。"那间卧室关着门,以往她去,总是打开的。因为房东先生怕冷,专门在那个小卧室放了张床,做他的小卧室,常开着空调……房东阿姨是个爽朗的人,声音似乎可以通向全世界,一切都是打开的,从来,卧室的门,以及阳台的窗子。只这一次,只这一次哦。她没有力气,根本不敢去推一下那间卧室的门。一年前的这时候,在主卧住不下去,夜里咳嗽到觉得自己要死了,怀疑有不太干净的东西,或者是甲醛问题,她搬到那间小卧室过,曾经住过几个夜晚,她清楚里面的布局,暖气片的位置,以及窗外的风景。打不开呀!仿佛一辈子再也推不开那扇门。而有那么一个瞬间,她觉得,只要她去推,房东先生就在门后的绛红色木头椅子上坐着,或者在单人床上戴着老花镜看书,这总是他的样子。她甚至能感觉到他抬起头,温和地对她笑着,说:"世界总是这样……"

　　他的死让她害怕,然而实在也只是平凡人间的正常悲痛,疫情持续了已经几个月,气温一天天升高,很多人留在了春天。闷在房子里太久了,似乎情绪也被冻结住了。房东阿姨没有哭,她也没有哭。而去年这时候,两个人相识在医院,那阵子联系紧密,经常见,有时说着说着就一起哭了。现在,她们一起说着那个死去的人,却没有眼泪。她知道死亡是人的宿命,因为恐惧觉得晚上可能会死掉离开房子去宾馆住宿的那个夜晚,她已经体验过死亡,她觉得自己是死过一次的。而那个夜晚其实平淡无奇,和以后所有的夜晚一样。她走出房间就不怕了,很快就出了小区,在通往大唐不夜城的路上,找了一家小旅店,迄今还记得名字,因为学生时代就住过，考研的时候周围好的酒店都被其他人预订了，只留下了一家新开的酒店，价格极其便宜，房子也真是狭小，叫布丁，学校的情侣们喜欢住这里的钟点房。她自然而然地推开了酒店门，然后走进去。她早就观察过了，也在酒店旁边的水果超市买过水果，旁边还有一条小巷，很有生活气息，虽然没有进去过，但是她能感觉到里面的味道。那个夜晚，一个叫布丁的酒店拯救了她。旅馆，旋转玻璃，大厅，走动的人影，交钱，拿房卡，上楼……拥挤的房间，像是小孩子堆砌的积木格子，她一间间走过去，仿佛从地狱回到了人间。

那个夜晚就是这感受。写下来像是假的，但那个夜晚确实是真的，一个人度过，以为自己要死了，三十多岁，不老也不再年轻，死去的孤身女人，新闻报道里经常会提及……一年后的现在，很多人，消失在"新冠"两个字所形成的阴影里，她比他们提前感受了近乎一年。症状是相似的，发烧、咳嗽，喘不上气来，打点滴是没用的，医生查不出症状，好几个医院，人人给她开各种止咳糖浆，一些人还给她开过敏药，认为她是对春天过敏，所以导致咳嗽……那场疾病突然而来，最严重的是第七天到第十天，那个她去布丁酒店住的夜晚，现在推算，就在那几天。房东阿姨年轻的时候是个护士，后来又去读了别的专业，最后的职业是在一所大学里做行政，然后退休。她说学医的先生告诉过她："一个人生病最可怕的时间，第七天到第十天，如果扛过去就过去了，扛不过去也就过去了，不过是不同的过去。"她听房东阿姨说这话的时候还没有这常识，自己一个人回到房间推算的。三月十八晚上，三月十九，三月二十……去医院打吊针时三月二十六，三月二十七,三月二十八……就在三月二十七的晚上，一年前，如果不是一个人撑着身子夜晚十点多离开租住的房子去往酒店住了一晚，也许她就死了。房东先生，在一年后的三月二十七的晚上，去了。房东阿姨对她说："一般人熬过晚上两点到四点，也就那一天熬过去了。"也是房东先生告诉房东阿姨的，她转述给她，似乎平静地向她说起那个恐怖的夜晚。她不知道如何安慰。不知道一个三十几岁的人去安慰一个快七十岁的新寡老妇，要说什么话，她不懂。

她很想知道后续是怎么处理的，当时有没有感觉到害怕，有没有哭泣，叫了哪些人，最初的那些夜晚是如何度过的，有没有写讣告，讣告贴在了哪里。小区的讣告总是贴在东门口，因为是老小区了，很多人互相认识。在疫情期间被封起来的那个经常人来人往的东门，几乎没有人走了。而就在出东门口的那一个长廊里，有一排告示栏，平时贴着小区里停水停电的告示，也贴讣告。她看过多次。难道房东先生的讣告在那里贴过？她已经好久没有去往那边了，自从疫情一来，小区只留了一个正门，人车出入，所有的小门都封了，而那个东门，是个很小的门，平时只供人出入，自然也封住了。也许因为疫情，一切都是迅即的，直接拉去火化，连讣告都无法做出。那些日子，小区里应该开门的打印店是湖北人开的，那户人家没有回来，门一直没有开，她打印东西，非到万不得已，才去公司。那么，是不是连讣告都没有张贴……但是一句都问不出。房东阿姨打电话告诉她的时候，已经是一个月之后的事情了，她坐进那间房子里，现场已经清理完毕。只差了那一个人，什么都还是一样的，只那间小卧室关着，像是那个人在里面睡觉，似乎推开门就可以看见他。

一年前的三月份，在医院里认识了房东阿姨，以及她的丈夫，房东阿姨说让她去住自己在小区里五楼的房子，那里有太阳，明晃晃的，窗前是个大花园，可以看书；心情不好的时候，可以赏花；窗边一条小径，人来人往，花谢花开。那时候她生着病，打着点滴，查了好几个医院，不知道是怎么回事，开了一堆药，却不起作用，大医院不收她入住，于是，她就在社区医院打点滴，因此遇上了荨麻疹过敏的房东阿姨，也因此机缘巧合，住进了她的房子。房东阿姨嫌弃五楼太高了，老两口爬不上去。那之前她就像个囚犯一样躲着人，如果不是咳嗽和发烧超过承受能力，她不会去看医生，她怕见人，怕挤入人群。那时候她内心生着病，缺乏光，房东阿姨一下子就看出来了。房东阿姨和房东先生那么好，而这一切，让她觉得自己是犯了罪。如果不在医院里认识房东阿姨，房东阿姨就不会搬离自己在小区里的另一套得上楼的房子，不会租住到她租的那间房子去，也许房东先生就可以活下来。那间房子，那间古怪的房子，虽然经过房东阿姨的整理和收拾她后来走进去不再害怕了，但那神秘的感觉是奇怪的，留了下来，她再也不可能一个人住到那里。一个老人的突然死亡，像是她的罪，她在内心里暗暗祈求着宽恕，却也知道，再也不可能了，一切都毫无用处了，那个死去的老人很好地教会了她什么叫生灭，道成肉身，肉身成道。

因此，要把这一切说出来，以文字的方式，尽管加入了部分虚构，但是，一个人的死亡是真实的，用自己的生命向世界解释了缘起性空。体验死亡和真的死亡不一样，前者可能重复多次，后者只有一次，每个人都必须面对那样的时候，那种对存在的无助，那种知道大限将至的恐慌。那时候一定是没救了的。她想安慰房东阿姨，想说出这些话，却什么都无法说。

离开房东阿姨住的那间屋子是另一个夜晚的十点。走出那间一楼的房子，她突然不想回到住处。有那么一瞬真是迷茫的，房子、树木、花草、人群、疾病、棺木……她觉得自己与世界的信息流被什么截断了，一切都失去了原有的意义，那种建筑的美，草木的葳蕤，渴望于城中心获得某种暧昧的欢乐，以及通过学习外语走向另一个世界……这一切都突然变得毫无意义，世界像是一个荒谬的空壳。

——原载《延安文学》2020 年第 6 期

雨烟的良辰

1

陈茵在等人，她迫不及待已经点了榴莲比萨，学子路的这家叫作花妖部落的西餐店，经营的食物种类并不多，但很适合年轻人约会。无论何时，榴莲是安慰，太痛苦或太快乐，都要吃榴莲，上火了也不怕，吃胖了更不怕，人生总要有点榴莲呀，软软绵绵的，吃在身体里很快就热起来，再怎样冷的心都被抚慰了。这里的榴莲比萨最好，一进门就要点，点了吃着等人。这家店铺相邻有几所学校，老板将店开在这里，当然有自己的定位。

学子路的尽头是一所大学的家属院，这条街的另一端与一条人来人往的街道相交，学子路应该算作副街，交会处是主干大道，主街繁华，往南是国际会展中心，往北是这座古都最繁华的伊甸园，外地人打卡必到之地，叫小寨商圈，抖音网红想要红起来，只需要到这里展演一下，附近有走路就可抵达的大雁塔和大唐不夜城。主街当然是繁忙的，车来车往，虽然是疫情期间，但是公交车仍然挤满了人。从交会处开始，街道就换了名字。

不过，陈茵等人的店在副街的尽头，因此与主街相比，很显得冷清了。往常可不是这样的，这里来来往往几所高校的学生和老师，以及相关的人员，很是热闹，是主要属于年轻人的街，年轻人开学，就会为它注入活力。放假，就会短暂抽离一阵子的热闹。开学毕竟是常态，又热闹了起来。所以，很多店铺，学校放假他们关门，老板出门玩去了；学生开学，他们也就又开业了。这一条街上商家的生意总是奇好，白天黑夜都歌舞升平，走到深处再七拐八弯，还可以找到一条暗街，那街白日里很安静，像是所有店铺都关起了门，晚上就成了酒吧一条街了，年轻人的夜生活，无酒无歌无性似乎无法想象。不过，疫情期间，也就几家偷偷摸摸开着，并没有什么人进出。白日里陈茵是走过的，但发现全体闭着门。她想着或可与雨烟喝一杯，一边想着一边就给雨烟发起了语音通话，问她何时到。但许是雨烟忙，并没有接。她们在网上看到这家西餐店开门了，所以约了到这里聚，雨烟很喜欢吃这家店的石锅拌饭和芝士焗饭，此外，无论冬夏，她总要给自己点一份五颜六色的冰激凌，然后小口小口吃。

雨烟每次吃冰激凌总说一句口头禅："幸福就是小口小口吃冰激凌，可以一辈子。"疫情前见过一面后，整个疫情期间只能靠网络联系，她们迫不及待想见一次了，雨烟说自己可想念花妖的冰激凌了。两个人的工作，都是不需要起早贪黑坐班，但需要猫在网上，好几个月不见人，都快长蘑菇了。这次见面，其实还是雨烟提议的。疫情期间，雨烟由于工作需要，还是可以正常出入。但商铺几乎皆萧瑟，这种情况开始当然是怕的，然而年轻嘛，很快就情绪进入了报复性反弹，越是管控，她越是借着工作的名义出去溜达。是她最先发现花妖部落开着的，通知了陈茵，而陈茵就住附近，于是当然约起。春风桃李花开日，莫负青春，病毒似乎也不该挡住人出门。

一条街两面店铺，街右面的店铺比左面少一些。街左边的商铺，不需要专门统计，陈茵都可以数出来，实在太熟悉了，疫情期间所在小区封了其他门，规定只能在这条街上的门内进出取快递，因此吃喝拉撒加网上买书都在这条街上完成，何况在此前就已经住了很久了，简直太过熟悉。从小区出去，街左面，先是一家文具店，靠近大学嘛，似乎理所应当，接着一家水果店。这条街上两家水果店，这家离住宿区最近，因此生意比同侧五十步左右远的另一家的水果店生意好，以致两家店主时有龃龉。常买一家总会再送点其他瓜果，另一家亦然，如果隔几天在这家而不在另一家买，那一家就会在下次或恼怒或示好多给一些，说一句："常客会便宜点，做的就是回头生意。"陈茵一般在靠着文具店这家买，为的是提回房间近几十步。疫情让两家都关门了一段时间，再次开门时另一家几乎没人，因为刚好逢着老小区改造，街道整改也开始了，他家的门面外市政府规划要修5G的网络线路，因而被绿色铁皮挡了起来。

水果店过来是烟酒店，即使在疫情最紧张的时候，一次借着有十分紧要的事需出去的由头，陈茵出来，发现这家店居然开着，门口有两个中年大叔在吸烟，他们倒是象征性地戴着口罩，那一次性的蓝色医用口罩却已经拉在下巴上了。陈茵一次都没有在这里买过烟酒，即使所住的地方经常得找修水管的、修油烟机的、修电灯线路的工人来上门服务，她也没有想到学子路来买烟酒，她自己房间里总有烟酒，那是在附近的永辉超市或华润万家或人人乐超市里买的，她从来没有发现这里有一家烟酒店。疫情期间也许这是附近唯一一家没有关店的商铺,大约他家在二楼住着,这样就有不关店铺的理由,毕竟总不能让人家住户不出门吧?否则简直无法理解为什么所有的店铺都不开门,他家则像暗夜里独自亮起的灯,一直能"畅通无阻"。这家烟酒店实在是平淡无奇,店面不大,倒也整齐有序,但真的很难让人注意上它。

然而,疫情期间无法买烟酒被困在房子里又想吸上两口喝上两盅的人,小区门口有家烟酒店,真是救命。非常时期的人,仿佛被安装了弹簧,比平时更有买菜的热情和积极性。陈茵也是如此,开始还能在小区楼下那家店里凑合,后来这个门开了,就组团从这里购置了,也不像最开始的那两个月,一买就是一周左右的蔬菜,而是每天借着由头出来一次,买一点。虽然只是一个人生活,但能出门放风,走在路上好不痛快。好几年了,由于失眠,陈茵把一切坏习惯都戒了,比如不剧烈运动,不和人发脾气(省得上火肝脏郁积),不打网络游戏,不每天沉迷于肥皂剧(疫情期间又犯了),但是烟酒却没有戒掉,这大学时代养成的坏毛病,却一直继续着,她养着这生命的一点爱好,即使为了生命的健康也不能丧失。否则,她难以想象,一个人活得如同一架上油就运行的机器算什么,一个人不能因为这件事对就去做这件事,不对就应该停下来,怎么能做到那么理性呢?可是现代社会就是如此,一对父母能因为怀孕了做检测照出婴儿畸形(不管是哪种程度的畸形)就必须打掉;一个人就因为偶尔对生活的不小心犯了罪或者被污蔑了就可能被人痛骂;一个人可能因为有一些坏习惯就被社会唾弃被爱人抛弃……人人都要做"正确"的人,体面的工作,健康的身体,以及,长得过得去的面貌。那么,那些"不正确"的又何以活下去?一个人难道是因为"正确"才被爱,而"不正确"

就该被否定被唾弃？

　　这家烟酒店就像疫情期间的一种修正主义，店主坚持要将日常生活就像以前一样运行下去。它的正常运营给了顾客和经过的路人一种暗示，生活还是好的，总归是要回到日常的，烟还是可以吸的酒还是可以喝的，虽然是一种慢性致死但总比少了很多快乐好。也许就因为这家烟酒店开着，所以经过的人才会交头接耳摇头晃脑，不像小区门口扫码区那里一本正经，恨不得将眼睛也包在一个巨型面罩里。这家烟酒店的存在也许暗示着人们，人无法活成一个不断升级的机器人，不能像手机从2G升级到5G，人还是人，吃喝拉撒睡从古至今都没有改变，人没有生出两只翅膀也没有多长出两只眼睛，人还是无法不靠食物活着。

　　陈茵在花妖部落这家店里坐着，等着雨烟出现，又因为一路走过，不由就思考起这些店面来。文具店肯定要吃亏的，学生不来，学校不开学，租金今年未必赚得够，虽然政府鼓励减免房租，不过连着好几个月如果经济负增长，那年利润当然是赔的。以前店主还雇着两个小姑娘，上次陈茵去买笔芯，发现老板自己上阵了。可见雇小姑娘的钱是紧张的，不让小姑娘来了。隔壁这水果店人家，近期做起了网购生意，小区人家很多加进了店主建的群，就连陈茵也被拉进去了。前一两个月可能是赔的，近期街市上人来人往流动起来，但很多人能不出门的还是不出门，这家的盈利应该还是好的，水果还是要吃嘛。生活要继续，饭不得不吃，菜不得不买，水果也得买。人们不大出门，就大鱼大肉吃起，鱼和肉都大涨，水果也跟着涨，毕竟长上去的肉要减点下来，还得靠水果来续命。水果店店主是一对中年夫妻，已经由年初的苦瓜脸变成笑眯眯的草莓脸了，说明生意还不错。至于烟酒小店，前面说了一直没有停,他家生意应该也是大涨,毕竟附近很多人圈在房子里不抽烟不喝酒混不下去,最方便就是到这里买。

疫情虽然是可怕的,但因为吃喝没有受到太大影响,人们关在房子里工作也是三天打鱼两天晒网,对吃无比热爱起来。毕竟,人生在世,吃喝二字,疫情更是刺激了人的食欲,在网上新闻里就可以看出来,朋友圈也一样,很多人成了大厨,三月训练一个厨师,何况疫情已经持续近五个月了。就连那些不去上学的中学生和大学生也一下子变成了厨师,很多人在晒呢,雨烟那样玉手纤纤两手不沾阳春水的人,也居然给她晒起了自己做的面包烤的牛排以及自己包的牛肉馅饺子呢。陈茵手艺不好,但她总觉得自己不怕脏不怕累,一直蓬头垢面,做饭应该比穿得就像模特儿走秀的雨烟好很多,想不到一个假期,单从朋友圈里雨烟发的食物品相说,雨烟已经是赛过她了。只想一下她就有点自卑。她们俩都喜欢吃榴莲比萨,近期,雨烟都说等出了疫期邀请她去她家吃榴莲比萨,她来烤。看来雨烟把这个也学会了。

雨烟上一次恋爱还在不久前,分手时闹死闹活,那时候男朋友经常挑剔她的一点,就是下个厨煮个面也只会方便面,想不到雨烟进步这么快,还向她普及"下厨房"等App,以及热切推荐一款叫小美的炒菜家具,说是做着饭就可以看电子图谱……关在房子里真是可以培养本事。但明明雨烟这段时间借着工作名义到处跑,并没有多少时间,然而人家就是学会了嘛,许是约会少了。平日里,雨烟总是有很多异性朋友,这个是请客吃饭的,那个是陪玩的,另一个呢,陪游泳的,此外一个呢,替她遛猫洗猫的,其他呢,不顺心时负责解闷的。除过雨烟那次谈得最认真却最崩溃的一段,其他,所有,皆可算得心应手,要星星不给月亮,雨烟算是幸福的人。可惜了经历了那么一次,让雨烟不像以前活泼了。不能不说,在此之前,甚至现在,陈茵是羡慕雨烟的,甚至嫉妒,她觉得自己从来没有过那样的青春,一天都没有过,就老了。但说起年轻时候,也曾经爱过那么一场。雨烟经常安慰她:"女人嘛,吃好睡好,谈恋爱总是好的,健身养颜。"大约是雨烟没有吃过肝肠寸断的爱情的亏,只享过爱情的甜,有过一些烦闷,也当是闹剧,可以很快就释怀的。男人嘛,不行就换一个。这是雨烟的口头禅。对于寻找男人,雨烟一直有很强的积极性,甚至将寻找男人发展为了主业,工作只是个副业。从认识雨烟,雨烟就在寻找那么一个"正确"的男人的路上,她要那么一点爱,不行,要那么一点钱。她已经从大学时代晃晃悠悠的二十岁,一路寻到了三十岁。"正确"的男人没有寻到,"不准确"的却有无数,然而她看男人的经验倒是增长了不少,因此她把寻找"正确"的男人当作乐趣。

烟酒店过来是一家饭店——川菜馆,接着是一家推拿店,然后是美容养生馆、希望中医门诊、菜鸟驿站、中国银行、新黎明眼镜、邮局……反正,这条街两边几乎都是这样的店铺,衣食住行医疗都有,基本生活补给没有任何问题,肯定还有几家培训机构,几家卖鞋子和衣服的店,几家化妆品专卖店。这是一条学子路,年轻的学子是要口红,要面膜,要咖啡馆,要酒吧,要饭馆,要杜蕾斯的店,还要英语培训、驾校培训的……所有年轻学子们需要的,这里肯定找得到。对,还有照相馆,以及廉价的小宾馆,可以随时开和退的钟点房,至于原因,大家都懂得,年轻人嘛,旺盛的荷尔蒙,又没有多少钱又需要那么一点欢爱,总该有个满足的地方。陈茵以前很喜欢这条街,她觉得自己还年轻,走在这条街上就如自带微风,让人有一种轻松感。不过近半年以来,店铺都换成了清一色黑底白字方条形招牌。电视剧里有"水村山郭酒旗风",到现在去出名的古镇上玩亦如此,彩旗飘飘飘出一种灵动和特色。而黑底白字方条形招牌像什么?冥街,不能不说让人很反感。加上因着疫情巷道清寂,夜里站在小区门口一望,满街萧瑟。

上一次约会还在年前,雨烟说这一排街道瘆得慌,可能就因为店招牌,她要求以后换地方见面。而陈茵,笑说自己家庭条件没有雨烟好,换不起房子,这一方面是实情,另一方面,她在这地方住久了,又不喜欢随便搬家。不过也附和,下次到雨烟的地盘去。雨烟三天两头挪窝,陈茵总不知她在哪里住着。雨烟爸爸从小重男轻女,就不大搭理她,但对她最大的爱就是可以让她自由地在这座城市的东西南北飘,因为她爸有太多的房子随时可能房租到期允许女儿搬入。雨烟说她爸现在最大的难题就是如何把她嫁出去,因此全力支持她谈恋爱,疫情期间专门还给她搬了一次房子,为让她在新房子里住得便利,老两口每周周末都去给她塞满冰箱,做一堆吃喝。做母亲的对雨烟的婚事更上心,曾经还拿了一个狱警的照片给她看,让她与人家相亲,那家伙比雨烟大十五岁,一看就平时训斥犯人惯了,不笑,是哼将;笑,就成了哈将。反正是哼哈二将的表情。雨烟气得和她妈吵过几次架呢,奈何她妈说,这样的人才长得安全,保护得了自己的女人。做生意的父母最喜欢的是有一份稳定工作的人,他们觉得体面,何况狱警说出来真是威武,端国家碗吃国家饭,如果努力点,地方的八宝山也就是南山那一块风水宝地,死后住进去不是没有可能。雨烟说:"住在八宝山也是他们羡慕的。"当雨烟将这事说给陈茵听的时候，又气又嗔。她说父母做生意惯了，虽然手头有点钱，但朝中无人，凡事看人脸色，就无比羡慕那种吃国家饭当国家仆人的公务员，觉得他们即使是个小片警，也甚是威武。

也许正因为这样，雨烟后来才饥不择食慌不择路地找了那么一个男人，差点还领了证。她上一次见雨烟的时候雨烟还在那场恋情里修坝补堤呢，眼睛哭得如一只红眼家兔，虽然已经物色了一个新的在手机里养着，但明显旧伤未痊愈。毕竟，当时快过年了，女人容易做年终总结，开始于春天的爱情到秋天已经幻灭断尽，冬天挫骨扬灰，灰烬在快过年时还胀着人的一双眼。雨烟那时候觉得自己活成了一场笑话，请帖都发出去了，伴娘也找好了，亲戚、同学、同事、领导、老师、朋友都在她朋友圈看到了要办喜事的甜蜜。但，忽然间就晴天霹雳了，祸不单行，坏消息连连，厄运不断。开始还想着补救呢，毕竟都不算什么大事，能扛就扛，后来才发现，一个坑比一个坑更大，接着坑与坑相接成了汪洋和深渊，她觉得自己再也没有力气驾舟远行，到那个人身边去。毕竟，生命要紧，她很怕自己应了算命先生的话，不走桃花运，却有桃花命，要知道，桃花命是短暂的，甚至有性命之忧。

雨烟以前姓任，从母姓，因为在她母亲生到第三个孩子时舅母还没有生出孩子，医院检测说舅母生不了，为了不让家里人从姓氏上断子绝孙，雨烟出生时候就叫任雨烟了，父亲爱好苏东坡的诗，起的名字，随的母亲姓。是在她好几岁之后，舅母才生了小孩子，父亲就在她上一年级的时候将雨烟的姓由任改成了王，以致学生时代，很多同学叫雨烟为《天龙八部》里的那个神仙姐姐，因为音同那个漂亮的为多情公子段誉所爱的美女叫王语嫣。雨烟长得美，被同学们起哄，她也觉得姓王比姓任开心。雨烟雨烟，父母起名为让她"一蓑烟雨任平生"，是让她烟雨任平生的，没有想到暗示了爱情和婚姻的不吉。桃花烟雨，烟雨多了哪有啥好事？喜欢算卦的老祖母，给她到寺庙里也算了一卦，说她桃花命，暗里多疾，婚姻多灾，至少得两次。具体求来的字样是这样的："八字庚金生丑月，多婚姻，伤官伤尽，水生木为魂，大运逆行向西，西行之水不能还魂，只能在人间回荡。"因为庙里求的签，即使不吉，也不能否定，祖母经常给她去自己信奉的庙里上香，为的是求她的吉祥。祖母自己没有生女儿，而雨烟又是父母随意练手生的第三个孩子，自小和祖母在一起的时间很多，几乎由祖母带到读书年龄。可惜还没有等到雨烟大学毕业祖母就去世了，雨烟一直记挂着祖母，也记挂着她为自己求来的签，即使不大吉祥，也因着祖母的庇佑，她总觉得自己是被爱着的。

"那么，这算一次吧？"在微信聊天记录里，雨烟问陈茵。陈茵大学时代读历史，一度转中文系，对于《易经》略有了解，学生时代也给这个占卜帮那个算卦，经常打卦问神。以前单位里好几个人经她打过，好坏都应验了，所以很多人信她，雨烟也是知道的。陈茵离职了，雨烟还听单位的人说过："太聪明不好，像陈茵，三十多了不结婚，却还经常测算别人的姻缘，可能是反噬了。"那段时间单位里好几个中老年女同事喜欢看宫廷剧和古装剧，经常用"应劫""反噬"这些词。很亲密的朋友，陈茵是不算的，她自己也几乎不给自己算命，命是天机，不可泄露，好往往未必，差则像一种暗示。她总劝关系亲密的朋友和亲戚不要随意算命，一个人命是有限制的，但运则可以转，尽人事听天命，凡事不必太过强求。

2

陈茵与王雨烟认识五年了，她们以前只要有时间就约在这家咖啡馆见面，喝茶，吃饭（必点榴莲比萨），聊天，细细理一下生活，回顾不见面的日子两个人在做什么。前面好像已经说过了，她们以前短暂地做过同事，做同事时彼此猜忌，关系并不是很好。陈茵从单位里辞职之后，她们倒成了无话不谈的密友。平日里，也其实并不是不知道对方发生了什么，毕竟还可以通过电话和微信说事呢，一般大事打电话，心事都是语音。女人嘛，总是有很多心事。王雨烟最喜欢谈的是她的恋爱，说起来总能荡气回肠。也确实，生活里能让女人荡气回肠的也就衣食和男人了，男人是女人的另一种食粮，可硬可软，可咸可甜。这是陈茵的话。陈茵呢，比王雨烟大几岁，比起漂亮的王雨烟，算是没有什么故事的女人，但她是个热衷于听故事的人，尤其恋爱故事。这就是所谓的八卦吧，不漂亮的女人热爱八卦，漂亮的女人把自己活成别人的八卦。陈茵喜欢听八卦，也喜欢谈八卦，她喜欢王雨烟，一是她长得漂亮，二是她总实话实说，所以需要见面，因为见面谈八卦更能谈得酣畅淋漓。王雨烟在这点上真是对得住陈茵的好奇，她们认识五年零三个月了，五年零三个月来在这里陈茵听过好多王雨烟的恋爱故事。雨烟上一次的爱情，还是大半年以前的事情了，具体来说，开始是在一年多以前，但分手是在大半年以前。

那段恋情，王雨烟光分手就持续了六七个月，陈茵还见过那个男人呢，比王雨烟小三岁，叫叶梁辰，名字就像当下那些奶油演员，大约是父母喜欢看韩剧的原因，不过，人如其名，实在是长得好。陈茵喜欢听恋爱故事，但不喜欢恋爱故事有好结果，所以在王雨烟与叶梁辰有间隙的时候，陈茵就鼓励了好几次：分，赶快分。其实她有一个暗暗的目的，分了手王雨烟就可以谈另一段感情了，她就可以听新的故事了。她三十五岁，像所有三十多岁没有热情谈恋爱但性格已经变得很古怪的大龄剩女，嘴巴上和人说话很尖酸刻薄，单位里的人经常被她伤着，但是王雨烟似乎并不在乎，甚至很享受她的毒舌。这时代，朋友圈都是相互彰显互相吹捧的，能遇上一个说真话的人难得，所以她们算是惺惺相惜。王雨烟在一个体制内的单位里工作，每日就是做规划，如何下乡给穷人分配救济物资。因着这份"救死扶伤"的工作，王雨烟从来说话滴水不漏老成稳重，按理来说她是比陈茵小五六岁的，还不到三十，但她在人前明显比陈茵社会经验成熟。陈茵嘛，市图书馆的员工，大学毕业换过几次工作，都是合同工，后来见市图书馆考试招人，有编制，就辞职报培训班考到了这个事业编制，准备一张饭票是打定主意要吃到退休，再不换了。毕竟，这份工作虽然工资不高，但工作量并不大，而且旱涝保收，和人交谈提起也觉得体面。陈茵喜欢看书，图书馆的书显然是够的，但她更喜欢看活人这本书，尤其是恋爱，缺什么补什么，她因为上了年纪加上自身懒散就没有多少人追求，但王雨烟不一样，王雨烟总是手头有资源。

　　陈茵三十多了，并没有什么朋友，二十多岁时的朋友，结了婚多分道扬镳了，没有了共同话题，随着可说话的人越来越少，她放开眼光找起未结婚的人来。二十多岁由于年轻，大多同龄人都还未生育，大家又因为年轻精力旺盛，经常可以吃吃喝喝聊聊，失恋也像是热闹的演出，有人陪着。三十多岁可就不行了，尤其是身边朋友同学及同事多有娃相伴，周末总是送孩子去辅导班。一个人，出入酒吧或咖啡馆，如果没有朋友或家人相陪，明显就有点孤家寡人的味道，似乎四十岁会更甚（她有时庆幸自己好在没到四十岁）。但也许五十多岁就不一样了，五十多岁及往后的年龄，一切都是活过了的，一个人下馆子吃饭逛街也看起来是正常的。最怕青年转中年这一段，忽然之间，前后望，连个喝酒喝茶的都不好找。异性同学同事也不是没有，很容易被人家的老婆盯住找上门，虽然可能不被问责，但盘根究底的寒暄终究不好受。

一个人自己家里没有马，总有偷马的嫌疑，婚姻嘛，不过就是给马上嚼子，男女都一样，签字盖章。结婚证是什么？无非给自己找个牢头。但一加一看起来就是比一大，如果再生两个娃，就更是可以制造祥和的五好家庭关系图。单身女性不结婚，过了三十岁，拿起手机，一一翻通讯录，真没有几个人可以找。尤其租房子和搬房子，这时节更会发现，形单影只，结了婚的同事和同学，就像贴了符上了封条，不要随便开启，是容易有血光之灾的，尤其当你还不准备接手，更可能是个麻烦，一不小心砸了缸，面包都不稳。可能因为社交圈不大，交往的人不多，可以喊出来吃吃饭聊聊天的朋友越来越少，所以，陈茵生怕王雨烟嫁出去自己的世界只剩下她一个老剩女，因此老劝王雨烟分手。但是，在上上上一次见过叶梁辰之后，陈茵改变了看法，不鼓励王雨烟分手了。倒是王雨烟，一遍遍倾诉，甚至半夜里打语音或视频通话哭诉，说是爱情再也坚持不下去了。那时候，王雨烟都已经和叶梁辰同居了，两个人都见过了双方家长。说到见家长，陈茵在这点上总觉得理解不了王雨烟，因为王雨烟每谈一段感情，最先做的事情就是尽快公开，接着买礼物见家长见朋友，她把这种做法叫"买猪看圈"。

说定的时间已经过了半小时，十寸的榴莲比萨都吃掉一半，快完全饱了，王雨烟还不来。平日里陈茵不喜欢催人，虽然已经被放了半小时鸽子，但她还是担心雨烟是不是遇到了什么事。上次的恋情在最后分手时差点成了一场暴力事件，有两三个月的样子雨烟告诉陈茵，要随时留意她在微信里发出的求救信息。开始当然是鼓励她报警的，但叶梁辰并没有做什么呀。他只是一次次哭闹祈求下跪而已，也说了狠话的，要杀了她全家。那时候两个人还只是吵架初期，王雨烟心并没有生寒意，还只是想以吵闹的形式收服一个男人，不想他有什么花花草草。

没有办法，又坐了一个小时，看了无数次时间，王雨烟还是不来，打电话也没有人接，陈茵本来留着肚子吃点其他东西的想法已经被多塞进去的两块榴莲比萨填满了，嘴里都是干饼的味道。年前减了八斤，好不容易瘦到五十六公斤了，结果一场疫情，直接冲破一百二。每次和王雨烟出去买衣服和做头发，无论是碰到小哥哥还是小姐姐，好话都被王雨烟收了。陈茵也不是没有逼着自己减肥过，美丑不论，体检报告单都说了，健康应该与身高体重成正比，超过正常体重二十四斤是不正常的，她已经踩线了。一年一次的单位体检，一年一次的心惊，高尿酸、高血脂、高血糖……让她一次次心跳加速。单位同事每次见她都说长圆了，害她不得不厚着一张脸，说"圆脸好，圆脸福气"。但也不是没有遇到好心的大姐们，私下里拉着她的手叮嘱："捯饬捯饬，收拾一下，出去相个亲，也还是有希望的。"她也配合她们对她的人道主义关怀，诉说着前次相了个小儿麻痹症患者，人家嫌弃父母没有养老金吹了；前前次还相亲了一个痛风患者，脚指头都出黑点了，吃饭点了个醪糟汤圆，还又加了一盘爆炒肥肠，结果还没有离地儿，就被人家说她不会关心人；当然还有前前前次，相亲遇上的是男人的妈妈和姐姐，男人出国留学十年了，眼看着不想回国发展，但做母亲的想找一个良善的女人把他拴回来，也许还有别的打算……总之都是故事，陈茵也乐于给她们讲故事。人嘛，生在这个世界无非笑笑别人，让别人再笑笑自己，她愿意当那个笑话，因为这些笑话并不伤筋动骨，无非脸面上过不去，但三四十岁的女人，不婚不育，要什么脸面，早点扯下脸上的面具给人看还显得真诚。

　　倒是身体，这是要注意的，毕竟一个人无人照顾。上了三十岁才每年认真体检的，但不体检不知道，一体检吓一跳。二十多岁各种指数不稳定说是年轻，新陈代谢较快，三十多岁，那是开始衰老的节奏，不注意饮食是会死人的。新的单位里，有女人例行公事做体检，见别人加钱做宫检，一查，有癌变征兆，疏忽了几个月，然后再查就晚期了。陈茵不能不说是佩服雨烟的，宫颈癌的疫苗还没有排队派发到这座旧都，她已经飞到香港打过了。雨烟还兴师动众想冻卵，一直鼓动父母投资，但父母想把她嫁出去，一直没有答应。她说女人要为自己争取好处，不然连父母都是偏向的。雨烟的父母重男轻女，但待她也不薄，将她一路培养到硕士毕业，虽然名下没有以她的名义买房子，但她也是想住哪套住哪套。"你应该理解你父母。"陈茵知道她的家庭情况，也见过她母亲，去她家吃过饭。但雨烟并不如此认为，她说陈茵无法体会那种不被重视的尴尬，有吃有喝但排行榜上永远靠后，仿佛哥哥姐姐是正常求来的，她则是附带赠送，就像交话费送手机壳，也或者其他形式的买二赠一，那个"一"原本可有可无，存在也是为了衬托。雨烟说自己的命不该是衬托命，而是主角命。亲情靠不住，那就爱情补。她从懂爱情以来就已经在寻寻觅觅了，也有十年了吧，她想要寻得自己的如意郎君，钱和爱都不输于母亲欣赏的姐姐，而且，人要帅，这才是回击了父母。

也许，这就是她为什么会栽在叶梁辰手上的原因。叶梁辰是她在市小学就认识的同学，那时候已经很出类拔萃了，多年来她看着他在同学群里耀眼地闪烁着，并没有多少欲望争取，因为喜欢他的人太多了。但当硕士毕业她又回到出生地的这座旧都工作，校友群里遇上叶梁辰搭上话之后，她的眼睛亮了。大多学生时代的帅哥长坏了，但叶梁辰没有长残也没有长歪，他就如一株白杨一样一路狂奔长到了一米九，还因为可能经常健身显得特别挺拔瘦削。当大多数同学由十多岁时的麻秆到二十八九岁时长出啤酒肚鱼尾纹以及一脸平庸的戾气，叶梁辰除了面色苍白一点，一切都好，肚子更是没有任何一点赘余，是衣服架子。大唐不夜城的照相馆里还放着叶梁辰的照片，作为照相馆成果的展示，日日夜夜在放大的相框里受着来往的人的膜拜。恋爱时，王雨烟经常会和人讲这些。大家都说她不是找了个男朋友，应该是找了块"小鲜肉"。

与学生时代就暗恋的叶梁辰取得联系后，甚至没有什么过渡，王雨烟立即就蹬了当时已经见过家长、老家是安徽、已经在南京买了房、工作也在南京的硕士时候恋爱的男同学。她觉得与叶梁辰比，简直是天上地下，不过关的首先是容貌，没有对比就没有后悔，一个男人身高才一米七，应该归入雌类，其次是钱财。两个人辛辛苦苦谈了几年恋爱，毕业因为工作分了手，再后来忍受不住相思的痛又联系上（可能也是新欢太差所以回头），王雨烟明明觉得自己已经是委屈了的，也感动于硕士同班同学每次从南京到旧都千里而行又是高铁又是地铁的奔跑，都已经禀报过父母和各自的亲朋好友了，但开始商定彩礼的时候，男同学居然说："我出房子，你问你父母陪嫁出什么？"男同学贷款在南京购置了一套房子，说得好好的，用来结婚的，想不到居然成了向她提陪嫁的条件。

在此之前，双方父母还没有见过，但王雨烟已经去过男同学的安徽老家了，在宣城，就是那"相看两不厌，只有敬亭山"的地方，去了当然也爬了敬亭山。同学父母倒是憨厚，但不是同学所说的双职工，母亲是家庭妇女，不上班，以父亲为中心。而同学爸爸呢，在车行里开出租，至多是个领班。但是，这么多年的恋爱生涯里，王雨烟向陈茵说："他可是营造了一副自己是皇亲国戚的架势。"那是陈茵向王雨烟吐槽一个单位女同事给她介绍对象时，王雨烟分享的自己的悲惨故事。陈茵被介绍的那个人，第一次在同事家"无意"碰上就觉得太夸张了。他可能囿于自己被家里找关系塞进某个有名单位的原因，不好意思炫耀自己不上档次的学历和单位的辉煌，就翻着照片一个劲地给同事看他和哪个哪个要人拍照的图片，不厌其烦一张又一张介绍，像是做产品说明，又像是在进行临时演讲。事后才知，他做过马院的老师，经常要出席各种活动，认识一些政要，混张照片自然是熟门熟路的。

这一套把戏陈茵实在是再熟悉不过了，以前和王雨烟混迹在以慈善为名的那家公家单位，不是没有想着以工龄和勤劳换取个终身饭碗。但初入职新人得受培训，其中来做讲座的一位老教授，在做报告时不无得意地炫耀,自己的手握过某位政要的手,这为以后敢于辞职奠基了,因为和请这样的人来做报告的人做同事让他领导还不如去图书馆当个扫地僧,即使混成了有编制的正式员工,也会想到这一幕如吃了鸡毛。她对图书馆在学生时代就非常热衷了,想着以后再不济就去做个图书管理员,每天不必和那些握过政要的手的人们进行废话。图书馆嘛,开开玻璃通通风,然后就是将书归类上架下架,再就是采购引进。想不到后来在三十岁出头碰上了这么个机会,简直是梦想成真。要是再迟几年,超过三十五岁,很多单位就不能进去了。一些事业单位,二十七岁已经是限制了,因为新人好培养,年轻人身体活络,培养到三十几岁可以当大梁用。而一个人若是经常换工作,自身还没啥硬背景和拿得出手的本领,三十五岁一过,都是废柴了,私人企业里面这时候也当劳力用,而不是当智力用。

社会对女人的审美也是如此,出了三十豆腐渣,过了三十五一夜之间冷落车马稀。嫁人似乎是王道,因为生育而赢得年轻,繁殖力让年轻复制在了下一代身上。而如果一个女性不嫁人,过了三十五,就是一幅走动的《清明上河图》,故事精彩,人人都想指点指点。然而,如果结婚了不生孩子,一个空置的子宫比不结婚更容易引发人们进行故事设计。不过,有面包就不怕了,人言可畏,也不过是某一个非常时期,只要耳朵装聋眼睛装瞎,一个人总会活下去,人世种种皆当修炼,要无所住而生其心。这是陈茵的想法,不能代表广大女性。

陈茵不明白,王雨烟那么聪明一个人,为什么就在男人这根衰残树根上要吊死呢。她每次出场,热衷说的不是这个男人就是那个男人,男人似乎是她生命的全部。然而陈茵又觉得自己理解,至少应该试图去理解。不过,她觉得自己这辈子是没这本事了,她也不希望自己有个下辈子等着谁。一切就如此了,凡是太尽,缘分势必早尽。

她打定主意了,如果王雨烟来,一定要和王雨烟说这句话,不管她明白不明白,都要说。一个女人二十岁念男人,三十岁念男人,四十岁可能奔波在失意和诅咒男人的路上,五十岁叹息自己逝去的青春。太可怕了。不如就如此吧,就放过自己吧。然而,当她仿佛看见是王雨烟明明丽丽穿着一件亮黄色薄衫下身一条银色流苏裙、脚蹬一双白色凉拖,松散着及腰长发走进来,她还是又一次对她生出了羡慕。离离原上草,能够去爱一个人想要去爱一个人终究是好的,爱是生命之光、快乐之源,让人焕发活力……世俗的这些词这些话,爱似乎可以发电,可以发热,可以发光,爱就是万能就是一切的句子,忽然间仿佛像是真的了,而不再是一种修辞。她也爱她的明媚,爱她的妩媚,所以愿意坐在这里等着她,吸吮她的年轻她的活力让自己枯井般的内心觉察到生机的流动。世俗是热闹的,热闹是新的鲜的新鲜的,就要那样的明丽,那样的张扬,那样爱得激烈哭得痛苦,就要爱吃,爱钱,爱男人……

3

当陈茵站起来准备迎接王雨烟,才发现她并没有朝老地方走过来,而是走向了靠窗的一排,那里已经有个年轻扎领带的男士起立了。陈茵知道,认错人了,不过是另一个美女。

美女与美女总是相仿的，当这个与王雨烟相像的长腿美女进入咖啡馆的时候，仿佛蓬荜生辉，房间里那些本来还躲疫情坐得远远的人，就像接受了灯光的照射，所有眼睛全部旋转盯着假王雨烟所在的那一桌，以至于那一桌那个打着领带穿得齐齐整整、个子中等偏上但童山濯濯的年轻男士显得就像只庞大的癞蛤蟆，关键他还满脸大痘，皮肤又黑。隔着好几张桌子陈茵都看见他手臂上长长的毛。

陈茵和王雨烟约见，一般都坐进门一路走到底最右面靠墙的桌子，陈茵靠墙而坐，王雨烟通常对向她。她非常喜欢那个位置，只要没有人，就坐在那里。并排还有一桌座位，然后由一排低矮的木色栏杆做隔离，与这两桌高台对应的下面又有三四排。靠墙一排后墙都是书，店铺入门左右两面墙是书，门这边的墙则摆放各种饰物，门边有棵发财树，旁边挂着一件大蓑衣，墙上还挂着农人下地的大竹编草帽。与门相对的另一面是圆弧形吧台，吧台后可以站两个人，负责结账，旁边是一截比较宽的木楼梯，上去是二楼了，幽静，可以远眺街面。一楼固定位置被人坐了之后，陈茵一般会选择去二楼。王雨烟哪里都可，她见多识广，不会给自己固定座位，觉得不同座位有不同的感觉。但陈茵习惯了，进店找座位，必然找一处背靠墙面的角落，最好对着可以出入的门。这样可以眼观六路，知道入门的是谁，也可以观察旁边的角落，而不至于自己成为被观察的对象。王雨烟曾经讲她这是缺乏安全感的表现，说坐在角落里容易被人忽视，而且靠着墙一角，有个火灾地震也不容易夺门而出，如果要安全，最好是入门的地方，通风，又凉快，随时可以出去进来。这样的细节可能也是导向生活选择的，所以，陈茵觉得自己的生活比起王雨烟来，缺乏源头活水，是一潭死水了。所以，她还是期待见王雨烟的，即使她有事，那也还是等吧，说不定她来呢。整个疫情期间几乎见不了什么人，就买菜取快递，无可深入交谈者，让她颇为想念王雨烟，她真期待王雨烟出现，说说她最近的生活呢。

随着假王雨烟出现，陈茵将目光移到了门那边，居然发现入门的墙上，钉着一只展翅的猫头鹰，看得出，已经是标本了。翅膀展开，又大又漂亮，鹰眼还大睁着，但显然已经不会转动了。但因为隔得远，陈茵觉得那鹰炯炯有神盯着她呢，把她吓了一跳。这如果不是过年的杰作，应该属于疫情后期的杰作；如果不是辟邪请的神物，就是老板的特殊癖好。和一直摆放的巨大蓑衣一样，这些东西让陈茵既觉得害怕又觉得亲切。她前几年下乡扶贫，在村庄里见过很多当地人打回来的大山鸡，羽毛简直太好看，比孔雀毛还丰富，她在女性的旗袍专卖店里看到过很多觉得丰富的颜色，但是比起各种山鸡的羽毛，简直不可比。山鸡的羽毛颜色太丰富了，仿佛每一片都展示着神迹。上苍给它们穿上神衣，让它们在山头舞蹈，没有想到被贪婪的人类捕杀。

陈茵对色彩太敏感了，她读的并不是绘画系，而是人类学专业，大学毕业被分到一个山区寺庙里绘制了好几个月那褪色的佛像，古寺的庙宇高，坐在高大的梯子顶端，往弓形墙顶涂抹各种颜色，给那些断胳膊少胭脂的菩萨补妆，当然也绘制祥云，还有环绕着云飞的各色鸟儿、仙子……深夜里，寺庙旁除了管理委员会的一排两层常年只有过节和领导检查时才开的房子，就只有陈茵和一个看管寺庙物件的老头了。那时候陈茵才二十多岁，在大城市读惯了书，毕业被分配到小县城帮助进行修缮寺庙，整理古籍，日子真是寂寞。她那时候并没有什么审美意识，每天黄昏夜上，一个人离开寺庙去往寺庙管理办那排房子（她临时被安排住在那里），只觉得像个出家人一样要把青春过尽了。想不到，现在坐在城市一角的店铺里等人吃饭聊天，忽然想起那时候长长远远的寂寞来，她觉得架在梯子上给神仙补妆的自己那么远，那么专注，又那么庄严。她想起那时候的生活，觉得眼下被疫情困着的生活像也不值一过，还是那时候好呀，有飞鸟可绘，白云缭绕，还有神仙在笔下头顶陪伴，人生寂寞，却寂寞得有滋有味。鹰的翅膀闪闪发光，巫术一般，似乎上面有很多眼睛在眨开又闭合……这种迷幻的景象一旦步入人脑，陈茵立即就想到了许多亡灵，整个春天，太多的呼号出现在新闻视频里，每个人似乎都听得见那震颤，但对普通人来说，还是要吃，要穿，要爱，所以要复工，要上学，情人要见面，朋友要见面……

只要不被死神带走，人还是要按吃喝拉撒的方式醒来睡去睡去醒来，每个人还是活在自己的爱恨情仇悲欢离合里。而那些死去的人呢？是钉在心上的标本，每个人一生中都收集着那么几个，每个人都会被记住他的人收集，这些标本或拥挤或分散，放在内心的某个地方，放在很多人的回忆里。多么漂亮的颜色呀！王雨烟来的话，要让她看，要指给她发现那些眼睛。如果外面的人看得到屋里的景象，一定会驻足，但街道上的人不可能看到，因为张着翅膀的大猫头鹰被钉在入门上方的地方，背向他们的方向。即使店里的人，如果不是空虚无聊四处无法安放自己的眼睛和心神，也不会注意到。它在人的头顶上方永远张着翅膀飞着，不知疲倦，不知疼痛，睁着眼扇着翅膀飞着，飞呀飞，飞过大山和海洋，飞过一片又一片的云朵，飞进人的梦里，飞成一片朦胧的海洋……

夜上了，街灯忽明忽暗，陈茵不知道自己等了多久，身边桌子已经空了好几桌，但也有新的人进入。她觉得即使雨烟不来也好。本来还有点怪雨烟，疫情期间约了人还不出现，但现在，一个人旁若无人地坐在一家饮食店里一下午，仿佛是从生活里偷来的，她喜欢这样的灵魂旅游。疫情以来，终日在一种生命慌张和网络喧嚣里虚度，很多日子没有这样与自己静坐了，虽然，平日里自己也是一个人，然而平日里的一个人和疫情里的一个人不同，常态和非常态不同，疫情最终会让生活回到常态，但那留下的阴影会制造距离，会出现新的常态，一些东西确实是会改变了的，甚至，包括爱的期待。

上一次见面，雨烟还在那场可能结婚却没有结的羞耻情绪里压抑着自己，而这一次，在微信里，雨烟说要告诉她三月桃花开般的好消息，她就知道雨烟又恋爱了，新的恋爱，还不是过年前见面她连对方都不介绍的随遇而安的恋爱。幸好雨烟没有结婚，否则疫情期间离婚率太高，国家怕年轻的荷尔蒙影响稳定，陈茵前几天看了一个视频，说是国家出台了《民法典》草案，离婚要经过"冷静三十天""抉择三十天"的温和过渡，这样两个月就过去了，然后，只要有人不同意离婚或任何一方不到场，还是离不了。本来离婚对很多人来说就顾虑重重，结果居然还设置了一个冷静期。比以往离婚困难了很多。陈茵有时候想，将男女组合为单位方便管控，应该是最早的统治者的发明。发明这个管理方式的绝对是个聪明人，其聪明程度不亚于建造伊甸园的上帝。

疫情期间，店里不闻管弦声，平时这家店夜里还有驻唱，经常还有演出，吃饭的人可以点歌也可以献唱，现在却似乎满店萧瑟了，店员明显减少了许多，只三个年轻人，两女一男，一个负责收费的女孩在吧台前低着头玩手机，仅有的男孩负责楼上，似乎闲极无聊，不断在楼梯间来回；负责楼下的另一个女孩也在店里走来走去，她穿着圆领草莓图案连衣裙，完全是夏天模样了，走路像是飘着，漂亮的脸似笑非笑，衬托得她的有雀斑的半边脸仿佛成了一种故意化出的艺术。雀斑长在中年妇女脸上，总让人想到生育的污秽；年轻女孩子，明明艳艳，一张粉红的唇欲张还合，写满邀请的诱惑，偶尔飘出那么几声低婉的哼唱，雀斑也成了另一种妩媚了，仿佛在山上，朵朵花开……她大约也知道自己的雀斑也是美的，所以并不试图用白色粉底遮掩，这点和别的总将自己的脸涂抹成一面白墙的其他大多数女人不同。青春是那样的漫长和寂寞，陈茵想起自己年轻的二十多岁，爱一个人爱得那么惆怅，像把一辈子过尽了。从来就未能像雨烟这样翻山越岭，一山过去又一山，明明已经是谷底了，她却总能离离原上草，一岁一枯荣。

雨烟上一次的爱情，眼看着就修成正果了——如果说婚姻是爱情的正果，那就已经离正果一步之遥了。当然，也有人说婚姻是爱情的坟墓，但雨烟说了，女性解放少说也百年了，对现代人来说，买好墓地也可以自由玩耍，尤其是对上了年纪的女人，买好墓地可以更自由地玩耍，睡不负责任的觉，睡成自由主义，平时还可以借着婚姻的名义，让人扫墓、让人上供、让人献花献水果。虽然说是这样，但前次隔着两个多月近三个月未见，雨烟还是为那场退婚瘦了好几斤。她说她咽不下的是那口气，感觉终日打雁被雁啄了眼，怨恨着别人，后来也自我安慰说给陈茵听，她说是自己期待太过所以失望才越大，只怪自己用情太深了。

那两年，与硕士时代的男同学吊着因为各种原因无法结婚，也不是没有过一些其他的风流潇洒，为的是让自己放弃，所谓旧的不去新的不来。碰上叶梁辰，雨烟才觉得像是回到了单纯的中学时代，爱一个人只想着他，一整天或一整月或一整年，看他一眼也像获得了满足。

她没有料到的是，时间将一切改变了。飞翔的猫头鹰是猫头鹰，钉着作为标本的猫头鹰也是猫头鹰。后来的叶梁辰，接近于作为标本的猫头鹰，一切都还是原来的样貌，但一些东西说变就是变了。雨烟想象里的爱情应该是飞翔的，可以这样说，几乎所有女孩子想象里的爱情都是飞翔的，甚至所有的人，当然包括男人。但最后呢？爱情对一些人来说，钉在了墙上成了标本，或成了记忆的骨灰盒。这些人真是无能，但生活里有太多这样的失败者。

开始从微信里联系上小学时代就喜欢的叶梁辰，马上就见了面，因为连夜就浏览完了他的朋友圈，何况微博也是经常看的，他帅帅的样子还能看出幼年时候的样子，像很多明星，却又没有明星的那种做作，甚至还有那么一点羞怯。王雨烟说最喜欢的就是这感觉。联系上之后很快就知道他小时候也是喜欢"神仙姐姐"的，他告诉她，他把她微信和 QQ 备注都设置为了神仙妹妹。那时候两个人就一步之遥了。当然，他们交换了彼此这些年的爱情故事，雨烟告诉了他硕士阶段的那场恋爱，说分手已经大半年（其实是与叶梁辰联系上之后才彻底断绝的）。在故事版本里，叶梁辰被迫与几个喜欢自己的人交往过，因为不好意思拒绝嘛，怕伤害女孩子；只正式交往过一个，但已经分手了，因为自己妈妈不同意，而他又从小被母亲带大，是个孝子，关键女孩子还顶撞他母亲。

他说女朋友可以有很多，而妈只有一个，所以女朋友是可以换的。不过，他还说了很多那个女孩如何对他好的故事，寒夜里做饺子为了让他吃了出汗，因为怕他打球感冒了；夏天里为他换置大冰箱做冰激凌，为了让他消暑，包括自己生理期怕空调宁愿躲在被子里也不愿让他热着；春秋季节总记得他过敏，早早备起各种防霾防尘防花粉的口罩，各种颜色，以便配他的衣服。他说他现在还戴着前女友准备的口罩，而前女友两年前就已经生孩子了。他说前女友与他分手后很快就赌气结了婚，生了孩子还找过他，说是后悔了，但他说："一个家庭，我父亲又死得早，我知道没有父亲是怎样的悲凉，所以拒绝了她提复合。"最后，他给雨烟发过来，"也许还是没有那么爱，所以她才去结婚"。

那时候陈茵还和王雨烟在一个单位，她就像个叽叽喳喳的小女孩，啥都是给她看给她说的，征询她的意见。也就是那段时间陈茵离职考的市图书馆的岗位。她以为他们会结婚，毕竟学生时代他是她的流川枫，她是他梦境里的苍井空，一路安慰着他走进成年。他说那时候由于是单亲家庭，虽然父亲亡故留下了一些钱，家里生意由舅舅打理，在舅舅手底下讨生活，又担心母亲再嫁，总觉得自卑，加上偏科，自己并不觉得学习好，所以不敢向她表白，但心里有她确实很多年。

这时候的叶梁辰，在一家理财公司担任顾问总监，前几年还很景气，但近年不景气，所以不去上海的总公司上班，就在旧都待着。这是他给王雨烟的说法。当他开着车来接王雨烟的时候，王雨烟说自己被他高大帅气的样子彻底征服了。也就是在这家花妖部落，陈茵见到了叶梁辰，确实是一个容易让女人心甘情愿委身的男人，简直太帅了。"谁家陌上少年，足风流。"看到之后还劝说过雨烟，要珍惜。她那时候担心的是这样帅气甚至有点妖艳的男孩子是不是同性恋。因为她发现叶梁辰耳孔上打着个耳钉，她以前二十多岁常常到酒吧喝酒，知道部分男同酒吧不被欢迎进入，那里面出来的男士多打一个耳孔戴一个闪光的耳钉做身份标记，以示同类人认识。陈茵提醒王雨烟好几次，每次都遭到王雨烟强烈解释："没问题，那方面没有问题。"

他们在一起之后就常常出去旅游了，原因是待在房间里叶梁辰说不舍得王雨烟做饭，他说要带着她见多识广，还说要给她也买辆三十多万的车，和自己的一样，但不能买成越野，自己的奔驰越野五十多万，马力足。对女孩子来说，太快是不安全的，不如小马力。他常常带雨烟看车子，给雨烟增长了很多车子的知识。当然，他也常常给雨烟分析时下的财政问题。不过，雨烟学的是文科，并不懂这些，觉得崇拜他。让雨烟唯一不舒服的地方，就是他太大男子主义了，每天深夜里打游戏，也要雨烟陪着，又不好好吃饭。但她放心的一点，就是叶梁辰有很好的安全意识，经常去医院做检查。

热恋期很快就过了，但他的宠爱让她停不下来，她只觉得自己爱他，爱就要好好规划两个人一起的生活。他们再次联系上很快就住一起了，认为是良缘，所以从一开头就筹划着结婚生子。出去旅游过了，玩也玩累了，她还不敢辞去工作，总觉得幸福来得太突然，要等等，但已经在备孕了。单位里的活有时忙有时闲，一般忙半年闲半年。很快就遇上了她得经常出差的秋冬。连着好几日，她太累了，只想睡觉，第二天经常一早还得下乡。而他叶梁辰总是深夜里打网络游戏，理财公司最近几年因为受 P2P（网络借款）没落影响，并不景气，但他通过炒股还可以保持以前的收入,所以认为日子要悠闲地过。

关于经济,王雨烟也是盘查过了,他名下至少有三套房子,还不带他母亲名下的,两套在市中心,一套就在著名的大唐不夜城旁边不远的南湖边,是套按揭的别墅,一个月就两万呢;一套是住着的这套。另一套,他母亲住着,嫁出去的妹妹偶尔回去。她觉得他是有本事的,年纪轻轻就实现了财务自由,但晚睡是不好的,影响健康。于是开始管他,而有管就有吵,他认为自己玩游戏又没有耽误赚钱,耽误生活,只是调节一下压力。有辩解就有冷战,以及床上的突然和好。他后来甚至拿床事来冷淡她,逼她退让,他说玩游戏才证明一个人活着,否则一个人活得太过正确每天兢兢业业地上班和做人们认为正确的事太累了。雨烟说他的理论总是一套又一套,自己讲不过他。

东西已经搬在一起了,她还特别买了两个很好看的大书架,理科生书并不太多,但她文科,有很多以前看过的书没有扔,还要看。她觉得这些吵闹都不是本质上的问题,本质上在于他们是相爱的,相爱的人才容易吵架,不是冤家不聚头。他骄傲于自己的妻子是硕士生,有志向,一边工作还一边想考博,尽管说了生了孩子可能耽误考试,但他说他会全力支持,只需要她做他的神仙妹妹就是了。看得出他是幸福的,经常带着她参加同学会,骄傲于自己把他们心中的"神仙姐姐"追到手。因为睡眠不好总是为玩游戏争吵,听起来不过小打小闹,这时候,王雨烟还是觉得自己的爱情没问题,只是方式尚待改变。

一切都是幸福的,所以无所顾忌地筹备着婚礼,等待着怀孕。两家家长已经见过了,唯一不满意的是她父亲嫌弃他家有家族糖尿病史,生孩子可能会遗传。但是,爱到深处,这不是问题,做女儿的说现代人很多有慢性病，医疗那么发达，可以控制。他是个特别会哄丈母娘的人，经常说："就喜欢阿姨做的饭，好吃。"他经常给她买衣服，也会让她给她妈顺便带几件，说是一家人了，不必分内外。他经常开了车子带她回她妈妈家吃饭，即使她想在外面吃，他也还是会买了各种菜蔬带了她回家吃，美其名曰："你家有家庭气息，爱吃妈妈做的饭。"私下里，他们称呼对方的亲戚已经和对方一样了。

4

原以为是美满爱情，可以走向婚姻的坟墓的那种，但结果很快就有了隔阂。那一阵子王雨烟经常找陈茵诉苦，她说分手对她最大的影响就是浪费了大半年，那么不舍。等一切到了严重的程度，所有人都不看好，她还在努力想着不让事态崩溃，不让他们那么快结束，总觉得似乎还可以忍，不就是一点小争吵嘛。直到看到更大的可以吞没她让她夜里睡觉都觉得颤抖的深渊……

那段时间她努力做个好女人，当然是男人眼中那种好女人。她每天认真打扫厨房，还努力对着视频学习烹调，虽然她觉得做家务是愚钝的。可是她不知道做什么会让一切更好一些，总比自责好，她爱一个男人，愿意为他受苦。瞒着叶梁辰，她轻松办理了留职停薪申请，放弃了原来安稳有序的生活，不过是为了保住一份突然而来的惊喜，因为，她怀孕了。她还不想把这件事太快地告诉叶梁辰，因为马上就是他的生日了，何况婚礼的日子也几乎定了就在下一个月里，两三个日子待选，等着他舅舅和她父母请的算命先生定最终的日子。她想给他一个惊喜。事后很久她还觉得惊讶，这种牺牲对于在工作年代做惯公主梦的自己，简直不可想象。她一直以为可以通过胎儿脱胎换骨，过上想过的生活……生活教会了她，更该专注于工作、房子，尤其是生活本身，而不是哪个男人，以及腹中的胎儿。

工作会有的，生活还可以等一等，有了爱就去追，就好好珍惜。那时候，为了肚子里的一个孩子，她如此认为，也如此做了。

这些都是陈茵离职以后发生的事，等再次听到的时候他们已经在闹了，只是生活琐事，糖尿病加晚睡打游戏，闹着分手找个说和者，所以其中一个找到了她的闺蜜。王雨烟还暗里叮嘱陈茵不要说得过分，男朋友改了就行，不要伤了人家面子。那次见面也只是当朋友见面，王雨烟约了陈茵，顺便带了自己的男朋友。是后来，不久的后来才出的其他事。但对王雨烟来说，像是过了几辈子，才发现所有甜蜜是个骗局。他的身体居然是那样的，而这一切，他从来都是轻描淡写的。如果不是她无意中通过自己看了多年的牙医获知，她的家人也完全置身于前线，不亚于一场自己家庭的新冠危机。

孩子曾经在她的子宫里生长，为了出来，一天天扩大，占据着它在世界的面积。未成型的人，据说可以当动物，因为还不知性别。那个孩子，最初就像是青蛙的前身，蝌蚪一样的胚胎，连形状都是没有的，她一天天喂养，让它来撑破她的心脏，想象里撑破她的阴部。一个英俊的男人，挺拔的身材，宽阔的背，眼看着就是她的丈夫了。她已经把结婚的消息告诉了每一个人。可是他的安排太烦琐了，烦琐得像补办一场葬礼。这对一个怀孕却还没有告诉男友的女人未免有点残忍。不过她认为这是对她的在乎，毕竟一辈子只出嫁一次。结果真是让人绝望呀！

　　事情其实说简单并不简单，但说来太过狗血，简直像是抖音里热衷于营销的人士乐于派发的小视频，充满搞笑和巧合。王雨烟介绍了自己的牙医给男朋友叶梁辰，她事先并没有告知他自己与牙医的关系，因为异性朋友嘛，而且又不是真有什么身体之交，但避忌于叶梁辰像所有结婚了的男人，恨不得自己的女人从幼儿园养到大一路没有见过别的男人。所以，她只是公事公办，介绍一个医院风评很好的牙医给叶梁辰，让叶梁辰去看突然肿起来的牙龈。她忙着下乡扶贫，搜集资料，就没有跟着去。等她在微信上看到牙医（她给叶梁辰的是牙医的电话）给他发过来的一切，还是震惊了。牙医曾经追过她，但鉴于牙医似乎有家室，而且她根本不喜欢他的长相，所以从未有发展。但他是知名的，她用自己现在洁白整齐而曾经一塌糊涂又黄又臭的牙齿验证过他的医术，所以才一直没有断联，每次治疗牙齿必去他主持的科室。不能不说牙医没有坏心，但报告是明显的，牙医告知她叶梁辰有乙肝，而且怀疑他还患有性病，建议她也去做检查。答案已经很明显了。他的医术让他对很多事一眼即明，对她却不想很仔细地解释。他说让她自己去寻找答案。

　　那个月简直过得太艰难了，是王雨烟生命里最艰难的一个月。她急于求证一切，但也明白撕裂的只是一个口子，追究下去会裂变，形成一个深渊，如果不注意，她甚至她整个家庭都会被吞没。最主要的，是自己腹中的胎儿。她颤抖地坐在乡间农人家自己用竹子编制的小椅子上，第一次感觉到人生那般惶恐，那么荒诞。她没有想到网上的剧情会发生在自己身上，那些总是在知乎或在其他网站页面上关于男女的狗血故事，大多充满算计，想不到同样的故事发生在自己身上。首先要做的当然是检查，问题是，如何向父母说出，他们最近一直以她为自豪，认为她马上得嫁良人，他们还准备赶快抱下一代，这样，三个孩子都有了子女，他们就完成了他们的传承任务。

这时候，王雨烟恐惧的还有另一方面，她突然记起了一次吵架，他说她敢离开他他就杀了她全家，笑着说的，她以为是开玩笑，因为电视里正出现那样的新闻。他还问她："你怕不怕？"她问他："你我是你我的事情，和我家人何干？"他说是她家人没有教好她，当然要付出代价。最后哄她说是吓唬她的，因为想都无法想她会离开他。他说如果她离开他，他就去把她和别的男人杀了，然后自杀，一定要和她在一起。她那时候还以为一个人爱着自己，爱得要去杀人，爱得要和自己一起死去，心里又害怕又幸福呢。深深地拥抱他，亲吻他，然后彼此赌咒发誓不伤害任何人，一定要好好在一起。

当务之急当然是确定孩子的去留。当王雨烟回到家里，将一切禀告给父亲。父亲做出了决定，甚至没有问男方意见，就找人给她做了流产手术。他们也怕他闹，看得出，他们也是恐惧的。做女儿的非常愧疚，认为是自己将灾祸带给家里人。一家人很快去做了检查。

而这一边，为了稳住叶梁辰，还在断续继续着，趁他去他妈妈那里，王雨烟搬离了自己在乎的大多东西，然后回到了自己的家。那些时日她气得发抖，却还保持着最后的镇定。父亲这时候还是冷静的，平时重男轻女的父亲，大约也是在乎女儿生命的，对她说："生命要紧，其他一切咱们可以买。"不是不可以买，只是一些东西还是在乎的，沾满了成长的记忆，比如一些书，一些别人送的礼物，以及他 U 盘里保存的两个人互相亲吻抚摸对方的一些视频和照片。她带走的仅是自己的证件和相册。

还能说什么呢？他不是没有找上门，也不是没有恐吓过。后来她又恢复了上班，每天不再自己开车，而是由父亲或哥哥接送。她不是没有担心过他伤害家人，但又能有什么办法？

陈茵知道这一切的时候，事情已经彻底结束了。雨烟告诉她说自己一边充满恨意，一边还在留恋着两个人在一起的温存。她还说了，如果不是父母坚持，糖尿病加乙肝再加可能的性病，即使如此，她也还是这么快做不了这么干净的收鞘的。她迷恋他的温存他的帅气，也迷恋他的财富他的执拗，她觉得自己是他的。如果不是可能危及家人，她绝对不会回头。多年来一个不被重视的小女儿，即使如此，也不能把风暴引向家人，何况是他们养育了她，更何况如果出了什么问题，她根本无法对那个有可能被遗传的自己的孩子负责，最主要的是，她的下体也痒。好在在医院尽快做了排查，吃了一些药……到现在她还是经常去查。

这时候她才突然理解了他为什么经常去医院做各种检查。她几乎想要去恨他，把自己变成了一个和他一样的人。但曾经的甜蜜像山风海暴，夜里想起他的时候，还是忍不住一边颤抖一边想念。也不是没有给他找过理由，就如他所说，是他不舍得才隐瞒，何况他母亲和妹妹对她也是不满意的，他迷恋于她有个良好氛围的家庭，因为珍爱她，所以才推迟着坦诚告诉的时间。那么，孩子呢？哥哥和姐姐家的孩子，他们那么小，就很可能受无妄之灾……她想都不敢想。在回忆的场景里，她把他分为两个人，一个对她真诚有加体贴温柔，而另一个，则是个戏子。只有这样才可以接受回忆的分裂呀！

这是上一次见面，雨烟的原话，陈茵从来没有想到雨烟的生命会如此沉重。认识的时候，她还年轻，要爱要恋，要吃要美，要撒娇要自由。

陈茵以前羡慕雨烟，她总能哭哭啼啼扭转大局，但她要的太多了，既想要那么一点钱，又想要那么一点爱。这似乎注定了不可能。

而现在，半年过去了，在微信里，雨烟又开开心心热热闹闹起来，恢复了以前的乐观。她还和陈茵说正在努力学英语呢，以后多出国，能移民就移民，她觉得西方国家女性福利好，男人更尊重女性。她不明白的是，生活处处有陷阱。但有个远方总是好的，人都要相信未来，这样才可以让自己乐观下去。陈茵觉得自己应该学习雨烟，啥事都是可以过去的。

不必担心雨烟发生什么转折，她已经经历几次了，再分一次手，也无非就是个人历史上增添了一点风流韵事。其实，在五年前她认识雨烟那次就有这感觉，一切都会是重复，人生太无趣了，要不断砸缸。她需要来自生活的某种笃定，但又怕那种踏实，她从自己母亲以及姐姐和嫂子身上都看到了，简直太可怕。为了听到对自己"化妆术"的描述，各种有趣肉麻的奉承，以及享受某种亲吻带来的刺激和呻吟，她喜欢这样。

这次，她也许又会整理书柜，打扫房间，购买被褥，让一切整齐有序，看起来像一对新婚夫妇要过上幸福生活。每一次都是这样，王雨烟的每场爱情都像是重复，生活给她的教训从来不会是什么教训，人要乐观地活着。她记得雨烟问过她，上次，她喊着她的名字问她："你怎么能这样，你如何做到像个尼姑？"她说她老了，无法像雨烟每次恋爱都像是初恋。

5

也就是上一次，承受不住王雨烟的眼泪，陈茵也给她分享了自己的悲惨故事。曾经爱过那么一个人，很爱，非常爱，除却巫山不是云的爱，但最后，她发现自己只是他的游戏，他一而再再而三地重复自己的抛弃游戏，然后再回头来参观她如何为他悲伤。等这一切明白的时候，已经几年过去了。终于"狼来了"，陈茵不再接受那个人的调戏和出尔反尔，断绝了关系。但是，并没有忘记那个人。她已经换了城市生活，他来找她，她还见了一次。

最后还见了一次。陈茵对雨烟说。离上次相见隔了四年。他来找她。给她发了邮件，最后彼此通了电话。她记得他走向她的样子，还是那种情侣之间让人感觉要烧化了的眼神。他比以前多了很多陌生，脸就像被削了一层显得尖而薄，眼睛比以前显得浑浊。最突出的是他那双鞋，好几年了陈茵仍记得清楚，那是一双从底子到面子再到鞋带都为橘红的运动鞋子。陈茵记得他的脚尺码大，四四，那样一双鲜艳的橘红色鞋子穿在他脚上就像两只庞大的螃蟹在自主移动。他朝她走过来，带着某种幽怨地看着，那移动的橘红飘在她视线里，她觉得惊异，几年不见，他居然穿着这么怪异的一双鞋，和他整个传统的一身休闲服颇不搭。那双鞋子太嘻哈了，像是小孩子们才喜欢穿的鞋子，似乎稍微走一走，就可以反荧光。因为她下班迟了，明显晚于说定的时间半小时。她一直是给他发短信的，但看得出，他以为她是不想来了。他的眼神里责怪她来迟了。但两个人隔着几年的时间长河，怨责的话哪里说得出口？

　　他们并没有很快就拥抱亲吻，街头人来人往，她觉得自己已经不是那个见了他就扑上去的女人了。不知道为什么，看见他第一眼那种熟悉却又很陌生的感觉阻挡了她，也许是他穿的那双怪异的鞋子，后来的几天还是如此，无论两个人怎么靠近，她都觉得时间如河流滚滚而淌，尽管面对面但已经是隔岸的感觉了，几年不见，一千多个日日夜夜，长出了山又长出了海。她思念着他，无日无夜，无时无刻不，每时每刻都，但似乎又跟眼前的人毫无关系。等人的疲惫让他的脸上看起来挂满了霜雪，她看似体谅地想接过他手里的提包，因为他肩部还背着一个双肩包，她想他也许累了。但他拒绝了她。两个人手指轻微地触碰了一下。她觉得简直尴尬，仿佛菜市场上挤来挤去不小心碰触到了一个中年男人的身子，只觉得汗黏黏的不舒服。以前那么渴望他，看见他整个人就像要烧成舍利，现在却触摸到都觉得有点莫名其妙，甚至恶心。她瞬时给自己以解释，也许好久不接触男人了。

　　两个人很快找了一家店吃晚餐。她太饿了，才下班，连着好几个小时的工作让她疲惫不堪。但是，点的几个菜上来的时候她一点想吃的欲望都没有，只吃了几口酸辣土豆丝和青菜叶子。不过，喝着饭店的热茶，她初一眼看见他觉察到的不舒服感改变了很多。在那之前为着分手的最后几次见面，总是那感觉，突然之间，和他话不投机，她的胃就会降温，让她觉得疼痛。她向来不太反驳他的，都是他对。最后他忽然变了一个人似的逼迫她离开，就是不说分手，凌迟了她那么久。她做得最过分的事也许就是没有接受他骤然拉远的距离，而是一次次去找他，努力缩短两个人的物理距离。然而，真正当她接受分手的时候，他又来了。

她太累了，就在店里观察着其他食客，回答着他的问话。他问了很多琐事，她的工作，她的生活，她的薪水。他当然也说起了自己的，为了弥补时间的空白，他说自己的配偶，孩子考了又考的学，以及继续住在原来那个地方周围出现的环境变化，比如开了一家大商场，接通了地铁。他还问她的住宿情况，是不是像以前一样喜欢搬房子（认识他的那时候，她就在那座城市的东南西北飘，想住哪里住哪里。一个人东西少，房租反正也不多）。明显地，他看见她不大想说话，很认真地字斟句酌，尽量调节着语调，以显得亲热而不是冒犯，用来消解时间结起的冰。饭店临街，太嘈杂了，是那种随意的街头流水席的店，便宜实惠快捷，但指望卫生和幽静，就做梦吧。隔着街道的嘈杂声让他的话不那么明晰，却仍然一字字跳跃着进入她的耳朵。饭店的服务员是名十八九岁的小姑娘，一边拖着地一边看着他们，抿着嘴哼着。也许在猜测着他们的关系，也许在斟酌着如何告诉他们快点吃，要关门了。

两个人后来在夜的街上走，借着薄薄的路灯，才因为疲惫和旧情而让亲密一点点弥漫起来。充斥着两个人之间曾经天雷勾地火的确凿无疑的情欲，仿佛还有灰烬在起舞，但明显都已经感觉到一种错失感了。一些东西错过了，他来，并不是为挽回的，能看得出。他也许只是余情未了，想看看旧人过得如何，也许仅仅是路过她的城市。她连这些都不要想的。一切早在当初已惘然。

"有一件事情是确定的，"陈茵对雨烟说，"我在那之前和你现在差不多，不过比你年轻。从十多岁到二十多岁，我一直被身体里那种燃烧物折磨着，我都怀疑自己是个性瘾患者。即使没有人，我也总被那些念头充斥着。我也许比大多数人更理解飘荡的荷尔蒙是怎么回事。"雨烟把玩着自己的头发，盯着陈茵，认真听着她说话。雨烟有一袭长发,她又喜欢将黑发染成浅黄,而新长出来的头发是黑色的,这样在灯光下看来头发就制造了一种层次美,加上雨烟脸白,人瘦,鼻子高挺,眼睛又戴了美瞳,在灯光黯淡的咖啡厅眼睛忽闪忽闪的,显得流光溢彩。陈茵想到了自己的二十几岁,也曾经是明媚过几年的,即使不比现在的雨烟漂亮,但心里无牵无挂,人活得恣肆,想爱就爱。也曾经算是洒脱过那么几年的吧。现在想起,那时候仿佛隔世了。

陈茵接着说:"那时候和你现在一样,总渴望着抚摸和亲吻,就想着有一个人来和我谈恋爱。也许你过几年就不一样了,和我现在一样。"

雨烟正色道:"为什么呢?"

"或许是因为我年龄到了,也可能是那次伤了心,所以从此把色欲之事看开了。反正没有再持续几年那样高烧过,偶尔也有一些深夜里独处时的情不自禁,但完全可以自己解决。"

"嗯,自那之后,有一件事是确定的,我觉得生命里很多东西是空了的。你可能也知道,能看出来,我无论当时和你一起上班,还是现在上着的班,对工作我都是非常尽心的。但其实,尽心和尽心是不同的。很多人尽心工作是热爱工作,对于我,就像敲打木鱼一样,我感觉不到有什么冲动去做这件事,但也没有什么压力去做这件事,所有的工作,自那之后,你也知道,我变动过几次,后来才考了现在这个编制。对,自那之后,所有的工作,都和其他事情一样,变得空了,但我可以比以前更耐心更细致地做好了。还有对人,我也是更可以包容了,基本不会和哪个人再有任何冲突和再对哪个人发火。"是的。雨烟经常惊异陈茵怎么是这样一个人,她还好几次私下觉得要和陈茵学习呢,陈茵做事从来不风风火火，而是井然有序，陈茵更不会当众向任何人发火，即使陈茵离职了，单位里好多同事说起陈茵，还说那个合同工比现在这些有编制的人员干得好，有了编制就像有了护身符，现在的年轻人看似新潮，表格策划都做得好，但不如陈茵踏实认真，也不如陈茵安静低调。雨烟很多时候是嫉妒陈茵的，但她知道自己比陈茵长得好。朋友嘛，总是暗暗嫉妒又相互学习。

"这倒对你是好事，一个男人让你修行。"雨烟用手指抓了一块榴莲比萨，一边吞咽一边说。用好朋友之间互相揶揄的口吻，她接着说："那你的意思是以后无欲无求如修女了？"

"差不多吧。"陈茵也抓了一块榴莲比萨吃。

"很爱榴莲，这习惯倒保持了下来，那时候就一直喜欢吃，榴莲比萨，榴莲酥，榴莲蛋糕……似乎是一种留恋，对于实体倒无所谓了。不过，一些事你不知道，工作兢兢业业，做人也勤勤恳恳，只不过，心不在了。心不在了所以一切可以做好，就像梦游，整个人随时可以切换到一种机器状态，放空自己。佛教里有说无我无他，我有时候就是彻底退出了自我。反倒能把工作做到领导和同事们满意。"陈茵顿了下，喝了口咖啡馆赠送的柚子茶，接着说，"这一点你可要学我，不能每天只恋爱把面包忘记了。拿着面包向一个男人求爱总比你去夺人家面包强。"

"确实，经常感觉你不在状态，但觉得你万念皆空，对啥事都镇定。咱以前的同事都惋惜你离职呢，说你这个人就像定海神针，天塌下来也举手可以托住，只要有你大家都觉得做事也没有什么慌张的。"

"真的以后再没有找人？另外，真看不出你放浪形骸过。也想象不出你放浪形骸是什么样子。"

"找过。但不一样了。想到男人的身体不是渴望,不再是如十多岁二十多岁,身边坐着一个不错的男人就开始幻想,每个夜晚都活在无尽的想象里,而是接触哪一个男人都觉得恐惧。不是厌恶,是恐惧,没有任何渴望又不想让人失望的恐惧,还没有脱衣服就已经觉得抱歉和厌恶……更别说其他了。"

"这就是你这么多年一直不谈恋爱的原因?"当雨烟听完陈茵说出这段故事,问道。

"是。七年了。"

"你没有其他办法?或者吃吃药,也可能是生理性的,未必纯心理。"

"一些人是没有办法的。这不知是不是性别的原因。我这里无法将身体割裂,装作毫不相干。"接着陈茵低低地说,"他可以的。所以爱应该没有存在过。爱让我失去了这能力,如同一条发臭的死鱼……"

雨烟又建议:"去找找心理医生,说出来也许就不存在了。"

"嗯。也许你真正爱上了一个人,爱过一个人,就不会这样三天打鱼两天晒网了。"

雨烟说:"我不知道哪一种更幸福。是经历过,还是没有经历过?"

"你一直在找寻,也许会碰上。"

雨烟的手机屏幕亮了,她看了一下,笑着说新交的男朋友到了附近。她笑得很勉强。看得出,她还在期待那么一点爱期待那么一点钱的路上走着,风尘仆仆,却又毫不甘心,总觉得可能自己会被丘比特之箭射中呢。不过,那笑让她显得苍老而疲惫。陈茵结账的间隙,等着柜台人员扫码,心里推算着雨烟恰好三十岁了。过几年她也许就厌倦了这样的感情。不过她还是祝福她，心怀期待终是好的，每个人都要相信有那么一个未来，才可以走到明天。

才出门，就见雨烟风驰电掣地跑进店里。陈茵说："落下什么了吗？"雨烟边走向两个人刚才一起坐过的座椅边说："帽子放在了坐垫下。"雨烟人漂亮，平时出门道具也多，帽子、丝巾和墨镜是三件套，她说女人是要装扮装扮的，只有这样一般的男人才不敢下手，她说要给男人挑战。雨烟总有一个男人梦在那里，她对性对爱总要追求那么一个未来，这热情也是令人羡慕的。陈茵去推开旋转玻璃门的时候，雨烟已经跑到门边了，她说："让我先走，那人还在门口等着。回头我给你电话。"陈茵回答说好的时候，雨烟已经冲出门外了。一辆摩托正在门前的马路旁停着，看不清那个男子的脸，他戴着头盔，手里还托着一个。陈茵想这应该就是喊雨烟的男人。这个男人长得倒是高高的，但明显已经不是之前在花妖部落一起吃饭见过的那个了。雨烟笑笑地跑向他，然后戴起了他手里托着的另一个头盔，两个人低声细语说着话。摩托很快转了方向。看得出，雨烟还不打算向她介绍，陈茵想也许雨烟是不好意思，毕竟每次雷声大雨点小，好几次都见过对方父母了到最后仍然不能百年好合。

这也是上次相见的事情了。

6

那一天，直到花妖店铺关门（疫情期间才关门，以前通宵营业的，很多年轻人在那里看书谈恋爱，也有说心事的……），王雨烟一直没有出现。陈茵打了几次电话，都没有打通，短信和微信发了几次，甚至想QQ找王雨烟，但她知道一样找不到。她也许找了个男人一夜春宵睡过了头，忘记了和她的约会。也许喝了酒，也许找了个男人一起喝了酒一夜春宵，这两者并行不悖。因着以前的事，王雨烟一直心有不甘，她总觉得有好男人的，只是自己没有遇上，所以，她要趁着年轻多赶路，遇上自己的命中良人。"丘比特给每个人都牵了线，我们会遇上。"这是王雨烟说给陈茵的话，她鼓励陈茵也多参加社交，有梦想总是好的。

　　走在学子路上，由于靠近机场，不知是飞回来还是飞出去的飞机，在头顶盘旋，仿佛就在前方的高楼上空飞。因为离地面太近，陈茵总有一种担心，觉得那飞机可能砸下来。但她又觉得飞机飞得低让她快乐，每天有那么多飞机离开，去不同的地方，又有那么多飞机飞回来。飞机落地，总会带给很多在等待的人渴望。这一架飞机如果是回来的，那么有一些人就可以团聚了，有一些人就可以拥抱属于他们的快乐了。她为他们欣慰。总是有飞机去了又来。看见飞机总是忧伤的，但还是希望能看见，人总归要相信未来，才可以过到明天。她一路走一路想，不觉就走到了小区附近需要扫码进入的门口……

——原载《延安文学》2020年第6期

纸魂灵

坐在车上极目远眺，会看见很多小镇，就像盲肠的一部分，火车在大地的肚腹深处穿越。她想起那个小镇，不由自主感觉到心脏突然颤动。那个小镇的名字让她头疼，小镇在山谷里，一路盘旋着往山上去，不同的村庄，零零落落的房子，阳面阴面，一座又一座。她喜欢这样，像梦里飘着不知往哪里去，陌生的人，几乎不可能再次进入的车厢，沿途倒退的风景。她知道不该如此，但好几年了，总是那样的感觉，过着的不知是谁的生活，所以有空就出逃。对于拥有的一切，应该怀有美好的感激，体面的工作，还有一套房子被赠予，同事们也都算得上热心，重要的是没有孩子需半夜起来喂食，上班无非就是一周去几个小时……一切按理很好了。然而空气太干燥，她怀念湿热的南方，那些茂密的灌木丛，以及矮树上小小的鸟巢，还有一些随处溜达的小动物。在北方工作，总让她觉得缺失了什么东西，女娲炼石补天，也补不了之感，人生一些时候的无可奈何总会袭击过来。好处在于，大雪封山，哪里也去不了，一整个冬天，仿佛冬眠，长日无事，就在打盹处排练梦境。

现在，冰雪在融化，解冻了，疫情放松了，南方应该已经是春天，春色有梅花，还有春水，必须见一见，必须看一看，生命要活过来，要喘息。

被搁置的时光，目光所及是窗外远远近近的风景，以及，灰色皮黑色字做封面的一本书，半截子画在书封的下方，一截白墙掩映着层叠的木头房子，墙头杏花探出，楼上有一年轻妇人在望，楼下有一老妇踽踽独行。这本叫《金瓶梅》的书，偶然得来的。

二月里，收到快递送来的一套书，上下两册的《金瓶梅》，齐鲁书社一九九一年版，翻开书本，纸张泛黄，涌起了一种陈旧的激情。出门时想着带本什么书，扫眼而过，仿佛一种心应，那套书呼喊着带我带我，于是就带上。厚厚的书，上下册，占了四分之一的拖杆箱面积，然而并不拥挤，因为早就养成了那样的习惯，空空，一切空空，所以完全有的是地方。

书籍能改变一个人的命运，是最不亏本的事情。这是寄书的人在一次采访里提到的，采访发在一张报纸上，配着他背靠一墙书的照片，年年岁岁花相似，岁岁年年书一墙，在四堵墙的书房里，到处放满了书。当然，看的是微信公众号的图片以及他的视频的背景图。大多有点文化的人都这样，书是最好的门面装潢，占有书本就像占有知识，他们会获得奇特的安全感。

老师们常说那样的话，读万卷书，行万里路。她总想着行万里路，而不是读万卷书，苦行者有自己的悲哀和快活。

已经说了，《金瓶梅》是偶然来的，就像漂流瓶；寄书人也是偶然来的，网络世界的漂流。他来自一个海边的城市，海鸟群飞，碧空万里无云，看一眼就爱上了；因为爱着他照片里的海，所以近乎想去爱上一个男人，他说送礼物，就要了这套他所展示在桌面上的《金瓶梅》。

从出版日期就可以推出，他已经是读过了。可是纸张干净，除了泛黄之外，没有显示出任何被糟蹋的痕迹，当然没有签名，没有购书时间，没有恶俗的红章子。这样，把它放着，时间久了，说不定自己也会忘记来处。这样的好处在于，目光所及的一本书充满了书本之外的故事和念想。她习惯于这样，一本书引出一个故事或一个人。不会有其他人知道更多，只是自己的草蛇灰线。问一个人拿钱是俗气的，也太劳心，钱可以自己赚，一个人活着不需要太多，那么，只是书，也可以说是输，就像水过留痕雁过留声。她喜欢零落的感觉，喜欢自己是失败的，被抛弃了，生命在哀嚎，而哀嚎如同一种祈祷，不必被听见，也不必被看见，最终会在下落里浮起，反求诸己。在下者有在下者的骄傲，她习惯于此。只是书，不需要留住哪个人；只是输，不必留住哪段情。是生活教会她如何做减法而不是加法的，减法，把自己减成一堆灰烬，那还需要更多的时间。书可以随看随弃，天一阁也不过就一把火。人生最后的归宿，也在土与火之间，灰烬的上升与下落……

有很多书的人是贪婪的，她怕自己也形成那样的习惯；而且书太重，占太多的地方，她不喜欢，总是随意就弃置了。常年不断到处搬迁，太过重的东西是一种牵绊，她无师自通地实践着向空而行的艺术。那些有着实体重量的纸质书，不管有没有按序列被摆在书架上，都会制造一种恐惧——会不会忽然掉下来，比如地震的时候砸下来，也或者，有东西炸掉了，它们顺着砸头上。另外，防火防水防虫也是大事。那些一本又一本垒着的书，是一座又一座楼（如果用蚂蚁的眼光看），也可以说，是一座又一座标有作者的"坟茔",它们被读者收进房间,有些长久不问津。如果逢着搬迁,有的会被重新上架;有的,搁置在某个角落,终至下落不明,也不会被再次想起,就如被人忘记的一座座坟墓,最后又化为了纸浆,摊平成了大地,进行新的轮回。

少年时代,黄昏时分,每当躺在炕上或者坐在门槛上看书时,祖母就会对她说:"快把书放下,会要命的。"祖母对纸张充满敬畏,觉得看书要端端正正规规矩矩,而不是随意坐着躺着就翻开。祖母还有那样的习惯,每次当她获了奖会赶快将那奖状收起来,怕别人看见她的名字,怕别人不小心烧了她的名字,用剪刀也不行,仿佛会伤及她的真身。多年之后她为了赚点稿费在报刊上写起了文章,往往很不喜欢别人寄给她报纸,因为想到很多报纸会变成灰烬,上面有她的名字,而她自己也无法长久保留任何一样……即使她的第一本书出版,也还对印出名字心有余悸,觉得会被很多人读出,而"万人的嘴有毒"——这是祖母的原话。

她一直认为祖母那样说是蒙昧无知,山间乡野村妇的见识。可是她也很奇怪为什么自己暗暗支持这种见识,尽量不在任何地方过多地写下名字,包括照片,也是能删除就删除。随着年岁的增长,她逐渐明白那山野老妇的祖母虽不识字,但智慧过人,虽然她只会在鞋垫上绣出她的名字,虽然她只会用剪刀剪出自己的模样,但是她过早熟谙了纸张的危险,书本的恐惧,灰尘的怒吼,被命名物的可怕……

每一句,每一段,每一篇,每一本书,都是一种哀悼。当她每次在电视上看到有人沉痛地读着悼文,当她在一张张有质感的纸上看着一句句话,她就有这感觉——亡者阴魂不去。

很多人,他们留下的藏书不知道哪里去了。一部分可能进了图书馆（很多图书馆的书也总向外流），一部分被扔掉了，一部分呢？她不知道每一本书的命运，但文字则四四方方，被钉死在它们自身有形无形的格子里，是封闭而不是飞翔。她爱着文字，也爱着书，却总想着如何释放它们。不占有，也许并不是丢弃……

阳历二月的一天早上，她收到这个藏着《金瓶梅》的包裹，里面居然没有短笺，也没有夹着书签，上面写漂亮温润优美的话。三年前，从已经分掉的恋人处，拿得一本《世说新语》，书籍精美，还是新版，里面居然有书签，签字上还有手写的话：最是你眉眼一弯……重要的是，后面有单字的签名。和那个人分手后，细细想这些，才发现这种拐弯抹角的隐喻无处不在，壁垒分明又不发一语。虽然那本书在翻完之后还回去了，可那余留的感觉还在，仿佛一种警示。

她对已分手的恋人的房间并不了如指掌，却总是会突然进行想象。房间里放着哪些书，书架是怎样摆列的，冰箱里又存放着哪些食物。她记得曾经的时光，那时候租了房子住在他家对面的楼上，每天考虑着要不要对他的生活展开监控，而实际监视已经在进行，她脑海里随时想去周边不远的一条满是户外用品的商店购置望远镜。他晾晒在顶楼那猪肝红的床单，曾经像一面旗帜高高飞扬。那是一面胜利的沾满液体的旗帜，无论是眼泪还是体液，最后终于让她望而却步……

她和他第一次见面，是一次户外活动的巧遇。她没有心知肚明，但在分手后的日子里，靠着推算知道他趁着这样的活动之便，谈了一场又一场的闪电恋情，以此满足自己的虚荣，满足自己对"文明"的攫取。说出事实令人耻辱，但因爱贪婪的那个人又何其无辜？

三年是一段漫长的岁月。这三年，她离开他所在的那个城市，又离开了她被抛弃的那个城市。现在的城市他也曾经踏足。一切都被污染过了。她的伤心在时间和空间里藏着，所有一切都在提醒她曾经经历过怎样的悲伤。她对寄她《金瓶梅》的这个人几乎一无所知，唯一动心的地方就是他拍的那片海，两个人借着网络像老朋友叙旧一样，她在微信里告诉他搬城市搬房子的不舒服，不愿意购书的尴尬，当然，亦毫无保留地暴露她的孤陋寡闻，性与爱都是失败的⋯⋯她对那座海边的城市一无所知，脑海里仅有的一点认知也仅限于高中地理课上看地图那点模糊记忆。前次失恋之后，她一个人在大年夜买了飞往一个远岛的机票，如期飘落那里。当时迫切希望飞机能落在大海上，孤叶断雁，飘零，也无人惜从教坠。那样悲壮的想象在事后看来毫不值得，可是当时会想，每一个被爱情放弃的人都是可耻的。她在被弃的命运里远走他乡，也是一种自我放弃。这样的可耻怎么可以继续活着承受？

　　那南方海滩给予了她蓝天的广阔，海水的清碧，一日日，她沿着那座岛屿的堤岸不断溯流而上。忘记了是什么东西让她忽然想开了，不要死，不要跳海。也许是一望无际的无边无垠的海，也许是苍劲的浪，也或者，仅仅是渔人们在各个码头打捞起来的各种海中生物，让她感觉到她根本不能死，还有风景没看够⋯⋯这一切世间之物还让她惶惑不安，让她充满好奇，它们带给她的激情并不比她的恋人给她的少，甚至，更多。

　　她的恋人以他虚构的一场疾病，以及一封又一封放弃之后又追索的邮件，在抛弃里向她索要爱情。其实只是成年男人懂得世故的一场游戏，因为他不动声色地保持了他的生活，就连那场他打动她告诉她死亡随时可能袭来的疾病，也被事实证明是谎言。

一千多个日子过去了,他仍然健康地活着。如果为了证明他的话是真的,他就已经被死神带走。然而实际上,她更希望他活着,以此证明只是一场谎言,关于爱情的故事和传说,她还可以在别处掠得,或者,他没有,而她因给出而得到。

他也有一些书,以至她看他的东西,总不由自主落入别的书的情节里去,因为句子相仿情节相仿。也许这也是坍塌的原因,她从来没有给出他渴望的崇拜……她并不准确地了解他的阅读习惯,但是他亦炫耀过他的书房。他炫耀那些他所进入的光鲜明阔的书店,一些音乐和电影,以及认识的或死掉的人。

在文字里,他行礼如仪,一字一句地进行平庸的叙事。他对文学有隔世的抱负,说穿了和很多人的政治抱负一样,漫天的声誉可以隔着死亡远远传来。他一直追求那种文明世界里充斥着成功、名望和仪式的优渥生活。总而言之,城市生活,也就是符号化的生活,他得到了,早就可以体面地出现在新媒体和传统传媒的光鲜位置,却还希望在死后亦能"大展宏图"。她只是一个可能坍塌的借口和灾难,因此必须删除。他有严格的书写秩序,执行起来井然有序,他需要靠文字一笔一画把自己的境遇抬起来,就像那个掉入垃圾坑的驴子一样,他视一切为营养。她和他搜集的那些书本一样,也是可以摄取的,垫在脚下抬起自身的一部分垃圾,是可以被摄食然后抛弃的,废弃的材料,馊掉的水果,爬满虫卵的花朵……如大多数成功的人一样,在镜头里,他生活在极端化的秩序里,随时朝着鲜花盛开的地方行走,等待拍摄。他深谙于如何出镜,随时等待登上舞台享受掌声。他教她拍照要侧拍,要斜视不是正视,不要故意表现出对镜头的兴趣,显得像个乡巴佬。事实上,就地理位置客观划分,他是个乡巴佬,而她只是个村巴佬，一个乡巴佬对一个村巴佬进行造作的登台教育，他将这称之为艺术。也确实，城市生活几十年，他早就学会了如何拿腔作调装腔作势，如何有模有样做一个所谓"文化界名流"。

这一切，都像是一场有计有谋的策划。他还不忘给她许一个她并不需要的诺言，六十岁写传记，她是其中的一个章节，浑然忘记了在此之前他神神秘秘地对她进行算命师的宣讲：她只能活四十八岁。在这两者之后，他还对她进行他的爱情袭击和宣言，为她，他得了要命的疾病，随时可能死掉，根本就等不到四十八岁。

说这一切的时候，他浑身散发着一股悲戚，同时却因为她赋予的爱情，泛出几缕甜蜜。尽管现在这一切已经无从说起，但是想起这些她仍然能在耻辱之上感到柔情无限。甜蜜岁月不虚，她曾与他紧紧依偎，还记得贴着他的额头的感觉仿佛手掌找到了它自己觉得舒适的位置，记得他吃到好东西会像动物一样舔舐嘴唇，记得他突然像走了很远的路精疲力尽地向她索要力量。

开始，人们会很爱很爱一个人，接着呢，会在分开之后陷入绝望或失望。他也许死了，也许活着，这不重要。然后呢？再开始一段恋爱，或者，一切都累了，并不是因为还爱那个人，也已经没有了怨恨。不想再有任何作为。包括看见那个人的样子，也已经没有任何感觉，会思念，不期待，就想要个橡皮擦，一点一点抹除。

书写是一种修改还是涂抹？

现代社会，文学的苍穹熠熠闪光，到处是突起的明星，报纸杂志和网络，时时准备制造文学天才，文学奖项如一地鸡毛在飞舞，他还在跃跃欲试，说着《金瓶梅》，渴望《世说新语》的风流，写着想要隔世流传的文章……

她在南下的列车上，翻开手边这部很多年前出版的《金瓶梅》，涌起一种陈腐的激情，仿佛看见了很多纸上的魂灵，挣扎着，一步步走完自己的光阴。他如果活着，也会在文字里展开对她的编排，几美团圆排排坐，列数他的辉煌？今人会和前人一样，一把灰烬的热情在时光的隧道里等着，在此之前，熬更守夜，图谋瀑布般的掌声，人也会是战利品，爱也会是战利品。穿越山洞，一截截漆黑的隧道，昏暗的灯光，到哪里去呢？无所逃于天地之间，她的名字被污染了，亵渎过了，无法再干净了。世界缺乏唯一性，何为我？不区分就无亵渎。这是很好的安慰。被情欲围困的好几年岁月，像一把火燃到了尽头，所爱之人道成肉身，他以他的消失与疾病以及漫长时光里的草长莺飞，很好地叙述了何为苦集灭道。

一个又一个隧道，一片又一片山坡，一堆又一堆墓地，一个又一个小镇，远远的村落，是纪实也是写意，其实只是想说出，最后的最后，她去他从小长大的县城里，行经一个又一个小镇，坐在山坡上，猜测他由哪一片山头长出。那时候也是坐着这样的车，翻着不知是哪本书。反正总是有书的，她靠着读取文字当食物。

猝不及防，生活就是如此，无常即有常，她一直暗暗猜测，如今他埋在哪座山上，因为已经是三年三年又三年，人事不断变迁。给他如何的安排，在文字的尽头，是草青草黄又一年，还是得其所愿？给她自己呢？一次心不在焉的出行，最后在山村的尽头消失，多年之后是新闻上拴着链子的妇人？火车在前进，她想起最后一次去找他，去往他老家的县城，绕道一座又一座山峰，一个又一个村庄，独自一人……

一篇近乎精神失常的文字，断魂无依，不知在哪个醉酒的夜晚被发出。经年又经年之后，陌生编辑从收藏夹里无意拣出，也许是好奇故事的真实，加了微信问是散文还是小说，说可以改改。

　　浏览旧踪迹，陈腐泛酸的一段过往，居然还剩一抹徒劳的哀思，深悔当时的怨艾。火车驶入夜晚，长沟流月，仍然是此情深处。

　　《纸魂灵》创作谈：

　　很简短的文，一定的纪实与虚构，主要是追怀。有人建议说改改，于是有了小说的模样。当时正从东北出差三月回来不久，还徘徊在那样的冰天雪地里。禁不出门的日子，想到如果坐一列车，穿过一个又一个隧道，就可以见着一些风景，或者，一些人，至少能想起一些往事，多好。很多事，发生时的意义并不比回想时意义更显得清晰和重大，但其后，也只是一个人的事情了。辗转的旅途，不断挪移的列车，总会想起很多事，单独回忆是单独监禁，个人的心灵体验，无能为力却可以理所当然沉浸。这篇文章实际是哀悼之作。人到三十六七，不期而至的中年，一些人说走就走了。对于热爱文字的人，改头换面地写在小说里，一次次低回叹息。春山永如黛，碧草仍如烟，而那些活过的人，在心底想起，总会有不同的感喟。故事如果说有原型，无非是一个真实生命的陨落，但其实并没有多少爱恨情仇，两个人之间，一切都是谈不上的。然而，因为这个人，在最后辞世之前的几个月，联系过我，要见一面。当时年少，沉迷于间断的感情,以及年轻人的残忍,未能如其所愿。隔了很久,收到亡者消息,只是当时已惘然。"君埋泉下泥销骨,我寄人间雪满头",此后常有想起,不知如何安放。假借爱情故事来来去去,仿佛有萦回,实际只死亡是真的,情感不过移花接木李代桃僵。坐着车子去往郊外,隧道、山坡、墓地……无人问津的荒凉之所,刻录着世界的真实,平静而安详,令人想到一个词:漫山遍野。生命里有很多事无从探究,想起时那个人却在漫山遍野里回头,连山风都捎着故人消息。死亡不全然是悲剧,但肯定不能说是喜剧。一切东西,静下来的时候都有一种感伤,死亡只是明确将这种感伤延长。坐着车子,乘着梦,观光旅游,自身也游离于外,仿佛过着不知谁的生活,不知哪一世。文中"审判他人"让人羞耻,他省吾身,是怨别离而生的脆弱。实际每一种离别,皆如金蝉脱壳,生存曼妙里藏着生存的残酷。人生大限里各种小限,情多则怨,掀起文章的波澜,是书写策略也是人生实况。纸的命运能体现人生况味,写在纸上是一种对自我灵魂的拘役,无论做怎样的变形,总有个原形漂流。岁月忧伤而锦瑟无端,自况而况人,原也是无我无他,红笺已无色,音尘各悄然。涉笔成文,加想象的过滤,表达让曾经的断裂得到修复,近景成了远景,因朦胧而缱绻,还是感受到了一种仁慈的力量。缀网劳蛛,以是为创作谈。

——原载《莽原》2022 年第 3 期

寻人启事

1 上坟

走在乡间小径上,想到父亲 U 盘里的那份寻人启事,想到如果我也贴一张出去,是不是父亲就可能还会有消息?我想起高考的那年夏天,父亲的死亡,以及父亲的遗物,这一切似乎已经过了很久,像是过了很多年。

那是春节后的一天,典型的正月的雾霾天,潮湿灰暗,年前下了暴雨让乡村泥泞不堪,但是,过年那天终于停了,我就乘了火车,去了我童年总是一次次去的村庄。

此刻,我走在我父亲童年生活的村庄,去往他的墓地,那里还埋葬着前些年过世的爷爷、早逝的祖母和她的一个小儿子。位于大巴山脉的一个山谷,村庄还保持着中国典型的大山里的村庄的那种面貌,小小的村庄,从山上到山下分散地住着一些农户,房间里住的多是老弱病残,年轻人多出去打工了。现在正是过年时节,村里人比埋葬父亲骨灰的时候多了起来,但我没有在这个村庄固定生活过,因此大多不认识,也就无处可去。其实我可以去不远的镇子上的伯父或姑姑家的,但我和他们并不熟悉,熟悉他们的是父亲,已经去世了。我感到寒冷,在通往父亲墓地的小径上,我觉得自己的身体微微颤抖,于是不由自主地将手伸入了裤兜。这里,这个村庄,如果没有父亲,不会再和我有什么联系了,父亲在我出生之后就已经精心为我制造了一个新的身份,属于城市而不是农村,一切都和这里不同。而这里,埋下父亲的这片土地,似乎是我黑暗的前身,现在,我的目光不得不回到这里穿梭,回想父亲,或者,回想我自己的源头,毕竟,三年之内,身为儿子为死去的父亲上坟是一种习俗,我应该坚持。

这一带似乎很荒芜,春节刚过,山村还属于冬天,一切显得静寂又荒寒,这让父亲在我心中的形象也变得捉摸不定,不断变化,一会儿是慈祥的父亲,一会儿又显得陌生,一会儿不断高声说着话,一会儿又沉默如近旁的村庄。但这就是父亲,那些年的父亲,开始是索要,后来是祈求,再后来则是现在的万事方休。

我很高兴母亲没有来,新寡似乎让她的悲戚之色增了一种戏剧性,她显得呆滞而僵硬。自从父亲去世以后,她说话变得结结巴巴,表情迷茫而温顺,那么快由一个正常的家庭主妇切入悲伤寡妇的角色,让我还没有来得及适应过来。虽然已经过去好几个月了,可是我还是觉得自己无法与母亲一起面对父亲的墓地。也许正因为如此,母亲听从了我的劝说,没有跟着同行。

在一条小径上,一个男人正在抽旱烟,很多年没有见过这样的烟了。远远地,我认出他的姿势,爷爷也是这样卷烟的,我小时候父亲也这样卷烟。他把一撮烟叶用手指捏碎,平铺在一张纸上。我能闻到他正在吸烟的手指的味道,老年男性吸烟的姿势,和父亲一样，歪着脑袋。他身边坐着两个看起来比他老的老年男人，正在大声讨论着农村补贴和农业政策，扶贫计划，他们用方言说着一些名字，而我并不熟悉。在他们注意上我之后，我已经走开了，但明显，他们知道我是为父亲来上坟的，他们声音高亢地聊天，喊出了我爷爷的名字。此刻，在父亲的村庄，我感觉到一种亲密的感动。

父亲死后，返乡成了一种旅行，不再是归家。即便不是因着要给父亲上坟，我也喜欢这样清寂的悲伤或欢喜，似乎生命本身就是既悲伤又让人欢喜的。我迈着大步走在早春的日色中，感到自己仿佛在经历着一次冒险之旅。

我走在父亲村庄的小径上，不由自主地问着自己一句话："这是个怎样奇怪的小村？"这些年，他们过着狂飙式的生活，似乎和我父亲一样，村庄被放弃成为一座坟墓，彻底的死亡才是回归，却已经不再进行单纯的土葬了，那些死在外面的，就如我父亲，最终以一个骨灰盒的形式，运回了这里，如他所愿，埋在了祖父母的脚下。

山谷里，风把薄雪吹散，冷风钻入我的领口，我甚至听得见附近千尘河流动的声音，季节在这里行进得很快又很慢，又是冬天又是春天。我看不见这条河，但由于小时候每年过年回村拜年的记忆，我总想着这河的流水。环顾四周，一切都那么冷冷清清，只有一条河流可以带出生气。千尘河是从山上一路流往山下的，似乎是一种自主的流动，每一年，回到这里，我都能闻到它的气息。我父亲在这个叫作千尘村的小村落度过了他的青少年时期，他人生的第一份职业是在县城的中学谋得的，在千尘河的下游，也是在那里，认识了我母亲，孕育了我。

我叫希程子，父亲希腊，母亲程岩佳，顾名思义，希与程的儿子，我是他们的成果。我们曾经一起创造出一个幸福的家庭，我的整个童年时代，他们体面、优雅、受人尊敬，让我觉得我们的家庭是那么幸福，无忧无虑。我的未有幸出生的妹妹，他们就取的这样的名字，希程果，那时候已经不是这样了。好在作为一个胚胎，她不可能知道这些，也就不会有任何忧虑，谢天谢地。偶尔，这对夫妻也会叫我为果儿，在父亲的笔名里，他叫他自己也会叫程果。就如此。反正，我是他们的儿子，唯一存活的儿子。父亲死去的第一个年头，遵照母亲的嘱咐，我来给他上坟，来确定一种血缘的亲密或安慰。我母亲似乎在向什么人证明，父亲生是她的人死是她的坟，她在确认着这种身份。——我但愿这是我的敏感。然而，确实如此，父亲去世后的这几个月比父亲最后活着的这几年似乎更加明晰地存在于我母亲的生活中，她会时时说起父亲，和我，和我的女朋友（已分手），和亲戚朋友们，如同一种物品，她展示着她的使用权，包括在博客和微博，以及微信朋友圈，她一次次悼念，晒出他们早就泛黄的翻拍的结婚照，晒出父亲最后时光的照片，当然也晒出一家三口的合影。——赢得了太多的安慰和赞叹。——父亲死后，又一次印证了我们是一个健康幸福的家庭，就如平日的采访报道一样。母亲需要这样的明证。然而，一切都不是那么一回事。

我走在这条乡间小径上，时间仿佛凝固了，仿佛人生中的所有时刻，全部浓缩在这一刻，这个特殊的下午，一切不再有后续，不再有未来。确实，对于父亲，一切已成定局。他在土地之下，喘着气或者说着话，都无法改变活着的情况了。

2　遗物

我还记得那一幕，我手里握着父亲的骨灰盒，母亲在家属休息室等着，也就是在那里，透过一道蓝灰色门帘，父亲被升起，落入火炉。我去捡的骨灰，母亲说她已经没有力气。她也许恨他，但看得出，她不舍得他死去。

在这个三口之家共同的生活中，恶意早就不断攀升，但是有人离开还是彻底让人感觉到了打击。最后的一些年，父亲用郁郁寡欢来消耗着自己的生命，而他们的婚姻，也在以相互折磨来度过剩余的时光。然而，母亲的悲伤面容还是偶尔能袭击到我，她在父亲死去之后开始急速老下来，仿佛没有了对手，她不再需要坚持，一下子就显出了真正的挫败面容。

父亲生病的消息，是由母亲告诉我的，在我高考完要去入学的前一天晚上。母亲当时正在厨房杀一条鱼，案板上的鱼已经不跳了。准备给父亲补营养？我并不知道。我夜里和高中的同学道别，各道祝福回家之后，母亲一边刮鱼鳞，一边告诉了我父亲生病的消息——肌肉性萎缩。

父亲当时坐在客厅的椅子上，像一个客人，或一条案板上沉默的鱼。我被我这个新颖的比喻吓到了。很久以前，就听到父亲抱怨说腿疼，感觉右腿在不断变细。

从那天开始，父亲经常这样默默不语，每天像失去什么，无论是他还是我们，他一坐就是半天，陷入自己的忧伤，以及由忧伤而制造的沉默，至少在那一年的好长一段时间是如此的。但是，我母亲很快就怀孕了，他们说是无意怀上的，父母亲已四十多岁了，B超说是女胎，老来要得女，看得出喜悦。——最后胎儿夭折在了母亲的肚子里。但在我高考之前，父亲消失了三个多月，妈妈告诉我他出去进行社会实践搜集素材和资料了。我天天盼望着父亲回来，一百多天。

父亲去世后，他的一生从他的那些遗物里不断涌出来，比如穿过的衣服，写过的笔记本，甚至，剃过胡子的剃刀。父亲死后的好多天，我开始整理父亲的电脑，发现父亲U盘里的照片，由此想起了我高考的那一年。而这时候，父亲不必再在这个家里万事小心，不必再担心某一个电话，某一条短信，某个口袋里的一张车票，或者某张银行小票，某份邮件，所有这些在他来说曾经非常烦恼的问题不再是烦恼。他将这一切在他死后，不管是有意还是无意，摊开在了我面前。

单独的文件夹——宝宝，一个女人的照片，不是我的母亲，而是母亲的耻辱，她和我父亲，就这样一起出现在我视野里。一度，她让我们整个家庭蒙受灾难。他们的关系在我们的世界，是丑闻也是谎言，是欺骗，也是不入流，是坏，是恶……他们的关系当然也被社会排斥，摒弃在健康的社会之外。不过，他们曾经让我和母亲害怕，一整个晚上又一整个晚上失眠，让我和母亲相互拥抱着安慰，却不敢流下泪水。

我在卧室窗帘后面的拐角处，打开电脑，一张又一张看完了这些照片，那个女人的面容，我父亲的面容。仿佛这样，我才能确定那一年发生的一切是真的，而不是我的想象。一帧照片里，她坐在父亲身边，很年轻，很美，围着一条玫红色的披肩，不知道她施行了什么魔法，她的双手放在跷着腿的膝盖上，一条腿向着我父亲的方向，但那披肩却没有滑落。我觉得她很美，也许是映照着我父亲的衰老，我才会有这样的感觉。她那看起来一米六二三的个头，让她在父亲身体的陪衬下，显得像个还没有发育全的孩子，像是他的女儿。那时候父亲已经不再年轻，四十七八岁，岁月在他身上留下了明显的痕迹。而她，显得快乐又悲伤。和她后来日渐衰老却变得非常优雅的照片不一样，在这张还显得像孩子的照片上，她有的只是年轻的美丽，还缺乏岁月需要赋予的优雅从容，缺少那么一点成熟女子的韵味。

不得不说，这个女人的照片我以前就见过，熟悉又陌生。熟悉是因为我在父亲和母亲处都见过，在纸质和网络上都见过，陌生是因为居然有这么多不同年龄不同表情不同服装不同季节的照片，让我产生了一种说不清的嫉妒情绪。我从来没有问过父亲，当然也不敢问母亲，我知道他们都可能发脾气，关于这个女人，母亲解释："你父亲的那个……"在此之前，我没有也不可能如此详细安静地翻阅这个女人的照片，尽管我也有过一些好奇，想要更多地了解父亲的生活，但是这一切应该沉默。发生这样的事情的家庭通常都是沉默的。难道不是吗？随着时间流逝，一切都过去了，可是这段人为夭折的爱情，和自然死亡的生活不一样，它似乎一直潜伏在那里，就为了等待着日后进行突然袭击，就为了等待着今日的回访？准确地说，就像伤口感染，一直无法治愈，她躺在父亲的血液里，在他体内烧着她，最后她将他烧成了一堆骨灰。——不得不说，我知道，她也深受其害，一直没有恢复过来。父亲去世后，网络的照片上，我搜索过她，时胖时瘦，瘦时憔悴，胖时肿胀，已经开始显出中年女人的苍老，简历里，却仍然是一个人，未婚。也许，与父亲的那场恋情，父亲最后脱身回归家庭，对她也是一种致命打击。

照片里，他和她。我立刻就认出了那个女人。父亲穿着我穿过的那件蓝色半袖，像个长大了的孩子穿着还小一号的衣服。我首先认出这件衣服，才开始端详父亲的。穿着这件蓝色半袖的父亲在我的印象里和照片上完全是两个样子。父亲对一张又一张的照片都标注了时间和地点，能看得出父亲的用心，一种爱意的蔓延。这是父亲的爱情博物馆，一个私人的隐秘的纯真博物馆，一个可能被他毁掉却被他保留了下来的博物馆，一个不该为我所见的博物馆。

所有的孩子都会认为自己是因爱而生的，我也是，可是，我的高考呢？父亲缺位的那几个月，让我知道我的成长仅仅是一种生物性自然运作的结果，而不是爱的渴望和浇灌。想到这里我不得不重重地咽下一口唾沫。母亲比我明白，她负担得太多，她比我更受够了。她比我更知道父亲不值得外人那么尊敬，并不是外界所知道的那样光鲜无辜。不过，这是我们的家史，我们的秘密，不管别人知道多少，我们都要表现得一本正经。

我闭上眼睛，不知道是恨还是嫉妒，想让自己克服已经点开这个不该点开的文件夹的恐惧。父亲对我和母亲以及我们的合照从来没有这样，没有标注过时间和地点。在我的印象里他并不是个爱拍照片的人，他总是很抗拒很扭捏地站在那里，说照相是一种绑架。而现在，一个小小的文件夹，却是爱情存在的明证，显示了一切。

母亲在厨房里洗着碗,杯盏作响,她肯定不能看到这些,我小心地点击着,心里还这样想着,尽管我知道这样的镜头在她脑海里不知道想过多少次,但是亲眼所见会是毁灭。我的父亲已经去世,母亲还在生着病,而高考的那一年已经过去很久,我们早就恢复了截断的生活。不该让母亲看到这些,这是一个儿子的责任。

可是,我仍然愤怒,这不是我的父亲,不是我印象里的父亲,这是另一个男人,和我父亲完全一样的男人。因为,无论怎样说,人不可能什么都拥有,不可能既在场,又不在场,既忠实,又不忠实,既热恋着情人,又爱着妻子和儿子。不管怎样,我父亲不能同时既自由地做着一个女人的情人又自由地扮演着模范家庭的角色,他只能是一方面的囚徒。显然,不可能是情人的囚徒,那么,家庭则是他的牢狱。然而,是这样吗?我和母亲难道是他要逃脱的灾难?他曾经确实下过这样的审判,以行动的方式。

当父亲去世以后,我检阅了他的一切遗物,打开了这个U盘,我也打开了父亲的电脑。电脑里什么都没有,除了他的一些稿子,照片是被清除了的。但是,这个U盘揭露了一切,好几年了,也可以说好多年了,我记忆里那一年支离破碎的高考岁月。

——遗物令人颤抖,不管是留恋还是厌恶。

如所有体贴丈夫的女人,我高考那年暮春将要结束的一天下午,母亲在翻寻衣兜杂物准备给父亲洗衣服的时候,发现了车票和短笺,写给别人而不是她的。第一次发现,她的华彩她的乐章还属于别人,他需要这样的人世美满,也可以说是虚荣。她是那个可以被失去的人。她瞬间明白了两张车票的意味深长，像是一种宣誓，我母亲感觉到了背叛。

在那个下午，父亲离开了母亲，还有我们的猫咪（后来被邻居毒死了），住到了他的情人的家，一百零四天，他们在一起。在那个夏天里，我参加了高考，勉强考上了本市的一所二本院校，进了戏剧影视文学专业。那一年，我的高考没有父亲，我的生日也没有父亲，那一年，我的青春期结束了。进了大学，才似乎真正进了青春期。此前的一切，童年和青春，完全变了。我二十岁，首先是等待，等待夜晚，等待楼梯的脚步声，等待父亲开门。无眠的夜晚，三个多月，从初夏到盛夏。我想如果我死掉了，父亲这时候会不会回到家来，他会怎么样呢……以后的很多年，我总是这样设想，以至现在父亲死掉了，我还在想，如果我死在了父亲的前头，父亲会如何？是不是像我抱着他的骨灰盒一样抱着我的？在没有那个女人之前，我从来没有怀疑，自己是因爱而生的。在那之后，我不能确定自己是否因爱而生，但我知道，我不是因为爱而成长起来的，仅仅是出于生命本身的顺其自然而存活。不过我也不能否认，父亲有过一段时期好爸爸的形象，伴随着一系列美好的记忆，母亲在她的育儿记录里都收集着。比如，在小学六年里父亲会固定每周送我去弹钢琴；再比如为了让我有一个单间好好学习，父亲将自己的工作室由书房改到了客厅；还有那样温暖的系列，即使那一年，父亲在我生日之前仍然回到了我身边一小会，而我是在几年之后，那个女人发来的怨责短信里，知道我和她同一天生日。

然而，即使父亲后来回来了，实际上却仍然过着一种心在外面的生活。他不再是父亲，而是一个不得不回到那间七楼房子的客人。家中的宁静，走路蹭地的摩擦，以及偶尔的咳嗽和喘息，都会让三个人紧张。我和母亲似乎都在等待，有什么东西应该到来。但我们又都害怕。那样的深层恐惧，现在都还留着，以至从火葬场抱出父亲骨灰盒的时候，我突然生起那样的想法：再也没有人可以抢走父亲了。由此，我也理解了一些人的爱情，死去的爱人比活着更显得爱情完整，死亡完成了爱情最后的仪式。也许，这一点，母亲和我有类似的庆幸，至少，她在仪式上拥有父亲完整的骨灰盒，有一个可以哭泣的墓地。这样说也许是残酷的，但是，对于一个认为自己是因爱而生但成长期间开始怀疑这点的儿子来说，有一个死去的父亲总比有一个时时刻刻很可能被别的女人带走的父亲好。

鸟群在大巴山上徘徊，像是父亲对我的呼应。

下葬的时候，伯父们把父亲的骨灰盒放进一口简单的松木棺材里，说是这样可以尽快让他入土为安，腐化掉。

临终前父亲已经什么都吃不下了，不能走路，胳膊上输着液体，嘴巴大张着，克制着不要叫出来。

母亲在最后的葬礼上并没有怎么哭泣，我也没有。不过，夜里我为母亲那副茫然无措的样子落泪了，我们俩早就成了合作的难民，在我高考的那一年，就绑在了一起。父亲最后的死亡，像一种彻底的抛弃，但实际这样的抛弃动作，在父亲那次离家出走时我和母亲就已经体验过了。所谓回光返照，大约就是他最后的归来。——这样说自己的父亲让我难过，但真实的体验就是如此。无论你多么盼望一个人，当你体验了失去他的滋味，破镜无法重圆,第二次死亡不过是对第一次体验失去的再次重复。因此,我知道,我和母亲都可以扛过父亲的死亡,虽然这会艰难一点,过程充满眼泪,但这就是生活。

他像一个普通的村民,就那样被葬下了,一锹又一锹的土落在棺材上,发出音乐一般的敲击声。

生命垂危之际,父亲一共也没有说几句话,他的心早就闭上了。母亲对我说起父亲在夜里的呻吟,她问过他哪里疼,但她说他就是不说。母亲的声音仍然充满着惊慌,在父亲下葬的时候,和我以及伯父在坟头说到这些。伯父他们一致认为:"他在农村长大,很能抗疼。"没有人知道,我父母之间的隔阂,还有我和父亲的隔阂。我一直试图原谅父亲的,也问过自己,父亲做错了什么需要原谅?但我曾经那样痛苦地等待过父亲的归来,如此刻骨铭心,以至父亲的真正归来,失去了意义,太迟了,当时迟了,现在更迟了。

3 河上的尸骸

那些日子,经常重复这样的对话。

开始时几天,我感到自己的等待,就问我的母亲:"爸爸哪里去了?"

"下乡。"

是的,下乡。"可是太久了。"

"你为什么那么烦闷?"母亲问。

我说爸爸到底哪里去了。

"我怎么知道。"母亲说。

"你不是可以打电话吗？"

"你也可以。"母亲将她的手机推给我。

"以前爸爸也常常出门呀，为什么这次没有告诉我？我已经好几天不见他了。"

"我也不知道。"

这是最初的对话。我在屋子里走来走去，寻找着父亲，甚至打开了他们的卧室，巡查每一个角落。

父亲没有给我留下一句话，没有说什么，就如此，溜出了我们的生活，而我，最开始却在认真地等待。

那时候我是不会给父亲打电话的，都是母亲打，母亲是我们的联络人，我是一个高三的孩子，高三的男孩子，这一时期与父亲的关系大都剑拔弩张，彼此讥讽看不惯，我和父亲也是如此。随着学业越来越紧，我们越来越不大讲话，通电话更是不可能的。

开始我气狠狠的，觉得最好的惩罚就是父亲回来直接拒绝和他说话，看他能承受多久。

很快我就开始想念他，我猜测他何时回来，或是否回来。你在哪里呢？有时我喃喃自问，但是只有在母亲不在我身边的时候，我才这样说。他应该打个电话回来，毕竟我要高考了，或者哪怕给我写封信，因为快递满街跑，他的邮件都是我一摞摞抱回来的。他哪怕什么都不写，来个信封也行。父亲没有QQ，但有邮箱，他给我发一封邮件也可以。但是没有，他什么都不说。

从前我很少感到害怕，从来没有想过死亡。爷爷在我小时候就去世了，奶奶在爸爸很小的时候就去世了，家里人都好好的，我一点都不害怕，一点都没有想过死亡。就连爷爷的死也是新鲜的，因为我从来没有和他生活过，他在村子里，只是个在过年才可以见到的长着胡子的老头，会给我压岁钱。他死的时候是夏天，山村里的夏天很凉快，我和一群小孩子到沟畔上摘野果子吃，并不觉得害怕。

可是，父亲不回来，让我越想越怕，我有时想他也许死掉了，顺着河流像那些猪一样，漂下来。——那段时间锦江上经常漂着死猪，从上游漂下来的，有时卡在河床上。

我该做什么？

有时我问母亲我可以做点什么。母亲让我好好学习。我看着她，甚至能听得见她的呜咽。她的喘息越来越艰难，小姨照顾着她。她本来就有哮喘病，空气过敏时会发作，现在变成了心因性哮喘，小姨说的。未结婚的小姨由周末来一次到每晚住到家里来，经常和我谈话，让我多体谅母亲，不要总是和母亲说起父亲，她还说在父亲那里说不定妻儿是累赘。

我知道母亲也在盼望父亲归来，各人有各人的方式，她的表达方式和我不一样。

出于愤怒，我经常去踢球，但是母亲似乎也感觉不到，我们因被对父亲的失望瘫痪了意志，那时候我第一次懂得了失眠。一个整月又整月不归来的父亲，像是一个死去一月又一月的父亲，丧钟在我们心上哀鸣不止。

我不知道要过多久，晚上睡觉和早上醒来都成了一场祈祷。楼顶花园荒芜得不成样子，西红柿没有人掐枝，仙人掌长成了一拢，耗子经常来。祈祷是那么不切实际，父亲也许早就忘记了我们。

为什么妻子和儿子会成为一个男人的累赘？我在心里画着问号。

打篮球的时候有人说锦江上发大水冲下来的不只有肿胀的猪，还有一个肿胀的人，在河道一端被渔网拦截住了，是个中年人。难道是父亲？我在心里想。打篮球的同学们说在等待着尸检，他们开玩笑说我们在河边的学校看起来没有什么风景，实际上天天都有故事。

母亲也听说了河中的尸体，无人认领。我希望她给我一个明确答复，但她什么也不讲。难道她也在想着父亲死去？

那天晚上我在电视上看到了那样的画面，尸体被树枝缠绕着，已经变了形，好几个警察穿着蓝色水靴站在水旁。画面切换得太快，我只看见了死者被撕裂的腿，一块一块像是冰箱里冻过的肉，他的一条胳膊出现在画面里。那只胳膊像是一种指引，让我想去辨别是不是我的父亲。我想我的父亲也许喝了酒，走在回家的路，却掉入了河里。

我从来没有见过死人，包括爷爷的死。而这一次，我却仿佛看见的是父亲的尸体，我的心充满悲伤。可是没有人去认领那具我认为是我父亲的尸体，母亲根本不会去。

我想着我的父亲，如果他作为无名死者被人找了来，我们该怎么办？会不会被认为是叛逆期的儿子与护犊子的母亲一起谋害了他？电视里，两个穿着白大褂的医生面向死者弯下身去，用垂询的目光打量着他，脸上表情凝重。谁也不认识他。无人认领的一具尸体，我想象，他是我的父亲。

据报道说，这个人身高一米七二三，四五十岁，缺一颗牙齿……我一一对照着父亲的特征，就是不知道他是否少一颗牙齿。报道推测是外地人，希望尽快有人去认领。尸体上满是泥浆，泡了几天了，面目全非。认领电话写的是市区的一家殡仪馆，尸体自然进了太平间。

这段时间里我常常想起我的父亲，似乎我是一个不孝的儿子，任着他在太平间里独自腐化。他是如何落入河里的，又如何一路漂游？我不敢想象却又认真想象着，悲伤无边。父亲曾经说过，溺水死是非常可怕的，人会受很大的罪。他说市内九眼桥捞上来的那些死人，都非常可怖，比跳楼更让人难以忍受；他说溺水死的时候人的胃会膨胀，整个肚子会膨胀……我猜测他不会喜欢这样的死亡，于是想着他是怎么进去的，被谋害，还是不小心？

我问母亲，问如果那个尸体没有人去认领会怎么办。

母亲想了一会儿对我说："应该过一段时间会被焚烧吧，无主尸体如果全部留下来，没有地方会出费用的，政府也不会负担那么长时间。太多无家可归死去的人了……"

我不再追问她。

那天夜里，我躺在床上许久睡不着，想象着父亲被火葬场的人烧掉了，无名无姓，骨灰被丢弃，我们再也不会听到关于他的消息。

如果不是这样，那父亲为什么不回来？他的手机已经是打不通了的。

母亲沉默着，在另一个房间里叹着气。父亲走后不久，我们形成了这样的习惯，母亲和我晚上都开着门，我们听着彼此的呼吸。

"他应该很快回来了。写大部头的东西，确实很耗人。"母亲这样说，像是安慰我。也许是一种模糊的本能阻止她告诉我发生了什么，因为一旦说出来就意味着一个结果，尊严的挑战，首先对她其次对我。于是，她采取了这种模糊策略。那一段时间，母亲周旋于两种生活之间，与一个叫作丈夫的人做斗争，却不得不在他的儿子面前树立一幅温馨的家庭生活图。

那天晚上，很晚了，母亲走到我房间里，就着月色躺在我的床角边，抚摸着我的被子，非常非常慢。我看不清楚她的脸，也许平静也许咬着牙。她的手在夏凉被上滑动，发出轻微的嘶嘶声。我们没有说话。我假装睡着了，就这样，在静寂中，我和母亲一起躺着。

"也许他就要回来了。"母亲过了很久，独自喃喃自语，"他总会回来的。你毕竟在高考。"她的手又在我的被角摸了几下。我发出了鼾声。她试图伸手抱我，把手放在了我脖子边，但我没有做个体贴的儿子，我根本无法转身拥抱我的母亲，装睡是我当时的本能。我无法安慰母亲，就像母亲安慰不了我一样，我们却都在因同一个人伤心。

那一夜，母亲不知道是什么时候离开的。她也许需要她的儿子的安慰，也许需要抱团取暖，也许想去安慰她的儿子，因为她肯定想过，儿子一定是埋怨的，母亲的唠叨赶走了父亲。

最后一次语文考试的作文,是给人写一封信,家人或朋友或老师,或陌生人。我设想给父亲写信,奢望他在我高考之前回来。我接着往下写,我说我想他,母亲也想他。我写我的恐惧,对高考的恐惧,怕生活发生什么变化的恐惧……

我试图用一些书本上的句子对他进行引诱,比如"杂花生树,群莺乱飞",越是热闹越要写我感受到的悲伤。我告诉他我开始理解一些以前并不理解的书,我说我怕没有父亲,我说我……

时间,生命里对时间所有的感受,似乎就在那几个月,那个春末夏初,急不可耐地等待高考,同时等待父亲。太漫长又乏味的等待。没有人知道,连我也是多年之后才忽然意识到,那时候我多么怀念父亲在家的日子,多么渴望父亲回到家中。

一个小时又一个小时,一天又一天,一周又一周……以后看到小说或者其他文本里出现"长时间"这个词,我的心都揪着疼一下。我长时间地思念父亲,那时候,却不知道怎么表达。母亲不是那样的母亲,拨通电话让孩子召唤父亲,但是她也不是没有这渴望,骄傲制止着她,她想让自己的儿子安心学习,认真备考。

有时候我觉得父亲是死了,而母亲怕耽误我不告诉我。那时候我怕这些词"不在""结束""没有"……我怕突然而起的电话铃声,尽管又很渴望。我怕母亲夜里的哭泣,怕半夜醒来发现她蹲坐在马桶上,而灯关着。母亲着了魔,我也是。

我根本不愿意相信父亲抛弃了我们,而将我们母子遗忘在一间房子里。尽管,有一次母亲在打电话时,我听见她对父亲咆哮:"你配做什么父亲,你连你儿子高考都不关心,只想着自己风流快活?"当我走到母亲面前,希望说什么安慰她,她却会很快挂掉电话。

她继续去楼下的菜市场买肉买菜买鸡蛋,继续为我煲营养汤,让我准备应考。

母亲不知道,她在把我逼疯。

我沉默着,认认真真地在下晚自习之后回家休息,认认真真地早上自己听着闹钟爬起来,狼吞虎咽吃下母亲为我准备的食物。

母亲有时也会诉说,她无可奈何,我也无可奈何。

我记下了夜里突然而至的猫叫的次数,记下了楼顶花园橘子树结起了几颗小果子,记下了很多小的场景和事件,也记下了母亲独自的叹息声,我一次又一次数着。我开始写日记,这是父母要求了多年的。父亲不在了的时光,我开始认真做起了这件事。

父亲走后,楼顶花园荒芜着,母亲固执地不去管那些眼看着要干死在盖着绿色铁皮底下的一盆盆仙人掌,母亲固执地不去打掐西红柿秧苗的旁条,母亲固执地去把楼顶花园一次次锁上……也许,这是妈妈作为一个妻子的计谋,她将这一切当作惩罚,有机会到时领着父亲去看。我相信她内心是这样的。我把发生的这一切记下来,关于母亲,关于我,关于荒芜的楼顶花园。我在心里咆哮着,想着怎样让父亲愧疚,让他承认他是个失职的父亲,一个颓唐的不负责任的丈夫。但我又在暗暗地祈祷,给个信儿吧,我们等你,家在等你。

在绝望里,母亲不再登上楼顶望父亲归来,不再在夕阳里收取晾晒出去的衣物。整整两个月,母亲忘记了洗被单和床单以及枕巾，这是生命里最长的一次，母亲忘记了她儿子的细小生活。

前面已经说过了，与此同时，一直未嫁人在医院工作的小姨开始住进了家里，我是在一次放学之后发现的。父亲走了，母亲和小姨在一起，舅舅们也经常来商讨，安慰母亲，外公外婆也有时住下来。

爸爸会回来的，小姨偶尔安慰我。

当小姨安慰我的时候，母亲的表情总是木木的。她已经是哭过了，抱着自己的妹妹，但在我面前，还是坚强的母亲，只是经常喘不上气来。

有一次他们说：你爸爸也许不再回来了。

府南河上漂着的那群死猪，从上游漂下来的，锦江上游。过了已经好一阵子了，小姨当着我的面对妈妈说："你就当他像死猪漂在锦江上。"小姨说话的口气很随便。

我知道，小姨曾经有过一次恋爱，母亲断断续续给我讲过的，流产了，被摘除了子宫。那是一幅可怕的景象。是因为恋人骤然死亡，她接受不了，不是情变。她爱的人自杀了。就如此。或许是抑郁。她什么都不知道，只看到了他被装进黑色殓尸袋里的样子。

和母亲在一起从来没有那样的瞬间，现在却成了常态，她不说话，很长时间不说话，坐在窗户旁，木讷地看着窗外，似乎陷入了自己的幻想。这种沉默就像一种咒骂和谴责，是一种惩罚。我怕母亲那个样子。我们大家集体陷入对父亲的埋怨之中，自私的父亲，他还不如去死掉。这是我第一次生出这样的想法。他也许还会有别的孩子，一个可以代替我的孩子，一想到这点我就很愤怒。对小姨我也是愤怒的，我压制着对她的反感，我不喜欢她说父亲死掉了，像猪一样漂在锦江上，所以看见她我就会回到自己的小卧室。

我感到恐惧，第一次想象如果父亲死掉了怎么办。第一次死也是最后的死，后来的死倒像是演习，在幻想里，我想象了父亲的死，这一切变得似乎可以承受。——以至后来父亲真正的死亡，倒像是一种迟到的排练。

为了不去想父亲，我开始了恋爱，高三最后一学期里的半学期。那个女孩子，和我一个班，叫倩倩。她喜欢听我弹琴，在学校的期中考试之后音乐表演时候走近的，那场演出是为即将到来的高考减压而举办的。而倩倩，成了我的减压物。她不知道，她以后也不会知道。

我们在晚自习后约会，我骑着车子穿过长长的府南河，我们拉手，我们接吻。我试着想象是不是父亲也有这么一个女孩子。——直到后来得到印证。课堂上，我的目光也追着倩倩，然后由着手指滑向身体的下部。倩倩聚精会神地在前排的座位上听着课，偶尔会对我回头，似乎有点紧张，耳朵都红了。

以前父亲认为我不开窍，那么多的女孩子，她们送我明信片，赠我她们装裱好的艺术照，我只喜欢篮球和哥们，父亲就在那里嘲笑我。

我想和父亲分享这个秘密，不是母亲。不能和母亲说，她会担心的。

我在送倩倩回家的晚自习后，钻着小巷赶着往家走，听着夜的寂静和喧嚣，想着父亲在我身边，我会怎样说，怎样对抗。高三并不是不可以谈恋爱,这是人之所求。我可以感觉到父亲的愤怒,以及突然而至的理解。他会是这样的,难道不是吗?这是我们男人的秘密。他总是对母亲说这句话,在我很小很小的时候,他带我去上钢琴课回来我要吃冰激凌吃火锅玩各种母亲不允许的事情时,他会和我达成一致的计谋,他会对母亲进行这样的解释。

我应该对他讲倩倩的事情,讲我忽然而至的爱情,在学校弹钢琴的时候抬头看见她清澈的眼神,简单而倔强,讲她对我笑……父亲知道她不是我第一个喜欢的女孩子,却也应该很快会明白,她是我想认真交往的第一个女孩。

4 归来

父亲在八月份回来了,夏天快结束的岁月。整个五月、六月,接着的七月,他不在场。他回来时是七月二十四日。从四月十日到七月二十四日,他就像游魂一样游走在别的世界。

我已经考完试了。高考,六月七、八日。

父亲回来了。母亲平静地给他添饭,他也平静地在母亲发病的时候去找药瓶……

"是因为我的高考吗?还是因为母亲的自毁?"我问我自己,却不敢问他,自尊让我克制,但我停止不住思考这个问题。父亲舍不得我们母子?以前我们常常一起散步,一起看球赛,一起回老家,一起……只有当我们中间有人发现少了什么,才会提醒彼此注意,比如说发现了一只长尾巴的鸟,发现我们经常喂养的流浪猫跟着我们，发现天空晚霞处的那轮圆太阳……我们彼此分享，形成一个圆环。是不是父亲也会不舍得？那么，他何以如此，实际情况是怎样的，我一直不知道，但父亲回来了。

他是在我不在家的时候回来的，当时我在哪里我已经说不清，但是我回到家的时候发现他在家里了。我不知道他是否敲门？敲门之后小姨开的还是母亲开的？那时候母亲发病了小姨在陪着，舅舅和外公外婆也经常来——他们认为父亲在对母亲进行文明的谋杀，他希望她死掉，然后再娶，成全他自己的爱情……也可能是他们叫回了父亲。到底达成什么协议我一点都不知道。总之，父亲回来了。母亲与父亲近乎分居过了一百零四天之后，开始在一张桌子上吃晚饭。

我回家的时候，母亲在用抹布抹着桌子，积累着愁苦，但又是欣慰的。当着我的面，母亲说："你回来了？"她是不是这样问过父亲，我并不知道。

母亲也许比我更清楚，什么叫身在曹营心在汉，但是她相信习惯的强大。二十年的结发夫妻，即使是坟墓，也是要合葬的坟墓。形式的完整有时就是内容，这是母亲说过的原话，小时候她总是一边收拾房子一边对我的作文进行指点。

在父亲回家的最初那些日子，他也试图找一些话题来谈的，比如一次轻微的地震，还有明星的绯闻——王菲的离婚……这些他从电视上看来的报道，都可以拿到餐桌上。我和母亲在那里吃着饭，他一个人说着，营造着很久以前的家庭气氛。母亲不配合，我也就不知道说什么。我们都知道，父亲试图让一切回到原来的常态。在梳理了他的莽撞和出格之后，他也许承认现实有点尴尬，也承认是自己咎由自取,所以需要改变。他小心翼翼地开始修复自己所犯的错误,怀着一颗投降的心,有时会去清洗碗筷,小心翼翼地不让瓷质的碗与不锈钢筷子发出声音;一些时候,也会去擦洗洗涤槽和卫生间,用拖把拖干净整个房间,跪下来将那些碎头发用卫生纸捏起来,还会清洗入门的地毯,擦拭柜子……房子比以前干净了很多,绝对舒适,超常整齐。不过,明显可以看得出,他的动作充满无力的宿命,并不是讨好,至少不纯然是,他的动作带着某种自我惩罚的意味。

打扫卫生时,他总是从一个房间到另一个房间,认认真真仔仔细细,哪怕角落里一根不明显的短头发,他也会用手指蘸着唾沫粘起来,然后拿打火机烧掉。他穿着寻常在家里穿的旧衣服。那鞋子也是我替换下不穿的鞋子。有时他穿帆布球鞋。——一个劳工形象的人,就如此树立在我们的生活里。就是这感觉。也许,父亲会认为自己是西西弗斯,做这一切是在推石头上山。

干完活后,他仍然不从自己伪装的角色里爬出来,而是躺在沙发上,发出沉沉鼾声,或者,闭目养神。这是免于交流的好处,因为房间里虽然三个人,但实在也没有什么话可说。

事实上,这种非常态变成了新常态,母亲不在他干活的时候应承他,母亲不在饭桌上应承他,一直持续到后来,甚至直到他死亡。我后来对女朋友的解释是如此:"我们家从小吃饭的时候不说话。"女朋友用了几年的时间才接受的,但她仍然觉得怪异。我从来没有其他解释。

母亲当然也会像以前一样命令父亲做一些事情,但语气狠狠的,像对待一个囚犯。对于家庭,父亲确实是个逃兵,我也就无法苛责母亲。他曾经让我们处于困境,尤其对于我的学业,用母亲的话说："造成了一辈子的伤害。"——后来我考了两次研究生都没有考上，母亲也把这归罪在父亲身上，认为是父亲导致我高考没有考好，上了一个差学校，因此研究生学校看出身，才从来不录取我。

父亲重新回家做补救，是母亲的请求，但实际上母亲在另一方面却认为，一切都于事无补了。她也许并不想随意便宜了别的女人，所以要拖着他，要让他以我的名义做家庭的囚犯。

有一次，母亲向父亲指出："女人不是向你送钱，就是向你送人，都等着给你收尸。"父亲却请求道："不要再提了。"这事似乎就这么过去了。但是其实一直没有被忽略，母亲说："你从来没有放下，你的腿就是明证。"当此时，我也只能说："妈妈，不要再说了。""是。你们是联盟，从来就不体谅我的感受……"她开始斥责我和父亲。我看见父亲疲惫地垂下了头。人生苦短欲望长，对于他应该就是这感受，他似乎抱歉连累了我，连抬头看我一眼都不敢。

母亲的惩罚一直不会结束，这是她的策略，一想到这点，父亲的悲伤就倾注在我的大脑内，以至有时我都暗暗希望第二天起来，发现父亲的箱子不见了，父亲又一次离家出走。母亲当然不会赶他走，母亲会一直惩罚他，直到他死亡，她会将他的悔恨泡在悔恨里泡出腐烂的味道。——生活呀！

再细细回想他们之间的故事，我开始悲悯起父亲。对于一个结过婚做了父亲的男人，如果要想负责任，似乎永远也脱离不了一种固化的生活了，怎样都是错，一切都会显得像咎由自取。

我在锦江边见过父亲一次，他独自一人。那是他回家之后的那个年末。我从远处看着他，他坐在河边，目光向着水面，两条腿伸得长长的，似乎要躺下来，两只手却在乱抓着身边的野草，像在抓一朵云，因为并没有草叶掉下来……我不知道他是否哭过。——我从来没有见过父亲哭泣，但是我感觉他很伤心地坐在那里。

我不敢让他看见我，不知道为什么，我觉得如果看见，我们都会觉得难堪，这个时候，他只是个看上去非常失意的中年人，颓唐，沮丧，不像是我的父亲，不像是一个要干涉别人生活的人，即使那个人是他的儿子。他在怀念那个女人还是怀念那段生活？我一无所知。

他完全沉浸在自己的忧伤里，以至看起来苍老得骇人，如同被一条看不见的线牵引的木偶，他在房间的生活机械而无趣，在河边的生活也像是机械而无趣。在房间里，无论是我还是我的母亲，他都不会抬头看的，只忙着赎罪，陷入一些琐事的包围里，似乎他已经放弃了一切，只是在慢慢等死。这条河边，不同于家里，他像是完全敞开了自己，一切就那么不管不顾了。

河畔的人很少，平地上有一些人在散步，附近的广场坝子中央有很多女人们在跳舞。放眼望，一群白鹭在视野里飞。——此刻我写下这些，觉得像是又看到了父亲，河边的父亲，是不像我父亲又长着我父亲脸孔的人，他那么悲伤。

我们一家人在这条河边散过步，很多次，千千万万次，那时候我还小。父亲会谈起他的村庄，他在村庄里和爷爷养过的牛，割过的草，他说要是当时有这么多绿草就可以了，他指着脚下的土地。父亲谈起他出生的一九六六年，谈起他上大学的一九八九年，谈起他的毕业分配，由于政策当时是原籍回原地，作为村子里考上大学的第一个人，他被分配回了自己的县城，当了教师，因为他读的是师范专业。他谈到他养过的叫作大黄的牛，谈论它的死亡与他的悲伤……那时候我还小,知道贫穷会影响人的生活,不知道国家政策的变动会烙印在一个人的身上。

和父母在河边散步,春夏秋冬,有花有叶有草,有白鹭与麻雀,偶尔有老鹰。父亲拥有很多知识,那时候是一个万能的父亲,他能分辨出老鸟和新鸟的叫声,他能知道雨后小鸟整理翅膀的声音,他还知道斧头去砍伐树木时枝干轻轻的颤抖,他懂得雀鸟何时筑巢,云朵的飞升与团聚将暗示什么。"多识于草木鸟兽之名",他会说出这个句子,以及一些药物的名字,比如独活,还有远志,另外有当归,有厚朴……我能想起来的实在太少了。他说的比这更多,更详细,更淋漓。

父亲,三十多岁的父亲,四十初出头的父亲,和我们走在路上,走过河边。我们一家拜访过河岸的景色,然后回到房子,总有说不完的话,似乎沉默也是一种交谈。——回想起来却觉得那么短暂,我像是怎么也描述不了了。描述是为了希望,而希望的线路早就中断,我像是在舔舐伤口,又像是想通过书写确认这一切是真的,我曾经有这么一个父亲,我们一家人曾经相亲相爱。

你应该记住那些名字,父亲说。母亲笑着,说我懒。我们走在河畔,父亲告诉我青蛙的卵线,告诉我蝌蚪是怎样来的,他指着那些密密麻麻的黑色缎带,向我解释;他还会指着人迹罕至地带的鸟窝,向我说出鸟儿为什么将巢筑在高空或矮树枝上,告诉我最危险的地方最安全。鸟不会在睡着的时候掉下来,人却为什么能从床上掉下;蜥蜴可以断尾再长出来,手和脚趾为什么不可以;蛇一切两半,还可以抖动逃跑,人为什么不可以……如果不是父亲,谁给我的这些答案呢?母亲是城市生长起来的,她知道的和我一样有限。只有父亲是无穷的，父亲懂得那么多，父亲总是那么坚定。可是为什么就忽然间变了呢？

父亲会说出很多，他能够用形象的语言精准地描述整个世界，每一种描述都体现了他对世界的看法，他的温度和判断，他的图像，他的观察。尽管有一些东西是冲突的，但是他可以很好地自圆其说，让我信服。首先是他个人让我觉得闪光，其次是我们这个家庭的组合，我们是个人也是集体的，我们是一个同心圆，我们懂得抓住彼此的半径抵达三颗心。可是，亲爱的爸爸，为什么忽然就变了呢？

那些年，父亲说着话，和我的母亲，和我。他们让我好好学习，他们说我现在考大学是自由的，想去哪里工作去哪里工作，想学什么专业学什么专业。他们说我不好好学习是不应该的。我抱怨着我的腿走累了，或者抱怨着我肚子疼，也或者要求他们带我去吃肯德基……父亲无奈地在夜色中看着我，说时代不一样了，每个人有每个人的活法。我耸着肩膀跑远，接着又像一条狗一样返回寻找他们。我愿意一次次回返找他们。"一起经常散步的夫妻，应该是相爱的。"我在他们前面走，在他们身后走，回忆起来，还这样认为。

父亲回来后，再也没有和我们一起去那条河边散过步。也许有那样的机会，他们，而没有我。就是这条河漂起上游流下来的一只又一只的死猪，在我高考的那一年，远远地在放学的路上就可以看到。我怕父亲也这样从上游流下来，我在心里祈祷他活着。是不是这样，我才对他最后的归来其实并无真正的恨意？

我向父亲的方向走了几步，发现父亲低着头，嘴唇在嚅动，不知在说些什么。离得太远，我只能看得见他的唇动。有过那么几次，他不由自主喊出"宝宝"，在梦里。醒来的时候，我避着妈妈和他开玩笑，我说宝宝不是我也不是妈妈。

他在梦里的呼喊那么欢快激越，那不是我所熟悉的父亲，那是父亲离家前的那段时光里的事情。我以为是他梦到了初恋时光，也或者其他事情，我从来没有这样想过，从来不会想到快要五十岁的父亲，他在梦里走向他的爱情。

我向父亲走着，想听见他低声的呼唤，难道是"宝宝"？有那么一瞬我想叫他，想和他说话，想象所有儿子扶着年老的父亲那样去扶着他。可是我停住了，缓步地后退，然后急切地离开。他的头发蓬乱，被风吹着，他显得那样的绝望，好像人生的一切都失去了。我从来没有见过那样绝望的父亲，一次都没有。河边的父亲，如此颓丧的父亲，也许是他真正的样子。后来我再也没有见过，即使是父亲去世时，他的面容也没有如此。他过世时由于脸浮肿了很多，使他比平时显得壮实，比他平时显得更精神。我退开离去，在心里却想把手伸到他的头顶，替他整理好乱发。——不过很快，我强迫自己放下这个念头。

有那么一瞬间我觉得我似乎失去了什么，也许可以这样说，我觉得我失去了父亲，失去了我们三口之家通往日常生活的桥梁，虽然我们仍然在一起生活，可是我们无法再相亲相爱。那个女人呢，她在哪里？每次当我想到她，总觉得有什么在颤动。她在父亲心里到底种下了什么，愧疚还是爱情？我不知道。

她现在在哪里？几年过去了，他还在渴望她？

有那么一刻，我想如果可以把父亲还给她，或者给她，我愿意，不管哪种方式都可以。这想法让我疼痛。一直以来，母亲觉得她爱我，而我更爱父亲。我觉得连着母亲我也是背叛了的，当然也背叛了自己。我为父亲如此活着为难，他已经习惯了在家庭里伪装自己的心情。是不是他最终的死亡，变成了一种解脱？他不必再扮演贤夫慈父。

在房间里，父亲总会突然陷入沉默，像个影子一样飘进由屏风挡起来的他的书房。父亲还会去楼顶花园干活，施肥，但已经不怎么开口了。后来，变成了母亲主动。母亲让我去帮他，而我却总是敷衍，我不想看见父亲，却总是犹豫着走近他。偶尔父亲也会同意我做些什么，但大多时候他不说话，至多就是谈谈西红柿或者辣椒的长势。

父亲再也没有和我一起出去散步过，连回老家烧纸都是他自己去的，不再带我。似乎对于父母来说，从上大学开始，我就成了另外一个人。相对于父亲，我是一个成长起来的大男人了；对于母亲，我则是另一种意义上的倾听者，不再与她合谋，但是听着她讲话，因为她自己的男人已经不再有这机会，或者说她自己的男人早就不再有这耐心。有时我听她讲述，邻居或商店，也或者，和我在一起的那些女孩子。关于父亲，她不再多说。

我不大和他们住在那间房子里了，大三开始，我就断断续续在外面租房住，直到他们给我买了房子。

母亲有时也会尽量找一些话题，看得出她在努力。她总是委曲求全的，她喜欢表现那种风度，得体有力，慢慢调整家庭的健康步伐。——然而，那种致命的灰尘感一直没有消除，父亲已经是没了心的，所以整个家里充满了尘埃。

她会这样说："你给土豆去一下皮。"或者，母亲会这样："楼顶的土层有点被风吹薄了，你装一些土。"也会以我的名义，"程子的那件衣服还是新的，他嫌小，拿了回来……"

父亲点头，总是点头，偶尔也会回应说一句（以前他说话非常大声，他会笑着或者故意恼了说他不要做这些事，不要穿儿子的衣服，不要臭婆娘安排。以前他会和母亲打趣）。我感觉奇怪的是，父亲和母亲还睡在一张床上，但他们似乎失去了联系。这样说也不准确，但我就是这感觉，他和我至少失去了联系。有时他从卧室出来，会和我在浴室或厨房碰到，但是我们似乎都怕碰到彼此的身体，我们都躲着不去接触彼此的身体，至少父亲是躲着我的。随着父亲对我躲闪，我也开始躲着父亲，尽量少喝水，尽量早早洗澡。他就像一个犯了错的人，让我觉得自己像个抓捕者。以前，父母的房间我是随便进的，如果我需要什么，不需要敲门，我就可以冲进去。而现在，正面碰上父亲从他们的卧室出来，也让我觉得有点不适，我几乎不敢走进那间房子。甚至是现在……我已经很久没有走进那间房子了。

以前父亲会到我的房间来。返家后的父亲再也不来了。

他们的婚姻像一出戏，我们的家庭是戏台，整个的生活仿佛伯格曼的剧作，没有谁比我更能理解这个导演的作品。我们沉默不语，但是有时房间里飘着音乐，是我制造的，或者母亲制造的，我们都想喧闹一点，就像要掩饰什么。我也弹琴，晚饭后会弹一会儿，亲戚来了会弹一会儿。我们尽量生活得像从前，而从前是什么时候，相信大家都知道，父亲出走之前，外公外婆小姨舅舅都是见证过的，我们曾经充满欢快。

房间里什么都没有改变，除了每天要丢垃圾外，除了死了那几只猫之外，母亲保持了原样，母亲甚至还会邀请一些流浪猫来顶楼吃食……这些日常生活让我们知道我们生活在惯有的安全里，但似乎又像酝酿着什么风暴。

以前我会和父亲一起看球赛，我们坐在客厅里。而现在，我在家的时候，只有吃饭的时候我们在一起，不然客厅空荡荡的，我们在各自的房间里，我在卧室，母亲在厨房，父亲在那个给我用来考试的用屏风隔开来的书房里，我不知道父母有没有感觉到，我们是自己把自己圈着围栏养起来的家畜。我们在一起，我们又不在一起。这也是我大三开始搬出去租房住的原因，回头想起，我更加坚定了这一想法，并不是因为我当时交了女朋友想和她住一起，至少不单单是那样，但她是一个很好的借口，从家里搬出去，从父母窒息的关系里逃出去。

从前，父亲没有离开家和那个女人住了一百零四天之前，我们有太多的话，我们在客厅里坐着，他们看着我写作业，或者我们一起看电视。我们看球赛，父亲和我都会骂娘，母亲会削了水果给我们吃，会坐在我们之间或者坐在我身边，也或者父亲身边，她也会评论那些球员，尽管她看不懂。

回来后的父亲，则像是一个房客，即使我们还会一起吃饭，即使他还和母亲睡一张床……对我来说，父亲就是这样的一位客人，我和母亲接受这一点，而且假装习惯了他像以前一样存在。

然而，有时候我会梦到他再度出走，母亲惶恐不安，而我在咒骂……但是我没有和母亲说起这些，就像母亲需要保护一样，父亲也需要保护，对这样一位房客母亲肯定也和我有着一样的态度。

父亲还会经常回乡，母亲则不太经常陪他回去了。每次回来他都显得很平静，甚至可以说欢欣，但依旧对一切似乎心不在焉。

　　父亲自从离家出走归来之后，再也没有训斥过我，他不再要求我做这做那，不再要求我在饭桌上吃完这个菜或那个菜，不再说我长身体需要健康饮食。他也不再把我从饭桌上赶回卧室，相反，他自己像是被我们赶回房间一样，每次很快吃完饭就匆匆离开。我再也没有和他顶过嘴，因为我们再没有机会有任何冲突。父亲像个理屈词穷的人，永远地缝上了自己的嘴巴。

　　我和父亲再也没有相互对视过。写下这句话的时候我想了想，可以确定，我们没有自主自由地对视过，父亲会躲开我的眼神，而我也会不好意思。父亲似乎是害羞的，也或者是绝望或恐惧，我不明白为什么。他和母亲仿佛也如此。反正，父亲一副听任摆布任打任骂的样子，母亲无论说什么都像是扔一块石头在深湖里。父亲，我亲爱的曾经抛弃我们母子跑出去和人同居的父亲，就像一部外国小说里变为甲壳虫的那个人，他似乎在等着人踩死他。即使他咳嗽，也压抑着声音努力不让我们听到。开始我以为这只是暂时的，没有想到，后来的那些年就是这样过来的，直到我彻底离开家，偶尔回去看看他们，仍然如此。

5　最后的最后

　　那一年，我的父亲回到了家里，在我高考过后的一个多月。再后来他就生病了。作为父亲他出走过，作为丈夫他放弃过，作为情人他离开过。他像个失败者一样回到他曾经放弃的家中生活，这一切不该说出来，我该保持沉默。

有一次，唯一那么一次，我听见父母在卧室里争论——那个人。父亲很大声地说："不要再提。""我可以不提，你能不想？"母亲挖苦道："她在博客里说鹰吃呕吐物，狗吃排泄物，我吃屎。"我听见父亲大声说："你不要去看。"我接着听见母亲的哀嚎，她说人怎么可以这样不要脸。然后父亲就推开了门，他看也没有看门外的我，就那样从我身边经过，打开门，出去了。

怎么了？我问母亲。

没什么。母亲的回答轻轻的。

那时候父亲已经生病，不久就卧床了。他把一切给了母亲，他的时间，他的余生。可是他留下了他的痛苦，他的相思，他让他自己的痛苦笼罩着他，独自承受，不与她分担。而她也清楚地知道，她分担不了，否则她会发疯的。让一个妻子分享丈夫失去情人的痛苦，这个世界是混乱的，但是她不得不承受着丈夫的这份痛苦。她把这当作了宿命，认为这是她欠父亲的，她说多年老妻如老母，一个女人，不应该将妻子的角色过成母亲的角色，但她这样过了，慢慢过的，因为父亲是个心理意义上缺失母爱的人，他从小就失去了自己的母亲。这是我在她的记事簿上不小心看到的，我装作从来没有看到过。母亲翻看心理学的书籍，用这些来释放内心的疑惑。

父亲生病以后，常常躺在床上，屏风将客厅一分为二，平时他午休的单人床放在靠窗的那一面，成了他的病床，他躺在那里，一条腿永远侧着，怕压住，那条在萎缩下去的右腿受着如此的保护，以一种被孤立而存在。可以说，父亲生病之后，我的父母就分居了，母亲独自躺在属于夫妻两人的大床上。无论是我还是父亲，经过她卧室的时候，都是静悄悄的，我们心照不宣装作是为了让她有个很好的睡眠，尽量不说话。

现在，一些时候，我还像是那个总在盼望父亲回来的高三学生，听见门吱啦的声音，会突然升起一种渴望，我等待着父亲的一声招呼，或者一个眼神，像一个孩子。我不知道母亲是不是也如此，她总是突然间坐起来，走向门口。对于她，结婚也许是一个错误，有时母亲会说结婚结得太匆忙了，上世纪九十年代初，流行裸婚，她大学一毕业就嫁给了父亲，父亲连房子都是租的，就给她送了一个小台灯。那是个对于年轻人来说有着无限可能但实际经济却非常困难的年代，我母亲就那样很快和我父亲结了婚，接着匆匆有了我。那时候我父亲也是尝试做一个好父亲的，甚至很多年他确实如此。我其实并不能准确分析这些，因为从父亲的一些言行里，我知道父亲对于我的出生并不满意，他觉得我的出生限制了他的发展，他无法想象自己居然成了一个父亲。出生于一九六六年的父亲，在大巴山的大山里成长到青年，一直以来，身体和精神都是贫瘠的，让他不断攫取着世界。孩子是牵绊，他那时候并不想在大山县城的中学里发展，然而很快就有了我，甚至在结婚前就已经怀上了我。是不是我成了他不得不负起的一个责任？那么，是不是我没有出生前他就想离开母亲，或者生下我之后他一直想离开，然后才有了那次叛逃，以及最后的归来？

我上大学之后一次次逃离家，现在想起来，并不纯然是因为父亲，而是整个家庭氛围的麻木，他们共同的药物制造出来的气味，那种苦涩的植物干尸的味道，渗透在房间的每个角落。一直以来，母亲为哮喘病折磨，先是先天性哮喘，接着心因性哮喘，她一次次吞下不同颗粒和不同气味的药物，房间里到处都是，就像一道醒目的伤口，一直大张着。父亲因此而逃离吗？后来，他也成了药物依赖者，又活了一些时日。

书本上有那样的故事，一个男人离开了老婆和孩子，在家对面的一座高楼上租住下来，观察着妻儿的生活，但他就是不想回家，这样过了二十年……我父亲是不是受过这个故事的诱惑？我不知道。现在的我只是和女朋友同居着，不想结婚，也不想生孩子。一些女孩子离开了我，一些在靠近。我称她们为——我的女朋友……我不知道自己是不是活成了和父亲一样的人。可我并不觉得想哭泣，虽然我应该哭泣，毕竟失去父亲一个人应该哭泣。可是，父亲在世的时候就将我的眼泪用光了，高考的那一年。对，就是如此。

有的人终身渴望着一种生活，从没有间断，这种生活可能短暂地在爱情里实现过，可能从来没有。有时我很羡慕父亲，有时我又觉得他是因为这种渴望毁灭了。没有实现的愿望也许是真正的实现，而靠近愿望会发现梦想成真的可怕，我自己经历了爱情的幻灭之后，才有了这样的想法，那已经是又过了好几年的事情了，父亲去世之后，我经历了与恋人的分手，母亲的眼泪，以及，其他一些琐碎的事情，像是一切都在破碎里圆满。

坐在父亲墓边，我突然看见了那一年，父亲对家庭生活的力不从心与突然而至的爱情。也许，他仅仅只是需要一个出口，就如人活着很多时候渴望一个出口，有时是爱情，有时是疾病，死亡又何尝不是？

我一直没有写出，但事无不可对人言，在那个锦江边的下午，我真正看到的一幕。很多男人会做那样的事情，我也会，即使是自己的父亲，我也不该隐瞒。真的发生了一些事情，或者可以简单地说，发生了一些重复的肢体伸展，泡沫式无力的动作。

在那个斜坡的角落，我看见了父亲，并且马上确认出他。鉴于当时所处的环境，真的太让我难以置信了。

我看着他，又不想确定是他，他被自己的儿子逮到了。在沉闷清寂的河边，他在自慰。也许，这是社会边缘人群的一部分行为，这是一类特殊人的角色。不该是我的父亲呀。但是，我从他小心翼翼伸长双腿的坐姿里辨别出了他，像个幽灵一样，无力地依靠着灌木丛来做装饰，右手专注地拨弄，对，就是拨弄，就是那无力的像是要握住一片云朵却什么都没有握住的样子，拨弄着自己。很正常，难道不是吗？一个中年男人在河边打飞机，是需要一些适当的技巧和尊严的顾忌的。

我从来没有看过那样的父亲，我想到母亲在生活里因为厌恶而发出的尖叫，想到她对父亲的咒骂和威胁，以及那种从面容到肩膀都可以看出的轻蔑，想到她追求的庄重和体面背后的——

好几分钟后，我看见父亲缩成一团，手放在皮带的位置。那具无辜的身体让我觉得堕落不堪，也让我觉得落泪。要在这样一个地方自慰，必须有很大的动力才行。一个可怜的自慰者，我河边的父亲，他怎么会到这里来？我仿佛闻见了那种原始的坟墓般腐烂的味道，这让我想起我的来路，散发着那种气味，曾经汹涌而出，我也是成千上万之中的一个，幸运的是跑过了我的兄弟姐妹，赢得了自己的出生。那天河边的味道，应该和此刻父亲墓畔的味道一样，一种森林深处的气息，楠木花香……

不过，父亲不会想到这样做会让儿子有多难过，尽管天一点也不冷，可是让我直打寒战，我被隔离在一些事情之外，永远无法说出。

我还应该写下，在父亲的U盘里，我还发现了一些似是信件的文档，没有其他，没有母亲，也没有我，只有似是而非的一些句子，明显是写给那个人的。不知道什么时候起，他把我们忘却了。其中一封没有称呼的文档是这样写的：

"分手"这个词和"分开""分离""分别""破裂""破碎""中断""告别""剧终"等太相近了，我仔仔细细想了很多相似的词，它们对我来说就是一回事，可以描述我现在的状态，描述我的心。如果记忆也可以分割，我是不是被你分出去的一部分？

父亲的U盘里，还有一张寻人启事，年轻女子的照片，下面写着"宝宝"二字。出生年月、性别、身高、体重、头发、走失原因、悬赏金额，还有联系方式。现在，我闭着眼睛不需要任何回想都可以想起最后一条——联系方式：如果有任何方式，可以让我见到宝宝，或不再想她，请联系……

这个寻人启事也在那个叫作宝宝的文件夹里储存着，是一张照片的模式。不知道父亲有没有真的去张贴过这张寻人启事，不知道有没有人联系过他。如果我现在张贴关于寻找父亲的寻人启事出去，不知道会不会有父亲的消息。

坐在父亲的坟前想起这些，人生就像一场梦境，仿佛我自己可以编写。然而，真的有什么，彻底改变了。

父亲的死让一切变得通透，一切被照亮，一切又随着时间变得沉寂。他的死让我从长久的埋怨中清醒过来，这平凡普通的世界充满悲痛，但却实在没有多少时间留给情绪，给他烧过纸后，我将回城，将继续过自己的生活，就如看过那个U盘之后，我将一切删掉了。世界需要清洁，家庭需要一个没有污点的成员，不管活着还是死亡。此刻黄昏笼罩了我的栖身之所，父亲在大地上的墓堆也变得像缩小了很多，接着会隐于一片漆黑，我告诉自己该离开了，尽快离开……毕竟生活要继续。

——原载《青年作家》2022年第2期

空年

1

　　空空荡荡，就是这感觉，整个的生活，整个的岁月，空年，如果需要形容，用这个词最好。雅典最近在失业中，趁着失业学个驾照，反正工作都是三天打鱼两天晒网，她有一个决定，拿到驾照要开始新的生活，要有一个与往事告别的仪式，但具体是什么样的仪式，她却没有想好。一往三十岁上爬，很多工作看似是机会但临到跟前自己就退后了，因为被拒绝过太多次，心也就有了底。雅典之所以准备考个驾照，是想着最不济以后可以去开出租或滴滴，这样比在美容院和饭店好混，不然就只有做服务生的份了，还是洗碗和洗脚那种。说出来真是堕落，好赖当时高考还上了个师范学院，混到这地步。婚恋市场没人要，职场亦然，一晃就三十多岁了。很多女人为了交房租和生活费不得不进行恋爱，雅典也想过，但物欲的需求太少，自己一直勉强可以解决，也就不是如何迫切地找个男人。何况，心早就伤透了。就职业而言，大学毕业时如果去考张导游资格证，也比这样好，现在导游虽然不发工资自负盈亏，但小费也不少，可以到世界各地转转，再差也可以来个全国游，最差在自己的老家也可以哄哄外地人。高中同学有很多做了这个，毕竟革命圣地嘛，算是旅游区，来参观拜访取经的人多的是。这想法现在还是有的，雅典并非瞎猫要撞死耗子，只守着一条路，也是买了导游自考书的，准备驾照过了找不到满意一点的工作，就开始考导游证做导游。

"你这想法还是不错的。"微信里，妹妹雅娜这样鼓励过她，指的是她考驾照准备开滴滴或出租这个计划。虽然看起来有目标，但这段时间，妹妹派了外甥女来住一段时间，说是趁着假期，让女儿在省城上几节钢琴课，这里琴行的钢琴老师比县城的好，地点也是联系好了的，雅典只需要负责接送和吃喝。因此，雅典开始临时当起外甥女的家长来，每天打车送外甥女冬千阳去上钢琴课，然后，她一秒都不耽误地骑辆摩拜自行车，赶往驾校基地。和外甥女一起生活让她觉得有人陪伴也是好的，她总是在走进琴房前对她说："大姨，小心开车哦，几个小时后见，拜拜。"语声清脆，童音在身后荡漾。她在这点上偶尔羡慕妹妹。

共享单车在这个城市只有摩拜还活着，她已经被骗过好几次钱，酷奇更是连她的押金都没有退，前前后后加下来，也有四五百吧。她简直想诅咒这家单车背后的吸血资本家。早上翻看微信，发现共享汽车公司才开没有半年，好多人已经退不出押金了，似乎也在往死亡路上走。本来，她还畅想，拿到驾照，花一千五押金租辆共享汽车开开，如果共享汽车可以当滴滴和出租开，偷偷开也行，说不定可以不用什么本金就有收成了。她想过的，学了车，有钱买车开滴滴，没钱就到出租车行打问，做出租车司机。因此，她有事没事都会拿个地图，这个城市的角角落落已经被她转遍了。妹妹笑她，说她本事小胆子大，也不怕开滴滴和出租出事。她解释说一般人怕的是坐出租和滴滴出事，怎么开车的也会出事。妹妹学法律，耳闻目睹一些案子，知道其实开车师傅的安全更没有保障，因为每天面对形形色色的客人，但因为是小概率，乘客才是主体，所以一般都不会爆出来成为什么热点新闻。

雅典虽然过得很丧，但为了面包，还是乐于去学一些技术的。妹妹说她其实懂得也多，人算不上笨，就是晒网时间大过打鱼，自己把自己荒废了，三十几岁了也没有一技之长，没有个稳定的工作。妹妹甚至说再不济女人还比男人强，可以把嫁人当作一项志业，妹妹看她简直是镂空纱，哪里都露着，妹妹是学法律的，和经济直接挂钩，最关注的是经济利益，不会认为自由是最大的奢侈品。在雅娜眼里，觉得姐姐雅典就是太放任自己了，实在对不住她的名字。然而，她又经常安慰姐姐：现在三十多了，有了教训准备改正也是不迟的。这样的缺点，改起来真不容易，认真改还是可以补救的。

微信上，她给妹妹曾经发过去一张照片，上面是一本书的封面，书名叫《我是个年轻人，我心情不太好》，书名旁边配一张单车图。单车她太喜欢了，比小轿车更享受，也许，这客观上也造成了她为什么三十多了还没有结婚，喜欢小轿车的人总归还是有宏大前途的。这么多年，从学会骑单车以来，她觉得生活中最享受的时刻是骑着车子一路往前，撒手或不撒手都是快活，仿似突然长了两只翅膀在飞，那感觉真是欲仙欲死。一些人看到"欲仙欲死"总会想到那方面，哎，说出来也真是羞愧，三十多岁了，那方面几乎停了，三十如狼四十如虎，她则是塞上牛羊空许约，狼没有来虎也没到，自己活成了牛羊。

　　如果考下驾照来，每天开滴滴或出租，听天南地北的人讲各种生活的故事应该也是一种幸福，她自从学车开始就有这样的憧憬。当然也有其他幸福，比如新租的房子门前有棵树，过了夏天又过了秋天，此刻是冬天，叶子落得光光的，作为一棵树，在这个季节最"放荡"，一切"赤裸裸"，每天有很多鸟站在上面唱歌。这简直是神奇的事情呀，树上无花无果无叶，以至她都不能确定是不是夏天那棵她叫得上名字的树了，因此也不想写出来，但实在是奇怪，夏天都没有那么多的鸟，现在居然就像长了一树鸟。房间在二楼，楼层最高肯定高入云顶，二层的房子实在光线太差，一整个白天都得开着灯，以至她总有不见天日之感，但好在有那棵长满鸟的树，这冬日生活也不算如何的寂寞，每天无事可干的时候，就端坐在卧室窗前看看树。那些鸟也真是奇怪，像专门集队来给她歌唱。她夏天确实是喂过它们的，现在也喂，然而它们似乎不吃大米，也或者那大米是转基因或者出了问题的食物，买下一年了，随着她搬了一次房子，居然没有生虫子。所以，她对它们也就一点面包屑的恩情，实在不足挂齿。当然，也可能是那只她收养的流浪猫的原因。它们怕被吃掉，所以只在树上待着，看见它爬树就飞走了。这只流浪猫是偶然来的。很多个年头了，除过之前在二十二层楼的房子门口遇见狗之外，其他租来的房子里，总是有流浪猫来拜访。而这只，现在喂养在房间里准备在春天暖和之前赶走的流浪猫，开始出现的时候就如幻觉，最初它只是床板底下的一道黑影，半夜压在胸上喘不过气来的一场噩梦。很多个日子，雅典怀疑过它是否存在，直到它自己选择白日里也不从厨房那面关不上的窗子跳出去的时候，雅典才算与它开始照面。其他时候，它来，在夜里，关灭灯之后，跃入床底，不见，就像瞬间的幻觉……

她不是没有被吓着过，以为是幽灵，尤其是夜半。但知道房间里可能在她搬来之前就住着一只流浪猫之后，就再也没有以为是幽灵了。她算不上多么喜欢它，但也从来没有打算赶它走，这个期限设立在春天以前，夏天来了它必须滚蛋。谁家都不希望床底有只腐烂的死耗子在夏日发出臭味吧？它如果安心在客厅待着也不是不可以，到时再与它讲道理。雅典打定了主意才收养的它，所谓收养，不外乎就是买买猫粮给它吃，偶尔买一些猫罐头。

真的，她很开心这些鸟来看她，也很开心这只流浪猫半夜走进房间躺进她的床底下，妹妹的孩子没有到来的时候，她每天幸福的时间就是早上起来拉开窗帘看见那棵窗外的树上挂满了鸟，她觉得整个人都充满力气，尽管她的生活就世俗而言简直是失败者宣言，但是，这个世界有哪几个人有这么一树飞来又飞去的鸟和一只自由自在的猫。这幸福只有她独自享受，连妹妹也不能告诉，她知道她无法欣赏甚至会对她产生同情，毕竟同情已经在此之前就产生了——经常对她唠叨，让她学一技之长。人常常有老妻如老母的言语，对于她，多年妹妹则活成了长辈模样，心心念念地担忧着她未来如何生活。

这世上的幸福就如骑单车的幸福和看鸟的幸福，一些人和一些人的感受天然不同，妹妹就没有能力感受这些幸福。

她想告诉妹妹，虽然三十多岁了，一个人也可以有心情不太好的权利，至亲或朋友都无权干涉，不结婚不生孩子更不是女人的罪过。好在，妹妹看了那张照片是个书封之后，似乎短暂放了心，也不再催她去找什么稳定的工作，不过，可能是为了让她感受家庭温暖，才派了女儿冬千阳来，表面说是让她照顾一段时间，实际是给她一种正常的中年女人生活的暗示。

2

早晨起来，和冬千阳吃过饭之后，百无聊赖，等着吃中饭，接着等着送冬千阳去弹钢琴。闲着无事，就想往事，仿似还在那一天，江嘉陵发来邮件，说他到了这个城市，想见见。江嘉陵是雅典以前的恋人，仅仅是以前的而已。她一大早醒来看平板的时候看到那封邮件的。她习惯在平板上看微信。微信上没有江嘉陵，也就不必怕心跳过快死掉。她经常发短信骂他。江嘉陵的第一个号码已经被骂得换掉了，又整了一个新号，居然给她发了信息通知。于是，接着骂。骂江嘉陵就像一个项目和工程，会持续几十年。不再给她回信息的江嘉陵，如同一个死人。然而，她需要这个树洞，爱过的心早就碎裂。

现在，几年过去了，一年又一年，年华空自感飘零，在她的咒骂下，江嘉陵越来越远，她越来越觉得心安。有时候，她确实渴望他，但一些时候，她觉得这样是好的，爱一个想象里的人比爱一个现实里的人强，想象里的人不会撒谎，不会跑来又跑去，想象里的人就像一面镜子，随时都可以拎到身前。然而，平板会推送邮件信息。她在看微信的时候看到了江嘉陵在夜里发来的邮件，说是要见见。

或许她应该哭，确实有哭的冲动呀。已经两年八个月二十三天没有见面了。她喜欢的男人居然发来了这么一封邮件，单凭这一点就应该好好哭一场。

嗯。她起床，回了邮件，告知了他她现在的电话号码。其实他应该清楚。几年来那个旧的电话号码也一直没有换。不管好意思还是不好意思，都该老实地承认，她希望他能联系她。

江嘉陵打来电话的时候，她没有哭。他说自己到了她的这座城市，已经好几天了，前几天在火车站就发过一次邮件，却没有收到回信。看得出，他是怨恨她的。她心里听了也急，觉得像是自己不仁不义，毕竟，她已经咒骂他很久了，天上地下，挫骨扬灰。对于一个自己爱着的人，这样太缺心了。然而相思如肠断，如果骂一个人可以缓解，那自然就只有如此进行了。最后的最后，她从淘宝上给他买了个骨灰盒寄了过去，里面包着他的一条穿过的裤子。

对，就是要这效果，就当他死了。

自从分手后，两个人在两年八个月二十三天里，没有通过话，全都是她的短信和邮件咒骂，以及他偶尔的邮件回应。这么长时间了。她装作很平静，甚至略带笑意的声音说："可能邮箱问题吧，没有收到。"她不想直接对他说他撒谎，不想说出是他曾经把她的邮箱设置为黑名单。既然他说联系过了，没有收到回复，那么就承认联系过了好。他这样说仍然能让她开心，她宁愿去相信，是写过邮件了的，那么，是自己没有珍惜。她愿意问题出在自己身上。最后的自尊，最后的一点寡廉鲜耻，她需要这样骗自己。毕竟，她经常发邮件骂他，他设置黑名单也是情有可原的，被人咒死总不吉利，何况，还货真价实收到了来自曾经的情人的骨灰盒，于任何一个正常的男人，都会觉得毛骨悚然。

不联系已经两年八个月二十三天，但江嘉陵说："雅典是个怪怪的女人。"

是因为怪怪的，所以在一起的时候，江嘉陵才可以想来就来，想走就走？是因为怪怪的，所以几年之后说想见面就见面？他吃定了她？她不想这样的，可又怎么拒绝得了？

江嘉陵是个有趣的人，至少有有趣的灵魂。对于雅典来说，她实在太喜欢他了，当作人生里一场重大事故般喜欢。是不是最终变成了真实事故，江嘉陵才选择了离开？她一直不清楚。总之，抛弃是真的。江嘉陵将她拉入了黑名单，手机和邮箱，一切通向他的路，都被堵死了。等在他楼下半个月，借过无数个人的手机。听到是她的声音，江嘉陵就会挂掉电话。她借过街头卖烤红薯的叔叔的手机，也借过宾馆女服务员的手机，还借过蹬着三轮车收废纸的人的手机……也是在这一次，她才知道世界上有那么多的好人。所有的人都在帮助她通向他，他都关上了门。

雅典从初秋就失业了，但因为之前有点积蓄，借着学车考驾照的名义，得过且过，并不急着找工作，所以，有的是时间瞎想。想过去，想未来。外甥女来了，虽然安排她占用了一些时间，但整体而言还是轻松的。实际上，此前她也没有什么正式工作。师范大学肄业只混得一个结业证，没有混到教师资格证，所以并不能进入初、高中或小学教书。说来也是眼红的，因为看着那些没有挂科或者补考都过的同学考了公务员或者做了教师，最不济也进了幼儿园,她一度失落过,但并没有什么后悔。生活早就教会她,喘着气就是赚的,没有什么成功不成功。在她看来,也不过如此。在人前,雅典也会说结婚是必要的,她总说在提高自己的做饭手艺,增进魅力,说不定有机会体验婚姻的现实和好坏,就如找工作一样,对于认识的人,她一直在努力营造出一种积极生活的模样。只不过结果挫败而已,态度仍然是好的,实际上雅典知道自己的性格,一辈子几乎不可能指望得上个男人,孤独终老几乎是定了,发大财也不可能了。

"姐姐做脑力活的热情不如体力活,做体力活总是充满干劲。"妹妹曾经说过她,"体力活就如美容和理发,总不是一辈子的事情,你应该考虑一下你的将来。"妹妹本来该有妹妹的样子,但结过婚生过孩子的妹妹,对雅典也像是对自己的女儿,经常要训导的。没有任何特长的雅典,要想短时间内赚到一些钱,干体力活是最快的,比如发传单,比如培训机构招人,比如送外卖或送快递。这些都是实实在在的,她并不觉得有什么丢人,虽然平时也很怕遇上昔日的老师和同学,躲着他们不与他们聚会和联系,但内心里并不以为意。不过,她还是经常偷偷看以前大学建的班级群的,也通过人人网看他们的动态,有时私下与几个同学互动下。人人网这几年不再时髦,QQ 群还好,虽然只有过节和辅导员生日才有人出来问好祝寿,但是一些人的 QQ 空间还是经常更新的,多是游玩和晒娃,结婚和离婚,但已经够满足雅典的窥视心理了。雅典有时感觉自己就如一只猫头鹰,一动不动在高空窥视着大地上来来往往的人群,就如此了,窥视也是一种乐趣,他们在替她过着各式各样的生活。

毕业后的同学们,当了老师的算混得一般,但一些在学校里已经混上个语文组组长，也算是出了风头。经常出来的是那些当年的班干部，做了公务员的，升了副主任，在熬着主任离职等着升正职，也不知道是夸耀还是感叹，过年过节会出来说头发秃了白了。——他们多半是县级干部，好多要下乡扶贫，写材料都可以把人写秃顶，不过也算是物尽其用，大学学的那点东西都用上了。家里有矿的，当了老板，大学时就牛气得很，别人拿出来是几元几十元，他们动不动拿出厚厚一沓百元钞票，往往身后跟着几个兄弟。不过，这样的煤二代班上也就三个。其他，有几个在省城混的，留校，或做家庭主妇（大多长得美，婚恋市场上开始就是抢手货）。再就是和她一样的，漂着，北上广和十八线老家轮着转悠。

有一个女同学和雅典关系颇好，都是穷人家子弟，当时就有男朋友，毕业就结了婚，她的人生目标是三十岁之前结婚生子，这个目标很轻易就实现了，令她想不到的是，三十岁之前人生还加了一项上天注定的，已离，净身出户，孩子给了丈夫。她比雅典强，算是混到了一张毕业证和教师资格证，没有办法，县上人事部门用人单位已经满员，应届本科生也不吃香，何况是往届，迫于生活压力，在新疆招人的政策宣传下，到新疆昌吉市市区当了一名高中老师。她名字里有个好听的字——喜，这样说吧，名字就叫双喜，可惜这个名字带来了相反的命运，一度，她的QQ签名是"母子离散，人生有何快乐可言？"有时晚上睡不着，想到这个结婚离婚又不得不把孩子交给婆家的女人，雅典就会心疼得抽搐。也不是双喜不要孩子，无工作，无房子，养不起，主要是男孩，备孕的时候丈夫就活精不多，趁着年轻做了试管才怀上的，儿子出生就住了半年保婴室，家人隔着玻璃看，离婚时婆家都说要人就要命。三十岁，她算是把一切悲欢都过过了。娘家无可靠之人，一个寡母跟着白眼狼兄长，对她是不管不顾的，母亲自然也不敢如何接济她，因为哥哥已经有两个孩子，也在贫困线上挣扎。

相比较，另一个女同学倒是对自己的人生有规划，她知道自己长得丑，毕业索性就回乡镇当了教师，做教师只是当跷跷板，为的是寻个还差不多的金龟婿。要瓜得瓜，她最后也算是如意（她后来生的儿子就叫如意）。嫁的丈夫虽然丑，但本分老实，最主要是在镇上有两处门面，做五合金生意，家里钵满盆满。学生时代看不出她的精明，毕业之后，她倒活得洒脱，因为老公丑，也就知道他不会有多少风流故事，放在家里安稳，几年之后神清气爽，越活越显得年轻，比学生时代倒好看了不少（有传到空间的照片可证）。她经常在群里吆喝，要班长组织起来，回母校聚会，各人自掏宾馆住宿费，饭钱她可以出的。——也算是在群里赚得一点小风光。这个女孩始终与雅典保持着密切联系，也不知道为什么，雅典谈不上喜欢她，但佩服她对生活的奋斗精神，以及某种委曲求全的柔韧，她知道自己是学不来的。

比起孩子给了丈夫母子分离的女同学，雅典算是不婚不育保平安；与人丑但嫁给五合金店老板儿子的女同学相比，雅典在别人眼里就是失败者了。知情的同学说起来，对于离婚已经生育的，认为至少完成了社会任务，不算是害虫，像雅典这种，在他们，则调侃是"社会特级公害"。群里同学大多已婚，单身的除过雅典，都是已离或再离过的，很多人当然不知道雅典的具体情感状态，但有几个知道就不是秘密，何况长嘴辅导员什么都要打听的，他们是她带的第一届，带了四年，说是如同亲生子女，出笼之后总关注着，搜集着各种信息。雅典毕业之后一次都没有和她主动说过话，但她居然知道她的一切消息，哀叹雅典的命运，说雅典读书时代不好好读书，谈恋爱时不好好谈恋爱，自己过成空巢老妇女，这就是女人该在什么年龄不做什么事的代价。这个辅导员很懂得跟上政策，积极响应国家号召，二胎政策出台后，冒着四十三岁的高龄，积极补救自己有儿无女的人生，生了个女儿。在群里，她认为雅典这种不婚不育的人是"反社会"，她认为造物主给女人造个子宫就是来生育的。因此，尽管已经毕业多年，二胎政策出台后，她积极在群里劝说她的那些得意门生给她多生几个徒孙呢。关于她私下讨论雅典的话，别人传给雅典的，班里总有好事者，回大学一次，能带回一箩筐故事，这也是雅典不喜欢参加同学会的原因。要得意你们就得意吧，要嘲笑你们就嘲笑吧，反正生活把我打倒在地我索性就坐下了。雅典是这样的心态，再加四个字，殊途同归，结果都是一样的——终归是一抔黄土。

最近班里同学建起了微信群，把雅典拉进去过，每天很是热闹，留在本市的同学，和辅导员打成了一片，他们是她的得意学生，她不是，尤其是那些人传来他们的内部聊天微信，让她颇受不了女班主任八婆一样八卦各个学生的样子。

现在让她有点烦恼的一件事，是一个同学约她回去聚会，而她，根本没有打算去，但她欠她人情。最缺钱的时候，她借给她一万。她是这次聚会辅导员委任的组织者，看得出她的兴高采烈，但雅典对此实在毫无兴趣。前几次打电话的时候，已经说了外甥女要来，但是人家让带着外甥女去也可以，说："小孩子嘛，吃吃喝喝就可以了，又不闹腾。"雅典说她自己不好意思。

3

　　雅典和江嘉陵就是在培训机构招人的时候认识的，那时候，江嘉陵是来做讲座的人，而雅典，临时负责一个培训机构的项目，主要是管理和接洽。雅典在这个读书机构负责读书宣传工作，也有培训，短期的那种。江嘉陵是被主办方找来做讲座的人，雅典作为主办方端茶倒水做笔记的会议工作人员，有机会和他多说几句话，因此有了后面的联系。那几年，她的工作总是那样，仗着年轻，吃着青春饭，时而辞职，时而旅行，常常哭泣，却不容易被击垮，虽然也受够了孤单和痛苦，但是，赖在大学毕业的省城就是不想走，这样的工作，已经算得上体面的了。其实，走，又能到哪里去？小县城的人员已满，回去无非等着嫁人，而嫁人也已经过了最佳婚龄。回家还不如出去旅行，于是工作，于是攒钱。

　　与江嘉陵认识的那段日子，是她拼命攒钱的日子，她想去西藏和东三省一趟，全国都走遍了，其他地方对她已经失去了吸引力，接下来，走过这两个地方，就可以出国了。她对出国一直没有什么向往，那是因为国内的土地还没有踏遍，最主要，经济也跟不上。现在这两年想通了，人生嘛，不知道何处是站台，只要能买得起一张车票，就到处溜达溜达。反正总是要死的，还是那句话，殊途同归，每个人都一样。

　　西藏这个地方让她向往，并不是去朝圣，她对朝圣不感兴趣，她感兴趣的是那些奔往西藏的人，感兴趣的是西藏的秃鹫。很久了，她喜欢参加葬礼。一些人有恋尸癖，她有恋葬癖，不敢对人说的。葬礼一般不能随便看，但观看天葬，即使不是亲朋好友，不是同事，也可以理直气壮去参加，虽然在一些法律法规条文里，看天葬也是犯法的，但当地人可不这样认为。

雅典在毕业之前有过三个月短暂的工作，当时在一家幼儿园上班，那种私立幼儿园。三个月内参加了两次葬礼，一次是同事的母亲的，园长的母亲；一次是同事。那个同事实在太年轻了，殡仪馆美容过后的告别，就像新娘子要出嫁，躺倒的新娘子，波光潋滟柳条柔，一派岁月静好。八百里以外的老家县城盛行冥婚，如此年轻的女孩子，如果不放在殡仪馆，早就被人偷走藏了尸体，专等着有个年轻男人死了给他配冥婚，这门生意像个黑洞，但很多农村人一清二楚。她看着她年轻的合着双目的容颜，想着如果在家乡配个冥尸老公为夫妻，父母应该不会觉得很孤单。继而又嘲笑自己，人人都认为二大于一，甚至于死亦如此。妹妹打来电话的时候她正在睡午觉，说起村庄里一户人家，腊月初九丈夫靠着车门去世了，十五的时候，妻子过马路喂鸡，遭到了车的碾压，仅仅一星期……她无法想象，生与死似乎是瞬间的事情。

妹妹从事审判工作，曾经让她不要乱跑，尤其回到老家县城时。她问为什么，一条街几个人谁不认识谁，怕什么。妹妹就告诉她新近审理的一个案子，县城最富的煤老板为了给新死的儿子配冥婚，不是觉得女尸放久了，就是觉得太老了，收货商没有办法，就买了黄桃罐头给自己有点痴呆的女儿吃了，是骗着老婆的，为了钱，终于释解了煤老板的遗憾。但是，半年之后，因为另一具女尸被偷引起了国家机关的注意，这些也一并牵扯出来。最后的结果，提供尸体的老板一家都死了，因为他无法安慰自己的老婆，就也毒死了她，他最后也被人杀了，合伙人干的……

雅典觉得恐怖，想都没有想过的事情，居然就发生在自己从小生活的县城，就在自己经常回家那些年。同事火化的过程，她算是全参加了。那时候，她觉得殡葬真是一门艺术，想去学习敛装术，做个殡仪师，但打问了一下，这个行业也是要证的，因此没有去。与江嘉陵分手后，她一度兴起这个念头，到城郊雀栖原的殡仪馆去当个美容师，她不无恶毒地想，也许在那里见到江嘉陵，会成为人生的最后一次见面。——她不会想到，那么绝情的江嘉陵，居然找了来。爱一个人就是你明明觉得分手就像是死亡，孤单痛苦很绝望，但愿意就此下去不改变，然而忽然之间，那个人又出现了，打翻你全部计划，剥削你的孤独，侵袭你的痛苦，让你的绝望进入一种被殖民状态，然后他再一次远去。这算什么？这是戏弄，一点真诚也没有的。想通了这点，雅典恨不得给他烧纸，爱情仍然存在的，但爱人不在了，只希望他阴魂散掉，别再来纠缠。喜欢丧葬是不是因为喜欢上了失恋的那种痛彻心扉？她问过自己的。一方面觉得丧葬恐怖，另一方面又克制不住有机会就去参加。参加一次丧葬，就想象一次江嘉陵的死亡，然后断肠一次。在这样多次的想象之后，江嘉陵已经不能从现实里引起她多少情动了，他活在她独自的想象里，一次次死亡。

江嘉陵有一头浓密的头发，不梳理的时候，用手揉一揉蓬乱起来，很有水手的感觉，像是神话里那种有着浓密头发的神，肩膀的宽度也让他显得很有男人味。在此之前，雅典是不欣赏这种体型的，她喜欢瘦而窄小的人，最好身高也不错。她从来没有欣赏过江嘉陵这样的体型，一次都没有，宽壮的身板，即使瘦下来，也无法看出他是个瘦子。有时想想，她都觉得自己是瞎了眼一阵子才迷上江嘉陵的，太过孤独容易饥不择食。江嘉陵之后，她也没有欣赏过这样的人。然而，仅仅是江嘉陵，就只有江嘉陵，修正了她对男人的欣赏。他是个例外。他喜欢穿蓝色和咖色的衣服，加一条牛仔裤，也会穿中年男人通常所穿的那种肥大的辨认不出体型的裤子。他做讲座的时候，就穿着牛仔裤，配咖色长袖上衣。那时候还没有动心，所以可以很客观地打量他。

　　和江嘉陵身体的结合算是雅典人生中最大的惊喜，有很多年了，她没有那样开心过，竟然能那样完美地享受，那样快活甜蜜，那样放松。关键是放松。雅典是一个外在看起来松散实际内在紧绷的人，不管她怎样随心所欲一份又一份地辞掉各种不同的工作，她只是外在体现了一种自由，内里有着十足的防范。江嘉陵并不是她的第一个男人，在分别之后亦没有为他守贞，因为没有必要的。然而江嘉陵给她的感觉真是奇怪，两个人在一起，她很轻松地享受着他的爱抚，甚至感觉不到时间的推移，直到每次他要离开，她才会有那样的惊觉和悲伤。她是第一次有那种感觉的，面对江嘉陵，自己的手和脚，自己的眼睛和嘴唇，自己的每一个细胞都像有了它自己的灵魂，像一个一个浅滩等着江嘉陵去浇灌，它们擅自行动自行欢愉，却又彼此合作共同分享。真是让人欣喜若狂。她渴望江嘉陵的一切，从头发到脚指甲，亲吻他的耳朵，然后一路到脖子，其次是大腿，再走到脚踝，最后走到脚指头……就好像温暖的水注入全身，整个人浮在温泉上。"温泉水滑洗凝脂"，应该说的就是这感受，生命里很多感受是相通的。她从来没有感觉到一个人可以那样无拘无束，就像一块自由行进的浮木，在水上漂流；就像一片云朵儿，想到哪里就到哪里，想打散就打散，想团聚就团聚。完全是一种一切满足的状态，无其他渴求。

很快，她就选择与江嘉陵过起了同居生活，允许他随意进入她租来的房子。——然而，三个月之后，曾经爱得轰轰烈烈的感觉，在江嘉陵说需要做脑颅手术的时候被迫停下来。

事隔几年之后，雅典从太多的信息里知道这不过是江嘉陵数不清的风流韵事里的一桩，毫无特殊之处，情节对他不过是桥段，累了之后乏善可陈，也谈不上什么真诚，至于抒情，那完全是因为场景需要。那样隆重而欢畅的感觉，只是雅典一个人的。很难过吗？其实也没有什么，雅典甚至有欣喜，这样就一切占有了，完满地拥有，因为说到底，爱情是要自己骗自己，该感谢江嘉陵，他给了她爱情的感觉。雅典清楚自己的性格，比较孤绝，最好一点在于真诚，她依靠它，依靠自己在这个世界的感觉而活着，自在随意，不要强迫一个人的。想明白就会替江嘉陵难过，为了离开她，他居然编造一个死亡谎言。这太令人难堪了。

开始，最大的苦难是需要克服身体的依恋，有很长时间，雅典觉得自己的心和身体依然被这个人保管，即使和别的男人发生关系，也几乎没有什么特别的感觉，根本无法获得自己的完整性，更别说放松与满足。

对江嘉陵的情欲是那样刻骨铭心，除去嘉陵不是云，简直叫人悲痛欲绝。不联系的日子，根本爱不上任何人，太多的回忆让她落泪，她的门是关上了。"花径不曾缘客扫"，无花无客。

与此同时，却总觉得有种大仇未报之感，雅典觉得江嘉陵激发了自己狰狞的一面，她不恨他，然而却希望他变成一团骨灰，只有如此，谎言才显出它纯白的美。但是，让她拿着匕首去捅了江嘉陵，她亦是做不到的，不是惧怕什么，而是爱情本就强求不得，结果是爱的人选择的。不过，江嘉陵又何尝没有给过她力量，她怎么能否认得了，自从认识江嘉陵后，包括离开，最后的分别，他给她的力量让她跨越了贫穷，跨越了物质的贪嗜，跨越了虚荣。她不再对人卑躬屈膝，不再自惭形秽，不再总是对生活感觉到抱愧。然而，也是江嘉陵，将她对生活的热望抽走了，她感觉自己再也不会去爱上哪个人。

江嘉陵住在一处著名的遗址旁，那遗址里面有太阳神鸟的标志，金黄色的神鸟轮不断旋转。江嘉陵是她生命里唯一旋转的金黄色轮子了，是她生命的神鸟，她知道，没有别人，不会有任何人了。

4

"我没有再爱上别人。"在分开两年八个月又二十三天后，江嘉陵对雅典说，"别的女人贴近我。"对，这是原话，意思就是他和别的人睡过觉了，但他不是主动的，被当作了唐僧肉。她知道，他的疏离再也无法对她形成任何实质性的威胁。面目模糊的不同的人，连嫉妒都无从谈起。她觉得她应该哭一会儿，虽然她想伸手打江嘉陵几个巴掌，以前也不是没有打过，每次江嘉陵都会受着，那时候两个人的气场完全不同，至少和这时候不同。那时候江嘉陵讲自己的初恋，讲认识她之前的各种风流韵事。她每次都能耐心地听完，然后，打出巴掌，为那些她没有参与的快乐，让他受着。现在不一样了，她伸不起手，没有力气。而且伸出巴掌，江嘉陵就会说："你现在不爱我了，没有权利打我。"江嘉陵为了激怒她，故意说这话，她不会上这当的。爱还爱着，但不要了，仅此而已。

江嘉陵比她诚实，在这方面，她第一次感觉到其实江嘉陵比自己坦荡。两个人实在太相似了，爱情或者爱的形式早就变了，但是那种吸引两个人在一起的相似性体现了出来。所以她并没有打他，也没有哭，只是说："不说我也知道的。"江嘉陵似乎是炫耀但又摆出一副无力的样子笑着说："我也知道骗不过你。雅典你太聪明了，对我的一切了如指掌，你猜心思是很准的。"她知道，她就是知道，但是她不让自己去相信，努力想或者有个万一呢。江嘉陵的这次到来，分明是验证，表明爱情从来没有存在过，也或者，可以这样说，他完整地送来了爱情最后的骨灰盒。她感觉到自己的一部分在死去，两年多快三年的寂寞把一切都改变了，渴望与现实鸿沟巨大，她在被吞没的深谷里。另一方面，她又不得不承认，在如饥似渴地享用他的亲吻和拥抱之后，一种抓心挠肺的痛苦感撕裂着她，即使是如此，即使都这样了，她居然升起那样的念头，在寒酸的租来的二三十平方米的房子里，她居然还是渴望与他厮守。

江嘉陵激发了她对生活邪恶的一面，连最基本的礼仪都无法做到了，她知道自己面目狰狞，因为连自己也是讨厌自己的。她在不断地诅咒江嘉陵，一个又一个短信，一封又一封邮件，长年累月，她说希望他消失，这样爱与不爱只是她个人的事情。

一个生活的失败者，最后的一点尊严，却是以丧失所有尊严为代价来换得的。他的生活没有过不下去，她给他的只是美人醇酒还正年轻的幻觉，一切不过逢场作戏，所能逼迫的只是让自己放手。还能有什么呢？她已经失去了正正当当去享受生活的快乐，既然无法与自己爱的人正正当当享受快乐，那么，不如烧纸给他。

到处都是比她小的人，到处都是她们的孩子，在她们面前，她感到自己经验不足，欠缺抚养小孩和经营家庭的能力，也无能找一个男人每个早晨一起醒来。但是，这些年来爱着一个男人，毕竟教会了她一些事情：组织小家庭，生儿育女固然令人满足，但是对于一些心不在场的人，不过就如此了。

能够拥有的就只有开头，如果一对男女不通过孩子绑在一起。那么，是不是当初就应该生个孩子，对不对？嘉陵。这样就可以拿着孩子为理由纠缠。——可是这样的事情永远不可能，一个孩子的出生不该是阴谋，而是相爱的结果。

5

妹妹的女儿冬千阳十一岁，叫她大姨，虽然年龄上是个孩子，个头却已经快一米六了，眼睛如同她妈妈，大而亮，鼻子挺拔，随她爸爸。千阳喜欢和她贴鼻子打招呼，以显示自己的大鼻子，每天都会不由自主蹭过来，说是行贴鼻礼，一边蹭一边说着。

"大姨你要给我讲故事，妈妈说你走了很多地方，经历了很多故事。"说这话的时候，冬千阳抬起头斜斜看着她，明显在等待着。

可是，妹妹早就说过了，禁止她给小孩子讲恐怖故事。妹妹知道她恶作剧，小时候经常将她吓唬得一愣一愣，哭着找祖母。

嗯。不得不说，姐妹俩是祖母养大的，她们的父亲在她们很小的时候就去世了，母亲再次远嫁，有了自己的人生，所以，她们只能和年迈的祖母一起生活。她们的整个童年都和祖母在一起生活，可以说，祖母几乎算是代替了她们的母亲，没有祖母她们是活不下来的。恋爱的时候，最遗憾的是没让祖母与江嘉陵见上一面，可是那时候祖母已经死掉两年多了，真是令人悲伤。然而，提到祖母，江嘉陵就像一个嫉妒的情人，他觉得死去的祖母分去了雅典对他的部分感情，每次都会暴跳如雷，嫉妒到眼眶发红。这一方面让雅典觉得很受用，另一方面又觉得为难。没有办法，江嘉陵就是这样的人，即使出去吃饭，她和饭店的小伙笑着说两句，他都会恼火半天，包括没有带门禁卡，笑着和门卫打声招呼，江嘉陵都会怪她卖弄风情，甚至对卖烤红薯的小商贩，江嘉陵都希望她板着脸，否则就是罪，是她在招惹别人……

　　雅典从来在爱情上没有这样经历过，她对爱情也并不懂得玩心机，坦诚真实地相亲相爱，比什么都好。相亲相爱真是一个好词，这四个字应该加上引号，但对雅典来说，引号是隔开的，表示一种距离，她不想要引号隔开。与江嘉陵，她是第一次体验到相亲相爱这四个字的颜色气味声响触觉，它们长了翅膀拥抱和亲吻她，每个字都有它的重量。不过，祖母去世虽然一度让雅典崩溃，但是也就如江嘉陵嫉妒的一样，将祖母安放进墓地之后，雅典获得了前所未有的自由，这种自由是那种无拘无束的自由，包括失去江嘉陵，也还能拥有的自由，是那种再也没有软肋的自由，也就是说，再也没有什么可失去。祖母是天生的，上天为她准备的，那叫失去，而失去一个恋人，这种说法本就不成立，因为恋人开始并不存在。

　　她也一度想象过，如果祖母在世的时候和江嘉陵认识，两个人结婚，祖母会多么欣慰。想象下葬的时候，江嘉陵穿着一身丧服以孙女婿的名义站在坟头，抱着安慰她，也许那时候她会觉得很开心呢。然而，这一切也仅止于想象。

姐妹俩的年龄只相差一岁，双胞胎一样一起经历了童年的一切，目睹了太多家庭变故，然后相扶相持着考上了大学，妹妹读的是法律系，后来考了一系列的资格证，做了一名县城的公证员，嫁给同样是学法律出身的丈夫，小富即安，养育孩子，不断拼娃，不让孩子输在起跑线上，谈不上如何幸福，也谈不上如何不幸。如同大多到了年龄结婚生子的人一样，妹妹的忧虑和快乐，和他们没有多少出入。反倒是她，越来越将自己活成一本失败者宣言，大学毕业之后，一天不如一天，但生活倒是保持在那种初毕业时流动不安的状态上，显出了一种十多年如一日的活力。

她不敢给冬千阳讲恐怖故事，以前妹妹一听到她讲恐怖故事就去找祖母，恶告一状，祖母很少打她，但每次碰到这种事必然打她几棍子，因为就连祖母也觉得她讲的那些故事是怕人的，说是要打掉她心里的魔性。

然而，冬千阳一直问："大姨，讲一个嘛，就一个。我妈妈经常给我讲书本上的故事的。你不行就讲讲自己的爱情，我奶奶还问我你大姨怎么现在都不结婚，都成老女子了，难道有什么故事？"

把自己的爱情当作恐怖故事讲给冬千阳听，那也是需要本事的，一代人有一代人的爱情，冬千阳是爱情存在的明证，也可能是荷尔蒙在青春期太过发达的明证，一些东西，她还属于憧憬期，但不说似乎又辜负了她想知道的心。看来要挨妹妹的批评，如果不是让冬千阳在假期和节日增长见识，妹妹绝对不会将冬千阳送来和她待一段时间的，妹妹是个对孩子十分上心的母亲，大约和她们从小被父母抛弃有关系，父亲去世，母亲离家出走，只有祖母管她们，这对她们造成的直接伤害就是一个早早结婚，构建和谐人生，一个一直不结婚。妹妹属于前者，要修正自己的人生；她属于后者，凡事太尽，缘分势必早尽，一辈子大约就这样了。"你们是一生一世的姐妹，我百年之后，要相互扶持。"这是祖母以前总在她们吵架时候说的原话，也许正因为这句话，做妹妹的一直让着她，在节日还送了外甥女来，让她感受家的气息。嗯，一生一世的姐妹，那也是要受着恐怖故事的。然而，如果将恐怖故事讲给下一辈的小孩听，怎么说也是不厚道的。

冬千阳拉过她的手，准备听故事的样子，离出门还有几个小时，离吃午饭也还有两个多小时，钢琴师让下午去弹，所以驾校也是下午去，下顿饭在中午，此时刚吃过稀饭和鸡蛋。

因为正在攒钱准备去西藏和东三省，所以雅典寻思如果有个伴也很不错，可惜冬千阳太小了，不知道这小孩子以后要跑到哪里去，虽然她还没有如何显示出自己的学习天赋，但语言方面明显有自己的兴趣，学什么话都学得快，唱歌也好听。冬千阳太小了，小到还不能体会生活全部的细碎悲伤，如果再往大一点，经历人生的那些琐屑，一地鸡毛的爱情，或者面包碎片的家庭真相，又或者来自友谊的背叛，她也许就不会缠着雅典讲故事了。雅典有时候会羡慕冬千阳的年龄，但是，绝对不要回去，一次都不要，与妹妹在童年过的那种悲伤日子，实在太痛苦了，如果驾着时光的列车回去，只想把祖母背出来，除此之外，一次都不要想，做梦都不要做。

五年前分手后，特别想抛下一切走掉，可是已经没什么可以抛下。也走过几个城市，但最后还是回到了这座大学毕业的城市。与恋爱前不同的是，那年冬天来了一只流浪猫，索性就养了起来，叫它小马，是只公猫。出门要么托付给朋友，要么托付给宠物医院。来的时候才手掌大的一只猫，如今，已经猫生青年已过，和她一样进入中年。

妹妹不是没有建议过，将猫放归田园，就如它夏天总跑出去一样，冬天也让它滚蛋，趁着还年轻，出去相亲，哪怕做别人的后妈，也是女人不错的去处，总比独身好，何况还可能存点钱财，对于无产女人来说，结婚可以实现一定的财产转移，即使是转移别人的；再不济，也还有个男人可用。学过法律的妹妹深知家庭的好处，深知结婚无论在身体还是在精神还是在社会利益上，都有很多隐形福利。然而，她狠狠地骂过妹妹，她觉得是妹妹不让她为爱情守丧，而失恋后，如果真能对镜贴花黄，很快就和一些男人好上，那不叫失恋。其实妹妹也知道，她一直爱着那个男人，尽管充满了幼稚的不切实际的等待（人家已婚已育），但即使他结婚了也还可以离，他死了至少还有骨灰盒，即使骨灰盒是别人的，但未必有人住在他坟头替他守着。妹妹说她只长体重不增智商，说这些话完全不切实际，女人要切实生活，不要踏在云里雾里，以后有的受。但是，在心里与心爱的男人一起生活，即使孤独，也应该叫孤独万岁。姐妹俩在家庭和婚姻的看法上，从来都是南北两极。不过，难得的是童年相依为命的记忆将她们两个人的灵魂绑在一起，彼此可以互相温暖，至少，妹妹愿意温暖她。

也不是没有人，一个叫康哲的小她三岁的家伙一度来给她做过饭。然而兴奋不到一周，就觉得下体奇痒无比，到医院去检查，开了一系列的药，说是尿路感染，不洁性行为的原因。想来想去，只有康哲。为什么会这样？她一个人暴走了一个下午，希望早点儿从痛苦里逃出来，希望早点从江嘉陵制造的灾难里跳出来。

她觉得自己太可怜了，从小没有和父母撒过娇，跟着祖母和妹妹一起生活，没有对任何人真正任性过，即使对江嘉陵，也是各种忍耐，可是结果却是这样。早就怨不得江嘉陵了，两个人之间，隔着陌生的滚滚人流，山南海北。

……

康哲要求留下来，要求过夜，她是无法的，两个人只有吵。那天夜里，她忍不住哭了出来，鼻子和嘴巴却还紧紧贴着康哲的身子，说实话，自从江嘉陵之后，无法习惯与任何一个人密切相处，留下来过夜更是不可能的。康哲一定还有别的女人，或男人，所以才如此，那么就无性交往吧。她最后向康哲提出了这样的请求。康哲也答应了。坚持了一阵子之后，康哲受不了，终于断了联系。

如果那时不与康哲分手，即使两个人不做爱，至少可以依偎着一起睡觉，没有性不会死人的，在一张既有男人又有猫的床上，过完冬天过夏天，说给谁也是幸福满溢的。如果再生两个孩子，一男一女，就是大多人所说的圆满了。毕竟还不迟呀，现在医疗这么发达。康哲这样劝说过她生孩子的，那时候似乎对她有点真心，拿孩子套住一个男人，一辈子，也不是不可能，大多女人过着这样的生活。为什么要拒绝这样的生活？她不是没有问过自己，即使走在路上，也一度站住，定住，怔住，问自己。可是，无法做到呀。那样会打乱心里的幻象，江嘉陵在心里也就真是一个墓碑了。即使江嘉陵已经成为一个墓碑了，她也不能允许自己去铲除，这是她唯一的爱情，一生里唯一的一次。她不信的，不信人们所说的破镜重圆，不信鸳梦重温，但相信一种感觉，那就是一辈子只能刻骨铭心地爱上一个人，此外，除去巫山不是云。就如此了。

随时想着回头，爱情毕竟是平庸生活的梦想，想要的东西就是想要，想爱的人就是想爱，即使恶心又怎么样，即使他化为一堆骨灰又如何？就在心里供着一个骨灰盒吧，爱情最后的信仰。

6

雅典一边在钢琴房楼下的咖啡馆等冬千阳下课，一边想要不要与江嘉陵联系。时至今日，无论如何也搜不出什么甜蜜的感觉了，快乐都已经被稀释掉，五年多的时光，将仅有的几个月的温暖全部发散完毕。即使最后一次，两具肉体重叠在一起，也未能很好地完成男女之欢，一切的交谈变得空空洞洞，她是一句都不信他了的。几年的时光，江嘉陵在变化着，她也在变化着，河流变成了沙漠，所有心怀爱意的人，都觉得时光回得去，因为毕竟在心上念着一个人。后来呢？埋下的坟茔，年年芳草青青，一年比一年葳蕤，于现实却一点都无法改变了。

应该是下课了。冬千阳用她爸爸给她买的电话手表给她打电话，她开始上楼去接她，准备带她去吃饭。

冬千阳继承了她爸爸的长腿，继承了她妈妈的长相，却没有继承她妈妈的白皙，显得有点黑，但俏泼还是俏泼的，很可爱。

这个年龄段的孩子，最喜欢的是巧克力和冰激凌，为了她的健康她妈妈明明叮嘱过，但当雅典问出"你想晚上吃什么"的时候，冬千阳还是固执地去挽她的手，央告着说要吃榴莲比萨和巧克力，以及一个大冰激凌。都是甜的，都是妹妹反对的。

"大姨，你真厉害，在省里生活，一个月赚多少钱呢？三千还是三万。"一边吃着牛肉比萨一边说——店里没有榴莲，所以换成了牛肉比萨。冬千阳学着大人的口气，与她聊天。因为是冬天，加之室内温度高，她又吃着热量高的食物，这让她的脸显得红扑扑的。冬千阳还有其他的决定，吃过比萨后，再去吃条鱼。她说老师说的，吃鱼的人聪明灵活。

听到鱼，雅典想着像这样冷到零下一切都结冰的冬天，如果能让冬千阳品尝到一碗又浓又热的鲫鱼汤就好了，那鱼汤的味道能原原本本体现水里的生命，混杂着干姜和大蒜，吃到嘴里直沁骨髓。鲫鱼汤是营养丰富的幸福美食，一般病人和孕妇才经常买了来仔仔细细熬着喝，因为鲫鱼实在太小了，超过三斤的很少。这是江嘉陵之外的男人告诉雅典的，也是他教会了雅典如何做鲫鱼汤。而他已死了，那时候就生着病呢。在没有认识江嘉陵之前，雅典和他断断续续同居了一年多，因为他的病，并不适合结婚，雅典本来也就没有结婚的打算，两个人并没有爱得死去活来，至少雅典没有，不过难得他对雅典好，不超过半个月，总到她租住的小房子看她一次，有时一周见几次。他们的生活，倒有寻常男女朋友的气象，其实更像是老夫老妻，他只要来，总是先到菜市场的，进了房间先到厨房，做饭洗碗。那时候雅典刚大学毕业，实在太穷了，租的房子很小，开始还是和人合租的。然而他也不嫌弃。每次来都买了食材，做饭洗碗拖地，然后去上班，或者晚上看到同租房子的女孩没有回来，就住下来。那女孩有自己的男朋友，也已经同居了，只是因为工作方便才与雅典合租了那间两室一厅的房子。那时候的雅典啊，还是一个根本不懂得如何珍惜爱情的坏女孩，粗野暴躁，喝酒吸烟加骂人，很少有男人管得住。这个男人也是，顺着她脾气与她交往。最可悲最可恨的事情，不是两个人后来因为江嘉陵自然而然地分开，也不是与江嘉陵分手初期如何，而是几年之后，一次和人吃饭，人们说到鲫鱼汤，借着桌子上喝了几口白酒的醉意，雅典哭到无法喘气。实在太可悲了，那么难以置信，雅典从来没有觉得自己如何爱那个人，虽然她很喜欢他来房子，很喜欢他做饭，尤其做鲫鱼汤。因为他生着病，家里人给他常常熬鲫鱼汤，他看雅典瘦弱，九十多斤，所以只要来，总会买两条鲫鱼给雅典补身子，他说雅典一个人背井离乡太可怜了。他可能知道自己的病情，所以从来没有对雅典要求过什么，也没有告诉过雅典那种病随时可能死人的。雅典是后来才知道。他死了之后他家人才告诉了她。

他会对雅典说："身体吸收了这种鱼汤，人就会变得理智坚强，鲫鱼是非常补的，鲫鱼是所有鱼类里最补身体的。"那时候她总是盯着瓷盆里的两条鲫鱼的头，有时已经吃剩了，骨头堆在桌子上，等着他去收。

这是雅典内心最深处的疼痛。她有时也会恨江嘉陵，恨不得他去死，她诅咒他的时候就会想起来给她熬鲫鱼汤的人，如果江嘉陵不出现，也许那个人就不会那么快就死掉了。江嘉陵出现之后，她告诉他她恋爱了，他没有反对，短信里说自己知道会有这么一天，只是太快了。他对她表示了恭喜，但说自己有点难过。

后来，他想见她最后一面，她没有见。那时候她在内心向江嘉陵表着忠心呢。这是她永远的痛。她爱江嘉陵，但如果说她内心里和哪个男人有过结婚的感觉，愿意和哪个男人结婚，她希望是给她做鲫鱼汤的人，他们固然因为他的病不会有孩子，不会有什么很美满的日子，但她喜欢他给她创造的家的感觉，那种厨房里日色氤氲的感觉，是一辈子都无法忘记掉的。幸福，淡淡的一层薄雾，从口齿到喉咙到肠胃，深切地拥抱。以至有时候，她内心哀嚎又哀嚎，她觉得自己是为他在守寡，他惩罚了她，以他的死亡。雅典和谁都没有说过，从来没有提起过这段恋情，因为那时候她不喜欢他，不喜欢他胖墩墩的长相，不喜欢他的声音，不喜欢他总是一副好脾气的样子，不喜欢他总说如果不是生病他就向她求婚。有很多个黄昏，饿得前胸贴后背的时候，她会突然想起他，想到厨房里或许有两条鲫鱼。不能提鱼，更不能提鲫鱼，一直以来都是如此，不然会克制不住哽咽。

　　她想起了与他亲热时他的声音和面容。他的身体太弱了，连做爱也是完不成的，但是他们在一起因为他总是会做饭给她吃，她就很开心，认为这些可以弥补无法做爱的遗憾。何况，她和他单独相处，她从来没有讨厌过他，只是不够热情罢了。那时候太过年轻了，生活在赶着，忙着赚钱忙着四处蹦跶忙着旅游，对他的感情，像一种救济。而现在想来，更像是他对她的一种救济，陪了她那么长时间，让她知道她是值得被爱的，有人愿意做饭给她吃的。他曾经专门买了猫粮来喂她门口的猫，冬天最冷的日子，把雅典从外面捡来的流浪猫抱在怀里，给它取暖。那个冬天，生命里对于他来说最后的冬天，就是所说的世界末日可能到来的那个冬天，他们一起喂养了寻上门来的一只橘色流浪猫，他说它是他们的孩子。他买了鸡肝鸭肠煮给它吃。那时候雅典在河边的一条破落的巷子里住着，但已经是单间了，比原来的房子小，没有煤气，只能用电。每次，他蹲在地下做饭的样子，总能唤起她的童年。

好几年过去了，她有时想自己爱过他，有时又不想去承认。她明白他也是高傲的，生命让他无法高傲，但他有那样的骨气，包括后来雅典离开他，他只是求她，从来没有闹过，一次都没有纠缠过。雅典在诅咒里一次次地对江嘉陵说："我需要英雄。"他曾经是她的英雄，百折不回，许多年之后才明白，明白之后才眼泪掉下来。并没有流多少泪的，不同于对江嘉陵，总是激情满满，被伤害的感觉很深。因为他们有过一粥一饭一鱼一汤的日子，因为有过那种具象大过一切想象的生活，因为曾经相濡以沫那么久，甚至托付着彼此的生命，所以，虽然不常想起，但只要想起来，雅典总觉得生命里灌入了水晶一样的冰凉。他没有名字，武陵人远，永远也不会有自己的名字，但在雅典的生命里，他有自己的气味、声响，有自己的色彩，她知道在生命的最后，也许只有他陪着她，只有他等着她。不是江嘉陵，江嘉陵是一个幻觉。这不是爱情的爱情，让她一直可以坚强地活着，即使被江嘉陵那样抛弃经常有厌世之感仍然可以坚强地活着，因为她觉得她身上活着两个人，她还要替他活进自己的老年，一定要坚强，吃鲫鱼汤可以使人坚强，就像一种宣誓。

雅典决定带着冬千阳去喝鲫鱼汤。

后来习惯性在冬天收养流浪猫，也是因为这个来做过鲫鱼汤的人，无论怎么搬迁，他总会赶来给她做饭。到了春天她就会将猫赶到外面去，从来如此。对于那只他们一起养过的野猫也是如此。狭小的租来的房子，窄小昏暗的浴室，还有同样昏暗的厨房……每次搬的房子都是如此。然而因为他，才有了春天的味道，家的气息。又怎么忘怀的了。真的，有时恨不得死掉的是江嘉陵，而不是他。

他死后，雅典经常有这感觉，自己像一条鲫鱼一样孤独。

想起这些，太过后知后觉了，她觉得自己看不见了前方的路，多么想哭出来。一种永恒的失去，没有人懂得。

饭店里，冬千阳一边小口喝着鲫鱼汤一边说："大姨你真是会享受。"对于坐进宽宽大大的饭店里一边吃饭一边看饭店中心舞台上的人唱歌的她来说，似乎这样的生活就是享受。平时，雅典是不大进饭店吃饭的，早就吃厌了，她又不懂得烹调，日子过得真是糊涂。冬千阳来了，正可以带着她下馆子。

"妈妈要是经常带我这样玩就好了。她工作总是忙。"冬千阳接着说，"大姨你为什么不结婚？我奶奶都问我你为什么不结婚。难道一辈子不嫁人了？"

两个家庭联姻，总会牵扯双方的亲戚朋友，雅典讨厌去妹妹家，这点也是原因。雅娜的婆婆靠着在街镇地方有土地，分得一些钱，平日里什么都不干，跳跳广场舞，哄哄小孙子，所关心的就这些八竿子都打不着的事情。雅典以前还好心情地和她解释过，但实在是不可与之言。然而，妹妹的孩子肯定也就是妹妹婆婆家的孩子，冬千阳身上无可避免地学了这些好问人私事的毛病，而且跟着大人学习如何评说："三四十岁还不结婚以后有人要？"虽说童言无忌，但雅典真是立即火冒三丈。小孩子又懂得什么。雅典压住突然而起的厌恶，问冬千阳："你这么小还懂这些，那你什么时候结婚？"冬千阳认真地思考了一会儿说："要跟爸爸妈妈一样，大学毕业就结婚。"她说着，就甜甜地笑了。看得出，她已经懂得向往爱情。

"大姨，你真厉害呀。比萨真好吃，这鱼也好吃，我以后来找你。"冬千阳一边夹起她为了调胃口给她点的青椒皮蛋一边说，学着大人的口气又补充了一句，"谢谢大姨。"

鱼汤很热，所以她的脸看上去红扑扑的，雅典想如果冬千阳以后去学几门语言好了，就可以一起去旅行了，几乎到哪里都是可以的。妹妹生的这两个孩子，只要不被家里土地上分的那点钱娇生惯养，一般情况下不至于长歪，至少上个大学没问题，她希望她们全部读语言类专业。那时候，去爱尔兰多好，她一直喜欢爱尔兰。爱尔兰有很多鱼可以吃的，这是那个男人告诉她的，他去过。去俄罗斯也行，他也去过。他那时候劝她多吃鱼，他很认真地对雅典说过一句话："身体吸收了鱼汤，人就变得健康，就可以走过很多大江大海。吃陆地上的东西，得到陆地上的保护，吃水里的东西，就得到海洋的保护。"不能不说，他是个温和的人，也许疾病让他温和，除过身体不行，他对雅典算得上体贴备至。想起这一点，她按捺着自己不要当着冬千阳的面哭出来。一个已经死去的男人，像一堆吃剩的鱼骨头，什么都没有了。

7

在驾校，她总是怕教练说"打死"，教练说的是打死方向盘，她却觉得仿佛是打死一个人，经常有那恐惧：方向盘失灵了怎么办？生活已经毫无方向。

"我没有承诺过什么。"最后那次见面，江嘉陵说。他想跟她说什么呢？一个人，在抛弃她几年之后，来到她的身边，对她说分开的相思，对她说为她萎缩了一条腿，褪下裤子让她看她做的孽，对她的思念在他身上出现的腐蚀，那么，他为什么还要对她说什么对她没有承诺。

他缓缓地看向她，她却不知道说什么了。是的，她活了过来，至少不会自杀，虽然常常有活不下去的感觉，但为了赌口气，也要活着呀，何况生活不是赌气。不会游泳的人在落水后差点死掉，那时候她求着他，希望他对落水的她不要视而不见，而他关上了所有的门。

"现在腿就这样了，可能以后会残疾，走不了路。"他呼唤着她的名字。她想把耳朵捂住，把眼睛闭住。手心和头上都在冒着汗，一些事情真的无法回避的。她也要痛打落水狗吗？那些曾经他对她做过的事情，是否要对他做一遍？或者是，跳到水里用已经学好的水性努力把他拖上岸，然后就能像以前那样相亲相爱了，多么好。相亲相爱，这四个字简直甜蜜到让人想哭，多久不敢想象这四个字了。

回过神来，她发现脸上挂满了泪珠。

也许是因为他留下来的那条裤子一直没有丢掉，所以才出现了这样的场面，才总是舍不得，优柔寡断，被抛弃了，一切都变质了，还想着回应。现在，她盯着瘸腿的他，太冷了，明明渴望去拥抱去亲吻，那明明是心爱又心爱的，却知道，拥抱就是毁灭。他已经说过了："我没有承诺过什么。"那么，对她的思念，说为她如何萎缩了一条腿，也不是她的承诺。她也没有承诺过。

她第一次感觉到，赤裸裸的，一切赤裸裸。有个声音在心里喊："也许一辈子都不会遇上爱情了，但又能怎么样。"她是坦诚的，那些对他的诅咒不是说谎，不是不甘心为了继续，不是……

所有人说倒车入库最难，对于雅典来说，最难的是半坡起步，总是熄火，不断唤起爱情在灰烬里的挫败感。坐在驾驶座上，真是受不了，一遍遍发动引擎，车子一下子蹿出去，过了边界线，要不就突然停下来了，往坡下倒行。她不明白自己的绝望怎么来得那么强烈，教练说："出了错就改呀，哭有什么用？"教练是安慰她的，比她小五六岁的教练，明显对于哭泣的中年女人没有办法。她知道，自己又做错了，这不是真正的生活，就如教练说的："这又不是正式考试。"可是，这毕竟也是实实在在的生活。

点火，起步，等待离合器开始发出颤抖的呜咽，然后松开自动踏板，踩油门，接着放下手刹，起步，上坡……

几年了，曾经有过这样的记忆，为了忘记江嘉陵，她一次次去游泳馆。不会游泳的她，一次次鼓励自己，一个人要游过那片深水区。最后被人家用竹竿捞起……几年了，她以为忘记了这一切，学车的时候一幕一幕又重新在脑海里放映。对，开始加油，开始游过那片深水区。

过了科二过科三，教练总是臭着一张脸，说"向左打死""向右打死"，她对"打死"两字印象非常深刻。除过"打死"这两个字外，她还总记起机试题目对交警手势的解释："脸朝你，就是你的方向；如果不是，就以他面向的方向想。"这是属于科一的内容，考完科三预习科四的时候又见到了，她想起了江嘉陵，驾校教练总让她打死，打死，如果江嘉陵在面向她的时候，可以打死就好了，他就不会再转头。

她诅咒江嘉陵的温柔，诅咒他的诚实，诅咒他的到来，更诅咒一直以来坚持爱着江嘉陵的自己，诅咒自己的软弱，诅咒自己扑倒在爱情里的肮脏相。尽管在诅咒，但如果有一天小冬千阳也学会了恋爱，她还是祈祷她能变得坚强无比，可以到处旅游，吃遍四方，可以得到尽兴的爱，如果不行，可以身体健康，精神游弋，想到哪里到哪里，一边为爱情哭泣，一边又可以坚定地走天涯。将来，听见自己所爱的男人在电话里隔着几年的时光说想见见，希望冬千阳依然能保持清醒和理智，明白时间发酵出来的不只是醇酒，还有废气。

江嘉陵的邮件发送在两年前，都已经过去很久了。最后一次见面，是在那次邮件之后。她在考驾照之前发过誓，一切要重新开始，重新开始有一点，就是寄走江嘉陵留下的一件衣服，她珍藏了很久，如同招魂，想念他的时候，会把衣服拿出来，枕着，抱着，或嗅着。最后一次见面，江嘉陵留下一条米色的裤子，夏天穿的，一条阔腿裤，可以很好地遮掩他的两条粗细不一的小腿。

送走外甥女冬千阳的那天晚上，她为自己的爱情做了最后的决定，出门左拐一百米是洗衣店的快递代收点，她寄出了那条他穿过的夏天的阔腿裤，就像寄走了他的骨灰。房间柜子底部那个抽屉从此空荡荡的，但她不后悔。就如此了。爱情最后的骨灰，请查收。

脸朝你，就是你的方向。

不是,
就以他面向的方向想。

像诗,像真理。

——原载《湖南文学》2020 年第 5 期

颠倒歌

1　余光与倒影

　　鸟叫声忽远忽近忽高忽低，能辨别出的只有两种，黄鹂和乌鸦，其他是不熟悉的。一片树叶飘在风里，准确说是七叶树的叶子，听任美妙的风暴对她发出命令，同时将她带着飘移，一片叶子御风而行，就是这感觉。她像是陷入幻觉，任着身体游荡，滑轮鞋是风暴，以迅即的速度暴力地将她带往远方。她有时顺服这风暴，有时则用脚蹬着抵抗，期待能随心所欲掌控脚下的轮子。她迫切希望自己完全征服了脚下的轮子，但有时仍然感觉到它坚强的意志，如一匹马。

　　风驰电掣，如同骑在马背上，眼角余光都是建筑物的风景，人的喧哗或远或近传来，有时则寂静无声。在一棵十分高大的马褂木下她想休息一会儿，但轮子带着她往前，很快就滑过了那棵树。她的心里全是马褂木开花的样子，高高的树上一盏又一盏亮着的小灯，灯下有时有惊呼的人。鸟儿们把巢做在树上，夜晚在叶子下安眠，总能感受四面八方的风，抬头可以看云影看日头月亮，享受着更多的自由和闲暇。滑轮鞋助着一个人奔跑，也像是生出了翅膀，如果可以住在树上就更好了。鸟儿们的声音落在她身上，像水滴一样，她感觉自己是种植物，正在汲取着水分，又感觉是条鱼儿。鸟叫声再多一点再密一点，音乐再多一些，就更好了，就觉得更自由了，仿佛温柔的呢喃，风就像世界伸出的手，对她进行着若有若无的抚摸。这时候觉得活着是好的，脱离了每个早晨醒来对活着的厌倦感，也脱离了那种想要诅咒什么的恶心感，她有一种要认真活下去的欲望。季节真好呀，不冷不热，才刚刚进入夏天，一切仿佛在提醒要努力活着，欣欣向荣地活着。空气里若有若无的花香，应该是苦楝树的幽香，渗透着槐花的甜腻，还有蔷薇花那若有若无的气息。一切都在向她呼喊着生活的自由，没有什么不该去做，没有什么不该去想，一个人应该学习花开放，学习鸟歌唱。滑轮滚动的声音仿佛羊叫声，祖父在她少年时代放养的羊出现在了想象里，祖父喜欢放养山羊，山羊是任性调皮的，冲动又固执，她耳边响着祖母的话："你也是只山羊。"她打小母亲就去世了，父亲另行组建家庭，从小跟着爷爷奶奶，吃着山羊奶长大，不能不说性格里有山羊的性格。

  一路往下滑，两边眼角所感受的，像是电影，又像是摄影作品。如果让那个人着色，他肯定会像"东西大街南北走"的颠倒歌，西边是头，东边有胳膊，南北涂五颜六色的裙子，还有周围背景是草绿。毕加索的风格那个人学得惟妙惟肖，却又加了夏加尔的温情。她有时不得不承认做他模特的那段日子，也学习了很多杂七杂八的东西，觉得规规矩矩的生活是生活，但艺术不该太写实。她在他的笔下是四分五裂的，想到都疼，但现在滑轮上的她完整而健康，她需要这种感觉，仿佛仍然很年轻，仿佛掌控住脚下的轮子就可以掌控住生活。

这是五一,有着长长的假期,有足够的时间进行这次"旅行"。她做足了准备,买了新的黑红渐变的M码头盔,同时将手脚的护理垫也找小区的裁缝加长了一倍,又买了新的黑色皮裤,以防止跌倒的时候伤到尾骨。教练给她提醒过多次,重要的是保护手腕脚踝还有尾骨,最重要的是防止后仰,没有头盔很可能摔成脑震荡。她想象过那肝脑涂地的画面,但她早就掌握了基本的平衡,快要后摔倒就向前趴下,前摔不会形成太多损伤。然而她还是担心摔倒损伤尾骨,那比肝脑涂地更丢人,后者是一次性的,前者则可能引发长久的尴尬。

每次戴上头盔,绑好各种防护设备,蹬在滑轮上,她都有一种难以自制的狂喜。她实在太喜欢这种赛车手的装备了,虽然她渴望赛车,但并没有几次越野的经历,她摩托车驾照和小汽车驾照是早就拿到手了的,也喜欢骑着自行车和摩托车疯狂地各处转悠,但现在还买不起越野车。她租来的小房子里,小小的客厅并没有购置沙发,但有三辆自行车、两辆摩托车、一辆电动车,都是她的。她买的衣服很少,化妆品更是少得可怜,只有一支口红和一支眉笔,再就是便宜的一次就购置几瓶的大宝擦脸油。但她舍得在车子上花钱,她觉得这些东西是她的翅膀,飞翔的感觉真好,人要飞起来。眼下她最向往的是拥有一辆越野车,但那太有经济压力了,她觉得要把这个当作一个五十岁时的目标来追求,但精打细算,似乎到了六十岁才可能实现吧。她喜欢冲浪,喜欢帆船,喜欢各种漂流的运动,但她对这些并没有尝试过,她只实现过骑行和滑行,这是不花钱或花一点小钱就可以实现的爱好,但已经让她剧烈地心跳。她羡慕一切飞翔的事物,鸟儿虫儿,还有飞机，还有风筝。而这些她爱着的运动，都给了她一种长了翅膀的感觉，无限靠近云朵，就是这感觉，在大地上模拟一朵云飘荡，又像一条旱地鱼，在空气里游来游去，无拘无束，无束无拘。

夜晚降临，她差点跌倒，才发现一个工人跪在人行道的边上，旁边是一块揭开的井盖，再往前看，则是一片揭去石块的路面，因为秋季这座城市要举行全国运动会，这座城市随处可以挖和拆，但像这样没有把周边用绿色铁皮包起来还是鲜见的。她听到有规律的敲击声，斜眼看到那个穿着荧光黄工作服的工人正在将旁边放着的石块一一拼进去，于是，她立即用"丁"字定住自己，然后滑到了街道的另一侧。她脑海里响着六十多岁的老教练的话："要刹车就赶快画'丁'字，一只脚插入一只脚中间，两脚呈九十度，滑轮就自然受阻定住，不会继续滑行。"教练个头很高，可能因为平日经常健身，完全看不出有任何赘肉，加上他一直戴着户外运动的头盔，穿着户外运动的衣服，随时跑着跳着对学员进行指导，根本看不出是个退休人员。他并不是专业的运动员，却在退休前几年爱上了这玩意，自学轮滑，参加了多次专业比赛。教练说冬季有一次轮滑大赛，他准备组队带他们去参加。她自己感觉可以摆脱教练指导偷偷在小区的夜色里滑了几次之后，就胆子越来越大，开始一个人在夜晚时刷街。她想如果刚才不小心，稍微用力加速，就会冲进那个开着井盖的下水道，也许翌日就会上新闻了，那样教练也许也会出现在被采访的视频里，会强调自己提醒过学员不要在大街上乱刷的。她首先想到的就是那些家长们会教育小孩子："看，就是和你们一起玩轮滑的阿姨掉进了下水道，看你们还认不认真学。"她也会想到如果出了事，就出名了，一些不远不近的亲戚会看到，包括自己的父亲，他当然谈不上远，但绝对谈不上近，他们已经有几个年头没见了；最主要的是同事，忽然失去了这么一个人，等待着来上班，却在新闻推送里看到了，肯定会吓着他们；还可能引起曾经的同学和老师的好奇。她最后想到的，是曾经爱过的那个人。上一段感情结束已经好几年了，最爱的时候，她经常傍晚骑了车子去找那个人，只为了两个人在他家楼下的一处千年遗址旁走走路，说说话。那时候她还没有钱，兼职，恋爱了又不好意思收别人的钱，过得简直窘迫，但为了见到他，还是花钱买了一辆男式高杆自行车。她后来很怀念那辆她离开那座城市转手就卖掉的高杆自行车，对自行车的执念就是从那时候开始的，只要在街角看见任何新出的可以自主扫码的自行车，即便没有需要，她也要骑一骑。然而，那一年骑着那辆高杆自行车从蜀都的一环路飞奔到三环路，然后再御着夜半的风往住处赶的那种自由飞翔的感觉，再也没有回来过。其实那辆车子对她来说太高了，她爬上去才能坐稳，如果不小心侧摔，根本来不及脚尖踮到地，因为她身高还不足以支撑车子的高度。但，最开心的就是那感觉，小人骑大马，更能感受风之热烈、马之疯狂。

她想起这一幕，若有所思地转弯，滑到街道的另一面去了。然而，路那边还在修补，地面上铺着一层混凝土，滑起来很费力。

她所生活的这座城市是十三朝古都，建地铁建机场建学校总会挖出各种各样的古墓，她常常觉得生活在这座城市的人是墓地上生活的守灵者，只是很多人不知道。对于她自己，一直以来，她心里充满了不安与忧郁，也像是受着脚下土地的召唤，为地下的人守着他们的陵墓。赝品，她忽然想到这个词，平时是个语言木讷的人，滑行的时候总感觉词语在咆哮。她觉得自己是这块土地的赝品，那些地下的才是主角，他们虽然已经埋在地下了，但人们无时无刻不在谈论着他们。而真正活着的人，则是他们的灰烬。活在祖宗阴影下的人是崩溃的，他们渴望崭新的生活，比如渴望道路四通八达，渴望地铁直达家门口，渴望地下车库，渴望更大的游乐园。他们一方面渴望挖出更多的祖宗，另一方面，他们感觉自己就是吃着祖宗饭的跳蚤和蚂蚁，这感觉并不是多么好受。一座新城总是充满活力，相反，旧城总给人奄奄一息感，这座城市给人的感觉已经不是奄奄一息，而是地下的人在此起彼伏地叹息，地上的人感觉颤抖。街道两旁充斥着平平常常的事物，沾满灰尘的玻璃，无人居住的老房子，或者一长段封闭的墙壁，长长的灌木带。有玻璃的地方总让人觉得难以捉摸，身体被一片又一片玻璃切出很多个，像电影里常常出现的分身镜头。树木的影子投进玻璃里，人的影子在上面滑动，她看到自己被叶子和枝干穿透，只想尽快滑过去。她恨自己犹豫不决，没有在暮春前剪掉长发，由于弯着腰滑着以防跌倒，她的长头发在镜子里看起来像一头动物的尾巴，而她在镜子里的样子也像一头误入城市的野兽，四只蹄子在飞奔，而不是直立动物在行走。

2　家庭与学校

在住处附近的露天生活广场滑冰，商场的橱窗玻璃切割了太多她自己。教练经常要求小孩子们远离玻璃，他说怕不小心造成巨大撞击，然后人被刮伤，他说地板是硬的，但不像玻璃清脆，玻璃容易伤人。教练没有说出的画面她在脑海里补充过。此刻，她想自己撞到那些裸露的玻璃里是跌回还是穿过。电影电视里的打斗片，人总是能穿过玻璃继续奔跑。她想到了小时候的一些生活。

母亲去世之后，父亲直接将她放到了农村，而外婆外公家是再也没有去过的。爷爷奶奶收留了她，不得不如此，毕竟他们的儿子还年轻得过分，才二十七岁，很快要再娶。然而伯父家还有两个孩子，也基本是和爷爷奶奶生活的，就是她的堂哥和堂姐，他们一个比她大十二岁，一个比她大十岁。堂哥最大，不光指他的年龄，也指他在家中的地位。

小时候最惧怕父亲回家，因为对她总是脸色阴沉，说她面相克父母，这时候，连慈爱的祖母她都不敢靠近；其次怕堂哥。大她十二岁的堂哥，一直魁梧壮实，眼睛瞪起来像头牛。祖母三个儿子，父亲是老小，伯父结婚最早，生孩子也就最早。堂哥作为家族里三代第一个大孙子，自然最受宠，从小就不好好学习，好吃懒做，到稍微大一点了，更是抡起擀面杖打人，而这时候，三兄弟想要教育，已经迟了。祖母也总劝着："由他。"她担心大孙子年龄大了，打长辈的名声传出去不好，娶不下媳妇。

他比她大十二岁，记事起这座大山就压在她头上了。生活是不公正的，从性别和家庭的排序就可以看出。那时候为了让祖母少掉眼泪，委曲求全，她即使经常被他打也是不说的。有一次，山药堆在了窖口，堵上了。他拿红柳条打着让她爬进窖里将那些堵着口子的山药扔后窖去。她简直害怕到要死，第一次拒绝了他。他暴跳如雷骂骂咧咧，却也碍于村人们路过没有继续揍她。人们知道她是经常挨揍的，但这家已经死了两个人了（一尸两命，她母亲肚子里怀着个男胎，去到坟里要烧的时候刨出来那小小婴儿，已经可以辨认出性别了），村子里的人不希望小女孩出事。人们躲避着她家的房子走，但牛马骡子拉着车子的时候就无法躲开，因为她家房子前面是村庄唯一的一条大路。她家的山药窖口就紧邻着路口，秋天里都在收庄稼，人们不得不拉着满车的豆秸秆或玉米秆经过这条村路。她的哀哭让他们不忍，所以，他们会停下来劝说几句，说孩子还小，过几年就会了。背开人的语言则是："没娘的孩子真可怜，有了后娘就有了后爹。"她是听着这些话语长大的，她同时也听见了这些漠不相关的人们的提醒："全家三个儿就一个孙小子，即使把这个丫头打死也坐不了牢。"在那个堂哥想把她赶进窖里挪动山药的下午，她想得更多的是堂哥想让她进了窖里堵上洞口，他每天看些打打杀杀的小说，也总是咒骂她克家人。那么，他可能就想灭了她。多年以后他死掉了，因感冒用错药而出的医疗事故，对他的恐惧才慢慢得到缓解。村人们说的是对的，无论他对她做了什么他都不会坐牢，全家人都会保护他，毕竟这时候继母还没有生出父亲期待的香火，家里第三代就他一个男孩。

　　她觉得整个的童年就像是一场永恒的灾难，很久以来梦里还是无法逃脱。那时候不安就已经种下，云灰色的铅样的大西北的天空，总是漫天的风沙，她根本无法想象还可能有另一种生活。祖父母是爱她的，或者有愧于她的，毕竟是家庭关系导致了她母亲喝了药。她是多年之后才理清楚这头绪。祖父母说她能考到哪里他们就把她供养到哪里。为此，有好几年的时光，祖父母承受着伯父的怨言与伯母的诅咒，一牛车又一牛车卖掉了家里的粮食，同时每年养一头猪，养到出栏为她交学费。除过母亲的去世，父亲和继母归家的尴尬以及堂哥的毒打，她童年也不能不说是有一些美好的。然而这时候的一切都已经在指向所谓的以后了。她不记得在那时的生活里有发出过的笑声，不记得自己是如何幸福，虽然很多人对她充满了善意，但她知道那里面有害怕和怜悯在，害怕她是不吉的，怜悯她是个孤儿。她明白那感受。她也总是配合着人们的期待尽量扮演好一个孤儿的角色。

祖父母不大和她说话，他们总是太忙，有太多的家禽需要饲养，而且，似乎表达亲昵也是犯忌的，祖母似乎很怕婶娘和堂哥堂姐看见对她的重视，经常对她表现出一种爱理不理的样子，不过，晚上祖母会一边褪下她的衣衫一边揉她身上的淤青。从很多人压低嗓门说出的话语中，她才拼凑出原因，祖母为了保住自己的大儿子有媳妇，在早些年，经常不得不承受婶娘的拳头。每每想到祖母夜里在窑洞里抚摸她被堂哥打过的伤痕时，她总觉得自己是一头在洞穴里匍匐着看天空的兽。没有人来和她说起母亲，即使有人说，也只是一句："没娘的孩子……"他们也许怕唤醒亡灵。

童年的岁月几乎决定了她的一生，她肯定还有许多更为清晰的回忆，但有时就像拍摄的摄影作品，能拿出来的就那么几张，一再重复的镜头就那么几个，这些都已经固定在了脑海里，作为浮标指引着她想起过去。一想到这些事她就觉得头痛难忍，自从上了大学后，日子变得好起来，所以这些事就像蜕下的壳。蚕茧时代，她不想回想，也不想思虑究竟意味着什么。

小时候就显示了那迹象，她对美太敏感，也许来源于母亲的遗传。先是怕父亲，接着怕堂哥，爷爷奶奶是温情的，但他们能给的太有限。她设想过，那样的生存环境里，一个女童的死掉，尤其是被自己家里的男人灭掉，假如这个男子是长子长孙，一切人都会偏向他，他不会受到任何惩罚。人们只会怪罪她，先是克死了母亲，接着让家里遭灾，会认为她注定是不吉的，不光不会有个坟墓，而且可能会被彻底烧掉，要不就配阴婚。简直太可怕了，而这一直是一种客观恐惧，她在他的阴影下只敢悄悄长，不要触怒他，不要让他看见，要躲起来，藏在角落里。已经说过，直到他多年之后因一次感冒住院出了医疗事故变为木头盒子里的一部分被埋在土地之下，她还有时午夜梦回，战战兢兢。这个被父母藏獒一样养大的人，不光她恐惧，后来他的父母也恐惧，他空长个头不长智商，一米八几的个子显然是魁梧的，挥舞着擀面棒冲向他的父亲，要求他给他还赌债……他们都已经成了土地之下的一部分。

　　她母亲死得太早，她从来没记得她的样子。他们烧掉了有关她的一切，衣服和照片，还有头饰。对于一个惴惴不安的孩子，没有人会向她说起她的母亲，人们觉得这是慈善。她后来到了二十五岁，才觉得实在太年轻了，一个那样的年龄，居然就那样撒手人寰了。她试着想象母亲最后一刻的时光，却怎么都无法构想。她肯定是吃过她的乳汁的，每当她看见有母亲抱着婴儿，她总会想自己的母亲，她想象自己作为一个婴儿匍匐在母亲胸口的样子。她恨自己一点记忆都没有。母亲是她无法回去的一个迷宫，人们说子宫是一座房子，她觉得自己的那座被烧掉了。夫妻关系和婆媳关系，还怀着孩子，但对生活的绝望夺走了她的生命。作为妥协，她的死反而将她的丈夫安排进了工厂，脱离了村庄。因为药是在那家厂子购买的，非法销售，出了人命。而她求着人家，说用在农田里，为了庄稼。年轻好看的怀着孕的少妇，求着人拿给她一点，她用来绊了土撒在庄稼地里……没有人怀疑她会因此死掉，毕竟人们不会认为一个大着肚子的人会自杀。相关责任方为了息事宁人，给了她父亲一笔钱，给了他由一个农民转为工人的身份，也就是这笔钱和这份工作，让他有本事娶了后妻获得新的孩子，即她的后母与后母带来的妹妹，以及后来生的弟弟……

童年的际遇让她一直寂寞孤独，终于长成了沉默寡言的孩子，对大多数人宁愿装哑巴也不要说出一句话，对喜欢的则克制不住成话痨。然而能喜欢上的实在太少了。

声音是可怕的，从童年起她就不喜欢听见太多声音，因为太多声音让她不安。后来她选择的工作是文秘方面的，与大学所学的师范专业毫无关系，她当初选择师范院校是为了享受国家对师范生的补助，省钱，并不是因为想去做个教师，她顶不喜欢在人群中发言。谢天谢地，好在文秘工作只需要负责校对和编辑，并不需要跟多少人说话。

然而，因为贫困，经常得兼职。她大学开始就学着"抛头露面"了，经高中同学介绍，给她学校的老师做起了模特。

3　迷恋与逃离

落日悬挂在楼角，黄昏让街上的人显得无精打采。她经过一家临街的柜台前，立即想到应该吃一个雪糕。她觉得没有一个雪糕解乏就可能躺倒，而现在不该躺倒。然而还没有买到雪糕，就看见对面霓虹灯亮起了，可以畅通无阻滑过去，她也就冲过去了。她尽量做到努力匀速向前，但左脚的轮子还是不听指挥自行滑动了太久，差点撞到了一个推着婴儿车的妇人，看得出，她肚子又大了起来。那婴儿车里的小孩儿看不出性别，被帽子遮着。很明显,怀着孕的妇人是生气了,她已经滑过去了,还听见她哐啷啷地发泄着。她很想转身回去道个歉,都已经感觉到自己的肌肉堆起发出歉意的微笑了,但还是没有回头。她实在太渴了,想吃一个雪糕,或两个,三个也能吃下去。她在想象着要找个地方要一支咖啡雪糕或巧克力味的雪糕,那一致的褐色味道总让她起一种贪婪的欲望。这样想着,她滑到了街道的一处大垃圾箱前,垃圾箱传来一种臭烘烘又香甜的味道,那种烂桃子的味道。她有点魂不守舍,接着而过又是商家,橱窗像水面泛着光。大楼与大楼之间的穿堂风吹过来,让她湿透的背部得到了一点抚慰,她觉得自己的身体自内而外轻微地抖动了一下。她想象自己这样滑下去到底去哪里,开始是没有想过的,只是想锻炼自己的刷街能力,看自己敢不敢像骑着自行车一样穿过闹市区,而现在,她已经抵达了城市的中心,却还是不想停下来。

　　她被包围在一种陌生的现实里,因为从来都没有穿着旱冰鞋如此蹦跶过的,街上的一切让她感觉陌生又熟悉,来来往往的人,来来往往的车辆。她想起了那一年骑着男式那种大梁特高的自行车去找他,想起了他所住房子楼下的那些街角,那一家又一家的火锅店,深夜里火锅的味道仍然经久不散。有时候,她绕着他家楼前那座几千年前的遗址一圈又一圈走,只为等他从房子里出来。她想不出自己为什么那么有耐心,一圈又一圈,像不断地祈祷。

　　最开始,开始的开始,是在艺校的朋友介绍她认识他的,说带她去见一个人,可以一动不动就把钱赚了,那时候她兼职,带着三四个孩子的家教,有时被家长为难,有时也被学生为难。她的朋友说帮她换个工种养活自己,就介绍她去当模特试试。一见面就定好了,他说她长得棱角分明,适合入画,请她做他的模特,当然允诺了酬劳。就在那一笔一画里，那些骚乱的色彩里，一点点润过她，直入她的身体里。她第一次如此爱上一个人，如此慌乱。

不等值的年龄经验差，没有人来指出不公，一切在出发的地方就写好了。

"不要离开我"，眼看着就朝天摔倒了，她感觉到了那种眩晕，这时候喊出的仍然是这句话，一种祈祷，同样的词语，她知道那结局，却还是喊出了这句话。

还是开始，仿佛只有开始，对于她至少只有开始，一切没结束，远未结束。开始，他画作里的走廊吸引了她，因为长，因为幽暗，因为朦胧，因为炎炎夏日，还有那些装饰，画上的船，湖或海岸，岸上的植物，还有一些河流与泉水，各种树丛，山丘，牛群羊群与牧者，老人与小孩……太多了。画上的墓地和无人居住的荒凉小屋，以及孤零零的一只鞋子，眼看着放一把火就可以烧尽的草垛，还有庙宇和古道，一切呼唤着她靠近他。群山在他的画笔下拥挤着跳舞，河流分开又汇合，草倒伏着阻挡行人前进，广阔的景物在视野尽头不断扩展，扩展到天边，野草从四面八方围过来，世界在被发现中。她被安排进了画作里，作为风景点，他有时要求她戴个草帽，有时要她戴个耳环，有时则希望她赤裸一点，再露一些……是逐渐一寸一寸露出全部的。他用画笔给了她荣誉，她用身体给了他信任。他忠实于画出全部自然，所以她成了他自然的一部分，小小视野的瞳孔里包孕着无限，画家在选取他所喜之物，他说她是稀有之物，那轮廓，那眉眼，极其适合进入画作，成为自然的一部分。他凭借少年时代的荒凉之感要画出荒凉之物，他说荒凉是一种风格，不是每一个作家都擅长创造这种风格，需要特殊的才能，也需要特殊之物的召唤。他说她是他的特殊之物，她身体里的童年诱惑了她，就需要那倔强那任性那牧童不知所往的迷茫。她是他的船上人山里人牧羊人，是他的春天是他的夏天是他的秋天和冬天，是他的北方，是他荒漠里的泉水，是他发烧时候的冰块，饥渴时的河流……这一切都在纸张和画布上得到了验证。

很长一段时间，他一再说她主宰着他，是她引起了他的恻隐之心，召唤出了他的灵魂。他说她的身体是遗址也是沙漠，还说她的身体是山谷也是海岸。他说他能胜任任何一处，只要给他机会，他就能让它们率先投映在他心里，然后移到他手上。他说是因为她才让他感觉到所绘之物不是仆人而是主人，它们有它们的意志和个性，它们有它们的孤独，比如一条河流的孤独，一个黄昏夜晚暮色的孤独……后来的后来，他说他拥有她的全部了，画作就是最好的纪念物，好像她已经死掉一般。全部难道不包括真实的她？她觉得画作成了她的替代，或她成了画作的替代，而自己被调换或消灭了。她既不是个整体也不是个部分，一切都被破坏了，他对她进行了那样残忍的肢解，将她定格在那些画作里。他获得了那些画作，获得了胜利所以沉默不语，而她被扫荡无余，什么都没有被剩下，她感觉自己是一堆灰烬，被燃掉了，但他居然还给出了那样的理由。她记得大学选修的一门西方哲学课堂上老师说过的尼采说的一句话："你必须是一片混沌，才能产生出跳跃的星辰。"她觉得她的星辰被拿掉了，无法重新回到混沌时代。

这已经过去好几年了，好多个春与秋，似乎一个女人的一辈子都过尽了。那些画作就是她的墓碑，她常常有这种感觉，她被肢解却不能呻吟，他将她埋在了那些画作里，草木环绕，她已经不是她了，是被蚕食过的废弃的叶子和花朵，没有心了。

生活需要这样的幻觉，踏着蓝色滑轮就像跨在男人的身躯上，穿着的护臀皮裤是为了有幸品尝摔倒的乐趣，穿街过巷，一路充满期待，如同在他的身体跳舞，大地是他躯体的延伸，眼角余光感知着两边飞驰的景象，既紧张又放松，就像游过深水区，又像在荒漠里行驶。黑红渐变的头盔，上下一色的皮衣，黑色手腕手臂膝盖防护皮具，白色背包加白色风衣，让她看起来像个冲锋陷阵的战士，一路狂奔着寻找他，寻找自己的死亡。她需要这样的感觉，如同疯掉了一般，街角的风，橱窗的影子，还有陌生的人，饭店的味道……一切都像是他在召唤她，召唤那个夏天。总是这样。

她记得一道题，抑郁测试中的，要求排序或删除其中不合心意的选项，印象深刻，难以忘记，她已经忘记了她自己是如何作答的，但选项迄今想来仍然震撼。

（1）你本不想说我的事，可是又免不了。

（2）你在说我的事，而我正听着，你知道的。

（3）如今你是一篇我正读着的文章，我希望你消失。

（4）你恨我。

（5）我恨不得有审核的权力。

（6）恨不得不再有人读到这些话。

（7）我毁了你的生活。

（8）如今你是一篇我删不掉的文章。

（9）我才无所谓。

（10）将以上的人称反过来。你懂，颠倒歌。

最后一个选项是她加的。

一个人游过那片深水区。

一个人滑过那片沼泽地。

一个人，一个人，一个人。

他在记忆里不断腐化，最开始是那条朽下去的腿。

她在他的街区寻找他，寻找他的声音和身影，却又害怕真撞上。她幻想着他在自己家楼下不远的欧尚超市购物，也幻想他在一品天下喝酒，当然，他家楼下那几千年古蜀人的遗址文明，他也可能陪着朋友欣赏……一切的一切，都仿佛是暗示，却同时表明，她也是他的"遗址"了，他也会是她的"遗址"，而且已经是。

时隔许久她才知道，那些崩坍的时光就像一场对爱情的自我演习，她其实并不期待真的看见他，甚至很恐惧看见他。毕竟，看不见还有梦可做。

简直就像精神死亡，她从此开始享受内在的无所事事，每一天都像是余生。所谓行尸走肉，她第一次理解了这个词。如何杀死自己是个问题。她想过跳楼、吃毒药，也想过触电、跳河、车祸，或者绝食，但也仅仅是短暂地在脑海里一次次实践。感觉自己就像个游魂，所以喜欢上了死亡文化，包括那些看似恐惧的工作，比如说一根拿来健身的跳绳，还有睡不着让医生开的被限制的安定片……这种自戕是慢性的，似乎总有机会拯救。

活死人一般苟活的岁月，时间消失了，或者算是冻结了，仿佛一种精神上的死亡。不必再有眼泪与拥抱，也不必再疯狂地找寻。

他少年时代形成的那种温柔诡媚的生存策略不仅仅表现在生活中，同样表现在他的笔下，那种甜美氛围的营造近乎讨好，很适合表现时代所要求的那种谐和，因此，他越来越获得世俗的成功，与此同时，也越来越"甜美和煦"。其实，也正是他的这种做低伏小的态度让她一步步跌落，这也是他让其他人跌落的方式。他的童年和少年恰逢时代饥渴的那十年，对他来说，多子女家庭，活下去是最重要的。但其实对部分人而言，有比活着更激情的方式。他笔下的那个她，就是这样，一方面反映了她那种迷恋一个人转身回望的迷惘心态，另一方面也表现了一种生活的质地，时代的气息。不只是她造成的，经他勾勒，将她变形了，她被困在了那幅画里，一直走不出来，孤岛女子，海洋包围着四周，急需海上一只船……

"不要离开我。"最后一次，最后一场梦境，不要离开我，匍匐在他的脚下。亲爱的不要离开我，我最最最亲爱的不要离开我。"不要离开我"，……否则我就倒掉了。不要离开，不要锁上门，你是支柱你是拐杖你是钥匙你是泳圈你是一切，你可以解救这种孤独这种不可理喻这种无助。

他有自己的妻儿，他们家庭美满，他们相亲相爱，她是被毁灭过了，成灰烬了，一切都没有了。就是这感觉。酒是好东西。

她拍下了他最后来看她的形象，二十二楼下门口出租车刚好驶过，他打开门钻了进去，像一只急于脱逃的蚂蚁，那么小。

　　滑轮前行，有人骑着车子按喇叭，也有电动车从她身边穿过。她记得有一次，明知他回老家了，还是骑着车子在傍晚时候出发，比平日早了一个多钟头去看他。那个夏天经常下雨，还经历了芦山地震，但那天的日落却壮丽得令人敬畏，永陵路上一路都是大榕树，但到了一品天下，两边道路显得一览无余，在这之前，太阳落在一个叫作欧尚的大商场宽阔的玻璃上，云层留恋徘徊着不去，在那些云朵难以察觉的变化着的聚散中，甚至可以明晰地看出云朵打乱重组的内部结构，有些浓的云和浅白的云相遇相融，还能看得出那云中发亮的狭长裂缝。她在与他交往之后第一次生出以前看云总觉得忧伤的感觉，一如少年时代，她很喜欢看云朵与蓝天，却又总有一种不知如何摆脱它们之感，一种无能为力感总会在这时候突然袭击她。那一次，她把车子停在一品天下的大柱子下驻足了很久，想到希腊罗马那些古建筑里，总会有高大的砖白色石柱，这里的柱子不是砖白色而偏黑褐色，却令人想到那些历史书上看到的古老的建筑，书里也有它们投射的阴影，阴影里仿佛吹着风。

　　在之后她常想起这次特殊的落日和这次无人知晓的骑行，不知为什么，他发短信来的时候，她并没有告诉他在去他家的路上歇着，也许是害怕他担心，也或者是害怕给他压力。她后来却克制不住在他不理她的时候不断打电话发短信，甚至等在他家门口吓过他，现在想起来简直不可思议。其实他所住的这一片已经是郊区了，但她总记起这个明知他不在还去寻他的黄昏，记得黄昏消失时，世界在变暗，周围有种奇特的田野感，宁静的云飘落在楼头，因其柔软朦胧而显得又近又远，但一切都是美的，其实并没有田野，但她总觉得自己那时候像骑着自行车在田野里走，风吹着。一切仿佛受到了祝福，让人感觉到吉祥，她记得穿过一片原野之后有个石质的牛头在河边立着，旁边是一座废弃的石桥，和那个硕大的牛头一样，牛眼和牛耳及牛的背部深凹的地方长了草，浅滩的地方生了青苔，她独自一人仿佛走进了童话里，心里想着他住在这么美丽的一个地方，却从来没有说过，大约也是不知道的吧。她后来也一直没有和他提这一幕，怕他觉得她疯了。

后来那样无法停下来确实是真疯了。她经常会为可能吓到他感觉愧疚。

那时候上苍也许就预备了一切，暴风雨在酝酿之中，而落日令生活感觉完美，完美得令人颤抖。

也许是太过痴迷那天的落日，她后来还梦到过两次这样的七月落日。梦里长满苔藓的野牛就像活着，眨着长着芨芨草的眼睛，像是在对她做鬼脸，而她，感觉到又新鲜又害怕，却不知道和谁分享。梦境里，牛头悬在她头顶上，然后是树冠很大的树，像是七叶树又像是鹅掌楸，也有点像羊角树，它们的叶子，在头顶形成了一座小拱桥，空气湿漉漉的，明显下了雨。这一次的梦境里，他楼下的古遗址居然成了他的家，锈迹斑斑，透过锁着的铁栅栏门框，发现院内站着同样生锈了的铜牛和铜龙，还有生满铜锈的太阳神树上居然站满了生满铜锈的小雀鸟……门内一侧柏树森森，另一侧白色的墙皮在剥蚀中，显得也像是很多年了。这梦境里雨一直下，让那些青铜器物看起来很巨大，可是在太阳神树下居然看见了白色的液态状鸟粪……梦境里并没有感觉到雨如何浇在头上，只是感觉到了冷，却抬头看见了氤氲开来的落日，像一个待要孵化的鸟蛋般透明。梦境里没有风，只有雨，打在树上地上却没有落在身上，但雨带来的冷意进入了心底。仍然是找他却没有联系他，流连风景却又觉得只能如此了。

4 野百合

一切都只是借口，而毁灭是真的，一寸寸烧过了，离离原上草，不可重生了，不是原来的那一些了。

"为什么要说出那个字？"她记得他的话，最后落在电话里的声音，仿佛是责备，又像是哀悼，"为什么说出那个字？"

慢慢地，她不再觉得痛苦，也不再觉得被辜负。时尚小说里经常描写那些无法控制的欲念，装模作样的痴情，蛊惑了太多人，尤其是女人，一辈子都在等待爱情。她觉察到了时间的流逝，也觉察到了这种哀伤有着表演性质。她开始一段又一段肢解自己曾经经历的时光，对自己有过哪些影响，于是，在时光深处，她捞起了那个女孩的脸孔。那最早的没有欲望却很渴望一个人的年月，那最初对一个人煎熬式的想念，那个最开始唤醒她觉得肉体存在的女孩……

大学以前的岁月一直可以用纯洁来形容，拘谨压抑。没有说出就不会存在，就仿佛在梦境里，可以被抹除。她一直在探索自己身上浓度很重的那种忧郁是如何形成的，从家庭再到友情，早年岁月的一切。西北干燥的铅灰色的天空，一年到头总会有沙尘，那个在六年级去乡镇完小竞赛时与她对打乒乓球的女孩子，她明亮的双眸如星如月，让她第一次对同性之美发出惊叹。想不到半年之后两个人都分到了叫作清水中学的初中一年级一班，座位一前一后……就这样，同一个班一年多之后，女孩转学到了县城郊区的一所私立学校，然而高中时两人又在县城的中学里相遇了。县城共两所中学。多年之后想起，她去那所风评不太好的私立学校一是因为家里贫困，可以免除学费；另一方面，不得不说与那个女孩只能来这里读书有关系，她没有考上县城中学，而这里分数不高。她们并没有分在一个班，这时候，她一班，女孩三班。她们如同所有关系要好的女孩子一样，几乎形影不离，和她们略微不同的是，几乎每个晚上，她们都一起睡在一张狭窄的单人架子床上……

就像在一座沉寂了很多年的湖里打捞落下去的月，她的脸如同湖里的那面月一样明明灭灭，往往是早晨，自己先醒过来，那个女孩还在沉睡，眼睫毛关着让她心动的眸子，安安静静的，肩膀还像婴儿一样光洁，最动人的是她呼出的气息。月亮睡在深海里，一切静极了，窗外鸟声啁啾。那时候就已经是如此，她总觉得有种怅然若失感。清晨醒来看着她挤在她臂弯里，听着她若有若无发出的鼾声，一动也不敢动，怕惊醒她的梦……一盘碎月在湖里明明灭灭，她想清晰又清晰地还原，却总是就在这里停住了，没有了。关于这个女孩的记忆，一直是幸福和美好。以后的所有女性都像是这个女孩的重复，美好，或没那么美好，毕竟唯一无法替代，过去决定着未来。

从来都没有说过那个字，一个字都没有。一切都安安静静的，只是两个小女孩的你来我往。然而，她一直怀念，始终徘徊在这种怀念的状态里。这种怀念就像一种指引，让她在男欢女爱最受打击的地方，仍然会恍惚，感觉在生活的某些时刻，那些绝望其实是绝望过了的，否则无法解释，就像身体上的淤青，好了的疤痕，所以后一次只是前一次的一种重复和修正，并不足以置人于死地。这个女孩就是她在后来的这场合理但不合法的"爱情"里的抗体，她曾经袭击过她，却又让她看起来丝毫无损。

多年以后大学的一个假期，听到那个女孩说她曾经的一次恋爱，是在读专科时，对方是一个大她几岁的成熟男人，却没有给她足够温情，她心里恨恨的，却不知为什么。再之后仍然是假期，她去找她，听她说她哥哥给她介绍了对象，双方父母见过了，只待他们见一面就去领证，因为时间紧迫，他在一个有名的国企里工作，是正式员工，可以解决家属工作……再以后见她已经是孩子母亲了，来到她所在的城市，说是检查身体。夜里两个人睡一起，她醒来听着她的鼾声，借着朦胧夜色看她的脸庞。女孩说终身大事的时候的脸色分明还是十七八岁，恬淡安静。这个她六年级就认识的女孩，洁白脸庞、微微鼾声，还有露在被子外的藕色臂膀，总让她想到一些关于美好和脆弱的词，总能唤起她一瞬又一瞬的柔情。许多年了，从始至终，都是这感觉，她怀疑直到她走向生命的最后，这个女孩，都会以年少时代的这些幻影占据她，保护她，从而让她与世界的一些东西隔开来，让她保持着生命里的一些纯净，不因时间而污染，亦不因空间而污染。她给她的那种感觉是单纯的忧郁与单纯的幸福，这两者并不矛盾。

从来都没有说过那个字。那些时刻普通又不普通，让她想把自己定义为另外一种人，但如果不是这样刻意回忆捕捉，也许就如很多司空见惯的事情在记忆里流失了。太过细小似乎根本不值一提，却微妙地在以后的重大事件里导着航向。没有人知道，幼小的孩子期不知道，青春期的那些孩子也根本不会知道，在生活的一些地方,我们就已经决定了未来,我们就已经成为我们未来的样子了,就像一面镜子里你看到将来。

只需要闭上眼,关于那个女孩的一切就历历在目,她的面容,她说过的话,她某一刻疼痛或快乐的表情,她有时因为快走或者说话急促脸上泛出的潮红,她笑起来抿嘴的弧度,她拖长某些字词的口音,她穿紫色衣服时总像换了一个人,她……从来没有专门留意过,而那个女孩留在她印象里就如同一本又一本的影册,一个又一个不断延长的短视频。她几乎可以承认,与这些记忆几乎没有任何间隔,仿佛就在昨天,相隔甚至不超过一小时。没有其他人,包括父母,包括老师或朋友,其他人都是片段性的,一些人属于一个词,一些人则属于几帧照片,一些人是流动的,是几个剪影一两个侧面。只有她,只需要闭上眼睛,甚至连闭上眼睛都不需要,一切历历在目。那个小女孩,永远都是十几岁,腼腆而温柔,喜欢跟着她,从来不生气,眼神亮亮的像琥珀在放光。她给了她一个单独的世界,一个人的湖,没有别人,她隔离着一切。在那里她们安全有靠,彼此从未分开,现实里她们分开的时光尤其是她为人妻为人母的时光从来不存在,在那个湖泊隔开的岛屿里,只有她和她,只有她们的十几岁。

她知道,这一切并不矛盾,以后的生活并不与这一切冲突……

关于那个男人,被他开启的情欲支配着她,那种冀盼如同羁绊,混合着肉欲的嘲弄,仿似毒品。她只是由着一种本能追寻他,却也感到了灵魂与肉体的相互矛盾,准确说是精神与肉体的矛盾。

她从来没有指望他理解她,亦不觉得有怨恨,情欲在呐喊,在满足的地方生出感激。很多次,她默默地体验着这种感激,却也知道唤起她这种能力的人其实并不理解。当然,他如所有那些贪食的动物一样,只是渴望捕猎一具女性身体,并不渴望了解她,也没理解的必要。因此,她是完整的,亦只迷恋一具肉体唤起她暴力的温柔,便也更愿意幻想他过去的样子,而不是现实生活里那副老下去的面容。

最令她激动的是他的姓氏,有种令人说不出的宽慰,许是与她喜欢古文明的东西有关系。那个姓氏可以上溯到很久远的年代,其实仅仅因为翻译过来的音同,但因其引起了联想,所以说是幸福的,带有一种浪漫色彩。

开始是按小时,接着是按天,再接着按月,然后按年,最后又按几年计算。看起来时间越长越疯狂,实际上时间越长越平静,事物才还原为原来的质地,就像潮水退去后的海滩。在这些被审视的时光里,她由一种期待支撑着,却又暗自祈祷千万不要重复。她觉得任何一种情感重复都只能使她变坏而不是变好,一切都既定了,可以想见,求而不得才显现求的意义。

一些节日仍然令她伤感,比如正月十五,二月十四;一些天气也令她伤感,比如下雨天,尤其是夏天连绵的夜雨和雷阵雨,总能将她带回那一年。欲望如同梦游,却一日日下决心去忘记。有时难免会想:"我将何时死去?"似乎生命太长。最后一次相见,他以他的忧愁纠缠着她,他让她看见了他的残疾,从此成了那被蚀部分的囚徒。有时恨不得他死去。而实际上,他死了,她也并不会觉得生活是轻松的,大仇得报。然而,长达好几年的岁月,她一直在内心和自己斗争,经常祈祷着自己死掉,或他死去。

后来她终于克服了自己的这种暗自诅咒,至少获得了一种活下去的勇气，行动使她得到了力量，爱上运动，爱上"修炼"自己的肉身，包括滑旱冰。

一群又一群的孩子，单边、双鱼、A字形……技巧的不断攻克让他们不再害怕摔倒，当然也让他们迷恋于技巧而不是内涵。不过，她还是喜欢听见他们陶醉于技巧掌握的疯狂呼喊，野蛮放肆。使自己疲劳也是幸福的，出汗是一种感受自己存在的方法，会让一个人觉得自己可以掌控自己，以为自己可以掌控生活。她逐渐领略了这点，夜晚的酣睡不骗人，饭量增大不骗人，头脑简单四肢发达，如同又回到不断长身体的婴幼儿状态。

"很棒""太帅了""已经发挥到超出整体水平"……教练以各种方式肯定着。孩子们越滑越快。于是，接二连三地摔倒。他们还在需要他人赞美来自我确定的阶段，还需要他人的鼓励来鞭策行动。六十多岁的教练还是用这种方式唤着她跌倒后爬起来：不要怕，重复重复再重复。

5　幻肢痛

汗水湿透了衣服，如此畅快淋漓。

"芒果真好吃呀，枇杷真好吃呀，虾子可以补钙呀，轮滑真好玩呀，没有雾霾不下雨的四月天真好呀……一切都暗示着应该好好活着。"她发在微信朋友圈的话，积极生活的展示，生活需要这种安全，尤其工作需要这种表演，证明是正常的，完全可以胜任一份工作。每个人都得戴上这生存的面具。还是得活着，还可以如此活着。以为只有一个人可以给予快乐，唯一的，而实际上不是，汗水也可以，轮滑鞋子也可以，山地车也可以。只是一个人给予了那样清晰的痛苦，和别的痛苦不同，如此唯一，如此别样。

她和父亲本不亲密，他重组家庭之后也只见新人笑，又有了自己的子女。后来，爷爷奶奶也相继去世。在他们去世之前，当然一次次表达了对她成家和生育的期待。然而，祖父母渐老的岁月，回家和继母一起生活，她知道自己是多余的，而祖父母自然更心疼儿子而不是孙女，因此，空气里总有种悲怆的味道。所以，她自然是很自觉少回家的，直到祖父母去世，更觉得挂碍解除，获得了一种自由，他们的去世对她的生活客观而言不能不说是一种祝福，但也有那么一种悲哀的成分在。那就是从此她的幸福里缺少了他们，也可以这样说，无人分享她可能的幸福，无人分享她生命的悲欢，她即使以后有幸福也其实已经打折。确实是，随着祖父母相继去世，她能获得幸福的理由也基本没有了，因为几乎无人来与她共享她的生命。老家的人们认为是她遭受了家庭变故所以无法获得他们所认为的安定，即结婚生子，因此偶尔返乡时会对她表示同情。同事则认为她受过情伤。她对此毫不解释倒像是印证了他们的解释，这样的认识一旦形成就几乎确定下来，没有人对她表示惊讶，甚至常常能收到一些怜悯。所有的跋涉是独自的，一种忧郁却纯洁的生活，节制或简陋。

她理所当然地在"失恋"的痛苦里沉溺，并且专心致志地做着各种记录，一心一意观察着自己的挣扎。很显然，她想活下去而不是死掉，同时也仿佛一层面具，为一个男人痛哭流涕要死要活是合理合法的，客观可以证明身体和精神都导向世俗所认可的健康和正常。

与他的最初时光，无节制，他让她竭力体验幸福，用话语，用行动，尤其是肉体方面，他简直是在用所有的经验展开取悦，他说一个女人是应该学会享受身体的。一种被填补的餍足感，就像那个夏季又出太阳又下雨的每一天，他在竭力努力施舍，她在竭力感受赠予，那种感觉确实是幸福。时隔几年，她甚至觉得他是在献祭。那些时刻对他是忧郁而难熬的，他要把自己当祭品一样向她献上，毕竟，他可能怜悯她的出身，对她产生了同情，他想让她对人生有所满足，于是，就把自己当了祭品。他并不坏，虽然谈不上十分好，却已经是个尽心尽责的情人了，就是连分开，都找的是那样的理由。她从来没有想过谴责他使用她的肉体，一次也没有。相反，就因为他使用过她的这具肉体，总对他怀有隐秘的一种愧疚和抱歉，当然也有轻微的蔑视。这些看似相反的情感其实并不矛盾。

她童年以来的个人生活，一方面追求以苦为乐，另一方面又极度放纵。苦，尤其是自苦，并不纯然是痛苦，它是幸福的一种样式。对，不幸是幸福的一种，就是这感受。比起"相爱"的岁月，她更喜欢延宕的"失恋"的痛苦，因为在这种痛苦里她感受到一种完整和统一，她如此痛苦，如此自给自足，哪里能说不是一种享乐呢？她被囚禁在他给的忧伤中，完全忘记了祖父母的去世，或者他给的忧伤替代了祖父母去世的忧伤。

然而，仍然是漫长夜晚的一次次自我泅渡，事隔多年，她才知道关于那个女孩的一切，都是爱情的回忆。这种回忆和他给的那种强烈的情欲刺激完全不同。她并不觉得那种情欲冲动让她变得更好了，而觉得通过这长达几年的情欲饥渴，豁然发现他与她之间所说的"我爱你"式的所谓爱情是根本不恰当的。他作为一个男人让她确实体会到了一些幸福，但更多是刺激，这刺激在游泳在骑行在滑冰的时候都获得过替代性满足，没有哪一个不可以替代哪一个，虽然内容不同，所流淌的汗水量不同，但夜里睡着醒来那种心满意足的疲乏感是相同的。于是，她惊恐地发现，所谓"失恋"根本谈不上。她觉得自己被肉欲愚弄了，不是那个人，和那个男人没有关系，他只是一种介质。肉体和精神居然相隔如此之远，简直太难以置信。一个人的身体里住着个陌生人，就如晚饭的吃与不吃，明明是不要吃的，但有时吃进去也没关系。然而如果不吃，会在半夜里发现，一点都没有饥饿感，晚饭时刻那种想吃的欲望似乎来自另外一个人，另外一些东西。他给她的感觉就是如此，就是夜晚时分那碗可吃可不吃的饭，明明不需要，却在最初的时候感觉到了饥饿感，以为是必需的，不吃是会死的。她曾经以为他是必需，而时间证明只是假象。她觉得自己被自己不理解不认识无法把握的东西愚弄了，首先愚弄自己的是躯体。对一个男人的欲望，就如贫困一样，贫乏让人渴望，以为需要太多，可其实并不像想的需要那么多。很多人在小时候，再大一些时候，甚至二十多岁，男子会想象一个温柔多情的女子，女子会想象终究会有一个勇敢坚定的男子，他们会相爱，会结合。他的出现弥补了她的这个梦，但经过好几年之后，她知道不必非是这样。这只是一种社会文化暗示出来的结构安排，以为一个人的灵魂是半个，需要另一个人补，以为弯曲的阴阳图案是互补的。她是逐渐发现一个人可以如此自足，不必有那么多，有时不必说出那个字，不必在那个字上建立一种亲密的同盟与同谋的关系。不必繁弦不必歌，语言是误会的根源，对于大多男女几乎都是成立的。

并不是没有担心过，甚至暗暗祈祷，希望她平平安安生育，希望她少病痛。这些祈祷诚心诚意，像是友情的那种无私，而没有夹杂爱情的怨恨。也许，对于女人来说，生出一个孩子也是自己的第二次出生，从此，她生命的重心自觉不自觉地完整地转移了，不是那个她了。婚姻让一对男女结合，然后孕育新的生命，进化论肯定着这种正确，人们需要繁衍的"爱"，需要这种生生不息。对于她自己，总有一种自己与自己结合的感觉，经过他之后，她对男人的肉体不再有什么好奇；对女人，也仅仅是想到这个十七八岁在一起拥被而眠的女孩时会有一阵克制不住的流年似水的哀伤。一切都不指向未来，除了梦幻。

经常会在朋友圈翻看那个女孩的照片，眉宇之间还有十七八岁的样子，为人母，则让她更为沉静平和，有了一张开阔的脸。反倒是她，觉得自己是病了，没有了往日的情欲，也不再有亲近任何人的想法。

她明白了，一次又一次跌倒，一块又一块的淤青，这些都是神秘指引和符号，轮滑鞋导引着方向，它们要通向自己的未来。就在那一次，中间靠后的一次，她觉得摔倒并不象征蠢笨，是精神和身体在订立盟约，不要违背自己的节奏，不要试图摆脱。她趴在地上试图去探触自己的脚尖，然后起身。

重复重复再重复，摔倒摔倒又摔倒。教练就像唱歌一样喊着，左蹬右蹬再左蹬，双鱼滑行……

三千里

1

下着雨，下着雪，下了一场又一场，有时冰雨有时雪，大道是荒凉的，房间是温热的。

三个月换了八个住处。最后一个住处附近有家如来酒店，每次月亮升起，那立在荒丛里的闪亮的酒店广告牌是指引，异乡人有归家意，却不知道往哪里去，路上行人欲断魂……

他谈不上年轻，但看着真是年轻。一看就是好学生模样，实验室出来，背着双肩包，仿佛要离家出走的少年。睫毛很长，盖住了眼睛的星空，细细弯弯的眉，快一米九了，神色温顺，第一眼就觉得很舒服，天生能给人一种亲切感。

发小联系的，说她初次出山海关，派自己大学时候要好的学长来接。本来说好下机就见面，但她临时改了主意。往往如此，很容易就缩起来，除了工作方面的必须安排，一切人事社交都尽力简化为零。只是突然就改了，说是接洽的单位派了车子。于是就约着翌日吃饭，就有了那样的出场。陌生之地的陌生之人，新鲜总是好的，也正是因为新鲜，她才来到了这个地方，极北之城，冬季的夜晚比白天长，天很容易就黑下来了。会不会交好运，是人会对一个新鲜之地发出预判，而他的出现是一种象征，至少第一眼看着不讨厌。

在此之前发小就已经铺陈过，他来自燕赵之地，在此读书，在此恋爱，在此结婚，在此离婚，正积蓄着力量，准备离开此地。他成长于此地，却逐渐无法适应此地的寒冷，不想终老此地，在偷偷找着离开的机会。

普通朋友的应酬方式，吃饭，游玩，却又像是刻意的消遣，无意的宠溺，他都会随着她的时间安排游玩。包括一切的工作计划，不得不走的形式，到这里那里去签字，去做核酸，去盖章，都是说："顺便玩玩。"然后就陪着她一起去办理。

他很温顺，却也狡狯，对待女人算是"润物细无声"：恰到其处的细腻，加一些用了时间的小心意表达，还有偶尔小孩子似的一些举动。比如，送来一盆自己养了一些日子的花，说是在野外看着好看挖回房子养的，但明显看得出已经是活了一些时间了；再比如，喜欢走马路牙子的边边，尽管每一次都会掌握不了平衡掉下来……

第一次疫情把人圈起来的那些日子，她被困在周围的一个县城里，并没有与他有过多的联系。她对网络是疏离的，不喜欢视频，语音亦觉得难为情，一个人的世界习惯了。这一点也许是受了她舅舅的影响。小时候母亲不在身边，她被放在傻舅舅和疯外婆身边成长，舅舅喜欢自己用棉花把耳朵塞起来，同时也给她塞起来。长大后她问过已经住了福利院的舅舅为什么总是拿东西塞住耳朵，舅舅说世界吵得让他难受。她离开农村进城读书后，常常失眠，有时大白天也会塞了耳朵，包里放得最多的是各种各样的塞耳器物，出门必备这样的东西。世界太吵了。那个人，那个人呀，被抛弃的那些日子，找不到他又打不通他电话，她发现自己连手机也是惧怕的，除了工作常联系的几个人，她手机其他都设置了静音。一个人要如何退出这个世界，一个人如何像个消音符一样把自己消掉？没有人来告诉她，她在独自摸索。

第一次疫情后第二次疫情开始前，她返回租住的这间市中心的房子，他跨区而来，居然带了月饼。中秋已过多时。他说异乡异地，应该有这么个仪式的。萍水相逢，尽是他乡之客，凑在一起吃月饼，却是天涯共此时，要的是一霎儿的团圆。

他当时穿着灰色的紧身薄秋衣，套着个羽绒马甲，外面一个黑色大衣。吃火锅的时候，脱下来，明显是瘦而结实的身形。火锅的热气往上冒，让人想到家里做饭时候升腾的热气的温馨。他像个孩子一样兴奋，说如果她再留一些日子，就可以看到冰雕，那时候简直太热闹，如果没有疫情，五湖四海的人会来此欢聚。

就因为他身上总蒸腾着一股热气的感觉，还有那长睫毛下童子般无辜的眼神，仿佛永远不会对她说任何过分的话，有礼貌的分寸感，让她觉得他是安全的，两个人就比较频繁地见面，也就有了更多的机会打量他，了解他。最喜欢的不是他的长相，也不是他作为一个成年男子习惯性对一个女人献上男人的礼貌奉承，而是那种分寸感。相处越久，她越觉得他就像一只长毛边牧，因为瘦，椭圆的脸孔显得狭长，脸型也就更靠近边牧。他的睫毛和眉毛都长长的，眼睛并不大，加之瘦削，侧面望过去，一副含情脉脉的忧郁样子；那两条眉并不粗阔，而是狭长的，更让他有一种被伤害的无辜之态，冲淡了他因为个子高而呈现出的阳刚之气。两条眉像两只蝴蝶伏在上面，说话时只要挑眉，就像要飞起来。是的，她喜欢上了他的长相，但更欣赏他不给人制造压力的分寸感，还有眼角眉梢的无辜气质。接触越多，了解越多，越能够推断他的无辜气质是如何形成的。

很明显，他是被生活伤害过的人，但命运选中他受一些伤害，说明也有他咎由自取的地方。见面次数越多，他穿衣服越来越得体，脸也刮得干干净净，不像第一次潦草，加上他那大多女人看了都满意的个子，以及不胖也谈不上多瘦的好身材，他应该是情感市场上少有的得意之人，但听他说却浑然不是如此。他和她说婚姻十年，和岳母一起生活，妻子对自己漠不关心，甚至连衣服都常常不给他洗和买，他自己穿了任何衣服也不会引起她注意。有几年，他就索性把一套衣服从新穿到破，他说"这叫破罐子破摔"。她觉得自己也是忽略了的，明明已经注意到他一次次换新衣，却没有夸奖，有点不够礼貌。他讲冬天里她们扯了他书房的窗帘拿去洗，一直到春天都没有挂上去。北地寒冷，他自己想着撑一撑春天就到了，结果撑到春天他腰开始痛，去了医院才说是受了冷。她也问他："为什么你不自己去挂？"他是这样答复的："房间里什么都不让我做，包括不让孩子进我卧室……说是怕影响我，其实可能是怕更爱我。"

他说他喜欢待在办公室或实验室。"离婚后，每次把钱打过去她才可能开心下。"他这样解释，"其实她并不坏，只是脱离不了父母，所以我们的小家庭就这样了。"看得出，他并不想责怪自己的妻子，在幻想的世界里，以为岳父母不插手，也许就会有另一种可能。

"孩子不敢和我说话。她爸妈在，她也不敢和我说。说了就会被她妈骂。"毫无疑问，他为自己叫着委屈。他说最喜欢的是度假，可以一家人出去玩。然而即使这样，她父母也常常要跟着。

他说起最开心的记忆，是还没结婚的时候和妻子去三亚玩。旅途中遇见一对夫妻带着一个面团团般皮肤很白的小姑娘，在海边玩沙子，一次次跑向大海又跑回，笑声铃铛儿一样。他说当时就跟妻子说："以后生了孩子要来这里。"接着他又讲："生了孩子后，只有在梦里出去单独旅游过。"说起他的十年婚姻，他总是会突然陷入沉默或突然变得很虚弱，看得出虽然已经离婚，但他还没有完全放下。

她习惯于随着工作安排拎着个并不重的拉杆箱住在各处。不管远近，他总会找了时间前来，陪她吃吃饭，或者随意走走，有时也解决一些生活问题，比如帮她打印一些需要的文件。两个人时间久了，总难免说到双方的家庭。他说他还有一个妹妹，在街道办工作，丈夫出了车祸，女儿才十二岁。此外，他父母俱在，却总吵架，现在分居两地，母亲在他离婚后，与他一起居住。他说他母亲希望他尽快结婚，再生个孩子。听得出，他母亲并不期待儿子复婚。做母亲的觉得当上门女婿是委屈了儿子。其实他算不上上门女婿，但前妻家是本地经商的，全款出了车和房，生的虽然是儿子，却从来不允许他往老家带。当祖父母的当然很渴望儿孙承欢膝下。连过年都无法带着老婆和孩子回村，自然相当于是入赘了,总受村里人嘲笑。他解释过,农村卫生条件跟不上,冬天入旱厕,妻子和孩子都受不了,但在父母眼里,这是做儿子的宽慰父母的话。

他大学读的是这里最好的大学,接着硕博五年,在学校专业排名第一,不到三十岁就博士毕业。父母不是不怨恨已经离婚的儿媳,正是因为学生时代与她在一起儿子毕业之后才没有离开这里,而做儿媳的,除了家里傍松花江住,卖鱼为生,无论是学历还是长相身高他们都觉得是攀不上儿子的。这些其实也可以理解,他们农村出身,以为上了大学就可以当城里人,就可以过上城里人的生活,何况还是那样的好大学,挑剔媳妇理所当然。他们不理解有学历崇拜情结的儿媳在婚后也是艰难的,毕竟生活需要柴米油盐,仰仗于自己父母养孩子,丈夫一天到晚在实验室埋头做实验,既不懂社交也不懂商业,换不来多少金钱,妻子也是难的。在岳父母家讨生活,未尝不是委曲求全,但做儿子的出于一直以来聪明好学的人设的骄傲,自然也难以向父母解释这一层。于是,两家父母插手越来越多,夫妻两人感情越来越隔阂,除了学校谈恋爱的那几年,结婚十年,两个人其实并没有独立负责过家里的水电气,没有独立做主装修过房子,也没有决定过家里柴米油盐酱醋茶……用他的原话说,就是:"婚姻十年,过的都是被安排的生活。"于是,越来越远,越来越无话可说,终究走到离婚的地步。

离婚后,他独自租房住,才一点一点摸索着如何过生活。他说这话时是笑着的,接着就细细解释,从租房子到卧室用哪种椅子,再到炒菜要不要放酱油,都由自己决定。他说离婚最大的好处,就是获得了酱油自由。他不喜欢酱油,讨厌酱油改变了菜品颜色,但岳母全家喜欢吃酱油。他笑着说净身出户也要离婚,当时还刚出台离婚冷静期的条例,他说民政局在冷静了一个月之后继续问原因,他说的是性格不合,心里想的是生活饮食中酱油自由算不算。他真想把这个理由写上去。很明显,他已经条分缕析过,一点点把何以走到今天做了详细的切割和分析。这让她不由得自动对号入座到他的专业。

他是自动化专业出身。她是文科生,并不懂自动化,但他说这个专业主要研究事物的可控与不可控,她立即想到命运的可控与不可控,以及想到他何以对万事万物充满笃定。专业决定观点,他以为世界是可控的。她是管理学出身,想到控制系统就如管理系统,世界未必可控,但人只要置身于管理系统,是可以"被管理"的。管理与控制完全不同。他接着说了几个自动化的术语,"前馈"与"反馈",以及"带宽"。简直就像是魔术,她马上又联系到了他的人生。命运是神秘的,但每个人被"抛"在这个世界上,个人是无法对自身命运做所谓前馈控制的,但漫长的一日日的日常,人这个情绪动物,就自动进入反馈控制系统。所谓带宽,她觉得期待他经常来看她就像是带宽,不能往前走,但也不想往后。

交流越多,她慢慢知道他离婚也不无其他原因,以为遇到了真爱,在她到来的那段日子,正在与所谓爱到把婚都离了的"真爱"闹分手。

在他断续的叙述里,她懂得了他晦涩难懂的一些词语和表情,和最开始她的发小叙述给她关于他的生平的版本完全不同,充满颠覆。他果如他长相所示,受女性的欢迎,生活有趣而丰富,甚至呈现出一定的繁茂度,但是他也苦涩于爱情的眼泪与悲伤,以及生命有意无意的算计与疏离。就如他的专业,自动化系统,看似可控,宿命符牌般对一切轨迹可以进行追踪,但有其自身的困境,通往迷离小径,时有陌生荒凉。

看得出,他是个健谈的男人,但逻辑并不清晰,在生活上,明显是阴柔的,与他孔武有力的个子和身材不符。不过,这样的男人容易给人一种错觉,以为自己是被需要的,被他所渴望。他对她的款待,完全是因着她朋友的托付,却制造了一种两人相识多年的感觉,一日有一日的欢喜。她隐约觉得他虽然为理科生,但是热心于谈论时事,时常要点评一下世态和时局,以为一切尽在自己的掌握里。对世事太过笃定的人,往往容易失望,因为他们不容易接受来自生活的各种不确定。然而,她不喜欢让他失望,就经常鼓励着听他继续说这些方面,实际一个字都不往心里去。她是个相信自然主义的人,对于生老病死坦然受之,更何况其他的物竟天择,包括所谓疫情下的众生百态,既然是自然,人作为自然的一部分,在无限时空范围内,其实是做不了什么的。然而,她喜欢看他兴奋地指点江山,喜欢让他觉得他说的是对的,听众是听懂也领会了的。她在他身上锻炼她作为听众的礼貌,觉得颇有成效。毕竟,一个养眼的男人即使说一些不那么让人开心的话,也是可以原谅的,大雪封城,因疫情封城,有人冒着被隔离的危险来看她,单就这份热情也可以原谅他令人不快的话语。何况,如果好几天不来看她,只要再见面,他必然制造一些惊喜,让她对每次见面提高了期待,觉得一些不快都不算什么。

她在漆黑的夜里躺着,想起他,想起就像是幻想的一晚,那么不真实的那一晚。

那天准确说来不是她的生日,但他以他在网络世界看到的显示她生日的那一天为准。于是，就连她自己都没有联系起来的阳历生日，居然在一个火烈鸟式的蛋糕和一大束毫不夸张但是又别具特色的白百合加一把满天星里迎来了。

她一想起就仿佛又置身于那间溢满烛光的房子了，就有一种不知今夕何夕之感，外面是漫山遍野的大雪，一个男人微笑着走向她，说着今天很美的话……

故事充满俗套，完全是旧式言情和日常电视剧本的桥段。然而，怎么能不让人心动？此情此景，异乡人只觉得哪怕是借取或窃取此刻，也是好的，一晌贪欢。

2

下午三点多，位于十八楼的住所就已经开始变暗了，此地的夜晚来得很早。他说了要来，等待的时光并不算是煎熬，因为是工作安排之外出现的人，生活早就没有奇迹，但打乱日常秩序总是好的，至少证明生活仍然是流动的。毕竟，一个人穿越（她住松花江南部，他住江北）大半个城市来看她，还是令人觉得被善待了。何况，除了正常工作，大多人响应号召"非必要不出门"。她想着他约了来见她那么就应该算是必要。

工作安排的几处住地，都不如这里。按理要住在合作的单位，可是一次次疫情，公司封闭管理需要办各种证件，有时水电都无法正常提供，更别说饮食。所以，第一次疫情后，她租住了这套小房子。其实并不喜欢住在高楼上，但看房子的时候发现这里最干净，窗明几净，靠窗而立的那张红沙发仿佛在邀请人躺上去，她就定下了。房主提醒说沙发褪色，不能直接睡上去，但她的衣服几乎都是深色的，从来没遇着掉色问题。房东为了提高出租的可能，说卧室窗户外有音乐喷泉，很多人专门来此租房子，就是为了感受这个小区的物业服务和广场音乐的浪漫，却不知道她最终决定租这里只为在那靠墙的一排红沙发上舒服地躺着。她以前的住处附近有喷泉，最喜欢喷泉映出的彩虹感；最讨厌是那些竖立的水流突然瘫倒，像一个人毫无预兆地倒下，所以其实对喷泉没什么特别兴趣。小区喷泉并没有对她产生吸引，但因着疫情和大雪，她还是会经常不由想象喷泉喷水的形状，以及放着什么音乐。有喷泉是好的，至少还能让人想象夏天，想象黄昏的喧闹……一个人的时候，蜷缩在沙发上听市声，黑夜一寸寸从大地上隆起，将她覆没。她觉得自己仿佛在一片红色的花海里，身体在不断缩小，想象自己回到胚胎时。

　　窗户被快要降临的夜蒙上黑纱，房间就像秋天的旷野一样荒芜不堪，窗台上的海棠花投出它的影子，被投射的影子没有色彩，更显得姿态珊珊。这是他前次送来的。早些时候，她看见光把白墙上一块地方切割成一个个小方盒子，一点点光亮，像是有个人站在那里。光影唤起她的联想，她想到双鱼玉佩的传说，流传在民间的复制艺术，一个又一个一模一样的东西被创造出来。夜色和玻璃也有这样的能力。她从沙发上伸出手在窗户上摇晃，从窗玻璃上看影子，就像有人在水上划着舟。每次在街面上经过那种大玻璃窗，她都会加速离开，为的是避免看见自己投在橱窗玻璃上惊慌失措的影子。每次看到大橱窗上一扇又一扇地映出几个她自己，她都感觉自己在另外一些时刻另外一些地方也是一个人形单影只。她怕镜子，总觉得镜子后还有一个人或一群自己在进行着相同的生活。这太让人生气了，想都无法想。一个人绝望，看到镜子里还有一个人绝望，那简直是双重灾难。客厅没开灯，黯淡的墙壁，一条长长的甬道，直抵厨房的阳台。如果空间可以折叠，她觉得自己在边缘处，随时可以跌出，落入另一个空间，就像在镜子里……不过这种想象让她觉得踏实，她不喜欢被圈住。

他穿着一件有红色纹理的套头毛衣，入室之后就坐在靠窗的那张红沙发上，背后霞光满天。素雅的象牙白窗帘，金黄底，上面疏疏浅浅的白桦林的枝干，枝干上紫蓝色的鸟似乎在呼叫。罗马式的那种卷帘，也许屋主是为了节约布料，贴着窗户做的，而金黄色卷帘的旁边，却加了两道鼠灰色的边，看起来如同一个大画框。他坐在窗边的夕阳里，也是霞红色的，气氛氤氲开来，时光漫漶，她仿佛看见他少年时代的样子。这个场景很像高一转学后在新班级课堂上看到的那个年轻男孩子的一幕，那时候也是这样的感觉，心动不能自已，却一点办法都没有，只觉得世界令人忧伤；也像是爱情里很爱那个人的时候，觉得怎么都没有办法了，看一看就停不下来。

她由初入门的震惊已经转为正常，说："你能来已经太好了，还买这些？"

他一手往出拿蛋糕一手擦拭着桌子，说是小心有灰。白色的蛋糕盒上面映着一只粉色翅膀的火烈鸟，站在柔软可人的圆形弧度的草地上做飞翔状。花朵在茶几一边独自妩媚着，她这时才发现几朵已开的百合花骨朵和一簇满天星之间插着一个穿着小红裙子的玩具娃娃，卷曲的头发，卡通故事里那种大眼睛，那低眉的样子仿佛在嗅着花香。花朵让房间里充满香气。她平素是讨厌这些看起来可爱却很矫揉造作的东西的，很讨厌布娃娃等玩具，尤其有头发的布娃娃，她总觉得上面堆积着很多尘垢，以及内里那些装着的东西也是可疑的，五脏六腑都是可疑的杂物。她喜欢粗糙的东西，因此生活太过粗糙了。她的生活缺乏童话。然而现在因着花，因着他，她觉得坐在花丛里的娃娃也变得可爱，是干净的，让人想亲吻，又怕她碎了。本来算客居，所以房间里几乎空空荡荡，她没有添置任何东西，因了这突然增加的一束花，屋子里像是一下子被填满了，结结实实的，给人一种居家感。

　　不添置东西，一来是因为她只是客居，在这座城市住不了多久，二来是因为她奉行节俭主义，在这个词还没有被全球化使用的时候就已经在行动。开始是因为穷，后来是因为习惯加怕麻烦，离开和进入一间房子都可以是迅速和临时的，多年来她随时保持着不断搬家的习惯。哪个房间都像是过渡，甚至自己装修过的一个房间也是，一切从简。她不愿意对房子形成依赖，物品亦然，衣服也是，常常穿别人给的旧衣服，因为可以随时弃置。现在，这间房子，一目了然的房间，除了这张红沙发，她随时可以把自己所需的必需品放入拉杆箱走掉。她觉得自己的感情也是一样，所能带走的只有自己那部分，没有本事留住那个人，索性就不留了。她已经习惹哀伤地悼念他，仿佛一种慢性死亡。

　　两个人的影子投在白墙上，一高一矮，令人畅想。影子先于他们感知到一种暧昧与拥抱，因为他高大的影子已经完全把她聚拢进了他的怀抱，似乎是可以穿透的密度，在朦胧的墙面上倏忽而过的是落日最后的余晖。

　　"这房子太黑了。"他准备插蜡烛的时候说。尽管这不是她的错，但她还是表示了遗憾，意思自己住的时间并不长，所以不打算换灯泡。在此之前,他每次送她回来的时候都提醒应该买一个小灯泡让卫生间亮起来,台灯也行,他说要不他来买。卫生间的灯是坏了的,已经彻底不亮了,但她从没做让它亮起来的打算。对于生活也是如此,将就,能将就就将就,不能将就也将就,她是不喜欢做太多更改的。其实最讨厌的是洗衣机,已经影响到心情。冰箱插起来,半夜里呜咽过好几次,她索性就拔了电源。说到洗衣机,一个人总不能不洗衣服。每次那洗衣机最后结束的时候总是自己会摇摇晃晃地走好多步,仿佛要走出房间,关键声音还很大,她把卫生间关上,只要开着洗衣机,整个房间有强烈的震颤与抖动……她很担心左邻右舍来找她麻烦,尤其是楼下人家。不过,谢天谢地,没有过这样的艰难事件,主要是她自己的恐惧,担心一不小心就大水冲下楼去了,洗衣机爆炸了,给大家带来了集体性伤害……然而还是忍着。客居,仅仅是客居,不值得买一个新的。人生也是客居,总不能换一个头重新洗牌,索性就苟且。

他说来看她。那天的等待开始并不难熬,后来简直漫长,一如生活里的很多事,开始以为能轻易完成很好应付,但很多并不如预料。外面已经昏暗,中心广场的霓虹灯投入室内,还有对面高楼的红色防撞信标灯。一个人的时候,她倾向于坐在黑暗里听归家的人们由远及近的声响,陌生的城市,来来去去都是别人的家人,却还是喜欢坐在黑暗里听陌生人归家的声音。

沙发上坐着趴在窗台上拿电脑办公的时候,经常可以看见对面楼层的人家。卧室窗玻璃这边,正对着的是对面人家的厨房。低于她一层的对面的住户经常在晚上做饭,同时吃饭也在厨房。他们也许不知道自己家经常被别人观看,也许根本无所谓,总是旁若无人地该干啥干啥。这里室内的暖气太好，一些人体热，穿得很少。那户人家总有个光着膀子的男人走来走去，室内对他来说算是夏季。应该是四口人，两个半大小孩，经常能在另外一间斜对着她这一面窗玻璃的沙发上可以看到，有时在做作业，有时就纯像是玩，不断地跑来跑去。吃完饭那个光膀子的男人就会在楼道里吸烟。星子似的烟雾，她隔着老远似乎都能看见。其实主要还是凭着楼道亮起来的灯判断的，他总是一边咳嗽一边吸烟。过道灯灭了，他就会咳嗽着喊亮，一次次与声控灯玩咳嗽的魔术。

好多人家在厨房的阳台上堆放大葱和白菜。一看见葱她心里就蒸腾着拌着油煎煮的味道。疫情下，很多人家的厨房开始被有效利用起来，傍晚的饭菜香令她反思自己生活的无能和失败，总令她生出几分渴望。尽管三十六了，但总是陷在一种少年以来的心境里，觉得自己是个孩子。某种程度上她一直过着中学时代的生活，就连消费也是，穿衣服和化妆同样。除了工作，她固执地强迫自己保持着中学时代的生活作息，自己也常常感觉是弥补和父母一起生活时不被父母关注的过去。

她十四岁上了初中，十七岁读高中，都是一个人。一个人搬房子，一个人下馆子，一个人面对天南地北来来往往的人群。人家阳台上成堆的白菜和大葱，热热闹闹的，很多人家都可以拥有的东西，她有心也想买来存储一些，又觉得没必要，因为根本就是浪费，完全吃不掉。但她又喜欢那白菜大葱制造的热闹感，怎么能不伤感。

左下方的人家经常吵架，至少三个人，一对夫妻加一个小男孩。好几个晚上她都克制着自己不要去按门铃。她想着要报警，但也知道不起什么作用。女人大多数时候是哭泣的，但一些时候也会有争吵。每次听见重重的摔门声，她都觉得是小孩子被甩到了他自己的卧室。最激烈的时候，小孩尖锐地叫妈妈，她听见了打砸东西的声音，以及持续了好几分钟的呻吟。当吵架声一起，她就觉得自己又回到了小时候的家庭氛围里，又浸入某种绝望里，暗暗发誓只要条件允许，就尽快离开这里。这种地方不能长住。人生充满无常，新闻上的暴力事件不是没有遇到过。小学毕业班级集体照片上就有两个人已经走了。那个系着玫瑰花图案丝巾的五十多岁的女老师，语文老师兼班主任，就在拍照后不久，还没有进行毕业考试，就被她目不识丁的丈夫杀死，用的是杀猪刀，还放了一个铝盆来接血……公安局来了人调查，数学老师临时被指定取代语文老师当了班主任，给同学们进行心理疏导的时候，不小心说了"这种事经常可能发生"的话。他本来应该是说生老病死是经常的，居然被同学们理解为人被杀是经常的，结果一个班的人还没下课就哭成一片，老师也跟着哭了很久。高中时一个高一级的学姐被泼了硫酸，是同校的学长。大学时男生们打架，一个人就从楼上跌下去了……

楼上住的一户人家里有一个应该是五六岁的儿童，还有一条狗，因为经常可以听见狗叫。小孩子天天由祖父或外祖父或妈妈在黄昏带着读古诗，有时也背"天对地，雨对风，大陆对长空"。《笠翁对韵》是城市父母给孩子的启蒙读物，她喜欢那对仗留在心间的缠绵意。此刻，那孩童的声音又响起来，她一直努力想听出是一个女童还是男童，可是越听，越只能想象幼童的样子，穿着的服装，面团团的，乳白的脸，却根本无法想象性别。"家山回首三千里，目断天南无雁飞"，软糯的口音，让人想到薄云糕，想到亲吻。小孩子哪里懂得"目断天南",就只顾着跟随大人琅琅诵出,却不知楼下人听了的想象。她想象他们房间的灯光以及温度,虽然仅仅楼上楼下之分,但室内环境肯定天差地别。她自己在前年装修过一间单位分的小房子,在选灯具问题上踟蹰了好一些日子。搬进去的时候才发现灯光太亮,刺眼的亮令人更忧伤,不如朦胧一些,但亮度太低则损伤眼睛。

楼下不知道哪一家有风铃,应该是挂在客厅的,经常会有声响,丁零,丁零零……她猜测是因为开了窗或人经过才会发出这样的声响,因为并不是经常,也不是固定时刻,而是一些时候就突然响起。风铃的声音总令她走神,比一些时候对楼不知哪户传出的钢琴声更让人感觉抓心,她小时候住在黄土高坡上,村庄里的人经常唱的歌是《梦驼铃》,所以一听见风铃声,就会不由想象马儿和骆驼的铃铛。她喜欢风铃的声音,即使失眠的夜晚听到,也会感觉到嘴角扯动的笑意。

他是不吸烟的,却买了打火机,拿出来的时候还是新的,豆绿色的火机上升起一团红黄色的跳动的火焰。她喜欢火柴,而不是火机,房间里收有不少火柴盒,走到哪里都会暗里去找找有没有新的款式的火柴盒。他暗示着她插蜡烛,清了清嗓子问她要插多少根。几十年的光阴仿佛哗哗地流,她不知如何回答,年龄方面,她一直都是诚实的,不喜欢虚构。他接着说插三根好了,或者九根,九根亮一些。

房间已经完全黑了,这让楼上小孩的背诗声显得更清晰。来了几个月,她还是无法适应冬天的夜晚这么快地到来。一个人的时候,有时连晚饭都不吃就躺上了床,漫长的下午漫长的夜,仿佛一只冬眠的动物。一天里醒着的时分实在太少。这里的人难道已经习惯冬天如此早就黑了吗？她一直想问他，又觉得听不到什么渴望的实质性的能让人满意的答案。

她不说话的当儿，他已经把蜡烛插上。她想着蛋糕店和鲜花店的嘈杂，疫情一来，大多店铺得关门，一些开着的，尤其是超市，人们带着购物单排成长队购买，好不容易到了收银台，发现某种需要的没有买，再看看长长的队伍，往往会有喘不上气来的感觉。蛋糕店也总是排满人。所有的人都丢失了平日的优雅，越是不让挤，越会涌动着聚向收银台，然后付账结束，急速散开。她不知道他是在哪里买的这些东西，费了多少时间。

"九根，加烛盘，一根就是四年。"

红烛，红火，他条纹红的毛线衣，还有一束散发着香味的花，还有红沙发，太应景了，像是在过年。她也起了要热热闹闹过个晚上的想法，就对他说："你等我一下，我有一条红裙子很配这气氛，一直当睡衣穿。"

"那快去换。"他急切地说着，同时努嘴向卫生间的方向。她喜欢他压低嗓子发出的声音，仿佛喉咙里住着一窝小雀鸟，明明叽叽喳喳，却又像是努力克制着不要太大声。他像是很随意，没有任何色情味道，令她突然很感激。她觉得自己是被尊重的，和这样的男人在一起是安全的。她在内心感谢着高中时代陪伴她走过来的发小，她总会给介绍不错的电影，高质量的书，没有想到介绍的男人也能如此体贴。

有过好几次那样的经历了，和男人在一起，往往会突然之间产生不可估量的恐惹和隐隐的忧虑。他们有时根本没有任何前奏就会摸一下她的手臂或搭一下她的肩膀，一两次，甚至有人曾把手放在她臀部。人多的场合，她向来不希望引起他人的注意，只自己隐藏起厌恶的情绪躲开来，但内心是觉得恶心的，因为气氛被这样的一摸整个破坏掉了，对一个人本来有的一些好感也瞬间全部坏掉了。除过高中时代暗恋一个男孩子好多年，再就只有他，她并没有多少经验，当然也谈不上空白，但往往会对突然而至的亲近产生一种呕吐感，尤其是经过那个她觉得深爱的人之后。现在，这个人让她去卫生间换衣服，她突然就没羞没臊起来，想着要换身红裙子让他拍张照，毕竟是生日，即使不是真正小时候过的农历生日，但也毕竟日子对得上。陌生的城市，一个人生活，往往连伤心都不敢，时常会有空虚之感，但尽量只是空虚而不允许自己太带感情地难过。那么，有一个人陪着是好的。起心动念间，她拉开了行李箱，已经取出了街边市场买来的裙子，想的是今晚他怎样对她，都是感激的。她恨不得他立即对她做些什么，简直有点渴望了。一个蛋糕，一束花，一室烛光，时间的河流流到三十六岁，如果遇到一场性事也是好的。

　　爱是艰难的，身体的碰撞也是艰难的，遇不到爱，遇到身体的一场合欢也不错。身体是要用的，经常给她开药的那家医馆的七八十岁的老中医经常对她说要注意使用身体，"用进废退"，她觉得自己像根水管在生锈，年久失修的桥，无人上供的庙，身体都好久不启用了，她也害怕这里那里出了什么问题。偶尔对镜，不得不小心地把头上能找到的白头发背着人拔掉，年华易逝，很快就老了。单位里的同性同事，一些说起可能到来的绝经，那惶恐的神色总让她也担心自己，好像绝经了人就是活死人。她们说更年期脾气暴躁只是表面，具体情形只有自己知道，比如三更半夜热火攻心，身体发热发潮，就是无法入睡。年轻时大家都说守身如玉，看着自己一寸寸老下去，老得快成干核桃……心念起，她就不觉得面对一个熟识不久并不了解的男人换衣服有任何局促。她已经做好了准备，把自己交给他，或者主动享用他，如果他愿意。甜甜的蛋糕，一室的红光，有花堪折直须折。她的心里响着在街头走过时听人家商场传出的歌："快活啊，反正有大把时光；流浪啊，反正有大把方向；造作啊，反正有大把风光……爱上爱的表象迂迂回回，迷上梦的孟浪越想越慌……"生活并没有大把时光也没有那么多方向，对于爱情她已经走投无路，对于生活也是，那么就随遇而安。曾经的爱仿佛一场事故，她在那场爱情里已经遇难，活下来的不是原来的那个人了呀。

客厅靠墙的壁灯开着，而卫生间则是漆黑的，她没有关上卫生间的门，想着他如果进来就进来。门几乎大开着，仿佛是一种邀请，只要他移动几步，就可以进入。对很多男人来说，这是机会。对于她，则近乎是考验。如果他进来，她会觉得称心如意，但知道自己会陷入一阵失望，他也是这样的男人；而他不进来，她同样会陷入失落，会怀疑自己的魅力，但也暗暗觉得不打破现状是好的。

曾经的所谓爱情，让她一直在心里犹疑自己到底是爱上那个人，还是爱上他带给她的身体快感，也或者，身体因为他的光临达到了所谓的某种体验，形成了依赖，所以以为自己是爱他的。她希望自己的人生是自己主动的，包括身体。她经常怀念漫长的高中时代暗恋的那个男孩，遗憾那时自己没有主动追求，虽然知道当时的时机不合，但是如果主动，即使被拒绝，也说明对于爱情是主动追求过的，而不是像后来，一次K歌之后的醉酒，他送她回房，就送到了床上……她当然也怀念他，包括后来他对她的近乎抛弃，也并没有生怨，但是确确实实在漫长的回望里，希望一些场合由自己主导，而不是陷入被动应对和接受。她有时觉得是自己对男人的经验太少，对那个人才形成了依赖，所以才会那样失态于一个男人。失恋了，就像发馊的蛋糕和生虫的花蕊，一切都被弄脏过了，那个人，她爱着，却被他抛弃了，给的是那样的理由：为了让她好好生活，所以放弃她……好几年了，她轻微地厌倦生命，却不知如何结束。"被你抛弃过的我都不知道如何活着？"她常常有这样的呢喃，却没有真正发出过声音。她怕对他说，一者可能让他骄傲于抛弃一个人还可以掌控她身心，二者担心给他增添心理压力，毕竟一个人主动离开一个人，被离开的那个人说明已经是别人的麻烦，应该有点自知之明。宁愿相信爱人也是艰难的，只有这样才能撑着继续喘息。

她轻微地闭了一下门，担心卧室里的那个人看到她突然而至的眼泪，在一片寂静而伤感的黑暗里，她摸索着脱下了身上的牛仔裤和黑色毛衣，将疫情前在路边的跳蚤市场买来的一袭红裙穿上……鲜艳的花朵图案，花是马蹄莲的样式，根根青茎在裙摆上竖立着，与其说是裙子，其实更准确可以说是袍子。在镜子前看自己，散开的发松松垂在脖子两侧，紧闭的嘴唇因为涂抹了豆沙红的唇膏，显出一种迷离的诱惑；最重要的是眼睛，她在他来之前涂了平时很少涂的睫毛膏和眼影，眼影是紫蓝加玫红两色，还用肤色的提亮液刷了个来回，此刻看起来很有神。镜子里看来，平日里自己都厌恶的不可爱也不被爱的面容，居然含情脉脉，整张面孔很神气，陌生又可亲。和她平日里不化妆的冷若冰霜的样子完全不同。卫生间的地砖上有红色游鱼，穿着裙子的她也觉得自己是一条红色锦鲤，明明走着，却像在水里浮着，她不由自主就把两臂伸展开做飞翔状。

在一片温暖而朦胧的红色烛光里，她有点害羞地从卫生间走出来。她本来并不瘦，虽然一米六四五，但体重也眼看一百二。然而因为袍子宽大，衣料整个显得一径受着地心引力往下坠，让她看起来显得很瘦弱，有种娇俏的美。在烛光里站着，她一瞬间也觉得自己亭亭玉立。加之因着他说要来，清洗过，很认真对镜贴花黄，画过眉毛和口红，烛光营造了一种别样的气氛，突然之间连她也觉得自己是美的了。烛光像个结界，将她锁在一片柔和的光里，连投在墙上的影子都显得珊珊可爱。很柔软的布料，完全是可以当睡衣穿的，其实人家当时是当外穿衣服卖的，过年的那种对联红，底部是一片神秘的草地，开满了马蹄莲，她好几年不穿这样艳丽的衣服，当时买了来为当睡衣。难道没有想过穿给他看？她问自己，立即觉得脸红，也许潜意识是有的，她不得不承认。现下的氛围太适宜，他唤起了她压抑已久的情欲，一种很自然的氛围，让她想被需要和被蹂躏。

他抬眼看她的时候明显手颤抖了一下，因为正在往出拿纸盘，喊着她来吹蜡烛。那白色纸盘边缘一角碰到了奶油，让人很想舔一口，单看着就觉得甜甜的，但又不想让洁白的盘子沾一抹红绿。他松了手，将餐盘放在了桌子上，然后拧着装有餐勺的金色结扣，拿出两只勺子来，同时变戏法一样地从他放在红沙发上的双肩包里掏出一瓶红酒和两只杯子来……

她又觉得震动了一下，很多年没有这样的仪式感。大学毕业后工作的这些年，每年单位都会定一个蛋糕派发给她，但由于一个人，那蛋糕太大，往往吃不掉就发霉。她一个人，又不想找一个人专门过生日，明明这一天应该有所期待，但找不到合适的人一切都会显得更不合时宜，心情会更糟糕。因此，她每年都不得不看着蛋糕坏掉……

没有想到遇到这么一个仪式感强的人，还又有蛋糕又有酒，花朵虽然是艳俗的，但百合的香沁人心脾，让她有种被香打晕的快乐感。她还是向往这种俗套生活的，有人陪着有酒有花终究是好的。时光就像偷来的。

她说我去给咱们烧水泡咖啡。一边说一边往厨房去，眼睛尽量去避开他的眼睛。

"你可以吹蜡烛了。"说着他就捏住了她的裙子，但并没有碰到她的身体。她不是没有过男女经历的人，用社会上的话，可以叫"熟女"，和淑女不同，但此刻还是一阵惊慌失措，却又不得不故作镇定。

"嗯，好的。这样很好，这种蜡烛是可以吃的，就让它燃到最后吧。"

"不是还有一只大的当代表？"他指着那根近乎可以燃烧半个夜晚的莲花样式的红蜡烛说。

"还是想让燃烧到最后……好久不这样过了。"她说，心里想的是生日从来没有如此过。深爱的人只给过几个月的甜美记忆，压根没有赶得上一个生日，何况他基本不会送她任何东西。小时候生活在农村，基本没有人记得她生日。不被命运祝福的孩子，勉强考上了大学，过起了一种看起来像模像样的生活。实际上，大多人经历过的那种普通生活她没有经历过，简直太缺乏了。唯一的一次恋爱，还被抹布一样抛弃……

她把水加入进去，还能感觉到背后他的目光。红色的裙子松松垮垮地挂在她身上，她觉得自己是美的。对于小小的这么一间房子来说，蜡烛盈满整个房间，一个人穿着一件鲜艳的红裙子简直太浪漫了。她想起电影或电视的一些温馨场景，突然觉得自己简直是在色诱。他追随着的目光让她觉得自己仿佛是赤裸的，衣服是一种伪装，浑身写满邀请。她甚至不敢回头去看他，虽然隔着一个长长的走廊，不会直接清晰地看到他的眼神，但是就是觉得羞赧。

"这是一件新裙子呀？"他问道，也许是因为看见了背后突出的标签。

她不好意思抬头看他，就将目光对着蛋糕慌不迭地解释："买来当睡衣穿的，还一直没穿。"

"还开着马蹄莲，真好。"之前就说过，他母亲喜欢花，所以他从小跟着认识了很多花。她想不到他居然连马蹄莲也认识。她自己认识马蹄莲，是因为大学时代有个新闻系的同学，家里靠着煤矿发了财，年年过生日都很隆重，有一年从更南的南方用飞机运抵了九千九百九十九朵玫瑰花，和一千一百一十一束马蹄莲。寝室楼门外堆放了两排白色马蹄莲，她第一次听见这名字，也是第一次见这种花，从此再也没忘记。

她几乎是怀疑地不自禁挑了挑眉，看向他。

他说："难道不是？"

"是。就是奇怪你认识。"她说。

他又一次解释，自己对花的知识完全来自母亲从小的教导。

如此细心的一个男人，肯定会迎来生活的失望。她越接近他，越了解为什么他总是神色戚然,那种孤儿一般的无辜感不是一朝一夕形成的。他从小村里走出,靠着一道道习题一份份试卷把自己送进都市里,自信的同时也会有所怀疑。他肯定不止一次想过,为什么生活就过成了这样?匆匆流逝的日子,持续的夫妻关系与双方父母关系的拉扯,磨掉了一层又一层的皮。像苦修一样地过了很多年,敏感纤细,不懂得生活不是实验室的那些试剂和线路,也不是试卷的高分与低分,生活是海洋。看得出,他习惯于让别人感觉舒服而把自己包起来,喜欢为难自己而不是别人。

她本来一直有点躲着他的,吃饭都坐在他对面而不是身边,为的是观察他表情随时做出相对的客套反应,这是她社交应酬的方式。礼貌而安全,不必陷入任何尴尬或不甘。忽然,她决定不躲了,坐到沙发上去,而不是坐到他对面的小塑料凳子上,隔着一张茶几与他相望。

她开始用他的眼睛打量自己,从他的身体里向外看,感到自己有些异样的错乱,可是并不是不好的,甚至可以说很享受。下意识地,她的两只手交缠握住了,觉得仿佛握着他的。她追随他的动作,他的眼光,她觉得自己像是在触摸他的身体他的生活。全身痉挛,心跳很急。有那么一瞬间,她觉得自己僵硬起来,因为明显靠得太近了。

可是他并没有任何表现,忙着用牙齿叩击酒瓶开红酒,说自己忘记买开酒器。

她怕他受伤,咬伤牙齿或嘴唇,却一点也使不上力气。

彩色的细蜡烛已经燃尽了,她一根根往外拿,也算是做点事,不想只他一个人忙活。

"你生日开心吧?今天很美啊。"他斜着脸盯着她说道。

一种少见的亲密感像磁铁一样紧紧吸着她往他身边靠，她觉得他就像一个中心点一样让房间里的一切绕着他。

她感觉到脸发烧，心想确实和平时不一样。她的裙子在回应着他。她自己似乎能听得见衣服的尖叫。一段太过美好的幻觉袭来，她不由自主眨了好几下眼睛。

身体还保持着不安，她不知道如何接续他的话。她害怕自己是他的负担，也害怕自己像是在邀请，于是没有接他的话。一个男人夸一个女人美，那这个女人回什么呢？她一直没有觉得自己美过，从来没有。一些时候衣物或化妆会短暂地让她变得自信，但她知道并不是自己的肉体真正谈得上美。她对身体的追求就是健康即为达标。至于美，先天不足，后天补不了的。早就撕碎过了，在曾经深爱一个人的故事里……后来只是生命的残喘与拼凑。那是另一回事。她站直身子抖动着裙子，像抖落那个叫"美"的词，抖落黏附的尘埃。

"红裙子让你贫血的脸显得有气色。"他把手掌展开来放在最大的莲花式样蜡烛的火焰上面，仿佛在烤火。因为他的手的遮挡，房间显得更朦胧了（点了蜡烛之后，一直没开灯）。小时候在村庄里长大，一年里有大半年经常得靠着煤油灯度过睡前时光，此刻的烛光让她想起那时候。不知他是否有过这样的童年时光？她的村庄上世纪九十年代末才通了电，乡镇里一些自然村现在都还没接上电。她老家的电，即使现在，还一年到头经常停。火焰是最早的温暖记忆，他伸着手烤火的样子突然让她觉得好亲切，真想伸出手去合拢他的手。小时候夜深了家人就围在油灯前，吹灭油灯炉里的火焰会一闪一闪亮大半个晚上，然后彻底熄灭，成为灰烬，早晨的炉灰还是温热的，放了干枯的小草或小树枝，很快就会燃起来,再放炭,既把饭做了,房子的炕也烧暖了……烛光照出来的人的脸显得忧伤,像电影里常常出现的黑白画面,一些曾经充满希望的东西,似乎想起来为时已晚。她常常有这样的感觉,明明觉得美好却想流泪,突如其来记起一句话:"昨天的太阳已经晒不干今天的衣服。"小而亮的烛光,小小的太阳,把她的童年和现在相连。外婆总说长大了就好了,长是长大了,好却谈不上,但生活又不能说是坏的,毕竟吃饱穿暖了,但没有了外婆呀,没有人来摩挲她的额头她的小手……

他脸上的神情总是拘谨的,也许是多年在外求学养成的,也或者是在岳父母家生活十年养成的,或者兼而有之。

"贫血?"她问。曾经体检过,她多年贫血,医生说是营养不良造成的,但对具体生活没什么影响。

"嗯,你的脸看起来平时是雪白的,尤其在雪地里,很少有红血丝。"

他之前就说过几次她皮肤太白,难道意思是她不健康?很多次,很多人,至少好几个了,她在不同的场合被人提醒:"你没事吧?"当然没事。然而,她联系他们看她的眼神,应该是每次感觉心跳加速喘不上气来时被提醒的,也或者,嘴唇泛紫。她已经懂得这样的医学术语:"心脏供血不足。"那又如何?也曾有过一些时分的痛苦与不安,但人得活下去。

走在雪地里,并没有不适的感觉,但是雪总是被冻住,结薄薄的一层冰,这里常常是零下,总也不消,屋檐下的冰柱也基本不往下掉。她常常有那种感觉,像是自己也在被天气冻成冰糖葫芦,外面是冰的,里面还温热。沉重而轻盈,就是这感觉。如果雪是暖的就好了,云朵像棉花,雪也像棉花,它们如果是暖的世界就可以接近完美，像棉花一样柔和暖，把世界拥抱在一片棉花中。小时候外祖母为了让鸡蛋尽快孵化，经常把鸡蛋包在棉花里放在灶洞里。确实，很快就有一些小鸡儿破壳而出，但也并不是全部，一些小鸡未能彻底破壳而出就死了，一些索性直接就发霉发黑，坏了，连蛋黄都变了色……明明是完好的，怎么走在雪地里就很少有红血丝？她无法解释，但担心自己也是那些最后被弃置的废蛋中的一个。

她奇怪他倒是观察仔细。红裙子笼罩着她，让她感觉自己像个穿着艳服等人挑选的旧式的青楼女子。一条裙子就像是一种邀请，懂的人自然懂。好几年了，自从那个人离开之后，就再也没有穿过什么艳丽的衣服。她觉得自己是不被爱情祝福的女人，深深爱上一个人，却被人家抛弃了，而且还不能有怨言，还仿佛自己辜负了别人。明明离开的人不给机会，却还让她担着是为她好才抛弃她的十字架……无法怨也不敢恨，被爱情放弃的人怎么有脸责怪别人？

"来，一起吃点蛋糕。我该走了。"他说。

她立即觉得哑口无言，就好像被人扇了一巴掌的感觉，明明好好的情绪，一下子落空。于是，她朝他走近一步，想着是求他，却说出这样的话："确实已很晚。"说着，她不由就把手放在他的背上往下抚摸。

一瞬间，房子里流水潺潺，明明两个什么都经历过的人，却似乎不知继续怎么办。他仿佛瞬间被电击，明显往旁边挪了一下，但接着手就伸过来握住她的手，动作那么自然。他呻吟了一声，喉咙里那颤音无法确定是哦还是嗯。看得出，他也是期待的，似乎也在等待。她想去抱他，想被抱着。很久了，很久没有这样的感觉。一切都那么合宜，一晌贪欢吧。

衣服有时会突然拥有自己的意志，她明显感觉到穿着的红裙子仿佛不由自己控制，一寸寸自己舒展着，和平时那些冷硬的牛仔服或运动衣裤完全不同。这件宽大长袍仿佛在不断地扩大它自己，就像要舞动起来。她觉得自己像被衣服控制着，由不得自己抖动着旋来转去，以他为中心做飞翔状……

突然之间他变得放松，和平时换了一个人，拘谨的脸变得松弛，眼睛似乎比平时大了很多，唇不厚，此时却显得很丰润，充满诱惑。他平展开来的眉眼让人觉得不设防，也和平时完全不同。整个房间给人的感觉也像变了个样子，夜快深了时万物的那种慵懒之态。烛光让他的脸颊看起来很红，仿佛可食。窗玻璃上跳动的火焰像开了一朵红色的花，明明艳艳，他的身影落在玻璃上，也显得可爱。蛋糕仿佛在融化，蜡烛也在融化，人也在微微颤抖着被融化……世界仿佛浓缩在这间房子里，她很久没有这样的感觉了，一呼一吸都能感觉自己在活着，心在跳动。

那是一种强烈得令人惊讶的感觉，他们似乎彼此都害怕。完全出乎意料，他居然又往后退了一下，可是嘴里却第一次叫出她叠音的名字，就像终于做了什么决定。

她闭上眼，感觉眼皮上被烛光照到的地方变成了玫瑰红，隔壁人家餐具相撞的声音传进耳膜，自己似乎身处一个绝对温暖又安全的地方，整个身体在不断散开，如一朵花在开放。她感觉自己被吸入在声音里。一个人闭上眼睛各种声音就会越加明晰，她明明知道，却这时候才觉得体验深刻。一切的声音像磁铁一样吸着她，她觉得自己被卷入某个深洞的深处，很舒服，像在温泉里泡着一般舒服。

"我们什么时候再见面?"他问道。她睁开眼睛,看见他把手伸向蛋糕的一角,已经是切成块了的。明显看得出,他要离开,已经在行动,脚步似乎已经迈向门口的方向,一手却用勺子挑起了一块蛋糕,伸向她……

"嗯,太晚了,你先回去。担心疫情变化,你封在这里无法工作,到时再看时间。"

这样的感受实在让人想哭,她迫不及待想着他离开后要好好哭一场。她不知道自己如何开口如何请求,这个场景是那么的熟悉,曾经的那个人,最后一次离开……宁愿已经失忆,什么也想不起来。这不该是一次重复,应该算第一次,要好好地体会并记住,是这样的强烈,如此不舍得。明明他已经来来去去很多次,可是因着这个夜晚的特别,烛光与蛋糕,还有红裙子红毛衣,散发着幽香的花朵,楼上稚童的背诗声,一切都像是在庆祝,怎么就要离开?她是用全身心来感受这一刻的,明显感觉到幸福和快乐,为什么就不能再延续一会儿,只一会儿?

"那我最迟周三来,也许到时就可以进省博。周一周二走不开,得忙。"他一边穿外套一边说。博物馆是她来这里之前做的旅游计划,和他提过的。疫情来时博物馆不开,后来开了几天要求注册本地健康码。她一直是外地健康码,他提醒过几次让注册。然而注册就面临一个问题,她得填具体住哪里。这是个问题,她不想填那些不得不因为工作去住一两天的住地,填了就可能有时空伴随的危险,即使自己知道没什么大问题,但仍可能随时被随机。而填现在这个地方,单位查到也是不合法的,工作要求住在人家合作的单位里。已经三十六岁了，不老却也谈不上年轻，很多地方对于三十五岁以上的员工当老年人对待，她不想这个年龄下岗，所以对工作一直兢兢业业。没有男人至少有工作，生活还是踏在大地上的，至少不会显得如何飘浮。

冰城的省博物馆偏自然而不是历史，她迷恋各种各样的博物馆，尤其是自然博物馆。博物馆因为保护文物需要，光线经常是朦朦胧胧的，很多物品即使隔了几百上千年，然而往往隔着干净的器皿观察，像是在放光。各种各样的展厅，各种各样的框子……游走在博物馆，感觉像走进时光隧道，在这种氛围下，很难对平时的一己之念过于沉溺。昨天，今天，明天……世界在博物馆里像是既复制过去又复制未来，是个整体的平面，而人在其中会不知不觉失去时空感，仿佛自己既是古人又是今人，有时又是物，比如进入此地的铜镜博物馆的时候，她有一瞬间觉得自己曾经在某一世就是一面刻有字画的铜镜。

他一说，她就又心动。

是的，她了解他的时间安排，通常的情况，周一周二忙实验，周三属于休息日，周四周五去找"真爱"，周末看孩子。

她的出现明显打乱了他的日常安排，对此她说过几次抱歉。他说没关系，依然会夹缝里找时间，安排着陪她了解本地的风土人情。她开玩笑说过他是时间管理大师，他也不生气。离婚并不久，也许他需要在两性世界调整自己的坐标，毕竟从学生时代当一个好学生到工作时当一个好员工是远远不够的，生活就是修罗场。

他和前妻在学校认识，研究生时，他是博士她是硕士。有着学历崇拜和帅哥情节的师妹,刚好遇上他。他还来不及做决定的时候,她就怀孕了。一半出于愉悦,一半出于责任,岳父母也没有在彩礼和房车上设任何难题,很快就领了证,紧接着就是孩子的出生。他们一直住在岳父母家里,直到离婚他才搬走。中间纠缠的一些日子,他有时睡办公室或实验室。

看得出他是优柔寡断的,却温情有余,一张侧面看起来像明星的脸,单眼皮,长长的睫毛如两只不断扇动翅膀的蝴蝶伏在那里,面相上可以说是桃花之相。

"好。周三见。"她是坐在沙发上说的这句话,已经没有力气移动身体,可是却在脑海里重复着那样的镜头,站起来亲他,不断亲吻他。然而又把自己在脑海里狠狠摁住,不做任何行动,不能再让这个男人左右为难。他看不见自己要什么,而分离是艰难的,不能让他以为又遇见了桃花。她决定留在自己的位置上,遗憾也好,失落也罢,不该把一个人拉入被动的泥潭,不该太主动。爱情像一个巨大的被掏空的洞一样她随身背着,即使两个同病相怜的人,他们的疼痛也是无法互相分担的,那么,就不要相互摩挲。

偷偷摸摸的相见,明明他相识不久说有女朋友的,为此他离了婚,说找时间约着一起吃顿饭。然而他一次都没有安排,每次都含含糊糊,用一种模棱两可的表情推托。与那个女人,他在继续或分手之间摇摆,有时乐在其中,有时却又无法承受,觉得生活不该这样,从一个女人到另一个女人,争吵并没有变,各种被限制,被约束,被塑造。他觉得自己想要追求一种自由自在的感觉,可是,每次陷入亲密的两性关系,总仿佛是一种模式的重复,用自动化专业理论的词语解释,就是系统设置大同小异,每次都是剑拔弩张左右奔突。

　　短暂的一段时光，她早就察觉到在他身边自己的安心，和情欲不同，就是觉得很安心。生活里，太多人睥睨一世，即使那些平时看起来怯怯懦懦的人，一旦让他居高位，总会很快就开始俯视别人。这个人却不同于其他，他神色里总藏着生活对他的委屈。当她觉得必须对生活缩成一团的时候，他更胜一筹，这让她总觉得自己表演失败了，同情他，又想保护他。而就相处的这些时光来说，其实是他在付出的，扮演着照顾人的角色。她有时有那样的感觉，似乎两个人认识很多年。"同是天涯沦落人"，又能如何？跳动的烛光火焰仿佛人的心跳，令人觉得世界是软的，此刻，她只想尽快离开，离开此地，离开此人，回到自己长久忍受孤独直到习惯孤独的日子，重新练习如何一个人生活。没有开始就不会有结束，她懂得触摸火焰可能的灼疼，现在是安全的，就停在这里。

　　他不知道，也不会知道，她已经买了周末的机票，只需要连夜再去做一次核酸。其实她的工作，本周五就可以离开，总公司做了新的规划，要她速回，改变了原来的安排。她想着与他一起过这一天，所以推迟了几天。他一直以为她要在此工作到年底……而现在她变得肯定，非常确定，不浪费那张已订好的票，尽快去做核酸检测，办被褥托运，将租住的房间退掉。她一直觉得自己是个犹豫的人，为一份早就无法死灰复燃的爱情哀伤着，但眼前的这个人，明显不该拉着一起落水。

　　她不想告诉他，不想让他去机场相送，不想他坐着地铁不断转来倒去，走了这条道再换另一条，从热闹的松花江南岸回到人烟萧条的松花江北岸。她知道一旦他了解了她具体的安排，飞机的出发时间，就会来送她，会担心她一个人带着行李。第一次疫情前她去往周边的一个城市，买了火车票赶往那里为公司考察一个单位准备合作，他知道了时间还专门跑去了火车站，说是担心她一个人。也许，或者是因为他在婚姻里或生活中受了太多的冷遇，所以不想别人如此。她知道自己贪恋这点温暖，越是贪恋越要克制，不能别人给就要。一本流行小说里有这么一句话："爱是想触碰却缩回的手。"

"下周见。"他的手已经握住了门把手，回头对她说，"生日快乐。"他说得飞快，是作为本地的东道主的口吻。

"再见，注意安全！"她用无所谓加客套的语气回答，因为现在他告别的是她所在的房子，所以就最后一句跟上。

3

烛光像一种暗示，她在自己装修过的房间点起来，用的是从各处搜集的其中一盒火柴盒里的一根火柴。小时候形成的习惯，她喜欢火柴，而不是打火机。成年之后总是搜集各种各样的火柴盒，喜欢擦亮火柴时空气里那硫黄味，还有突然的亮光，以及最后灰烬倒伏的样子。已经是很多日后，她在自己装修过的房间点起冰城带回的未燃完的蜡烛。夜里停了电，一个人守着一盏灯，也并不觉得如何恐惧。火芯颤动，仿佛有颗心脏在那里固执地跳动，呼喊求救。有那么一瞬，她觉得害怕，想着要不吹灭了蜡烛开之前充了电的小灯。但她一直没有开灯，就让蜡烛亮着，感受它的融化。固体变液体，像冰雪在温暖的白天一点点消融，溢出来的部分顺着柱子滴在茶几上，透明绵软，红色球体里涌动着一层层无法触及的波浪，密实却柔软……一些已经变硬了，固定成各种形状。

她看着跳跃的火焰，觉得自己的生活并不糟糕。其实不是没有享受，比如童年时代的煤油灯；再比如，那场短暂的爱情。凡事不必想着一探究竟，就也有很美丽很销魂的部分。也许生活就是这样，谈不上正常与不正常，没有东西可以保持原来的样子，随时可能像火焰一样处于悬浮状态。

浅水中的黄色圆圈像莲花在开，一层层绽开来，然后变成空，碎了。火焰在撤退，往更深浓的夜里去。不要熄灭，千万不要。她在祈祷中睡着醒来，醒来睡去。

——原载《百花洲》2023 年第 1 期

莲花落

1

我不知道十八岁的我是不是此刻八十六岁的那个我。还是同一个人吗?

虚岁十八岁的春天,高一下学期,我转入县城唯一的公立高中,和那个我后来暗恋的男孩子开始一个班。此后无论时间怎么过,我的时间总会突然之间恍惚中像是冻结在了那一年。既没有往前也没有往后,就在十八岁。

在此之前,我在一个叫作同创的中学读了半年高一。同创中学是所私立学校,这所私立学校建立还没有几年,对考上县城公立中学的学生实行免学费待遇,这对贫困人家读不起书的孩子有很大的吸引力,我就被如此招进来了。家里实在太穷。而仅仅隔了半年,我就被班主任叫去说违反了学校的规则,取消免费资格。太过年轻,却也很明显感觉到这是一个坑。进这所私立学校成绩好的学生无法再随意离开,只能待宰割,要么辍学。我太过年轻,却也太过尖锐,于是,我去往县城公立中学请求校长,将我放入曾经分配的重点班。

学校入正大门是段坡路，坡路左边一块平整的地方是体育场，供同学们上体育课和跑操用，体育场后面一排房子（现在已经拆除了），放体育器材；接着往上是一个包围起来的四合院，但长度远大于宽度，两排房子，属于住宅区，大多数教师在这里有安置房。再接着往上，就是跟正大门的坡开始平行了的坡往上，是处平整的院子，叫教学一楼。已经说了，入正大门左边是体育场，右面坡道上去背靠东方建了一排白色房子，那时候是学生们的宿舍区（后来我被安排住进这里），表面是窑洞布局，二层小楼，相对简朴，却因简陋而制造了一种素朴，又因为背依青山，绿草如茵在半墙上，使之显得静谧端庄，是这校园里最美的一处所在了。教学一楼前有个小花坛，坛上有个飞天的雕刻（记不太清晰了），似乎是一对男女正在跳跃着投篮，栩栩如生，却比普通人体形大几倍，矗立在我们面前。那时候还是学生，并不太欣赏这种象征健美的符号雕塑，只觉得如果种上棵高大的树比这强多了。

许是我出生在小村庄，对于自然有一种无意识的眷恋。这所学校甚至这座县城绿化实在太少了。是这十七八年，人们开始注重起绿植来。现在，县城到处可见树木和草坪，以及规整的栏杆和路灯，水池和喷泉，就连车也学会让人了，即使不是绿灯，看见行人大多车也懂得停了。这些不能不说算县城的一大进步。河滨公园是县城居民晚上乐于去的地方，当时还没有。多年之后，我已经离开了这里，这座县城变得更易于在自然环境上接受了。

然而，随着沿河公路的开发，一切都被人工化了，人们在河堤上种花植树，修建公园，摆置雕塑，优雅地掌控了这一片本来很野的地方，黄河滩不再是黄河滩，变成了河两岸人民的小花园。

我读中学的时候，到处都堆满了石灰、水泥，载煤的汽车来来回回，还有那一条神华集团开通的专门从这片土地往外运输煤的铁路。说起来，运输人的火车开通才是这三四年的事，而且在网上还买不到直达县城的票，必须上车补。

路宽了，绿树多了，能更加安居乐业，就算是好时代了。我出生于乡村，对自然的审美仍然停留在广阔而无序的半荒野阶段，喜欢某种天然之美。我不喜欢到处摆放不同的雕塑，但人们当时的审美就在于各处竖起各种不同的雕像，填满他们能想象到的空间。其实现在也一样，包括省城西安，到处都是各样的雕塑，尤其大雁塔附近，帝王在高高的台阶上骑马，人在下面行走如蝼蚁，似乎马蹄踏过处皆为尘土。我一直欣赏不了这种壮美，觉得还是平起平坐更给人踏实之感，而不是居高临下的压抑。

与教学一楼并排的是一排办公建筑，接着又上坡，很多个台阶上去之后是平地，走一会儿，就到依山而建的教学二楼了。平时称前楼和后楼，也叫新楼和旧楼。教学一楼是旧的，教学二楼是新的。教学一楼和二楼右边，也就是操场上来的地方，建了好几座宿舍楼，具体楼有多高已经记不清了，反正当时没有电梯，现在有没有不知道。最高应该是七层吧，因为仍然记得高三时爬楼爬得想哭。——我们高三的时候新宿舍楼已经投入使用，三室一厅一卫，那卫生间几乎不可用，只面盆还可以供同学们接水洗脸洗衣。这些楼据说高价生出了一部分费用，毕竟三年收小几万在千禧年初算是不菲的价格了。高价生是指那些考不上这所县城中学却又达到了一定分数或凭关系进来就读的学生，或者考上了普通班却想到重点班或示范班就读的学生，总之是能出得起这笔钱的，背后皆有一定的关系和背景。当时还没有兴起大规模到市重点和省重点就读的风气，当然当时县城经济还不像后来这十多年这样飞速发展，尚处于起跑阶段。

黄土高原本就千沟万壑，学校依坡而建，也是就势而为。然而这种建设，确实体现了一种晋级的荣光。普通班的学生在后来修建的教学二楼，示范班和重点班的学生在老旧但并不荒败的教学一楼。教学一楼共三层，水泥砖，纯白墙壁，由于年代稍微久远，渗透出一种古意，似乎是可靠而踏实的，入正大门爬上坡就到了，不必像教学二楼，还得上坡再上坡。与教学一楼相比，其后一排的教学二楼，虽然也是水泥砖墙，却因为高大和气派，有一种暴发户的狂欢之气，让人看了就觉得不太适合读书。加之实在太吵了，楼层多，声音又往下传，每日里轰隆轰隆的。

2

进入高一下半年的那个班级，是 2002 年的春天。功课太紧了，一个陌生的环境，似乎只有爱上一些什么才能活下去，应该就像少年的纳博科夫爱上一起游玩的小女孩吧，漫长又漫长的每一天，少年的忧郁，必须附丽一些什么。纳博科夫多年之后写了他的《洛丽塔》，仍然记得童年时代里的丽影。而我把这种感觉推迟，推迟到我的八十六岁，然后回到小县城的夜里，想起十八岁暗恋过的男孩子，痛苦得仍然无法入眠。即将开始人生第八十七年，仍然是虚浮的。也许到九十岁，九十六岁，可能也许根本不会到来的一百岁，想到这个人，这段经历，仍然耿耿于怀，怅然于那一个残春，在一间教室，遇见那么一个人。但，我的悼念并不作假，我写下这一切，并不是觉得当时完美，仅仅因为岁月温润。这一次没有结果的暗恋，也许暗示了我以后的整个人生，从来都是得陇望蜀，从来都是南辕北辙，从来都是缘木求鱼。人生也许就是这样，不断地错失，似乎一点补救的办法都没有，内心叹息翻山倒海，表面却从来一动不动，因为当时已经是惘然了。人生得之又如何？且放白鹿青崖间。

那是初春的一天，下着雨，已经通过乞求校长得到了答复，可以转校，我等着安排宿舍，在教学一楼的走廊上站着。上课了，又下课了。下课了就会人来人往。我像个被参观的物品。已经是分配了班级的。教学楼的一楼，就在走廊过来左面第一间教室里，高一十五班。我等在那里，听候安排住宿的命令，等着定好宿舍再进去正式上课。新从校长处认识的班主任到宿舍管理员家里去了，就是教学楼下面的教师家属区。他上午去了，下午也去了，为我安排住宿。我等在走廊里，从上午到下午，到近乎夜上。生命里的下雨天，太冷了，冷得似乎一直都无法承受，开着空调穿着羽绒服都不行。似乎就是那时候冷进我血液里的，总是清冽有余。那一天，冷的记忆漫过了我所有的年岁，而我当时并不知道。怨不得谁，对于一个敏感的体质来说，一切都是导体。轻柔的沙沙的春天的雨是伤人的，我现在还能清晰地看见我当时站着的地方，就像所有春天那样清晰，一切的气味都记得，还有一切的声响，下课铃的响声，上课的讲课声，同学们的喘息，以及那嘈杂的人来人往……我在浪费时间吗？

我们的交往并不平等，我是一个转校生，一个外来的从零开始了解一个班级的人。几乎是第一节课我就注意上了他，准确说是第一节语文课。我们都热衷于张牙舞爪地表达我们的观点，当然，他热衷于不厌其烦地解释，而我，只表达态度，三言两语。其他，绝不交流。几乎每一节课堂，我说的是文科的课堂（好在高一下半年到高二我们一直一个班级。高三分文理，我们都选了文科，仍然一个班），我们会有轻微的冲突，有时甚至是很严重的，彼此瞪着眼，但下课就好了。同学们和老师惊讶于我们惊人的记忆力，惊异于我们博览群书，以及总是另辟蹊径的观点。同学里有好事者，开始叫他为文豪，叫我为才女，给另一个温和一点与我们一起讨论的男同学，赋名为才子。而我多年之后才明白，实际上我们都是竭力向对方炫耀我们的与众不同，而撇开了那个拉架的男同学，我们就像开屏的孔雀，彼此争抢着炫耀贩卖那些书本上读来的，炫耀我们的与众不同，其实并不懂那么多。我们曾经争论什么，我当然都忘记了。我们争论过苏东坡和柳永，也争论过王安石。我喜欢"三十六陂春水"，喜欢"三秋桂子十里荷花"，时至今日，对于"一蓑烟雨任平生"仍然觉得不过是落魄官员伪饰自己的一种心灵鸡汤，但数百年来大众仍然如同东坡肘子一样热衷于吃下喝下。

  我们的分歧在当时和现在一样。这是不是我一直不去找寻他的一个理由？他热衷于大合唱的小红花（也许这是我的误解。毕竟我们曾经为白衣才子的柳永吵得一塌糊涂，具体争辩什么现在已记不清，很多时候是为争辩而争辩。他喜欢柳永，作文里写过，说明他并不慕恋世俗的权贵），而我是那个做什么都要一针见血的人，所以我们彼此不再有交集？我记得一个晚自习，他看似无意地对我说过一句话，这是我们之间最可能涉及爱情的一句话，我已经拥抱着这句话过了十多年，肯定还会拥抱着这句话过尽我的余生，我少年时代暗恋的人。他对我说："你刺得我好疼好疼。"

看，多像爱情。我已经忘记了语境，许是少年的做作。那时候，我坚持绝对不和他多说一句话，不主动多说一句。够酷吧！实际是说一句也许我就会因窒息而死，当我每次偷偷看着他，我都能听见自己痛苦又愉悦的断肢声。以后很多年，几乎没有经历过这种感觉。当然，十年之后，一场像是爱情的爱情演习几乎俘虏了我，差点要了我的命。时隔多年，我才明白我是在别人那里寻找到了他的轮廓，是他的替代。就如我当时因为他总是和女同学一起散学归去，我很快齐头并进开始了一场高中爱情。从来都是南辕北辙。也许，这造成了我整个人生的错失。但好在，这条路上我最终进入了自己的单行道，不再试图以任何人替代他了。我无辜吗？并不。因果都自己种下了，虽然我并不想。

此刻，八十六岁的我看着十八岁的少女，恨不得扇一巴掌。今日之我想揍昨日之我。我和他身边所有的人说话，和他的同桌，叫丽的女孩子，和他的好哥们，叫手的男孩子……和一切与他有关的人去结善缘。但，绝对不和他多说一句。多年之后的饭桌上，他是不在的，叫手的男孩子如同当年的我，一针见血，说出："你当时喜欢的是X吧？""你是不是喜欢他？"我才知道一切不言而喻，只有我自己以为藏着一个秘密。也许是我的眼神出卖了我。微信里，他还说了那样的话："他其实很欣赏你，和你暗暗较劲。"接着发了："但是又看不上你。你和他一样，欣赏对方，但是又觉得哪里讨厌彼此，太复杂。"

也许才女的称号该配给一个长相漂亮举止优雅的女孩子，比我优雅，比我聪明，比我……那时候我心里才女的样子就是这样的。是不是我被赋予这两个字，而为你失望？但多年之后我也不会问出。然而，我们共同享受了"文豪""才女"这样齐名的称号,就如学校的"校花""校草"等。学校这个年轻人聚集的地方,一直都会有封号的,旧人毕业,新人到来,从班花到校花,从班级才子才女到年级才子才女,一一再受封。如果有你喜欢的才女,但已不是我了,你会怅然吗?

  应该感谢你从来没有带任何正式女朋友出现在教室,也就是我眼前任何地方,虽然你经常会和这个女生那个女生放学之后一起走,一度也和一个同你住一个小区的女生一起回家,但你从来没有和人正式出双入对。那个和你住一个小区的女生后来差点陷进一场悲剧里,喜欢他的男孩现在早已被枪毙,就在我们高二时,他用硫酸泼了两个女生,而就在事故发生的前一晚,他似乎还警告了你:离他喜欢的女生远点。我是多年之后才知道。但谢天谢地,你并没有在我所能看到的世界出双入对。如果那样,我简直是活不下去。然而,就是这个第一年眼看高考犯事第二年枪毙了的同学,咱们的学长,经常引我思索。那时候他高三咱们高二,在泼硫酸之前他还被政治老师带到咱们班做榜样给咱们讲了一节课——他的人生经验与学习漫谈。是在他死后,我才听说各种他的故事,有一个贫瘠的家庭,是个孝顺儿子,过年的粉条和肉类都得他回去亲自操办。此外情史方面,简直是可怕,他不知道有多少个好妹妹?最终也是为女人献了命。被泼硫酸的姑娘家一告再告,他当然只有拿命偿还了。我记得他的长相、他的声音,是因为他来过我们宿舍,为我们中间的一个女同学。他把她带走,翌日过来,说是在黄河滩畔坐了一晚,洗脸的时候,我无意看见她胳膊往上,全身的淤青。那是我第一次知道高中还有这样的残暴。但她一句话都不说。她是漂亮的,温柔的,可爱而美丽,一个精美的洋娃娃,梦幻而易碎……你喜欢过她吗?班上有好几个这样的女孩子,只不过她们被保护得比她好。你喜欢她们吗?我从来没有问出。那个死于枪子下的男孩,永远停留在了他的十八九岁,至多二十岁。死于爱情,如果是自戕,会显得更悲艳。毕竟,想与死亡接吻的念头,在那个年龄段太强烈了。但一二十岁又懂什么爱情呢?

然而,我活进了八十多岁,只觉得那时候的我那么真实、那么鲜活,我因一无所有而可以敏感地攫取全世界,我知道欢乐的样子,悲伤的表情,我能看出任何人身上的阴影。这个已经死去六十多年的男孩子,他最后的时光,没有一口棺材,只有云和雾,只有县城冷冽的风。生命最后的那天,他还被车子拉着经过了咱们学校的正门,不知他内心想些什么。据说,他用一年的时间在监狱里写了一本书。我不知道他写下了些什么。高三的男孩子能写什么呢?肯定写不出什么,但那份激情肯定是真的,他把自己吞噬了,然后永远地离开了我们。开始是一个无用的遗体,接着是一堆没有生命的灰烬。大约不会有人给他收尸。我们都会殊途同归吧。所以,我不知道是同情还是哀伤,想起他参与的我们的高中生活,只觉得悲怆。那时候我们太年轻了,承受着同一的情欲折磨,爱那么一个人而不可得,所以,承受落在自己身上的不同的雪(血)。

忘记了是怎样的一种语境下,我们互许诺言,说以后一起去未名湖。我知道我是考不上的,那时候我已经对分数失去信心,但可能在一种奇妙的氛围里,他说起,我答应。以至于十年之后,我独自赴约,在未名湖徘徊了一个下午加半个黄昏。等不来的,是少年时代暗恋的人。他不知道。那时候他已经在北京参加工作,在北京的一所大学毕业已有好几年。我们一起的高中同学,他的一个朋友，称呼他为大哥，也在北京工作，告诉我他在西直门写党建文章。我亲爱的人呐，就在去往未名湖的前一天晚上，我们一起吃了一顿饭，他告诉我你结婚了，同时告诉我你前一年夏天和他提起我，不知我在哪里。你读大学走了的两年之后，我去了南方的一所二流大学，从此多年，几未与同学们有任何联系。与此同时也告诉我，他在郊区当一名村官……你们都是欣欣向荣的，多年之后仍然如此。而我，被排斥在"你们"之外。我居然没有考证，没有深究，他说的这一切……又隔了六七年的现在，我想起你，写下这些文字，才觉得我是多么偏狭和无知。很多话我们本来可以说出，我却怎么也说不出。我不得不承认，我不考究不追问，一任他说而相信他，是因为我怕得到任何确认，确认你提起过我，或者确认你已婚，都会让我痛苦。

　　曾经一度，他坐在我身后，我们前后桌。有一个夜晚，他离去后，我在课间看到他在一张信纸的背面，竖排写下："寂寞梧桐深院锁清秋。"唯一的一次，我认为那是写给我的，知道我会看。很奇怪的莫名之感，我看了又看。

3

　　我现在已经很老了，八十六岁的老女人。你没有爱上我的十八岁，更不会爱上我的八十六岁，但我要努力活着，活过所有的年龄。我经常照着镜子想我不漂亮就罢了，却还跟丑直接联系，所以，即使我想当个风流的女人都当不了。而且，我不得不说出我的隐秘，我连身体都是糟糕的，冷如黄河大鲤鱼。

我的童年时代是在我八十多岁的祖母和六十岁的光棍叔父身边度过的，他们不会打扮，也不允许我打扮，最主要也没有钱打扮，我生活得很不痛快。这世界上有没有生活得很痛快的人？读高中的时候，我还穿着大人们穿剩下的旧衣服，穿着族中男孩子们穿废弃的鞋子。我曾经差点活不下来，这世间最疼爱我的祖母甚至都想去给我打磨一副小棺材。——现在我祖母已经埋下十年，如果祖母活着，我童年生活的小屋就不会塌陷，这时候就会有两大瓮的腌白菜，还会有一些陶罐醉了枣子和海红果；这时候院落里会放满了倭瓜，扫出的平地上会晒着刚摘回来的豆子，好天的时候可以听到豆子从豆荚里破落而出的啪啪声，如同相爱的人之间的亲吻。我喜欢秋天，更喜欢秋天的祖母。可惜她出生于七月，亡于腊月，与秋天没有啥关系。我在群里看到你母亲去世的消息，想起了我亲爱的祖母。我没有见过你母亲，很好奇是怎样的女人生了你。而你，根本不会想我祖母是怎样的一个人。但我如同爱着我祖母一样爱着你，所以爱着这残缺的世界，因此我要将你们相提并论，放在一起，就如一种团聚，我要我爱的人在一起，哪怕是纸上。

　　高中时候，我又矮又瘦，一米五的个子有一米八的眼光，所以，这是不是注定了我的不自知？当年和现在一样，我不敢写出"穿过大半个世界去睡你"。根本不可能，睡这个字会亵渎你。我怎么可能亵渎自己暗恋的人？我几乎没有谈过恋爱，唯一的一次自以为是的恋爱，还是因为我的暴力让别人起了游戏我一场的心思。我没有青春过，没有纵情欢乐过，没有一夜风流过。我说的那些似是而非的爱情非实指，在之前的文字和之后的文字里，都不该作数，仅仅因为出于自尊我编造的，我需要风花雪月，让我显得不贫乏。但是，我认识了你，尽管是在心理上兵荒马乱的高中年代，我还是尝到了相思的滋味。这滋味既甜蜜又幸福，如同月亮照在教学楼上空，甜蜜又清寒，这就是你给我的。对你的相思让我抽离了我，有那么一个幻想的空间，我感受不到现实的那种逼仄，只有你，是我可以依赖的，而那里的你，是我幻想的。我幻想了这么多年，所以绝不能惊扰你，不能让我一无所有。

我装着你的气息，你的声响，你同样的十八岁，克制着不叫出你的名字，我喜欢的仍然是那样的，"红楼隔雨相望冷，珠箔飘灯独自归"。你看不见，听不到，更不可能触摸，我们隔着十万八千里，和当时一样。我为你所陌生，遥远，几乎无可追忆，许是从未记得。所以，我如此书写绝不是打扰，应该只是我太寂寞了。我并不无辜，三十多岁的女人是要怀想什么的，某一天回到家乡，想起少年时代暗恋的男孩子，所以一发不可收拾，这些只是一个傻瓜的无聊呓语。绝不惊动你的尘埃，只是我的，这珍贵的银尘，你在里面起舞，你既是你又不是你，为我所有。绝不打扰你，是怕我是一个多余的存在，就像当初一样，插入那个班级，一群人的生活里，作为一个不讨喜的不速之客而存在，你们仅仅是出于不得不承受而容忍我的存在，毕竟你们没有什么选择。

毕业之后那年秋天，我们见过一面，但再没有说过一句话，时至今日。那天下午，通过遥远的人群，我补习，而你回来踢足球，我们遥遥看见了对方，至少我看见了你。也许如所有的文学书写，我可以暗示你是为我而到来，像《霍乱时期的爱情》那样，一切都是相爱的人有规划的遇见，隔着多少年都可以遥遥认出。实际上我不会如此写出。我不愿意承受任何自作多情的想象，那样会亵渎我的这份真诚，我一无所有，但实事求是，一览无余。

我从来坦诚到愿意裸露一切,从童年时代起,我就讨厌一切作假,任何说谎都令我如芒在背。我从教学楼上往下走,看见你从操场边往出走,一群人拥着,我们并没有擦肩,但彼此装作不认识,就如我们一直表现的那样,绝不多说一句话。我可以管不住我的眼睛,但我可以把持我的声音,绝不透露我的慌张。我十八岁的青春哎。我把脖子缩进衣领里,一如这么多年我继续驼背,学习把头插进沙里的鸵鸟,躲藏起来,经过你,往前走。在此之前,你比我过早离开学校的正大门,不知向左还是向右走远了。我的心跳让我无法跟踪你,否则我会死掉。我深刻理解纳博科夫在《洛丽塔》结尾的书写,中年男子去找自己的继女,那个他深爱的未成年的女孩子,看见她大着肚子怀着孩子,却无能承受她伸出的手。对,即使今日,你于我仍然绝对不可触碰,触碰就会碎掉,我会一地骨灰,化为尘埃。绝不能联系,你于我就是如此。不会有人理解这种感受,我知道。

那是梦幻般的一个下午。你是傍晚时分离开的。秋天的西北,天高云淡,一切都像是电影的布景,令我今日还记得。落日熔金,暮云合璧,太阳在地平线上徘徊着迟迟不走,似乎不要落下去,一如我当时的心,如果太阳不落,足球场上的嘈杂声就不会歇,我内心的欢喜就会继续。在此之前,我已经从一同补习的同学们的口里知道你回来了。

天空布满了大片大片纯白的云朵儿,虚无缥缈,一切那么美,那么令人心碎,那么让人陶醉,但我只想着把时间逮住让你在足球场上继续。我在教学楼上观望,看不见你却听得见那嘈杂声,知道那声音里有你。这点我比《洛丽塔》里那个深爱继女的中年男子幸运,他打死了伤害洛丽塔的情人之后,开着车子往山下走,听见幼稚园里小孩子们唱童歌，他希望洛丽塔也在里面。可惜她不会在。我比他幸运许多。我知道那嘈杂的来来去去奔跑的声音里有你，有我说不出口的相思。永生永世的一个下午。你与我隔着二三百米远，这是毕业后你离开县城上大学后我们之间最近的一次，也是我们隔着此后的十几个春秋最近的一次，你留给我的最后的一个下午，共同享受头顶一片天空的下午。

这个中秋，八十六岁的我回到我们的县城高中，已经改名为县城第一中学了，旧有的高中已经搬迁，新的中学主要以初中为主，也招一些高中生，但已经不是我们那时候的高中了。但旧址上有关于你的记忆，仍然是亲切的。我在教学一楼的三楼左边咱们读过的高三一班的教室的拐角上往下望，似乎还能听见你每日爬上坡来的喘气声，似乎还能看见你腰间揽着一颗足球，似乎还能看见你仰头往上望……你不会望我。是不是我仍然是怼怼的？

故事就这样拉上了幕布，然后这么多年音讯不通。我一年年回故乡，居然一次都没有碰见你。许是你过年回去，我一般夏季回去。你不像我有这么多假期，你不像我虚度人生，你在远方有你的爱情、你的家庭、你的儿女、你的事业，你不像我……也不想我。

我常常一个人走在当年读中学的县城的旧街上，一道街和二道街那么熟悉，我就像走回了自己的十八岁。眼前的景物真是不知如何描绘，一个又一个坐标，一种又一种物象：林荫路、广场、商店，还有长途汽车站，一辆刚开出的向天空喷水的洒水车，还有一只乱窜的小黑狗，银行大楼、大楼前张着大嘴的两只石狮子，红城酒店（以前的名字我忘记了，但位置记得），这里是铁厂家属区附近，我喜欢的男孩子，你放学必经这条路回家。接着是中医医院，是天桥大厦，是我所不熟悉的新开发的地方了，我止步。

有时我一面走，一面环顾四周，两眼模糊，却也并非流出眼泪。属于我们生活过的城市，但那样的日子不可回返。我强烈希望能找出某种美好的不令人伤感的东西，希望能平和愉悦地度过在这座县城所有的夜晚。然而，这是不可能的。唯有你是碎裂又可以沉醉的唯一，其他皆让我觉得不知今夕何夕。

4

我不知道他的新妇，他的爱情，他十八周岁以后的事我几乎一无所知。

班级群里有人发出信息，他的母亲因病去世。三十五六岁，他也成了一个孤儿，在瞬息同是孤儿同为天涯沦落人的同情过后，我居然感觉到了一种快乐："看，你也是孤儿了。"当然，我为他是独子为大叹息着，他得操办一切，忍着眼泪和哀伤。将他母亲抬上山，如同我的十二虚岁，也就是十周岁，将我父亲抬上山一样，我比他提前体悟失去至亲二十多年，我比他提前感受孤儿的寒凉。终于，三十五六岁，我们共同感受到了一种同一的哀伤。虽然，他仍然不知道我在这里，思念他。我不知道他是否过着幸福的生活，当然，他的生活至少谈不上什么不幸，每个人都有幸与不幸的测量标准，在世俗的眼光里，他应该算是幸福的，比我好，有可爱的孩子。他的孩子我在朋友的朋友圈见过，一眼就可以认出。祝你一帆风顺，祝你夫妻恩爱，祝你阖家欢喜。想来奇怪，他在北方以北的那座城市，上着他的班，做着他喜欢做的工作，但有时我感觉他似乎并不在那里，不在任何一个空间内，他不在任何地方，只在我想象里，怀念中。我在书写里，重新获得他的影像，如此年轻，如此慌张。我终于将你捕捉进文字里，彻底占有，如此破碎，如此沉醉。一切就像是我编的，这平庸又细碎的生活。

我少年时代十八岁暗恋的男孩子，我从空间里盯着他，在朋友的朋友圈里观察他，我从他的孩子身上认出他，一动不动不发一声。他的小版本的俄罗斯套娃，一样大大的眼睛，老成的面孔，却也白净可爱，胖胖的，却不显得营养过剩，是那种健康的胖。中学时代的那种健康在他的幼子身上得到体现。那种感觉又来了：这些人一定比我有一个快乐又满足的童年和青少年，所以他们过够了腻味的单身生活，要找一个人分享他们的快乐，因此要谈恋爱结婚生娃。与他们相比，我根本没有过够现在的单身生活，我在自己身上弥补自己的童年和少年的不快乐，占用我的青年和中年时代，抗拒着不去结婚生娃，把自己当个孩子养。我看着少年时代所暗恋的男同学的幼子，想象如果我和他结婚是不是有这样一个孩子，他那强大的基因在我子宫里得到复制。我简直无法想即使与他结婚，我又如何将平凡日子过出神仙气象。我即使爱他，也没本事如此，他势必会厌倦，我更会。我怎么可以亵渎？我一边难过自己暗恋一个人终究不得周全，又一边庆幸我们始终没有个未来可期，我没有亵渎糟蹋他，没有一条或两条小生命来承接我的悲观。那样将多么不幸。

一生里有好几次，在我唯一真正谈过恋爱的那个人身上，我也构想了一切。我远远看见过他的妻，长达几年地一动不动地围观着她的博客和微博，以及一切网络痕迹。最后我确信，他的选择是正确的，那样的生活，我一天都过不下来。她们这些喜欢一生一世一双人的女人，铁链已经长进肉里，至多期盼铁链轻巧一些，而根本意识不到将自己从铁链里挣脱出来。对于我，婚姻就如婚戒的延伸，我不要那样的铁链绑缚。我与他如此类似，如此吸血，绝对不能在一起，否则不是他毁灭我就是我毁灭他，不会再存在所谓我认为的爱情，他进行的游戏。我太年轻了，尽管我已经八十六岁，但一些东西停留在我身上，我并没有也不渴望走出我为自己营造的少年氛围，那就是没有什么负担地过每一天，不图谋哪个人给我一个家一个娃。作为女人，或多或少，会被年龄和男人捆，但我愿意留在我的十八岁，梦境一样的十八岁。

然而，有那么一些时候，我会感觉一些人替我过着我可能过的生活，他的妻子或别人的妻子，他的孩子或别人的孩子，他或者是哪个人，突然之间我似乎越过他们的身体进入他们，我在他们身上穿行，体验那种悲欢。

一种替代满足不了真实。在一次偶然搜寻过往的时候，我看到了曾经所迷恋的人年轻时代的照片，不能用很像形容，几乎可以说是一模一样。我才知道为什么自己会那样穷尽热情，在好几年的空白里等待，主动地一次次千里而行，沦陷于他所说的为我重病而不得不远离我的借口里。在这个人身上我看到了少年时代所暗恋的男同学，就如《洛丽塔》里的中年男人在洛丽塔身上看到了他小时迷恋过的那个蝴蝶一般的女孩子，所有一切迎刃而解。为什么我能容忍他无尽的谎言，动不动的消失，突然的出现，以及那种在体面场合里的冠冕堂皇的言辞和道貌岸然的表演。我在他身上获得一种替代补偿，而我并不知道。也许我的举重若轻的态度伤害了他，就如高中时代对你一样，我亲爱的人，绝对不说出流淌的爱意。我们始于我在人群里打出的一巴掌，他认为我在玩他，终于他构造了关于如何为我而生了重病的理由，因为好几年之后，在他去了又来来了又去的那些时光里，我发现我所谓的爱情不过是一场报复，是那一个人群里的巴掌留下的后遗症。有很多个夜晚我都后悔于自己的暴力，陷入一场似是而非的爱情，成了一场游戏和阴谋。我最后远远撤退，也只是因为突然我发现我在对着他进行一种高中时代就展开的绝望的相思的重复，对象是谁似乎不重要，重要的是那种刻骨铭心，那种自噬，我的那种自毁。

我好像一直把生活过成这样，过成一种阴差阳错。常常有那样的感受，我似乎来错了这个世界，来错了很多地方，像自己是自己的外人，然后随便应付着过下去。就如高中最后的岁月，我接受并不喜欢的男孩子的情书，只是渴望延宕一种对自己真正喜欢的男孩的相思。多年之后的无疾而终也是因为并不相爱，更不相知。这也许可以解释，何以有过一些逢场作戏，但坚决不能说爱，不能说相思，一说就痛的毛病，是因为我承担不了任何一种落不到实处的谎言，我怕那些虚假的甜蜜刺疼我，让我想起自己真正想爱的人。

如果他是你该多好，我亲爱的十八岁相思的少年。尽管，这一切都只是我个人的幻觉，并不曾有任何展开。

5

我们去网吧玩QQ，翻视频的时候恰巧遇上绞脐则。可能当时停电了，也可能电闸里的保险丝突然烧了，四周一片漆黑，两个人就着烛光看书,你把头斜着伸出去看月亮,我看着你,奇怪,哪有什么月亮呀。

绞脐则是我们县城最著名的叫花子,外号叫音乐家,能即兴现编莲花落,挤眉弄眼地唱出来,他有过很多相好,如今各种故事,千山月落罢了。他常常和一群中年妇女说的话:"不跟着我混,你就是要饭的命。"我有一年去见了他,他仍然穿着粗布衣服,浑身上下缝满了不规则的口袋,像很多个大小不一的鸟巢,还看得见那缝上去的粗糙线头。许是他自己缝的百衲衣,一看就是旧衣服了,里面装的乱七八糟的东西往出掉,像要飞出去的鸟。他慌不迭地按着,一个口袋又一个口袋,却还是有各种东西掉出来。有时只是一枚纽扣,当然也有小孩子的蝴蝶结。这些从人们身上活过了的东西,回到他身上,成了一座移动的博物馆。他戴着个很宽大的西部牛仔的帽子,牛红色,脖子上挂着一长串骷髅串珠,头发很长,看起来有一年多未经修剪,很吓人,一副漫不经心的模样,依靠在公园的栏杆上,吹着他永远不会变调的喇叭,彰显着自己的风格。他已经道成肉身了,在向我进行着天启,而我却什么也读不出。也许我该道歉,这只是我听说,我并未亲见。县城经济最繁荣的那些年,听说他领着一帮叫花子过年排队到煤老板家里唱曲子,一曲又一曲莲花落,上过电视呢。有好为长者的老板,喜欢让人磕头跪拜,这些叫花子早就不把世俗体面放眼底,一个响头二百元,听说有人一上午,就赚到了五千元。

好了……我对你绝望的相思,只为了一起去街头听叫花子唱莲花落。你我之间。我无助地爱着,带着痛苦的温柔。对,千山月落,你,你在哪里?

我不知道十八岁的我是不是此刻八十六岁的那个我。还是同一个人吗？看看我到底经历了什么，变成现在这副样子。我窥视着这座县城，甚至是周边，窥视里面的人和物，日月和山川。我不断翻翻拣拣，试图从这里带走些什么。一切都改变了，仿佛是我的财富，又像我的劫难，跟随着熟悉的大地坍塌了，而我不知掉进了哪一世。高原上的山风吹着，吹过你，也吹过我，我只希望你能在一场山风里与我相认。

遥遥地，我喊着你的名字，唱着为你而编的莲花落，你记起我，又忘掉，如同我这么多年的不存在。

——原载《天津文学》2023 年第 4 期

未尽之欢

1

需要在高中读书的学校工作一段时间,铺盖是提供的,拎包入住即可。双胞胎的妹妹还说让她住在她家里,每天不过多做一个人的早饭,孩子也要吃,不算麻烦,而且姐妹俩多年没有一起生活了,可以经常在一起聊聊天。但她还是决定为了工作方便,住在学校里,这样给单位也是一个交代,说明是以工作为主的。还是旧时的宿舍,只不过重新装修过了,由学生宿舍变成了教师公寓,一排房子,都是大小一样的单间,每个房间撤了很多架子床,因此显得空间大了起来。说是自愿挑选,然后去管理处登记。她看了几间,选择了最靠近公寓门口楼梯口的一间,是因有张上下两侧的架子床,不像其他都是单人床,想着上层可以放东西,她就心念动了;也是担心很吵的,但是,近些年她靠着每天戴着笨重的静音耳机睡觉,已经对声音无所谓。静音耳机的坏处,就是每天压着两边脸颊,结果让颧骨高了起来,显得脸颊上堆了很多肉。命相学上说这样的脸相克夫,不过,她早就无所谓了。疫情以来，最大的改变，就是知人生多无法自己安排，不如吃好睡好保持好心情，欲望多就焦虑多，更连当下都无法保持，不如断舍离，那些没本事得到的，不如放下。比起学生时代的宿舍，多了很多楼梯，这让公共空间显得窄窄的。她在心里想着上下楼梯千万别慌，不然容易失足。上周的课堂有同学要请假，说因为从床上跌落导致腰椎间盘突出，只能上网课。她自己好几年经常轻微腰疼，前几个月感觉有加重的趋势，又要出长差，所以趁着出差单位要求提交体检报告，她去综合能力评价不错的二甲医院进行了体检，还去骨科专门拍了片子。去排队挂号看专门治疗骨科的医生，医生说可以考虑做手术，如果不做也得吃药，接着就一边看着她一边在处方单上写了一堆杂七杂八的药名。她是自然主义者，担心吃了药影响其他，更是担心治疗 C 病导致 D 病。于是，在拿着单子去交费的当口，直接从那个楼层溜走了，既没有买药，也没有退单子。

　　这些年，各种各样的新闻报道，有人为了美结果做面部整形手术毁了容；有人吃过敏药吃出了胃病……她一直持着生老病死自然规律的观点，太过疼痛就看看，不然就撑着。现在还可以撑。

　　体检的骨片总结写着以下句子——

　　　　腰椎平扫 CT：腰 4—5、腰 5—骶 1 椎间盘轻微突出。

　　拿体检报告单的时候，有个面善的胖医生在前台坐着，她有点不放心，问要不要做手术。心里自然想着不到万一不做，但还想多打问一点。胖医生伸手拿过她的单子看了看，说轻微就没必要，要注意平时不要太劳累。

嗯，这话听着舒服，就像吃了定心丸。

刚把被褥铺平，准备去买一些日常用品，想着尽快安定下来，进入正常工作生活。

还没出教师公寓的楼门，就看见守守在门口站着，拿着一沓照片。她笑着看向守守问，你怎么来了。守守说，这不是听说你回来了嘛，来见老同学。她想到前几日和王景迁微信聊天，告诉他自己不久要搬到个新地方工作，让王景迁早点给她做个个人导航地图。王景迁说，改日喊了守守，大家一起坐坐，听他讲，他很熟悉她要去的地方。难道是王景迁透露了什么消息给守守？守守说着就给她看照片，说有她三张，都是高中生活图景。

守守这点最好，无论多少年不见，看见了好像还是昨日才放学今朝又见的感觉，永远嬉皮笑脸，对每个人都很热情，而且总会有很多新鲜的东西鼓捣给大家，和大家一起玩。守守个头很高，长得不算帅但很有特色，头发永远如刚上过油一样透亮，还微微卷；守守的脸也是油的，和学生时代一样，不是油光满面那种油，而是一种营养过剩运动也过度的油，简而言之，就是说水密度大于油密度，而不是油密度大于水密度，是健康的光滑水亮，而不是时下经常形容人的那种"油腻"。正跟守守说着，就看见石海涯从外面的院落里走了进来，守守和他默契地一笑。她还奇怪石海涯怎么也在这里。就听守守说，他约了一起见面，还有王景迁、郭时和其他几个当时高三文科班的同学，给她个惊喜。她笑着看向石海涯，没有说话，心里想着他出现不光惊喜，还成了惊吓。刚好石海涯的目光也一低眼看向她，如同十八九年前的学生时代。她还怕他，就推开楼门说，我要走了还有事要办，一会微信约，接着马上跨步走出去。眼角瞥见石海涯也快步跟了出来，她心里荡漾着他低头看她一眼时候他的笑。他的眼神还是笑意里亮着灯，眸子似乎也成了脸庞，亮得发光。她觉得人生真是奇怪，对一些人居然这么多年感觉都固定不变，虽然说不上沧海桑田，但毕业十八九年过去了。她听得见石海涯窸窸窣窣的声响，就像回荡在她心上的轻音乐，但她就是不要自己回头。说不清为什么，她总觉得自己要避开他。

2

运动手表拿来当闹钟，工作日总是在七点零五或七点十分震动，比手机闹铃强多了。自从她买了这块运动手表后，为了睡得安稳，每夜都关手机。笨重的可以卡住头颅不能轻易转动的静音耳机一戴，很容易就进入梦境。好几年了，她已经忘记年轻时代为什么总是彻夜睡不着。医生判定是神经衰弱，长年累月吃一种黑色的口服液，越吃越衰。破罐子破摔之后，经人推荐戴了固定头颅的静音耳机，居然好了。在原来的城市居住的时候，孤家寡人，日日睡懒觉，工作就在所住房子过条马路的工业园区，抬腿就可以到，不怕迟到。现在在这座全国闻名第一高效的城里生活，住在郊区，每天来回通勤四个小时，早上早早出门就会赶上早高峰，错过七八点，九十点还是有座的，但，十点到地方，似乎太迟了。虽然算是临时派遣，单位的领导也是临时领导，并不总能见着，但初开始，态度得好。每天早上手表一震，她就醒了，懒懒地再赖几分钟，然后赶快爬起床。

现在她就不想起床,她闭着眼睛想着怎么守守就出现了,还有石海涯为什么推门走出来。

守守手上关于她的三张照片有两张她是仔细看了的。一张是她自己,穿着白色有红色流苏边领子的套头灯笼衣;另一张好几个人,她还是穿着这套衣服,好几个女孩子,站成一排,她一一回想着她们的名字,却都似乎不太明确是不是她们。此外一张她并没有看清自己的脸,但衣服很清楚,青蓝打底有点淡粉的像是彩虹的斗篷衣,看不出鞋子是什么,只看见旋转着宽袍大袖似乎在跑,照片上都能感受到风的气息,看起来像是偷拍的。她心里想以前并没有照过相,也或许拍过呢。照片上她的样子是美的,而且时尚,完全不是她素日的样子。她记得那时候自己总是穿得很土,中学时代,为了每天做操方便,裙子几乎是不可能的。难道是快毕业那一阵子拍的?十多年了,时间的流水照不出当时的影子,完全不像是自己,却又是自己的面容。

要去赶地铁呀,珍惜工作,很多人失业了。她暗暗咬牙,从床上挣扎着一跃而起。人生里最密集的乘坐地铁的日子,如果说痛苦,其实算不上。疫情以来,很多人好多天不能出门,上半年,她有好几次就被临时"禁闭"了。现在,派遣她出差的原单位还关着,每天各种查询,她也还在异地填表上报着各种信息。她享受可以出门的日子,比以往更觉得珍惜机会。这不妨碍她有时觉得坐地铁人挤人累。

然而,地铁也有好玩的时候,每次单乘一个多小时,上上下下很多个面孔,仿佛漂在水上的叶子,还没记得住其中针叶或阔叶的形状,就已经换成另一张张面孔了。早晨往往朝气蓬勃,夜晚则多半疲惫不堪。最有趣的在于可以想象一张张面孔背后的故事。

　　一起来现在单位报到的还有其他市的两个人，一个是西北的，一个江南的，她们俩就住在现在进修单位职工出租的房子里，不需要每次赶这么久的车程。管她们的领导表示接风宴请她们的时候，听到她来来回回需要四小时，每天晚上至多加班到八点半，因为要赶了地铁赶公交回到郊外的住处，表示："挤地铁真是很累，这座城市的特色。"她当时正几杯白酒下肚，兴奋不已，立即说："不累，一点都不累，每天都可以看风景。"西北那个同事马上说："看什么风景？"另一个也跟着用表情表达出问号的样子。"看人，各种各样的人。"一瞬间，领导摇了摇头，其他两个人也摇了摇头，被领导喊着来陪客的那个男士也摇了摇头。他们想必认为她喝醉了。她知道自己可能说错了话，但并不认为是醉了，因为确实，每天赶着上午和晚上的地铁，她很兴奋。

　　见王景迁是到这城市一月后，中秋过了，重阳节也过了。夜里睡不着，翻看高中文科班的名单，赫然见王景迁就在里面，而且就在同城。

　　读书时代的很多事忘记了，但他的名字和样子是记得的，很温和谦逊的一个人，高高的个子，睫毛很长，像个忧郁的大娃娃，总穿蓬松的衣服，挂在身上就像衣服搭在架子上。他说话的样子，似乎很怕让人难为情。读书时代就能看得出，他是出生于钟鸣鼎食之家的孩子，养得很好，全身散发着一种清洁气，加之总穿着很多好看的五颜六色的衣服，配着睫毛长长的不大不小但很亮的眼，看起来像个忧郁的王子。她那时候就很喜欢法国那个后来下落不明的飞行家写的《小王子》，刚好他姓王，就开玩笑说他是忧郁的长高了的小王子。

思及从前，就加了，想不到很快通过。

两个人微信里聊起来，隔着十七八年的时光，却仍然是少年时代的感觉，约着还是见一面吧，他开了车来接她。

在城郊暂住房子的小区门口，远远看见了王景迁的背影，略微胖了一些，不像学生时代清瘦，如果不是走近了看见他一头灰白的头发，真是觉得时光在他身上没有流过。她喊他名字的时候，想着时间真是厚待一些人。然而，那天听了他的故事，又是另一番感慨。

他本计划是找个近旁的火锅店吃饭的，但她说既然开了车，那就开着车走走吧。于是有了她在这座城市一个多月之后除过公交地铁的一次"旅游"。车子行驶在大马路上，一路不断流淌的是高中别后的时光，彼此的大学—恋爱与婚姻—工作—现下的生活。中间穿插彼此的父母以及兄弟姐妹，还有，互相熟识的同学。

王景迁和守守高一就一个班，他们在当时最好的火箭班，彼此很熟悉，大学毕业都留在现在这座城市，所以一直还有联系，结婚和生育，都是礼尚往来的，现在一家两个孩子。高中时候的学校在入学初按照分数高低分了三个等级，共十九个班，最好的班是火箭班，只一个，其次三个重点班，再是十五个普通班。后来高三分文理科的时候，选择文科的人少，就火箭班和重点班的文科生合成了一个班，原来的火箭班，又从重点班里挑了一些人上升进班里。普通班当时也有上升进这些班的人，除非成绩突飞猛进，要不就是家庭有一定背景。后来她才知道，王景迁、守守和石海涯初中就是同学。石海涯一直和她一个班，从高一重点班到高三的文科班。

王景迁才谈完守守,接着就说到了石海涯。当时留在这座城市的有二十多个同级同学,算来是不少的,没结婚的时候经常开老乡会。王景迁说:"我们都叫他石部,提前叫着,这样他说不定就高升了。"她马上意会过来,接着说:"部长?"王景迁露出自我嘲讽的微笑:"是。"从王景迁的口中她第一次知道,在这座纸醉金迷的城市,石海涯居然是混得最好的。王景迁说到他自己,则评价自己应该是世俗眼光里混得最差的人,因为完全走了市场路线,靠包装别人和包装产品吃饭,简而言之,就是运作,人才包装与商品营销运作,游走于合法与犯法边缘,靠运气吃饭。

"哈哈,石海涯居然走了这条路?"她说。学生时代大家都还有清气,皆觉富贵不过浮云。

"是呀。其实也没什么吃惊的,他那种特招性的大学毕业,出来的工作路径有限,本身就是培养的政府管理人员。体制内顺风顺水,县城出来的人,留在大城市,做牛做马往上爬,要的就是个体面。他现在是一群留这里最体面的。"王景迁一手握着方向盘,往开打矿泉水盖。"不过我不喜欢。"补充完这句话,王景迁狠踩了一脚油门。车子突然加速,让她整个身子都震了一下。紧接着的话,更是让她震惊。

因为在她的印象里,就外貌看,王景迁完全还是他十七八年前迷蒙少年的样子,长长的似乎可以停留两只蝴蝶的睫毛,侧脸有种太阳刚沉下去的温煦感,金黄的脸泛着一种让人温暖的光。她对他并没有男女之情的喜欢,却每次见面都有种怦然心动感,觉得一个人怎么可以长得这么无辜这么美。准确说是忧郁,没有杀伤力和攻击性的一种美,孩童般的面容,尽管也快四十岁了,但看着就像个扩大了体积的布娃娃。

这么多年不见，王景迁那种忧郁的面容仍然是没有变的，无辜而脆弱，仿佛生活在出发的地方就亏待了他；白头发更增添了岁月沧桑，整个脸却像是仍然停在了少年时光里。唯一改变的是他身上的尘土气。以前是没有的，以前完全是少年不识愁滋味的那种忧郁，像不食人间烟火。

她侧着脸听他讲述，看他自如地驾着车往前，驶过五棵松，驶过中关村。

"我们家衰落后，大家就几乎不来往了。年初我家孩子周岁生日，也可能是疫情大家害怕吧，只两三个到的。"王景迁很平和地接着说，"石海涯现在根本叫不出来的。守守还能叫得到，我哪天有空了给你喊喊，你也可以靠着老同学们熟悉熟悉这里。"

她重复着："衰落？"

"你没听说？"

"我不知道。"

她确实不知道。县城里潮涨潮落是正常的，但她家在很偏的村子里，和矿产与人脉都毫无关系。

这二十多年，县城靠着煤生意发家的人太多了，惨剧也多。她只知道同学郭时的父亲眼看快退休被双规了，县城里很多人在讲，也就传到了她耳里。

"高利贷破产了……"

"父亲最后被逼迫还钱，得了癌，过年夜接了催款的人电话受了气，一口气没上来——"

"三年之后才葬回去。我在殡仪馆里每月祭奠——妈妈哭瞎了眼，非要葬祖坟——"

"别人说了下土也要挖出来——"

……

想都无法想。

"最重要还不是这个。死的算是死了，小的也不大顺。"

她想着安慰他，就说："家家有本难念的经。"

"我的孩子也不大好——"王景迁停了一下，喝了口水接着说，"我的妻子重度……"

她想着是"抑郁"，就吐口而出。

王景迁一边点头，一边叹了口气。

太可怕了，她在心里暗暗吃惊，只十多年不见，人世算得上沧海桑田，王景迁手上的牌明明那么好。

太贫瘠了，她的工作，她的情感，简直太窄了。

她在心里感叹着。

有人经历婚恋，经历生死，经历养育，经历辉煌，经历破产，经历背叛，经历落魄……

大学毕业后，她成了专业的填表员，单位里的很多表格需要她来安置，再就是按部就班地接受单位的派遣，到这个地方或那个地方打杂一段时间，美其名曰培训进修，或交换人才，实际无非就是学习多做几张表格，多记一些数字，拍摄和编辑各地被忽略的传统文化现状，采访相关还活着的人，填表，记录，保存。感情履历也非常简单，工作之后相亲结了个婚，然后很快离了，新婚之夜的坎过不去，那个人蹲在马桶上的样子，突然之间让她失去了继续生活的勇气，于是，经历了短暂的拉锯，很快离婚。

与王景迁相比，她一直过着简单的生活。听了王景迁讲述的生活，简直就如在看人物专题报道，她脑海里飞跃而过的都是破产跑路冻结逮捕的各种词语，以前以为都是电视报纸上的人，想不到就在生活中。

仍然是太可怕。她想象王景迁的生活，简直都被吓住了。同时，她又有那样一种感觉，王景迁分明是王子落难，他受的罪也像是在历劫，他整个的人，整个的叙述，都像是参演，悲伤显然是真的，事实也显然是真的，但似乎并没有打击到他的内在，他看起来比学生时代明显能抵得住风暴，甚至，更从容。

她无可忍受的是，经历了这一系列打击的王景迁，居然不像学生时代充满童话色彩，而是整个人站在世俗的黄土里，却似乎仍然像玩游戏，仿佛人生可以重新起牌。不得不说，她甚至有点羡慕他的这种举重若轻。

"唯一还来往的就是守守，有时喊出来一起吃个饭哈。"王景迁再一次提到旧日同学。

"石海涯读书时代还是仗义的，经常和老师为班上的人事据理力争。"她喝了口水接着补充，"我一直和他不大熟，但觉得他以前也是很自由随性的，你们俩都很有趣。"

"哈。"王景迁又一次自嘲地说，"我都不知道他一直和我比，高考出成绩当晚还给我打了电话，问我分数。他比我高很多分。放下话筒都能想见他的得意。"

"居然有这事？"

她突然有点嫉妒王景迁。不管是快乐或难过，他真正在场的，有很多事可讲，尤其对于石海涯，可以说上很多。

人生就像个笑话。明明想知道一些人很多，却仿佛双目双耳皆失明失聪，一点都不知，实在太苍白。

"这些年我经历这么多上上下下，所以更有体会哈。"王景迁似乎对说故事上了瘾，而且明显已经知道，她对旧日同学渴望了解更多，接着说，"守守你应该熟吧？但你肯定不知道他家事。和他联系悠着点喽。"

"怎么？"她想的是守守可能红花绿柳一堆，却没有想到接着就听到了一部时下经常上演的电视剧。

"守守的婚姻是女追男哈，不过很好笑的一点是我们打电话也得先报备他老婆，再见他。"景迁一边说一边指着前方的一条商业街表示要不要转转。

她忽然起了好奇。因为记忆里，守守外貌总让她想到温和的骆驼，但情商很高，很懂得人际交往，不至于听谁摆布。守守长得应该是同学里最高的，大约有一米九。然而因着经常要照顾比他低的人，所以显得有点驼背，像一棵笔直的杨树在头颈处向左拐弯了。她是经常给他在微信里龇牙瞪眼的，有时也会发一起喝酒两只狐狸碰酒杯的搞笑图。他偶尔回她，过节总会发一个问候图，说一些祝福的客套话，明显不只是发给她一个人的。

守守从来不和她提自己的私生活，一直还像学生时代一样，头像是只龇着牙的雪白的猫，正在把大理石桌上的陶瓷天蓝色的杯子用爪子往下拨。

毕业多年，大多同学要么进了体制要么做了商人，石海涯的同桌还成了带货网红。像她这样三天打鱼两天晒网，快四十还一事无成连个稳定的有编制工作还没混到的人，算是失败者。

"我们还很像哈，不太热衷仕途经济。咱同学多进了体制，现在正是从副职往正职爬的时候，最幸福的应该是县城那帮人，每天就是上班等下班，吃吃喝喝哈，觉可以睡足，娃也可以生足，有人做饭，吃的还环保哈。"王景迁说。

这次见面，王景迁的口头禅不是开头"哈"就是尾音"哈"。

学生时代，他们喜欢自称"耶"，每次说话，"我"是"耶"，街镇上孩子们说话大多如此，农村的孩子不敢这样，因为"耶"通"爷"，会被大人打的。王景迁"哈""啊""哈"的，立即将她带入了高中时代，时间仿佛还在那里。

县城共有四所中学：两所就在当时唯一的一条街上，一所在城郊，是职业中学，一所在现在也划归进县区的乡镇，那里的同学基本都去读了专科。

双胞胎的妹妹比她学得好，她高考留了一级，妹妹早一年考上了大学。那时候本科生还是分配的，妹妹一毕业就拎了档案回了当地，很快，工作和生活稳定下来。现在，妹妹的生活不能不说让她羡慕，在县城的完小里教着书，一年两个长假，家庭也是美满的。妹妹总让她想起学生时代同学们毕业时留言录里常写的话："望你结婚把我请，我的礼元一百整，外加一对红脸盆。"稳定而热闹，每天下班了就是相夫教子，学着烤烤面包，热热蛋挞，一阵子嚷着要做功夫菜，但也只是学会了土豆烧牛腩，不过妹妹烧的牛腩真是好吃。最近这阵子，妹妹迷上了对着屏幕跳健美操，经常和她一边视频一边跳操，脸色贴着黑色白色黄的绿的面膜，看不见脸，只能看见眼睛，还不太清晰。妹妹对生活是主张积极享受的，喜欢吃，喜欢穿，渴望爱，也能爱人。妹妹一直受着父母更多的爱护，即使父亲很早去世了，仍然被母亲偏爱。妹妹会跳会唱，会说温暖母亲的话；连恋爱也是如此，妹妹懂得如何谈恋爱，毕业那年回到县城，很快认识了后来的丈夫，也很快有了孩子。

做母亲的经常和人谈论时说起大女儿，往往用的这样的话："一辈子就是出生的时候跑快了几分钟。"看得出，母亲一直喜欢的是妹妹而不是她。

然而，妹妹总有那样的感慨："在县城上班就跟上学一样，不过是把桌子换了一个地方摆着，人还是那些，从前同学现在同事。"

妹妹不知道做姐姐的也羡慕她，也会贪恋县城生活的稳定与舒适。只是，一个人不能同时过两种生活，不能既要也要还要，老天并不会那么慷慨。

听得出，王景迁羡慕县城里工作的同学。郭时也一样，经常在他的公众号发一些怀旧的文章。小城岁月，他们当时都是校园红人。郭时也留在了这座外人看来耀眼的城市，和石海涯一样，体制内上班，被县城里的同学有意无意各种场合提起。因为郭时的父亲是落马官员，县城里疯传。而王景迁的父亲是商人，她只知道他们家富裕，但如何富，并没有具体的了解。

还是提一下，县城叫大信县，他们读书的中学叫大信中学，读书时候那条街叫大信街。读中学那些年只有一道街。随着县城煤生意的发展，这十多年有了二道街和三道街，二道街没有叫二信街，居然承接大信街，叫大愿街；紧接着二信街新建的新城区的街道，叫二愿街。她并不喜欢县城人事，但喜欢县城的这些名字，经常无意识地想象其中的含义，比如大信、大愿、二愿，就像人名一样，如果有孩子，她给自己孩子就愿意起这样的名字。

"大愿街一直发展不如大信街，但大信街是老街，县城东西走向，从旧城区到老城区，到现在的新城区，都是从东向西。县城要发展，又有矿产，就得建厂。大愿街有地，卖了很多，逐渐富裕起来，但实际上，县城以前的文化中心在政府那一片，也就是大信街，学校和医院也围绕着县政府建立，因此繁华。现在政府搬到了新城区，咱们读书的高中也搬到了新城区，你看，二愿街很快就超过其他两条街。"王景迁一边找停车位一边说着。在此之前，他们商量好了，一起吃中午饭，顺便再聊聊。

她向来没有经济概念，家里没有富裕过，因此并不如何了解县城的发展。然而，上一次回县城，还是掏出全部积蓄又贷款二十九万给守寡多年的母亲在大愿街买了个小房子。她知道，在县城有房子一直是母亲的心愿，因为闲暇时候说起来，总会说女儿家不是自己家。这么多年她工作在外，都是妹妹和妹夫照顾母亲，逢年过节也是妹妹和妹夫哄母亲开心。尤其母亲上六十岁以来，每年妹妹都认认真真在十月给母亲过个隆重的生日，红包和蛋糕，新衣服和新鞋子，有时也有首饰和包包，一一都配齐。然而不明白为什么，母亲越来越偏向在村庄里住着，而不是和妹妹一起。但电话里，却经常说想她，想妹妹，如果住在街上经常可以去看妹妹。

本来她预计攒够钱给母亲买个大房子，一则她回家过年过节也方便，二则让守寡多年的母亲心理上宽裕下。然而，疫情让人觉得时不我待，早点享受吧，一个人并没有多少时光。单位里的人都劝说她不要贷款，但她还是贷了二十九万买了房子来孝顺母亲。

王景迁说到了大愿街，她立即告诉他在大愿街买了个房子。王景迁问她买在了大愿街哪里，接着说石海涯就是大愿街长大的，那时候还山多于楼，坑坑洼洼，县城里最不发达的地方。

她买给母亲的小房子就在山坡上，好处在于不容易遭水灾，走几百米路坐上公交就可以到汽车站，接着就可以转乘去往老家村庄的车。不好之处在于离原来的旧街远，离现在繁华的新城也远，是城里的村庄，县城的城中村。确实名副其实，房子不远那个片区的界碑上，写的就是高石崖村。

然而，听到王景迁说石海涯就是大愿街长大的，她还是突然心动，想着自己买的房子离石海涯老家的房子有多远。

微信群里，她知道石海涯的母亲前年因病去世了，一群在老家的同学喊着去悼念，她并没有回应。

她很难解释自己为什么总是怕看见石海涯，读书时代就一直躲着他走，但以前在班级群里看到他母亲去世的消息，居然内心掠过一阵疼痛，想到他的眼泪和可能的哀嚎，更觉心紧了几分。她记得的都是他骄傲的甚至沾沾自喜的样子，尽管偶尔因为分数不好伤感，也或者体育比赛没得奖项伤心，但他从来在她面前都是昂扬的。她因此而有挫败感，但亦觉得昂扬是一种魅力。然而，瞬间的疼痛过后，居然听到了内心的声音：你也终于会了失去亲人的悲伤？突然之间，她觉得自己近乎是恶毒的。这么多年，经常想到石海涯，经常想着不知他过得好不好，经常有意无意向同学们打探石海涯的消息，却在这样的事上，居然出现如此的想法。

四年前她被单位派回老家做非遗艺人现状调查，县城里文化馆还专门贴了海报，征集一些人来给她提供相关资料。后来，守守说当时正十一长假，石海涯那天也去了，因为当时也正回了老家。

她听了真是震惊，明明已经是不该再想起忘记在记忆长河里的人，忽然间如此清晰地出现在脑海里。这几年一旦人生不如意常常晃荡起高中时代的一些事。事后分析其实这也是让她加紧离婚的一个客观原因。她无法和一个不能令她继续心动的人生活。

可是高中那时候过得也并不开心。和石海涯前后座,但彼此并不怎么说话。守守和大家的关系都很好,但也只是协调能力好,对她亦只是客气多于友谊,内在并没有多少连接。当时和王景迁说话最多,却也只是他看起来人畜无害,而且对她没有过任何一丝恶意。她当时是班里成绩倒数的学生,终日里郁郁寡欢,在角落里坐着,算得上是无人问津。王景迁和她说话,像是对她进行人道主义救助,让很多人不敢对她轻举妄动。王景迁架势好,学得也不错,长得也不错,算是重新组建班级后文科班里的班宝,有他处人群总是热闹而融洽。当时郭时和石海涯关系并不是很好,当然也谈不上坏。石海涯长得算是班里除过班宝最好看的,最主要很懂得讨老师们喜欢,而且和班里几个漂亮的女孩子总能搭上话,因此,得一些男人的友谊,更得一些男生的嫉妒。

  王景迁得知她大学在南京,选择的饭店叫南京大排档。车子停在底楼的停车场,乘着扶梯一层层向上,王景迁说让她逛逛商场。她笑着说三四线小城市生活惯了,又住在郊区,很少逛这种连着几层楼的大商场。

  上到顶楼才是饭店,一间间招牌古风的店面,让人觉得就像在旅游,如果挂起旧时代那种布料做成的店面旗帜,应该更有味道。扫码点餐,等着上菜的瞬间,发现隔壁桌有个两三岁小男孩爬上爬下,绕着饭店的长椅爬来爬去。年轻的母亲似乎对年幼的儿子一点办法都没有,只看向身边似乎是丈夫的人。做丈夫的,很快就将孩子从沙发上抱起来,放在自己的怀里,开始喂桌上的桂花藕和云片糕,絮絮叨叨一边亲吻孩子的耳朵一边说着悄悄话。

  王景迁看她看孩子,就又说到了自己的两个孩子和妻子。他说:"我老婆对孩子可细心了,每天恨不得做一百二十种吃的,很注重三餐搭配。"听得出，在这点上他很满意自己的妻子。接着，王景迁就开始又"哈"起来，笑着说守守的老婆最严，但是也最有仪式感。她说："具体点！"王景迁说："每周都安排家庭仪式感很足的活动，周末还给守守报了健身班；平时守守去哪里，衣服鞋子都搭配得很好，关键是名牌，而且不允许随意改变。"她听了只觉得被束缚，但仍然啧啧了两声。王景迁似乎知道她等着接下来的内容，才点评完守守的生活，就开始说到了石海涯。留在这座城里的，多是当时火箭班的学生，她认识的就这几个，在卫生口上班的郭时与石海涯一直和她一个班，守守和王景迁后来从火箭班分进文科一班。其他留这座城市的，她就知道名字，对不上人，也并不熟。也因此，王景迁来来回回主要说她认识的，让她知道他们毕业后的生活。

"海涯家结婚好几年没有生育，他们家孩子是我们这一群里最小的。现在也每天忙着看孩子吧，我反正是约不出来。"王景迁摸着下巴说。他明明没有胡子，但每当说到自己家庭变故和人世炎凉的时候，似乎总会不自觉摸一下下巴。她回忆王景迁读书时代的个人习惯，记得那时候并没有这么多小动作。

坐了一个多小时车子加半顿饭下来，王景迁给她的感觉，就是既想躺平又有点焦虑，但，看得出，还能控制得了自己的生活。这超出了她的想象。她假设自己拿到那样的牌，简直是一眼望到黑，一天都不要继续活。

"那为什么？"她问。

"不知道。应该是海涯有问题。"王景迁不急不慢说着，看得出，他自信于自己旺盛的生育力。一儿一女，他是开心的，家庭即使有变故，但仍然令人觉得温暖。一路听来，无论对妻子对孩子,还是对父母对同学,王景迁都还是温情有加的,甚至称得上柔情。很明显,他喜欢孩子,也满意自己是个爸爸和丈夫的角色。

"现在还一个?"她问。指的是石海涯只有一个孩子。

郭时有时在班级群发同学们聚会的照片,一些人拖家带口。她看见过他们的聚会照,有个小女孩长得完全是石海涯的模样,她看着都觉得羡慕。

"嗯,一个女孩。"王景迁接着说,"也就三四岁吧。"

虽然还是秋天,但仍然远远地感觉到了西伯利亚刮来的风,让人的脸觉得生痛。她尽量掩饰自己内心的痛苦或某种失望。

很奇怪,一说到石海涯一直有这方面的感觉,不想看到他,却对于有人提到他,总是充满探询的渴望。难道是嫉妒?她对自己的生活谈不上满意,但也并不觉得有什么不好。然而,只要有人提到石海涯,就有种焦灼的火烧火燎的痛。

3

那天与王景迁告别时已经是下午,她说等她熟悉一阵子这座城再见面,王景迁还和学生时代一样,生怕拒绝了别人使别人受到伤害,热情地说:"你尽管喊我,有不明白就找我,我的工作是闲的,不必每天去上固定的班,网上也可以完成。"

临别的时候,王景迁说下次约的时候顺便喊了守守,他热衷于城市探险,对城里的美景美食相当熟悉,可以一起聊聊天,毕竟都是老同学。她调侃说:"我约不太合适。""你只管到时出现,我来。"王景迁说。即使落魄了,他仍然自信于和守守的关系,这点让她觉得安慰。同学少年都不贱，他们于她是比陌生人亲的。她希望他们过得舒服，尽管他们过得太好，有时也令她突然嫉妒。

前一天中午，她接到单位的电话通知，让她尽快填一张表，然后等消息。她看了那张表，知道又有了新任务，如果公司更上面的单位通过，她就可以到这座城市的主城区住着，代表单位开一次评比大会，管吃管住还会安排几天旅游考察。平日里，这样的好事是轮不到她的，但这一次，因为疫情，单位的人出不来，担心被限制，就让她全权代表，到时亮相。她匆忙填了表，然后点了提交，接着就是等待。如果没有什么大问题，应该最迟两三个周就可以通过，她就可以作为重要人物去参加那个会，到时会有聚光灯加新闻报道，在老家的母亲看了，也许会添几分荣耀。她婚姻加事业都算不上好，年龄一天天往上，在亲友邻居里，真是给母亲丢脸不少，做女儿的，能给母亲额外增加点荣耀，也是孝心一份。此外，参加这次会议，由合同工变为正式人员，就有了很多成的把握，因为只有正式人员才有这样的资格参加会议。看来，领导对她平日的工作是满意的……

她忍不住给王景迁留了言，意思就要住在市中心一段时间。王景迁很快在微信里回了话，说她去的地方，石海涯和守守就在那附近工作。石海涯负责行政，守守则在那条本市最车水马龙的街上一家大银行当行长，刚提拔……

是不是因为这样，才做了那样的梦，梦境里中学时代的同学守守拿着一摞照片在一起读过书的公寓门口等着，而石海涯也出现了，她怕见他，所以才急速离开。她听见他窸窸窣窣推门追出来的声响，内心一片轰鸣，仿佛被电流袭击。

下楼梯，过安检，扫码，掏手机，再下楼梯……地铁呼啸而来，恍恍惚惚里，她随着人群挤了上去。贴着地铁门抓着旁边一群人抓的杆子，她瞥了一眼左手上的数码运动手表，赫然发现是自己的生日。她知道，不会有人想起，没有期待，没有失落。早就如此了，一个人，从来如此。不过，想到早上的梦，想到石海涯推门而出，那梦境里他衣衫发出的窸窣声，仍然令她留恋。她第一次知道，何以如此怕他，怕听见他名字，怕看见他，就像溺水。拥挤的地铁，一张张脸，仿佛漂在海洋上的叶子。梦境里的石海涯，就像上天看她孤独的馈赠，让她那么明晰地近距离与他在多年之后擦肩。花痴患者，得到救助，又可以借着这突然吸入的氧，活一阵子。

　　就在快挤成肉饼的时候，地铁到了火车南站的点，突然间就像水饺被捞进了盆里，锅空了，车厢里还冒着一堆人离去后留下的气息，仿佛是淡白色的。她找了一个靠门的地方坐下来，想着下周或下下周继续约王景迁，时过境迁，和他多说说话，似乎还活在少年时代。那些时光即使不好，诸般不快乐，也因为结束了，谈论时亲切。她申请单位派遣她来这座城市工作一阵子，客观原因，想着是石海涯在这里。旧年茫茫，根本无法细诉，但他曾经横穿她的青春梦境。

后记

崇高与荒谬、合法与非法、明与暗、命与运……时间层层叠叠，空间也重重叠叠，时间在这个夜晚向过去也向未来驶行，年岁加速坍塌，一个人，如何能比较随心所欲，不成为"爱"的囚犯？爱可以指代一切，传统、道德、理念、农耕、游牧……一切阳光明媚的。确实，书写只是策略。

想象的悬崖令我哀戚，但我又喜欢被这种想象掩盖和包围，我的生活，我的激情，也可以包括我的工作，由此展开。我对自己笔下人物并没有任何厚此薄彼，包括笔下出现的一只蠕动的小虫子，只要我用自己的意念去经历过它的疼痛，我也就获得了某种生命到此一行的怅惘感，会觉得它是我人生拼图不可或缺的一部分，会感激它提醒我感受命运之轮的转动。

很多人的一生平平淡淡，按部就班。不真实的一生，相对踏踏实实，生命的程式如此延续。而对生命程式越轨的，往往要付出代价，因为法则丧失意义的同时，毁灭或重生。我相信感情，相信感情创造的各种奇迹，是幸福也可能是灾难；相信激情会如强酸一样蚀过，一见钟情的结果可能是致命邂逅。一帆风顺的事业和万无一失的前程，在情感的转弯处，就如车祸和地震。

写下的文字越多，我越迷恋人物内心深处情感的地震海啸，它们具有什么样的肌理？

以上是我写小说《小千世》后应编辑之邀写的创作谈，也可以当《惹尘埃》这部小说集的创作因子。小千世，顾名思义，大千世界里的小千世界。每天下午，黄昏的时候，我居处几乎都能看到一架飞机划破云层往更高处去的样子，我视野里，会留下一长片朱鹮飞起时候那亮眼的羽毛色，接着渐渐消逝。我当然不知道这样的景象哪些人在看着，他们心里有什么感受。这简直无从沟通。写作，也像是捕捉这种突然显现在写作者世界的一种风景或欲念，也可以说是渴望。令人魂牵梦绕的也许不是写下了什么东西，而是那种渴望写什么时候萦绕不去的感觉，还有写完之后的某种释然或仍然不知所措。我想我并不是偶然选择写作这种爱好的，而是一直以来，生命深处对于人性和人心的一些困惑，促使我不断通过写作去探究一点儿什么。

每个人都有自己的心灵地理和人生秘密，一个人不可能既是这个人又是那个人。可是，在写作里，我们可以不断发挥心灵的主动性，不断在笔下摸索不同的或饱满的或饥渴的生命，借以实现各种自我保存自我完善。时至今日，我仍然是个理想主义者，渴望在文字里去过一种现实生活里无法抵达的理想生活，也渴望通过文字来让现实生活显得更参差多态，让一切确定拥有不确定的朦胧，不确定有确定的安顿。